LA NATION MINOTAURE

LANCEDRAGON

Entre parenthèses, après chaque titre, figure son numéro dans la collection ou (pour les ouvrages grand format) la mention GF.

I. La séquence fondatrice

Les Chroniques de Lancedragon

Dragons d'un crépuscule d'automne,
par Margaret Weis et Tracy Hickman (1)
Dragons d'une nuit d'hiver,
par Margaret Weis et Tracy Hickman (2)
Dragons d'une aube de printemps,
par Margaret Weis et Tracy Hickman (3)
Dragons d'une flamme d'été,
par Margaret Weis et Tracy Hickman (GF, 42)
Deuxième Génération, par Margaret Weis et Tracy Hickman (GF)

Les Légendes de Lancedragon

Le temps des jumeaux, par Margaret Weis et Tracy Hickman (4)
La guerre des jumeaux, par Margaret Weis et Tracy Hickman (5)
L'épreuve des jumeaux, par Margaret Weis et Tracy Hickman (6)

L'extraordinaire récit de la Guerre de la Lance (puis de la Guerre du Chaos) où les sept Compagnons « historiques » affrontent l'assaut le plus violent jamais lancé par la Reine des Ténèbres. Ces huit romans incontournables ont donné naissance à une des sagas les plus riches et foisonnantes de notre temps.

II. La séquence des Préludes

L'Ombre et la Lumière, par Paul B. Thompson (7)
Kendermore, par Mary Kirchoff (8)
Les frères Majere, par Kevin Stein (9)
Rivebise, l'Homme des Plaines, par Paul B. Thompson
et Tonya R. Carter (10)
Sa Majesté Forgefeu, par Mary Kirchoff et Douglas Niles (11)
Tanis, les années secrètes, par Barbara et Scott Siegel (12)

La biographie des Compagnons avant leur grand rendez-vous à l'*Auberge du Dernier Refuge*. Ou comment des êtres hors du commun se sont préparés et armés (même sans le savoir) à combattre pour la survie de Krynn…

III. La séquence des Rencontres

Les âmes sœurs, par Mark Anthony et Ellen Porath (13)
L'éternel voyageur, par Mary Kirchoff et Steve Winter (14)
Cœur sombre, par Tina Daniell (15)
La règle et la mesure, par Michael Williams (16)

La pierre et l'acier, par Ellen Porath (17)
Les compagnons, par Tina Daniell (18)

Bien avant l'*Auberge du Dernier Refuge*, certains Compagnons se connaissaient et avaient vécu ensemble de tumultueuses aventures. Si tout le monde sait que l'amitié entre Tanis Demi-Elfe et Flint Forgefeu remontait à longtemps, cette séquence réservera bien des surprises aux plus fins connaisseurs…

IV. La séquence de Raistlin

Une âme bien trempée, par Margaret Weis et Tracy Hickman (GF) (49)
Les frères d'armes, par Margaret Weis et Don Perrin (GF) (53)

L'histoire « officielle » de la jeunesse du mage Raistlin et de son jumeau Caramon. Un récit initiatique qui revient sur la séquence fondatrice et lui donne un nouvel éclairage.

V. La séquence des Agresseurs

Devant le Masque, par Michael et Teri Williams (19)
L'Aile Noire, par Mary Kirchoff (20)
L'Empereur d'Ansalonie, par Douglas Niles (21)
Hederick le Théocrate, par Ellen Dodge-Severson (24)
Le Seigneur Toede, par Jeff Grubb (25)
La Reine des Ténèbres, par Michael et Teri Williams (26)

La Reine elle-même… et une série de séides plus maléfiques les uns que les autres. Cette galerie de portraits fera frissonner plus d'un lecteur !

VI. La séquence des Héros

La Légende de Huma, par Richard A. Knaak (32)
L'Epée des Tempêtes, par Nancy Varian Berberick (33)
Le Nid du Scorpion, par Michael Williams (34)
Kaz le Minotaure, par Richard A. Knaak (35)
Les Portes de Thorbardin, par Dan Parkinson (36)
La Tanière du mal, par Michael Williams (37)

Un grand retour sur les géants qui repoussèrent la première attaque de la Reine des Ténèbres et assurèrent à Krynn une longue période de paix. A noter un superbe portrait de Huma, le premier d'entre tous.

VII. La séquence des Elfes

Le Premier Fils, par Paul B. Thompson et Tonya R. Carter (29)
Les Guerres fratricides, par Douglas Niles (30)
La Terre de nos pères, par Paul B. Thompson et Tonya R. Carter (31)

L'histoire de la création des deux royaumes elfiques, le Qualinesti et le Silvanesti, qui joueront un rôle capital dans l'équilibre des forces sur Krynn au moment de la Guerre de la Lance.

VIII. La séquence des Nains

Le Pacte de la Forge, par Dan Parkinson (38)
La Hache et le Marteau, par Dan Parkinson (39)
Le Parchemin du Fourreau, par Dan Parkinson (40)

Têtus, bougons et bagarreurs… Les nains étaient déjà tout cela avant de fonder Thorbardin, le royaume unifié qui leur permit de traverser les siècles dans une relative sécurité.

IX. La séquence des Contes

Les sortilèges de Krynn,
par Margaret Weis et Tracy Hickman (22)
Les petits peuples de Krynn,
par Margaret Weis et Tracy Hickman (23)
Guerre et amour sur Krynn,
par Margaret Weis et Tracy Hickman (27)

Un florilège d'histoires et de légendes sur le monde de Krynn. Cette séquence « transversale » explore tout le cycle et résout une multitude d'énigmes…

X. La séquence de la Guerre des Ames

Dragons d'un coucher de soleil,
par Margaret Weis et Tracy Hickman (GF)
Dragons d'une étoile perdue,
par Margaret Weis et Tracy Hickman (GF)
Dragons d'une lune disparue,
par Margaret Weis et Tracy Hickman (GF)

Une deuxième naissance pour Lancedragon ? Et comment ! Dans ces romans, signés par les deux maîtres d'œuvre du cycle, le célèbre Tass vient faire un petit tour dans l'avenir… et découvre qu'il est sens dessus dessous !

XI. La séquence des défenseurs de la magie

La Nuit des Trois Lunes, par Mary Kirchoff (43)
Les Yeux de pierre, par Mary Kirchoff (44)
La Septième sentinelle, par Mary Kirchoff (45)

Guerrand DiThon, un jeune noble désargenté, est irrésistiblement attiré par la magie. Sur la route semée d'obstacles qui le conduit à la maîtrise de cet art majeur, il découvre peu à peu les secrets des trois Ordres de mages qui veillent sur Krynn...

XII. La séquence de la Guerre du Chaos

Tempête sur Thorbardin, par Douglas Niles (46)
La Dame en blanc aux yeux de cendres, par Linda P. Baker et Nancy Varian Berberick (47)
Le Roi de paille, par Douglas Niles (48)

Nul n'ignore les grands événements de cette guerre où périrent certains Compagnons de la Lance – par exemple, l'infortuné Tass, piétiné par le Chaos. Mais Krynn est vaste et le conflit a touché tous ses peuples… De nouvelles pages d'histoire à découvrir !

XIII. La séquence des Barbares

Les Fils de la Plaine, par Paul B. Thompson et Tonya C. Cook (50)
Le Frère du Dragon, par Paul B. Thompson et Tonya C. Cook (51)
La Sœur de l'Epée, par Paul B. Thompson et Tonya C. Cook (52)

Un frère et une sœur, séparés après le massacre de leur famille, apprennent à survivre dans un monde sauvage. Chacun à leur façon, ils joueront un rôle essentiel dans l'histoire du peuple indomptable qui donna plus tard naissance à Rivebise, un des héros de la Guerre de la Lance !

XIV. La séquence des Premiers peuples

La Légende des Kagonestis, par Douglas Niles (54)
Les Chroniques des Irda, par Linda P. Baker (55)
La Saga des Dargonestis, par Paul B. Thompson et Tonya C. Cook (56)

Ces trois peuples que les épreuves et les malédictions n'ont jamais épargnés ont fait l'histoire de Krynn sans que leur contribution ne soit toujours estimée à sa juste valeur. Il était temps de leur rendre justice…

XV. La séquence des draconiens

La Brigade de l'Apocalypse, par Margaret Weis et Don Perrin (GF)

Après avoir déserté l'armée de Takhisis, des draconiens tentent de vivre en autarcie dans un village fortifié. Mais le monde ne les laissera pas en paix…

XVI. La séquence de l'Age des Mortels

Le Fléau des Abysses, par Jeff Crook (57)
La Lionne des Kagonestis, par Nancy Varian Berberick (58)
Le Maître de Thorbardin, par Jeff Crook (59)

L'histoire tumultueuse et passionnante de trois personnages qui joueront un rôle essentiel dans la saga de la Guerre des Ames. Si les épreuves fabriquent les héros, ceux-là n'en auront pas manqué.

XVII. La séquence du Mur de Glace

Le Messager, par Douglas Niles (60)
L'Orbe de la désolation, par Douglas Niles (61)
L'Ultime forteresse, par Douglas Niles (62)

Dans un lieu légendaire de Krynn, une nouvelle aventure commence, avec comme toujours la gloire et la survie pour enjeux.

Perspectives…

L'Aube d'un nouvel âge, par Jean Rabe (28)

Une première incursion dans le Cinquième Age, mais sûrement pas la dernière…

RICHARD A. KNAAK

LA NATION MINOTAURE

Couverture de
LARRY ELMORE

Fleuve Noir

Titre original : *Land of Minotaurs*
Traduit de l'américain par Fabrice Joly

U.S., CANADA, ASIA, PACIFIC & LATIN AMERICA
Wizards of the Coast, Inc.
P.O. Box 707
Renton, WA 98057-0707
+1-206-624-0933

EUROPEAN HEADQUARTERS
Wizards of the Coast, Belgium
P.O. Box 2031
2600 Berchem
Belgium
+32-3-200-40-40

ISBN 2-265-08035-7

CHAPITRE PREMIER

UN ÉQUILIBRE À MAINTENIR

Nethosak avait manifestement prospéré au cours des dernières années, mais Hecar sentait malgré tout dans l'air la présence d'un élément vicié, comme si le cœur de la grande cité impériale avait commencé à se gâter.

Les rumeurs sont peut-être vraies, se dit le grand minotaure. *En fin de compte, les voyageurs n'exagéraient peut-être pas lorsqu'ils déclaraient que l'empire était rongé par une sorte de corruption difficile à définir*.

La capitale impériale de l'empire minotaure s'était non seulement redressée au cours des huit dernières années, depuis la chute de la Reine des Ténèbres, mais elle avait également gagné en splendeur et en puissance. Nethosak ne lui avait jamais paru aussi magistrale.

La cité abritait d'immenses structures de marbre, de grands édifices aux entrées flanquées par des colonnes sculptées en forme de guerriers minotaures triomphants. La plupart de ces édifices étaient des maisons claniques. Celle d'Orilg, à laquelle Hecar appartenait, était heureusement pour lui située de l'autre côté de la ville. Les maisons qui l'entouraient appartenaient à des clans mineurs. Les autres bâtiments abritaient des commerces et de nombreuses forges – l'armement représentant un élément majeur de cet empire tourné vers l'expansion. Même si certains d'entre eux étaient vieux de plusieurs siècles, tous les bâtiments paraissaient neufs ou rénovés.

Des minotaures, grands et petits, aux fourrures sombres ou claires, marchaient d'un pas pressé, ignorant le visiteur solitaire qui se tenait au bord de la rue bien ordonnée. Elle était pavée de pierres imitant le marbre nacré, les bâtiments en marbre semblant presque se fondre dans la chaussée. Peu de détritus jonchaient la rue et tandis qu'Hecar observait la scène, un nain des ravins, un collier autour du cou, se précipita pour ramasser ce qu'il pouvait. Le peuple d'Hecar avait finalement trouvé le moyen d'employer ces petites créatures malpropres.

Ses frères étaient vraiment un peuple « fantastique ». Hecar, après trois années d'éloignement, considérait maintenant les minotaures comme les autres races étrangères – et il n'y trouva aucun plaisir.

Au loin, d'impressionnants édifices s'élevaient vers les cieux. Le grand bâtiment allongé au toit voûté était le palais de l'empereur. De près, abstraction faite de son toit, il ressemblait beaucoup aux maisons claniques. Des colonnes de marbre, une longue série de grandes marches, quelques fenêtres aux étages supérieurs… et les mêmes murs incolores et nus qui ornaient chaque habitation de Mithas et de Kothas. Ayant vécu dans les bois, Hecar trouvait maintenant son ancienne résidence terne et froide – une chose qui le dérangeait à peine lorsqu'il vivait encore à Nethosak.

Deux autres édifices flanquaient le palais à une distance visiblement respectueuse : deux grands bâtiments très fonctionnels. Le bâtiment rond était le temple central des Ordres Saints des Etoiles où résidait le grand prêtre de la religion de la nation. Les acolytes étaient entraînés à cet endroit et les prêtres y recevaient la parole de Sargas, le Grand Cornu. Les humains continuaient de prétendre que leur dieu se prénommait en vérité Sargonnas, le consort de la Reine des Ténèbres, mais même Hecar ne pouvait l'accepter. Vérité ou pas, il ne s'en souciait plus car il se sentait plus proche de la religion moins organisée et moins répandue de Kiri-Jolith, le dieu à tête de bison des causes justes. La maison d'Orilg promouvait cette religion, une croyance qui leur causait souvent des ennuis avec les prêtres de la nation.

De l'autre côté se dressait un bâtiment cubique et ordinaire qui abritait le quartier général du Cercle Suprême, les huit minotaures qui dirigeaient l'administration de l'empire. Chaque membre du Cercle était soutenu par un grand nombre de fidèles, de subordonnés et de gardes personnels. Certains clans possédaient même moins de membres que les fidèles qui obéissaient aux ordres de quelques membres du Cercle. Chose encore plus importante, tous les agents du gouvernement, y compris la Garde Minotaure, qui maintenait l'ordre non seulement à Nethosak, mais également dans tout le royaume, reconnaissaient la supériorité du Cercle Suprême. Le Cercle et la prêtrise étaient bien évidemment censés s'incliner devant l'autorité de l'empereur, mais certaines circonstances autorisaient parfois les deux assemblées à contourner son autorité et à lui dicter leurs propres ordres.

Dans l'ensemble, ce système avait toujours semblé efficace et approprié aux yeux d'Hecar… jusqu'à maintenant. Après avoir entendu les doutes et les incertitudes de ceux qui avaient quitté l'empire, il ne pouvait que s'interroger.

Une clameur lointaine lui fit tourner la tête vers la seule structure éloignée qui écrasait même le palais par sa taille.

La Grande Arène.

Cet énorme amphithéâtre était certainement le plus grand ayant jamais été construit dans toute l'Ansalonie, et peut-être sur Krynn. Ses architectes l'avaient conçu afin de pouvoir accueillir tous les membres de la race minotaure : ils pouvaient ainsi être les spectateurs des combats au corps à corps qui régissaient les questions de justice et d'honneur, les frères d'Hecar réglant ainsi leurs différends. Même si la population s'était depuis longtemps agrandie, la Grande Arène ne pouvant plus accueillir tout le monde, une grande partie des résidents de la cité pouvait continuer à assister aux spectacles. Aux yeux des minotaures, aucun autre édifice n'était plus important que la Grande Arène… pas même le palais, le temple central ou le quartier général du Cercle Suprême. La Grande Arène était le lieu où les plus grands champions luttaient pour prouver leur suprématie. C'était là que des clans entiers se faisaient ou se défaisaient.

Cet endroit autorisait tout minotaure qui s'était révélé suffisamment valeureux, et qui avait atteint le rang suprême de champion, à défier l'empereur actuel et à le remplacer s'il sortait victorieux du combat. Le palais impérial et tout ce qu'il contenait revenaient alors au vainqueur. Le ou la minotaure devenait la main de l'empire, rapprochant la race de sa destinée. Un jour prochain, d'après les paroles des prêtres, un empereur minotaure mènerait son peuple à régner sur Krynn.

Hecar renâcla, le prochain challengeur pouvant tout aussi bien mourir dans l'arène, tué par l'empereur. Même lorsque l'empereur était remplacé, une chose peu commune ces derniers temps, peu de choses changeaient véritablement. Les derniers empereurs, y compris ceux dont se souvenait le père d'Hecar, paraissaient tous semblables.

Lorsque nous serons enfin prêts à conquérir les autres races, se dit amèrement Hecar, *le Dernier Jour aura déjà eu lieu. Et nous serons alors les maîtres d'un grand rien.*

Une autre clameur d'approbation s'éleva du lointain édifice circulaire. Un combat remarquable devait avoir lieu dans l'arène. Hecar s'en réjouit car cela signifiait qu'un grand nombre de minotaures, qu'il n'avait aucune envie de voir pour le moment, se trouvaient dans l'arène, à applaudir et à parier sur la mort éventuelle de leurs compatriotes. Le voyageur pouvait donc vaquer à ses occupations et avec un peu de chance, il quitterait Nethosak avant la tombée du jour. Hecar ne voulait pas rester une nuit entière dans la capitale impériale. Le simple fait d'arpenter les rues de la cité après trois ans d'un exil volontaire suffisait à lui faire réaliser ô combien les affaires politiques et la folie, souvent mêlées à Nethosak, ne lui manquaient pas et ô combien les paroles du compagnon de sa sœur Helati étaient empreintes de vérité. Kaz lui avait déclaré qu'après avoir goûté à la liberté, ni lui ni les autres minotaures, qui vivaient dans un petit hameau au sud de la nation, ne se sentiraient à nouveau à l'aise dans la grande cité. Hecar avait alors ri en se remémorant les bons moments passés à Nethosak, mais ces derniers avaient rapidement pâli avant même son arrivée aux portes de la cité.

Pourquoi ai-je ce sentiment ? Pourquoi ce malaise ?

Le nain des ravins se précipita soudainement devant lui, le regard de la créature fixé sur des ordures. Le petit personnage moche et trapu, un mâle, s'en empara comme s'il s'agissait d'or, puis leva les yeux dans sa direction.

— Galump tout nettoyer, Maître ! Galump tout nettoyer !

Le visage du nain des ravins était tellement déformé par la peur qu'Hecar, interloqué, ne trouva rien à dire. Galump prit son silence pour un assentiment et se précipita vers d'autres détritus. Au lieu de rire du nain, une chose qu'il aurait très bien pu faire quelques années plus tôt, Hecar ressentit une forme de dégoût. Il trouvait déshonorant de maltraiter une race aussi faible et impuissante. Les nains des ravins étaient certes pitoyables, mais les minotaures se retrouvaient-ils grandis en asservissant ces simples créatures ?

C'est parce que nous n'avons pas réussi à conquérir d'autres races, se dit Hecar. *La forme de ce petit être faible, possédant l'esprit d'un enfant, représente la somme totale de notre ambition nationale à la conquête.*

Le nain des ravins ne représentait même pas un butin de guerre. Les frères de Galump ne possédaient pas de foyer véritable et connaissaient peu de techniques de combat ou de commandement. Hecar pouvait très bien deviner ce qui s'était passé. Quelqu'un avait probablement aperçu une de leurs tribus errant dans les collines et il avait dépêché un petit groupe de minotaures afin de les capturer avec des filets. Il était plus facile d'attraper un nain des ravins qu'un lapin sans pattes. La peur les paralysait généralement à la seule vue d'un minotaure à cheval.

Il était même incroyable de constater que quelqu'un soit parvenu à leur apprendre comment ramasser les détritus d'une manière aussi soignée. Hecar soupçonnait l'emploi de formes de tortures raffinées dans l'entraînement de ces créatures.

Il s'arracha difficilement au quartier qu'il avait si souvent fréquenté et pénétra très avant dans la cité. Les rues étaient larges et les édifices élevés, une sensation plutôt inconfortable après tant de mois passés dans les bois. Hecar sentait déjà qu'il mourrait d'envie de retrouver une terre meuble sous ses pieds et un air pur à respirer. Son odorat était non seulement assailli par l'odeur de la mer, une chose qu'il appréciait toutefois en tant que marin chevronné, mais également par une odeur rance répandue dans la plupart des villes minotaures, et notamment à Nethosak.

La visite d'Hecar le rapprocha des quais où l'odeur marine était encore plus présente. Le minotaure renifla l'air et se souvint d'aventures passées ; plus jeune, il avait navigué à bord du *Gladiateur*. Il aurait parfois préféré être resté sur ce navire après ses deux premières années de marin, mais si cela avait été le cas, il aurait sombré avec le navire de Maître Ganth au cours de la mission spéciale pour l'empire que le vieux capitaine avait entreprise. Excepté les quelques débris flottants lui appartenant, découverts par un autre navire, personne n'avait jamais revu le *Gladiateur*. Pour de nombreuses raisons, Maître Ganth manquait à Hecar. Le capitaine avait été un bon professeur et un parfait exemple d'honneur et de force minotaures. En tant que membre de la même maison clanique que le capitaine disparu, Hecar se glorifiait souvent d'avoir servi à ses côtés.

Tous les souvenirs des jours passés en mer disparurent brusquement à la vue du spectacle qui s'offrait à lui. Le hasard n'était pas responsable de sa visite à proximité des quais. Certaines des informations que lui et ses compagnons avaient recueillies auprès de minotaures ayant récemment quitté la cité mentionnaient la construction d'une nouvelle flotte de guerre. Mais les nouveaux venus avaient toutefois oublié de préciser que la flotte était pratiquement achevée.

Des dizaines et des dizaines de navires mouillaient dans le port. Ils étaient apparemment tous récents, les plus anciens ayant tout au plus trois ans d'existence. De toute sa vie, Hecar n'avait jamais vu autant de navires de guerre amarrés dans le port de la capitale. Nethosak avait toujours été le port le plus animé des deux royaumes et il était manifeste que la plupart des navires y mouillaient dans un but bien précis. Ils attendaient très certainement de prendre part à une attaque maritime considérable.

Même si l'effort fourni par l'empire au cours des années passées pour construire autant de navires était à la fois ahurissant et admirable, le fait qu'un aussi grand nombre de travaux ait été entrepris depuis son départ le troublait. Les forces minotaures avaient été accrues au cours des cinq premières années après leur libération du joug de la Reine des Ténèbres, mais les travaux effectués au cours des trois dernières années semblaient plus proches de l'obsession.

Mais il est encore trop tôt pour parler de conquête, se dit Hecar en secouant la tête, *bien trop tôt. L'empire se dirige vers une ruine certaine s'il continue ainsi.*

— Quelle folie a piqué l'imbécile devenu empereur depuis mon départ ? Et que font les prêtres et le Cercle Suprême ?

Il avait posé ces questions à voix basse. Mais le minotaure fut pris par surprise lorsqu'une voix lui répondit derrière lui.

— Tu devrais faire attention à ce que tu dis là, mon garçon.

Son interlocuteur était un minotaure hâlé et balafré à la

fourrure brun clair ; il avait été amputé au niveau de l'avant-bras droit. Il portait un gros sac dans la main gauche et travaillait visiblement sur les quais. Son museau était long et ridé.

— J'ai perdu mon bras dans la gueule d'un requin après le naufrage de mon bateau, lui déclara l'ancien. Et c'est finalement *moi* qui l'ai tué, et pas le contraire. (Le vieux minotaure gloussa avant de reprendre son sérieux.) C'est pas toujours bon de parler à voix haute.

— J'exprimais juste quelques pensées innocentes, l'ancien.

Pourquoi ce minotaure se souciait-il autant de ce qu'il avait dit ?

— Si tu le dis… (Le vieux minotaure le regarda d'un air interrogateur.) Ça fait longtemps que t'es parti ? Loin ?

— Juste ce qu'il faut…

— T'es venu en bateau ?

Ce n'était pas le cas, mais Hecar choisit néanmoins d'acquiescer.

— Un long voyage.

— Ah ouais ? T'as certainement eu plus de chances en mer que moi, mon garçon… Et c'était quel navire ?

— Le *Gladiateur*, répondit instantanément Hecar en espérant que son compagnon indiscret ne connaisse pas le destin de ce vaisseau. Mais j'ai à faire, l'ancien. Puissent tes ancêtres t'accompagner.

— Et toi les tiens, mon garçon.

Le vieux minotaure paraissait plutôt innocent, mais Hecar préférait ne pas relâcher son attention. Il avait l'intuition que ses questions n'étaient pas complètement désintéressées. Mais il était peut-être tout simplement paranoïaque. Après tout, il avait passé plusieurs jours à s'inquiéter en ressassant les rumeurs et les informations des minotaures qui avaient rejoint le hameau.

Hecar était toutefois certain que quelque chose avait changé dans l'empire, une chose qui ne s'était pas encore concrétisée, mais qui présageait néanmoins une issue potentiellement désastreuse.

Son allure le mena plus rapidement que prévu à sa destination. L'habitation modeste était celle qu'un minotaure respectable aurait choisie. Comme la majorité des habitats minotaures, c'était une structure quasi cubique d'un étage, protégée à l'avant d'un petit mur d'un mètre de hauteur. Une plaque en bois portait les symboles de la maison clanique de ce minotaure, ainsi que ses propres armoiries.

Bien que modeste, cette maison était tout de même plus riche que les habitations occupées par les minotaures de basse extraction. Ces maisons, bâties au cœur de la cité, généralement à proximité des petites arènes, étaient souvent des appartements d'une pièce ramassés, une pierre grise quelconque utilisée comme pierre de maçonnerie. Ces bâtiments se dressaient sur cinq étages à certains endroits, accueillant plus d'une douzaine d'appartements par étage, et n'étaient pas aussi impeccables que le reste de la cité. Leurs résidents, se démenant généralement pour accéder à un meilleur statut, considéraient rarement ces lieux comme des habitats permanents.

Hecar était heureux d'avoir vécu autrefois dans les baraquements de sa maison clanique. En récompense de ses trois années de service dans la garde du clan, il avait reçu un petit domicile propret. Certains des individus avec lesquels il avait partagé le dortoir n'avaient pas été les meilleurs camarades, mais il considérait ces années comme profitables. Mais il fallait toutefois avouer qu'un grand nombre de minotaures n'avaient pas le choix.

Les symboles ornant la maison n'avaient pas changé depuis sa dernière visite. Hecar était satisfait de constater que celui qu'il cherchait vivait encore ici, mais il ressentit toutefois une étrange déception. En trois ans, Jopfer aurait normalement dû accéder à un meilleur statut. Jopfer de-Teskos, le cadet du maître du clan Teskos, était assurément plus studieux que certains minotaures et il avait l'appui d'un des membres du Cercle Suprême. En fait, la dernière fois où ils s'étaient vus, Jopfer avait laissé entendre que son maître avait l'intention de le préparer à devenir un de ses principaux conseillers.

Je pensais même que Jopfer aurait rejoint les Huit en l'espace de trois ans, pensa Hecar. Car s'il connaissait quelqu'un qui possédait les capacités pour devenir un des huit minotaures dirigeant l'administration de l'empire, c'était bien son vieil ami Jopfer. Et le conseiller d'un membre du Cercle ne choisirait assurément pas de résider dans un endroit pareil. Une telle fonction requérait une habitation plus grande et plus imposante, située à proximité des appartements de son maître.

— Je n'ai qu'un seul moyen de connaître la vérité, grogna-t-il.

Se dirigeant vers la grande porte en bois, Hecar la frappa du poing. Son coup résonna bruyamment sur le bois et dans l'habitation.

Il ne reçut cependant aucune réponse. Hecar frappa à nouveau son poing contre la porte. Il attendit un temps raisonnable, puis grogna de mécontentement. La famille de Jopfer avait peut-être quitté la maison ou ceux qui vivaient là ignoraient les visiteurs. Le peu de temps passé à Nethosak fit pencher la balance vers la seconde possibilité. *Etait-il possible que Jopfer craigne certaines visites ?*

— Allez, mon petit rat de bibliothèque ! grogna-t-il à voix basse. Ouvre-moi.

Mais personne ne vint lui ouvrir. Malgré son entêtement, le minotaure en eut assez d'attendre. Si son ami n'était pas disponible, son seul recours était de s'adresser à son propre clan. Il n'était pas certain de l'accueil qui lui serait réservé après que lui et sa sœur aient choisi de quitter la cité, mais après tout ce temps, ils ne pouvaient assurément pas leur en vouloir encore. Les autres membres du groupe qui étaient rentrés à Nethosak après cette quête imbécile avaient certainement dû expliquer les raisons de l'exil volontaire d'Hecar et d'Helati – tous excepté Scurn, bien évidemment, mais la honte avait entaché le retour du guerrier. Et personne n'avait dû l'écouter.

Le soleil commençait déjà à se coucher. Hecar grimaça, réalisant que s'il rendait visite à la Maison Orilg, il serait contraint d'y rester pour la nuit. Le clan se sentirait déshonoré si Hecar repartait aussitôt après une absence aussi longue. Le patriarche le verrait assurément d'un mauvais œil, une chose qu'Hecar voulait éviter. Orilg n'avait pas eu un seul empereur sur le trône en sept générations, une situation vraiment aggravante, mais le clan restait pourtant un acteur majeur dans la cité. S'attirer les défaveurs du patriarche actuel aurait des répercussions, notamment au niveau de la famille immédiate d'Hecar.

Perdu dans ses pensées et réfléchissant au moyen de se présenter convenablement à son seigneur, Hecar ne vit pas la petite créature qui s'élançait dans sa direction. Il fallut qu'elle le bouscule pour que le minotaure la remarque enfin et reconnaisse le nain des ravins.

— Désolé, Maître Minotaure ! Galump désolé !

Le nain s'inclina promptement devant lui puis détala, la panique lui faisant lâcher son sac de détritus.

— Toi ! Reviens ici !

Son appel resta toutefois ignoré. Hecar observa le nain des ravins disparaître dans l'ombre, la créature possédant assurément une grande rapidité.

Hecar avait bien d'autres choses importantes à l'esprit que de poursuivre un nain des ravins dont le seul crime avait été de le bousculer. De toute manière, le nain serait probablement puni pour la perte de son sac. Malgré la compassion à l'égard des créatures malheureuses que le compagnon de sa sœur lui avait transmise, Hecar ne put que ramasser le sac et le poser soigneusement sur le côté.

Il entendit alors un cliquetis métallique. Contractant soudainement ses muscles, Hecar tendit les mains dans son dos. La plupart des minotaures préféraient les haches de guerre lourdes et ils étaient nombreux, comme Hecar, à les porter dans des harnais dorsaux. Une fois sa hache en main, le guerrier serait prêt à affronter tout adversaire.

— Puisse Sargas te protéger, mon frère, lui déclara une voix.

Hecar baissa lentement les bras en se retournant. Comme tous les minotaures, il connaissait ce ton impérieux. C'était un prêtre des Ordres Saints des Etoiles. Aux yeux des humains, un prêtre minotaure pouvait paraître quelque peu étrange car les prêtres, à la différence d'Hecar et de la majorité des minotaures qui portaient des kilts et des pièces d'armure, étaient généralement vêtus de la tête aux pieds d'une robe noire solennelle. La capuche et les épaules de la robe étaient de couleur pourpre. Ces deux couleurs étaient supposées être aimées de Sargas lui-même.

Seul le museau du prêtre était visible, le reste de son visage caché par la capuche. Les mains jointes, il s'avança vers Hecar qui entendit à nouveau un cliquetis métallique ; le prêtre encapuchonné devait donc porter armes et armure sous sa robe.

Un couple de guerriers, probablement des gardes au vu de

leurs traits imperturbables, l'accompagnait. Les membres de la Garde étaient généralement recrutés parmi les guerriers les plus fanatiques des armées minotaures. Ils portaient des épées longues, et non pas des haches, et semblaient prêts à intervenir si Hecar tentait de résister.

Mais pourquoi devrais-je résister ? se demanda le voyageur.

— Puissent vos ancêtres vous accompagner, mon frère.

— Vous avez à faire auprès de Jopfer de-Teskos ?

— Je cherche un vieil ami. Mais il n'est pas chez lui.

— Je le sais. Comment le connaissez-*vous*, mon frère ?

Le prêtre tendit la main et retira sa capuche. Il était étonnamment émacié pour un minotaure et bien plus jeune qu'Hecar ne l'avait supposé. Son regard glacial l'avertit néanmoins d'une chose : il serait stupide de le contrarier.

— C'est un vieil ami. Je viens juste d'arriver en ville et je pensais lui rendre visite étant donné que j'étais dans les parages.

— Vous êtes arrivé par bateau ?

Un léger bruit derrière Hecar l'avertit que les trois individus n'étaient pas seuls. Ne voulant pas trahir ses intentions, il bougea légèrement afin de rapprocher ses mains de son arme.

— En effet, je suis arrivé par la mer. Et ça fait longtemps que je n'ai pas visité Nethosak.

Le prêtre acquiesça, les lèvres pincées.

— A bord du *Gladiateur*, c'est ça ?

Hecar se raidit sans pouvoir se maîtriser. Il l'avait dit au vieux minotaure sur les quais, quelques instants plus tôt.

— C'est bien ça, le *Gladiateur*.

Le prêtre acquiesça une nouvelle fois, ferma les yeux, et reprit la parole après un bref silence.

— Le *Gladiateur* a sombré en mer il y a plus d'une décennie de cela. Presque tout le monde est mort à son bord. (Il rouvrit les yeux et fixa Hecar sans exprimer aucune émotion.) Par conséquent, vous n'avez pas pu arriver en ville avec ce navire.

Hecar ne répondit rien. Ses mains étaient maintenant proches de la poignée de sa hache. S'il continuait ainsi, il allait combattre un prêtre de haut rang des Ordres, ainsi que plusieurs membres de la Garde. Cependant, que pouvait-il bien faire d'autre ? Il n'était pas aussi rusé que Kaz, le compagnon d'Helati.

— Comment vous appelez-vous ?

Il réfléchissait encore à la réponse à donner lorsqu'un des guerriers derrière lui prit la parole.

— Il se prénomme Hecar et appartient au clan Orilg, votre Sainteté. Je pensais bien l'avoir reconnu.

La voix était si familière qu'Hecar se risqua à jeter un œil par-dessus son épaule. Trois minotaures se trouvaient dans son dos, le premier armé d'une épée, les deux autres de haches. Le grand minotaure balafré qui avait pris la parole lui adressa un large sourire.

— Il appartient à votre maison, n'est-ce pas, Capitaine Scurn ? demanda le prêtre.

— La Garde est maintenant mon clan, votre Sainteté.

— Scurn ?

Lorsqu'il avait vu le minotaure défiguré pour la dernière fois, Scurn s'était fait battre par Kaz au combat, devenant un objet de pitié[1]. Les autres minotaures avaient été contraints de traîner leur compagnon depuis la Solamnie jusqu'à l'empire, sa défaite l'ayant brisé. Mais ce personnage-là ne semblait plus du tout désespéré. En fait, il paraissait même encore plus vil et brutal que dans les souvenirs d'Hecar.

— Nous sommes toujours heureux d'accueillir en notre sein un de nos frères disparus, déclara le prêtre. Suivez-nous, frère Hecar.

Scurn et les autres minotaures se rapprochèrent de lui.

Hecar tendit la main vers sa hache… et découvrit que quelque chose la bloquait dans son harnais. Le minotaure la tira davantage, mais malgré sa force exceptionnelle, la hache ne bougea pas d'un centimètre.

Le nain des ravins ? C'était le seul individu qui l'avait approché de près. Avait-il touché son harnais au moment de la bousculade ?

Hecar regarda autour de lui afin de jauger les expressions des gardes ; il comprit qu'il était pris au piège, impuissant.

Qu'aurait fait Kaz en de telles circonstances ? se demanda-t-il. Kaz était bien évidemment plus rusé et il n'aurait tout

1. Lancedragon n° 35, *Kaz le minotaure. (N.d.T.)*

d'abord jamais entrepris un tel voyage. Il avait averti Hecar du danger inhérent, mais ce dernier s'était montré trop curieux et entêté.

Hecar n'avait cependant pas vraiment le choix. Si Scurn était bien le capitaine de cette faction, le fait de les suivre volontairement ne présageait rien de bon pour lui.

Grognant, il chargea le prêtre. Le minotaure encapuchonné se révéla étonnamment agile et esquiva aisément son agresseur. Les deux gardes entourant le prêtre s'avancèrent pour capturer Hecar, les trois autres les imitant. Hecar lança violemment son poing en avant et toucha un des gardes au menton. Le minotaure recula en titubant, sans toutefois s'effondrer. L'autre garde qui encadrait le prêtre saisit Hecar par le bras et le lui tordit brutalement.

Hurlant de douleur, Hecar parvint néanmoins à garder son équilibre. Il leva le pied et frappa son adversaire derrière la jambe, juste en dessous du genou. Le garde tomba en le relâchant.

— Vivant ! cria Scurn. Je le veux vivant !

Un coup de pied violent le frappa dans le creux des reins. Il tomba en avant. Quelque chose de dur et de plat le heurta à la tête juste derrière les cornes. Le monde entier se mit à tourner autour de lui.

— Pas si fort, Capitaine. Gardez-en pour l'arène !

Les ténèbres commencèrent à submerger Hecar. Il secoua la tête afin de recouvrer ses esprits qui tourbillonnaient : *Qu'est-ce qu'il m'arrive ? Par la hache de Kiri-Jolith, qui est responsable de cette folie ? Je n'ai rien fait !*

Il reçut un nouveau coup. Bizarrement, la dernière chose qu'il entendit fut une voix, une voix apaisante qui lui déclara : « L'équilibre doit être maintenu. Je suis désolé. »

CHAPITRE II

LA MISSION DE KAZ

Toujours aucune nouvelle d'Hecar, se dit Kaz en regardant par-delà le petit hameau. « Petit » n'était peut-être plus de circonstance car soixante minotaures vivaient maintenant dans le village et une trentaine à proximité de la rivière. Ce qui avait été à l'origine l'habitat de Kaz et d'Helati, et de son frère Hecar qui avait choisi de rester à leurs côtés, s'était transformé en un véritable village. La plupart des nouveaux venus étaient arrivés au cours des dix-huit derniers mois et la population continuait d'augmenter toutes les deux semaines. L'existence de cette libre communauté était parvenue jusqu'aux oreilles des minotaures désabusés par le nouvel empire. Si les choses continuaient à ce rythme, la race minotaure pourrait bientôt prétendre posséder trois royaumes au lieu de deux.

Et ils essayeront alors probablement de me nommer empereur. Il grogna, pas en raison du ridicule de cette éventualité, mais plutôt parce qu'il réalisait qu'il était déjà sur cette voie. Les autres considéraient Kaz comme leur chef. Sa réputation, au lieu d'avoir été souillée par sa rébellion vis-à-vis de ses anciens maîtres, lui avait fait gagner le respect de beaucoup de ses compatriotes. Ses victoires passées dans l'arène lui donnaient également une aura de force car il était le seul de son rang à avoir choisi volontairement de se retirer plutôt que de réclamer son droit à défier l'empereur pour la possession du trône.

Kaz râla. Il savait qu'il devait rejoindre Helati pour lui avouer que son frère avait manqué un autre rendez-vous. Hecar aurait dû revenir de la capitale depuis longtemps. Il était maintenant impossible de reconnaître un quelconque retard. *Que Paladine te protège, Hecar ! Pourquoi ne m'as-tu pas écouté ? Retourner à Nethosak était synonyme d'ennuis !*

Le grand minotaure à la fourrure brune repartit vers l'habitation qu'il partageait avec sa compagne depuis deux ans. Il aurait peut-être été préférable de demeurer dans les étendues gelées du sud, mais après les spectres des neiges et les nains du Farahngrad gelé, le nord plus doux et paisible leur avait semblé extrêmement accueillant. Et plus important, le temps passé dans le sud avait rapproché Kaz et Helati bien plus rapidement. Au lieu de parcourir toute l'Ansalonie, les deux amants avaient choisi de s'installer dans une région boisée et tranquille, dans le sud lointain de leur patrie natale. Hecar, ne voulant pas abandonner sa sœur, avait également décidé de se bâtir un foyer dans cette région.

En se posant ainsi, Kaz avait découvert une paix qui lui avait échappé toute sa vie durant. Il n'avait jamais vraiment connu autre chose que les combats depuis son plus jeune âge, et il réalisait maintenant que la solitude tranquille qu'il partageait avec un être aimé était de loin préférable. Kaz et Helati avaient construit leur propre maison, agissant ainsi plus comme des humains que des minotaures. Kaz ne voyait toutefois rien d'humiliant en cela. Malgré la supériorité évidente de sa race dans certains domaines, les minotaures avaient encore d'importants retards dans un grand nombre d'aspects de la vie courante. Les humains appréciaient des choses que la majorité des minotaures, ne les comprenant pas, auraient méprisées. Les humains n'étaient pas parfaits, mais ils étaient admirables en certains points.

Kaz avait bien sûr rencontré un des humains les plus nobles et son opinion n'était peut-être pas objective. Huma de la Lance, le héros maintenant légendaire de la guerre contre Takhisis, la déesse des ténèbres, faisait partie des guerriers les plus honorables et courageux que Kaz ait jamais rencontrés. Leur amitié n'aurait jamais dû naître, mais le contraire advint… et elle prit fin uniquement parce que le jeune chevalier mourut après avoir vaincu la Reine des Dragons. Kaz avait participé à cette bataille épique et s'était battu à ses côtés. Il avait vu la grande humanité de ce héros et cette vision était demeurée gravée en lui, influençant ses propres décisions et son attitude. Comme Huma avant lui, il en était venu à ne désirer que la paix et une existence tranquille.

Mais rien ne semblait jamais aller dans son sens. Il grogna. *J'essaye de vivre en paix et je me retrouve embourbé dans des conflits, les uns après les autres. Bon il est vrai que pour certains, je m'y suis précipité la tête la première.*

Les premiers arrivants s'étaient montrés peu de temps après que les trois aventuriers minotaures se soient installés dans la région. Une fois les premiers colons arrivés, il lui sembla que la moitié des minotaures de l'empire les avaient suivis. Pis encore, ils paraissaient tous savoir qui il était… et ce qu'il avait été. Le passé que Kaz avait cru enterré semblait plus vivant que jamais.

Je ne retournerai pas à Nethosak ! Jamais !

Mais si Hecar était en danger, quel autre choix avait-il ?

Il retrouva Helati précisément là où il s'y attendait : elle berçait leurs deux jumeaux, des nouveau-nés, et essayait de les endormir avec une comptine. Pour une minotaure, la voix de sa compagne était étonnamment mélodieuse. Il l'avait trouvée plaisante dès leur première rencontre. Kaz était alors prisonnier d'un groupe de minotaures, des guerriers envoyés en mission honorable pour le capturer. Les chefs de ce groupe n'avaient jamais eu l'intention de lui donner l'occasion d'expliquer ses actes, mais quelques-uns de ces minotaures avaient cru en lui. Helati et son frère en faisaient partie. Lorsque l'affaire avait finalement été réglée, ils étaient restés avec lui. Il n'aurait pas pu être plus heureux. Elle restait la minotaure la plus belle qu'il ait jamais vue, ainsi qu'un bon compagnon d'armes.

Ses traits étaient fins et agréables. Debout, elle était un peu plus petite que lui. Les cornes d'Helati étaient moitié moins longues que les siennes, mais cela ne signifiait aucunement qu'elle était plus faible. C'était déjà une guerrière expérimentée lors de leur première rencontre et les ruses qu'il lui avait apprises depuis faisaient maintenant d'elle une combattante encore plus chevronnée que les guerriers plus forts et plus grands.

Les jumeaux gigotèrent. Les deux enfants, un garçon et une fille, avaient hérité de la nature agitée de Kaz, leur apparence ressemblant à celle de leur mère. Il se demanda si cela changerait en grandissant, et s'il serait présent pour observer ces changements.

L'habitation que Kaz et Helati avaient construite était simple, une cabane de pierre et de bois abritant trois petites pièces. Certains des nouveaux venus avaient édifié des maisons plus grandes, mais Kaz désirait uniquement ce dont sa famille avait besoin. Il n'était en concurrence avec personne. C'était peut-être pour cela que les autres minotaures le considéraient comme leur guide. Ils savaient qu'il ne se préoccupait pas des luttes de pouvoir ; il avait la simple intention de vivre avec sa compagne et ses enfants.

Helati leva la tête à son approche. Sa seule expression répondit aux questions de sa compagne.

— Tu vas partir, n'est-ce pas ?

— Je dois le faire.

— Pourquoi ?

— Parce que si je ne le fais pas, Helati, je sais que tu le feras.

— Hecar est mon frère, Kaz. Le devoir voudrait que ce soit moi qui parte à sa recherche.

— Et s'il n'y avait pas d'autres choses plus importantes dans notre vie, lui dit-il en désignant les deux bébés qui se tortillaient, je t'aurais laissée faire.

Mais il ne la laisserait jamais s'éloigner. S'ils n'avaient pas eu les enfants, Kaz aurait inventé une autre excuse pour empêcher sa compagne de partir pour la dangereuse cité de Nethosak.

Elle regarda ses deux enfants. Kyris, le garçon, possédait un visage plus large et des petits renflements sur le front qui se transformeraient un jour en cornes aussi longues que celles de son père. Sa sœur, Sekra, était légèrement plus petite, et moins forte, mais sa fourrure était plus foncée. Les renflements d'où jailliraient ses cornes étaient pour l'instant à peine visibles car les cornes des femelles minotaures apparaissaient plus tardivement, leur longueur moins prononcée que chez les mâles. Les deux enfants étaient bien évidemment parfaits aux yeux de leurs parents.

— Tu pourrais tout aussi bien t'occuper d'eux.

Le ton de sa voix était cependant hésitant car elle était partagée entre le souci pour son frère et l'amour pour ses enfants.

— Tu sais très bien qu'ils coopèrent bien plus facilement avec toi qu'avec moi, Helati. (Elle ne pouvait pas le nier. Les enfants aimaient leur père, mais leur mère possédait une sorte de toucher « magique ». Il suffisait d'une heure, ou deux, à Helati pour amener les enfants à s'endormir alors que Kaz pouvait très bien prendre toute la nuit… Les jumeaux partageaient assurément sa nature rebelle.) Et nous ne pouvons pas du tout les amener avec nous ! Surtout si la situation est trouble à Nethosak.

— Tu sais que ça peut être dangereux pour toi de retourner là-bas.

— Retourner où ? demanda une autre voix.

Un minotaure musclé et plus petit, à la fourrure blanche et brune et au long museau, se rapprocha d'eux en trottant. Sa corne cassée révélait son passé dans la Grande Arène. Brogan ne parlait jamais de cette expérience-là, tout comme Kaz. Le minotaure leur rendait souvent visite, probablement parce qu'il ne possédait aucune famille dans le village, pas même des parents éloignés.

Kaz ne vit aucune raison de lui cacher la vérité. Les autres finiraient par remarquer son absence.

— Je vais partir. Hecar n'est pas revenu de Nethosak. Je vais aller le chercher.

— Je vais rassembler les autres, Kaz. Nous serons prêts à partir quand tu le voudras.

— J'y vais seul.

— Seul ? Tu ne peux pas faire ça ! Tu ne sais pas ce qu'est devenue la cité depuis ton…

— Brogan. (Le ton paisible de Kaz lui intima le silence.) Je ne peux vraiment pas entrer en chevauchant dans la capitale avec une force armée derrière moi. Un cavalier solitaire causera beaucoup moins de troubles que cinquante. De plus, ça fait plus de huit ans que je suis parti. Il est peu probable que quelqu'un me reconnaisse. La guerre et les années passées ont causé de nombreux changements.

— Nous pourrions te suivre.

— Ça ne fait pas très longtemps que tu as quitté la cité. Les gens vous reconnaîtraient, toi et les autres, plus facilement que moi. Et je travaille beaucoup mieux quand je suis seul.

Ce n'était pas complètement exact, mais excepté Helati ou Hecar, il ne faisait confiance à personne pour l'accompagner… Il y avait bien une autre personne, mais le mot « confiance » n'était pas vraiment approprié quant il s'agissait d'un kender. Heureusement, le kender concerné n'était pas présent.

Brogan ne parut pas convaincu. Il se tourna vers Helati qui détourna le regard. Elle n'appréciait pas trop cela, mais elle était bien consciente que ses chances de réussite étaient meilleures s'il agissait seul – les autres pourraient trahir sa présence.

— Tu voulais quelque chose, Brogan ?

— Oui, mais ça attendra. Certains parmi nous désirent obtenir ta permission pour placer tes armoiries sur nos habitations. Je leur ai dit d'attendre ta décision. Ce n'est pas pressé.

Il se détourna et s'éloigna avant que Kaz ait pu lui répondre. Helati regarda son compagnon, voyant la consternation sur son visage.

— Mon symbole sur leurs maisons ? Ils sont censés y placer le symbole de leurs clans.

— Ils ont peut-être décidé qu'ils appartenaient maintenant à un clan différent.

Kaz se sentit mal à l'aise en pensant que le symbole lié à son nom puisse être gravé sur de simples édifices. Cet endroit était réservé au nom du clan, les minotaures demandant ainsi à leurs ancêtres de veiller sur leur nouvelle résidence. En remplaçant le nom de leurs clans par le sien, ils le reconnaissaient comme le chef du clan, un peu à la manière dont Orilg avait été choisi.

Le clan Kaziganthi… ou plutôt le clan Kaz puisque la règle était de raccourcir le nom. Kaz aurait été autrefois honoré. Mais aujourd'hui, cela le perturbait.

— Je partirai avant l'aube, Helati. Cela devrait me permettre d'échapper aux autres. Je ne peux pas les emmener avec moi. Tu le sais.

— Oui. (Elle se leva en prenant soin de ne pas déranger les enfants.) Tu veux les tenir un peu ?

Kaz hocha la tête et prit ses enfants dans ses bras. A sa grande surprise, ils se blottirent près de sa poitrine et commencèrent à s'assoupir. C'était la première fois qu'ils s'endormaient aussi doucement et c'était peut-être la dernière fois qu'il les voyait avant son départ.

Helati se tourna vers leur maison.

— J'ai plusieurs choses à préparer avant ton départ. Tu veux mettre les enfants au lit ou tu préfères les garder encore un peu ?

— Je vais les garder jusqu'à ce que tu puisses les reprendre.

Elle acquiesça et rentra dans leur habitation. Le grand minotaure la regarda disparaître, puis reporta son attention sur les jumeaux. En cet instant, Kaz ne sentit pas en lui l'ancien champion de l'arène, le marin chevronné ou le guerrier expérimenté. Il ressentit la fierté même d'être père, et cela faisait son bonheur.

Mais profites-en tant que tu peux, se dit-il amèrement. *Car c'est peut-être une des dernières fois que tu éprouveras ce sentiment de bien-être... ou peut-être la dernière.*

Rapprochant les jumeaux de sa poitrine, Kaz regarda vers le nord.

***

Le jour se levant deux heures plus tard, Kaz terminait les derniers préparatifs de son voyage. Son imposant cheval de guerre, un cadeau précieux des chevaliers solamniques, était impatient dc partir. Kaz avait encore besoin d'une dernière chose pour compléter son équipement, un objet ornant un des murs de son habitation.

La hache de guerre qu'il décrocha lui avait été donnée par un elfe dénommé Sardal Corne de Cristal, mort depuis maintenant trois ans. Même dans la pénombre, l'arme lourde à double tranchant brillait, sa surface polie réfléchissant les plus faibles lueurs. Le nain inconnu qui l'avait fabriquée avait créé une œuvre d'art. Son équilibre était parfait. Et elle lui avait maintes fois sauvé la vie.

Les runes ornant son manche précisaient son nom : le Visage de l'Honneur. C'était un nom aux connotations magiques car la surface polie des lames permettait au minotaure de deviner le degré de confiance qu'il pouvait placer dans une personne. Les individus honorables se reflétaient très bien à sa surface ; les personnes qui désiraient le trahir ne possédaient aucun reflet.

Le Visage de l'Honneur possédait d'autres capacités, mais Kaz n'avait plus le temps d'y penser. Il saisit la hache d'une main et la rangea avec une facilité exercée dans le harnais dorsal qu'il avait déjà sanglé. C'était une sensation à la fois étrange et réconfortante. Il n'avait pas porté cette hache depuis au moins trois mois. Il utilisait une hache ordinaire pour couper du bois, pas une arme de maître.

Kaz s'attendait assurément à devoir utiliser sa hache pendant son voyage.

Helati l'attendait à côté de l'entrée. Les enfants dormaient et c'était la première fois qu'ils passaient une nuit complète sans se réveiller. Kaz se demanda si cela présageait quelque chose. Dormaient-ils, insouciants, parce qu'ils savaient que leur père reviendrait vivant, ou cela prophétisait-il une mission malheureuse ?

Il était heureux de ne pas pouvoir le leur demander.

— Tu es prêt.

— Tout à fait.

Ils s'étreignirent jusqu'à ce qu'un bruit, dans les ténèbres, les fasse se retourner. Kaz dégaina sa hache et la leva instinctivement. Le cliquetis du métal et le martèlement sourd de plusieurs sabots, les chevaux s'ébrouant, l'avertirent de l'approche d'un groupe armé.

Les nouveaux venus n'étaient que des silhouettes indistinctes, mais il était évident qu'il avait affaire à des minotaures. L'un des plus proches se rapprocha davantage avec sa monture et Kaz reconnut sa corne brisée.

— Brogan ! Par l'épée de Paladine ! Que signifie tout cela ?

— Nous sommes prêts à partir avec toi, Kaz.

Une bonne douzaine de minotaures à cheval accompagnaient Brogan. Dans l'obscurité, il était impossible de les dénombrer avec exactitude ou de savoir qui ils étaient.

Leur loyauté et leurs craintes le réconfortèrent, mais il s'agaça néanmoins de leur mépris à l'égard de ses choix.

— Je t'avais dit que je partirais seul. Cela sera plus simple. Un groupe tel que celui-là attirera l'attention des gardes de nombreuses lieues avant d'arriver aux portes de la cité !

— Nethosak est dangereuse de nos jours, insista un des minotaures caché dans l'obscurité. Bien plus dangereuse qu'elle ne l'a jamais été.

Aux yeux de Kaz qui avait combattu des dragons redoutables, des soldats déchaînés, des mages maléfiques et des dieux mauvais, Nethosak n'était pas plus ou moins périlleuse. Il savait que son entreprise allait être dangereuse, mais il savait également qu'il n'avait pas le droit de risquer la vie d'autres personnes.

Il posa la poignée du Visage de l'Honneur sur la terre afin que tous puissent voir sa surface polie.

— Votre loyauté et votre bravoure sont louables, leur déclara Kaz. Et vos actes m'honorent. Mais c'est un voyage que je dois faire seul. La discrétion m'aidera plus qu'une armée dans la cité surpeuplée. (Il inclina la tête en signe de gratitude.) J'apprécie vraiment votre aide, mais je dois rejeter votre offre.

Brogan n'était pas minotaure à abandonner aussi facilement.

— Mais Kaz…

Se redressant de toute sa hauteur, Kaz grogna.

— Tels sont mes ordres, Brogan.

Les cavaliers se turent et Brogan finit par acquiescer.

— Nous allons donc t'attendre… mais si tu n'es pas de retour d'ici une période de temps raisonnable, nous partirons à ta recherche. (Les autres acquiescèrent ou grognèrent leur approbation. Le minotaure à la corne brisée leva la main.) Que ton voyage se révèle victorieux, Kaziganthi.

L'un après l'autre, les cavaliers minotaures l'imitèrent en le saluant. Kaz leva également sa main pour les saluer en retour. Puis, Brogan à leur tête, les cavaliers s'en retournèrent avec leurs montures en direction de leurs habitations.

— Tu réalises maintenant qu'ils ne s'arrêteront pas simplement avec l'inscription de ton symbole sur leurs maisons, n'est-ce pas ? Tu viens de leur donner un ordre. Tu as donc accepté leur choix te désignant comme leur chef… leur chef de *clan*.

Kaz faillit presque lâcher sa hache.

— Mais ce n'est pas ce que je veux ! Je devrais peut-être les rattraper et…

— Et ne rien faire, lui dit Helati en soupirant. Mon

amour, tu ne veux peut-être pas être chef de clan, mais je te connais trop bien. Tu ne laisserais pas d'autres personnes courir des risques à ta place. Aux yeux de notre peuple, c'est le symbole même d'un vrai chef, ce qui est bien différent de ceux qui dirigent actuellement la destinée de notre race.

— Notre race est donc constituée d'un groupe d'imbéciles… et moi, je suis le plus grand imbécile de tous.

— Et je suis encore plus imbécile de t'aimer. (Elle l'enlaça.) J'aurais préféré qu'il existe un autre moyen. Je ne veux pas perdre mon bien-aimé et mon frère.

Kaz renâcla, essayant de ressembler au guerrier impitoyable qu'il avait été.

— Tu ne vas pas nous perdre. Je ramènerai Hecar au village. Il s'est peut-être simplement arrêté en chemin pour parler à toutes les femelles du royaume, c'est tout.

Reculant, le guerrier minotaure rengaina sa hache dans le harnais dorsal. Il monta ensuite en selle en détournant le regard à dessein afin de ne pas regarder Helati. La seule pensée de la quitter était presque insupportable.

— Puisse ton père te protéger, Kaz.

Il se représenta Ganth, si grand dans les souvenirs de son fils. C'était l'exemple de son père que Kaz avait suivi toute sa vie. Kaz réalisa à cet instant qu'il était devenu beaucoup plus comme son père depuis sa rencontre avec Huma et les autres. Son père ou sa mère, Kyri, son propre fils portant maintenant son nom, auraient-il entrepris une quête aussi folle – revenir à Nethosak ? Ses parents avaient tous les deux disparu avec leur navire, le *Gladiateur*.

Mais ce que les autres auraient fait n'a pas vraiment d'importance, décida Kaz. *Car c'est moi qui pars.*

— Kaz…

Il regarda Helati. Malgré la pénombre, il parvint à distinguer l'expression résolue de son visage.

— Si tu ne reviens pas vite, je partirai moi aussi. Je le ferai.

— Je reviendrai.

Se retournant, il poussa doucement sa monture. Le cheval s'élança au trot. Il ne regarda pas en arrière. Il n'osait pas le faire. S'il le faisait, le minotaure savait qu'il rebrousserait chemin pour rentrer dans son foyer et ne jamais quitter la compagnie réconfortante de sa bien-aimée.

Aucun autre incident ne ralentit son départ du hameau. Les autres habitations étaient plongées dans le noir, mais Kaz savait qu'ils étaient nombreux à le regarder partir – ceux qui avaient tenté de se joindre à lui et de nombreux autres. Il n'avait jamais voulu devenir chef, vraiment pas, mais il ne put s'empêcher de ressentir une certaine forme de fierté.

Rien dans les alentours ne pouvait révéler la présence d'une communauté à cet endroit. Kaz avait choisi ce lieu en raison de son isolement. Il s'intéressait peu aux visiteurs. Même s'il s'était résigné à l'arrivée de nouveaux colons, il était satisfait qu'un aussi petit nombre d'individus entreprenne le voyage sur ces terres difficiles. Ils avaient reçu la visite de quelques marchands et d'une bande de voleurs téméraires ; excepté cela, ses gens vivaient en paix. Cela changerait probablement un jour, mais il espérait ce jour lointain.

L'aube se leva enfin. La journée était fraîche et quelque peu nuageuse, un temps agréable pour voyager. Kaz s'arrêta uniquement par nécessité, pour nourrir et faire boire sa monture. La cité impériale était suffisamment éloignée et il ne voulait pas perdre de temps. Il pria Paladine et Kiri-Jolith en souhaitant qu'il ne soit rien arrivé d'affreux au frère d'Helati. Si Hecar avait toutefois été blessé, Kaz s'arrangerait pour que le responsable regrette ses actions. Kaz avait beau mener une vie paisible, il pouvait encore rendre la justice à la manière honorable des minotaures.

Kaz dut reconnaître à la nuit tombée qu'il était préférable de se coucher. La nuit était étonnamment sans étoiles, les environs plongés dans l'obscurité. Il choisit un endroit honnête, deux arbres enchevêtrés qui lui offriraient une certaine protection et lui permettraient de se défendre. Il pansa ensuite son cheval et prépara son campement.

La journée de voyage avait été bonne. S'asseyant à côté de son petit feu, le Visage de l'Honneur à ses cotés, Kaz espéra que les prochains jours de voyage soient semblables. Le relief des terres voisines des deux royaumes ralentirait bientôt sa progression, mais jusque-là, son voyage devrait être rapide. Le paysage était principalement constitué de zones boisées, puis d'une longue chaîne montagneuse qui courait le long de la partie supérieure des étendues orientales de l'Ansalonie. Heureusement pour les voyageurs, il était possible de chevaucher sur les versants est et ouest des montagnes, évitant ainsi les sommets. Ce n'était qu'à proximité des pics situés aux frontières sud de l'empire auto-proclamé de ses compatriotes qu'il commencerait à rencontrer des problèmes, mais Kaz, comme la majorité des minotaures, connaissait les meilleures routes.

Il espérait seulement qu'Hecar n'avait pas de problèmes immédiats. Il fixa le feu de camp, se demandant ce qu'il ressentirait en retournant dans sa patrie.

Mais il ne put y répondre, commençant à sommeiller. Kaz réalisa qu'il s'était effectivement endormi lorsqu'il découvrit que le feu était sur le point de mourir. Il saisit sa hache par le manche, sans toutefois découvrir le moindre danger. Sa nervosité le fit grogner de mécontentement et il s'attela à raviver le feu.

Il venait de terminer son ouvrage lorsqu'il entendit le craquement d'une branche.

Kaz se rapprocha du Visage de l'Honneur, saisit la hache et la leva lentement devant lui. Ayant couru le monde de nombreuses années durant avant de se fixer avec Helati, le minotaure était plus que coutumier des visiteurs nocturnes. C'était le moment idéal pour agir chez les monstres et les bandits, et il avait maintes fois rencontré ces deux espèces au cours de ses différents voyages. Il avait même une fois rencontré une abomination couverte d'écailles ressemblant à un dragon, la création grotesque d'un magicien fou ayant tenté de créer le guerrier parfait pour la Reine des Ténèbres. C'était la créature la plus abominable que Kaz ait jamais rencontrée.

Que cela soit une abomination ou un bandit, je n'ai pas le temps de jouer à ces petits jeux, se dit Kaz en scrutant les ténèbres. *Si elle ne vient pas me chercher, j'irai la déloger.*

Il n'avait vraiment aucune preuve que cela puisse être autre chose qu'un animal, mais Kaz savait depuis longtemps qu'il possédait une sorte d'instinct, un sixième sens, qui lui permettait souvent de faire la différence entre un cerf, un raton laveur ou une chose bien pire. Cette chose ne représentait peut-être pas une menace, mais il préférait s'en assurer...

Son cheval était également sur le qui-vive, son entraînement lui permettant de ne pas s'agiter. Kaz s'éloigna du feu et tenta de localiser avec précision la source du craquement.

Il se tourna vers la gauche. Le guerrier chevronné s'avança précautionneusement en se déplaçant silencieusement, chose étonnante pour quelqu'un possédant sa carrure. La plupart des personnes s'imaginaient que les minotaures ne comptaient que sur leur force brute, et qu'ils étaient par conséquent incapables de rapidité ou de ruse. Le fait que ses adversaires puissent le sous-estimer avait plus d'une fois servi Kaz.

Avançant entre deux arbres, il entendit un autre craquement de brindille, cette fois-ci sur la droite. Kaz se retourna immédiatement, serrant la hache à proximité de lui afin de ne pas accrocher une branche. Les bois n'étaient pas très denses à cet endroit, auquel cas il aurait dégainé son couteau. Le Visage de l'Honneur était son arme de prédilection, mais Kaz était expert dans le maniement des lames longues et courtes, lourdes et légères, ainsi que d'un grand nombre d'autres armes, le résultat de son entraînement passé.

La chose à l'origine du bruit devait maintenant se trouver à peine à quelques pas de lui. Kaz leva sa hache, évaluant l'espace qu'offraient les différents arbres et arbustes qui l'entouraient. L'espace était exigu, mais néanmoins suffisant pour combattre – il avait déjà combattu avec sa hache dans des espaces exigus.

Une autre banche craqua… dans son dos.

Par les épées de Paladine ! Cette créature est-elle si rapide que ça ou suis-je encerclé ? Kaz se tourna doucement ; il ne voulait pas laisser à son adversaire la possibilité de l'attaquer dans le dos.

Mais aucune attaque ne fut portée. Soufflant silencieusement, Kaz se déplaça à nouveau, en direction de son campement. Son cœur battit soudainement plus rapidement car il réalisa qu'il avait été naïf de s'éloigner ainsi du campement, les bandits pouvant voler ses biens en toute sécurité. S'il avait été effectivement pris à ce piège, ils allaient découvrir à quoi ressemblait la colère d'un minotaure… pendant les quelques secondes qu'ils leur restaient encore à vivre.

Oubliant toute prudence, Kaz chargea en direction du campement, les flammes qui dansaient dans la nuit lui offrant une balise.

A la lumière du feu de camp, il remarqua immédiatement la petite monture attachée à proximité de la sienne. Son regard se posa ensuite sur la petite silhouette encapuchonnée assise à l'endroit exact que le minotaure avait quitté quelques instants plus tôt. Une capuche recouvrait le visage du visiteur, le dissimulant.

A la façon dont il était positionné, il était difficile de dire à quelle race le visiteur appartenait. C'était peut-être un elfe, mais de petite taille. Trop mince pour être un nain, mais pas pour un gnome – mais la présence d'un gnome dans un tel endroit aurait été vraiment étrange. Kaz réalisa en se rapprochant, la hache serrée dans ses mains, que l'étranger était peut-être un humain, mais sa taille faisait de lui un adolescent, pas un adulte. Ce qui lui laissait une dernière race…

Non, c'était impossible…

Une voix tonitruante résonna sous la capuche.

— Bonsoir, Grand Guerrier… (La voix s'arrêta pour prendre un ton plus aigu et joyeux, le visiteur incapable de se contrôler.) C'était drôle, hein ?

Des doigts fins et fuselés, parfaits pour exercer le métier de roublard, se levèrent et tirèrent la capuche en arrière, révélant un joli visage enfantin aux cheveux bruns. La silhouette se leva, ne mesurant pas plus d'un mètre trente ; il était grand pour un membre de sa race, mais il appartenait sans conteste à la race la plus agaçante jamais créée par les dieux de Krynn.

Un kender.

Un kender dénommé Delbin Nœud-de-Peuplier.

CHAPITRE III

DES COMPAGNONS IMPORTUNS

— Qu'est-ce que tu fais là, Delbin ?

— Je suis venu te rendre visite, Kaz.

Le kender lui lança un sourire éclatant.

Posant le manche de la hache contre son épaule, le minotaure regarda son compagnon avec méfiance. Il ressemblait à Delbin, mais l'apparence, comme il le savait, pouvait souvent être trompeuse.

— Et tu te retrouves là, au milieu de nulle part, à m'attendre ?

Le kender s'esclaffa.

— En fait, j'ai été contraint de te rattraper car quand je suis arrivé chez toi, Helati m'a déclaré que tu étais parti pour une ville du nom de Nethosak et je me suis souvenu qu'elle se trouvait quelque part sur les terres des minotaures, et que c'était un lieu que je n'avais jamais visité, alors je me suis dit que je devrais te suivre parce que…

— Respire, Delbin !

Kaz se détendit quelque peu. C'était bien son vieil ami, il n'y avait aucun doute. Cette voix était bien la sienne, déblatérant constamment de tout et de rien. Delbin appartenait à un petit groupe de kenders qui éprouvaient l'étrange désir d'écrire certains des récits de l'histoire moderne de Krynn, une chose plutôt raisonnable quand il trouvait le temps de s'en occuper. Car à chaque fois que Delbin fourrait la main dans sa besace pour en sortir son prétendu livre de notes, il réussissait à retirer un objet appartenant à quelqu'un d'autre.

Kaz ne pouvait cependant pas nier que le kender s'était révélé à l'occasion un valeureux compagnon, risquant même sa vie pour sauver celle de son ami minotaure. Il n'était pas prêt à l'admettre, excepté devant Helati, mais il s'était pris d'affection pour la petite créature. Ce qui, bien évidemment, ne signifiait pas qu'il désirait entreprendre ce voyage en compagnie d'un kender.

— Lorsque le jour se lèvera, tu repartiras d'où tu viens et tu y resteras. La chose que j'ai à faire, je dois la faire seul.

— Mais Kaz, je n'ai jamais vu un empire entier de minotaures et Helati semblait préoccupée, ce que je peux comprendre avec le rêve que j'ai fait... un rêve qui m'a révélé que tu partirais en voyage et vu que tu voyages effectivement, tu as besoin de quelqu'un à tes côtés, un quelqu'un qui ne peut être que moi, bien évidemment...

Kaz se demanda une nouvelle fois si le kender le suivait parce que les membres de sa propre race ne supportaient pas ses bavardages incessants. Puis, une des choses que Delbin venait de dire piqua son attention.

— De quel rêve parles-tu ?

— J'ai fait un rêve et... (Delbin hésita lorsqu'il vit l'expression du minotaure.) Ce rêve te concernait, Kaz ! Tu chevauchais en direction d'un grand édifice où se trouvait une foule qui poussait des vivats et des minotaures qui se combattaient. Puis quelque chose de gros, plus gros qu'un oiseau, est passé en volant au-dessus et...

— C'est tout ?

— Non, car toi tu combattais dans cet endroit, je pense que c'est une arène, tandis qu'un autre minotaure, vraiment grand, en habits de prêtre, te regardait du haut de l'arène. Il s'est ensuite transformé en oiseau, puis est parti en s'envolant. (Delbin sourit.) C'est plutôt intéressant comme rêve, hein ? Ah oui... et j'ai oublié de parler de l'homme en gris !

— Quel homme en gris ?

Kaz regrettait déjà d'avoir demandé au kender bavard de lui raconter son rêve. Il continua cependant de l'écouter.

— Il était tout en gris, Kaz ! Même son visage et sa barbe. Il portait une robe grise et un bâton gris. Je n'avais jamais vu d'homme aussi gris, gris, gris.

La description de cet homme lui évoqua un vague souvenir. Quelqu'un d'autre lui avait parlé de cet homme en gris des années plus tôt. Mais à son grand regret, Kaz ne parvint pas à s'en souvenir précisément.

— Il était donc tout en gris ?

— Oui, et il m'a dit que tu partais bientôt et que je devrais me dépêcher pour te rattraper ; donc quand je me suis levé, j'ai su que je ferais mieux de partir, même si c'était un rêve... je savais que je *devais* partir.

Le minotaure avait rarement vu le kender aussi catégorique. Mais laisser Delbin l'accompagner au cœur de l'empire minotaure signifiait signer l'arrêt de mort de la créature. Les minotaures n'étaient pas tolérants, notamment à l'égard des kenders. Les frères de Delbin étaient considérés comme appartenant à la même espèce que les rats et autres vermines.

— Non. Tu ne peux pas venir, Delbin. C'est pour ton bien que je dis ça. Tu ne sais pas à quoi ressemble l'empire, et encore moins Nethosak. Ils n'hésiteront pas à t'exécuter pour le simple fait d'être toi-même.

Delbin Nœud-de-Peuplier regarda son corps.

— Qu'est-ce qui ne va pas chez moi ? Bon, c'est vrai que je suis un peu grand pour un kender, mais...

— Ça n'a aucun lien avec ta taille, et tu le sais bien, Delbin. Contrairement à moi, la plupart des minotaures sont plutôt intolérants en matière de choses kenders. Ils n'hésiteraient pas une seconde à te découper pour faire de toi un appât à poisson... (Kaz détestait parler ainsi, mais il voulait effrayer son ami pour le chasser.) Repars d'où tu viens.

— L'homme en gris a dit que je devais venir. (Delbin croisa les bras, déterminé.) Donc je viens.

— Mais c'était un rêve.

— Un sacré rêve. (Delbin lui adressa un sourire.) Alors, à quoi ressemble Nethosak, Kaz ? Beaucoup de minotaures y vivent ? Pourquoi y a-t-il deux royaumes nommés Mithas et Kothas ? Se ressemblent-ils ? (Le kender fourra la main dans sa besace.) J'ai besoin de mon livre ! Je devrais consigner tout ça... ça alors, je me demande où j'ai trouvé ça ?

L'objet que tenait le kender était difficile à distinguer à la lueur du feu de camp vacillant. Kaz se rapprocha, oubliant un instant sa colère et sa frustration. L'objet lui était vaguement familier, une sorte de médaillon.

Kaz eut tout d'abord le sentiment étrange que c'était le médaillon de Paladine qu'il avait retiré de la main d'Huma après la défaite de Takhisis, mais il avait accroché ce médaillon à la branche d'un arbre situé à proximité de la tombe du grand chevalier. En outre, le médaillon d'Huma représentait le symbole de Paladine alors que celui-ci révélait le symbole d'un autre dieu, un dieu tout aussi familier pour Kaz que le dieu d'Huma, même s'il ne le respectait plus autant que par le passé.

Sargas. Mais l'objet ne semblait cependant pas être le médaillon d'un prêtre.

— Montre-moi voir ça, Delbin.

Le kender lui tendit l'objet rond. Kaz le rapprocha des flammes. Des souvenirs se mirent à le submerger lorsqu'il reconnut enfin la nature du médaillon. Il en avait porté un semblable des années plus tôt.

— « Le champion de tous », murmura Kaz en lisant les lettres qui cerclaient le médaillon. « Le héros du peuple ». Où as-tu trouvé ça, Delbin ? Allez... réfléchis.

Le kender se concentra, le visage déformé, puis il afficha un grand sourire.

— Je me souviens ! C'est l'homme en gris qui me l'a donné !

— L'homme que tu as vu dans ton rêve te l'a donné ? Tu sais que c'est impossible.

— Mais il l'a fait ! Je m'en souviens bien ! Après m'avoir dit de te retrouver, il m'a donné le médaillon. Je crois qu'il a dit que tu l'avais perdu ! Tu ne trouves pas ça génial ? C'est ce que je disais à propos de ce rêve. C'est important. Je n'avais jamais fait un tel rêve.

Kaz faillit jeter le médaillon dans le feu. Il avait en effet porté un médaillon identique... jusqu'à ce qu'il décide qu'il ne continuerait pas sa vie dans l'arène. Combattre en tant que guerrier-esclave sous les ordres des humains et des ogres lui avait paru préférable à la folie et à l'hypocrisie de l'arène.

Cela ne pouvait pas être le même médaillon... du moins le pensait-il !

— Tu sais ce que c'est, Kaz ?

Kaz savait exactement ce qu'il représentait : ce médaillon était remis au champion suprême des jeux, le plus grand guerrier de toutes les arènes, y compris, bien évidemment, la Grande Arène. Le champion suprême avait le droit de défier l'empereur en combat singulier pour revendiquer le trône et l'empereur se devait d'accepter le combat ou de perdre la face. Un tel combat était livré jusqu'à la mort. Les combattants ne laissaient jamais leurs rivaux en vie, de peur qu'ils fomentent une rébellion ou qu'ils les défient à nouveau dans l'arène. La Grande Arène offrait assurément au peuple des divertissements « exceptionnels ».

— Non, répondit finalement Kaz en rangeant le médaillon dans la sacoche accrochée à la ceinture de son kilt. Non, je ne sais pas ce que c'est.

Il s'assit et posa sa hache à proximité. Delbin le regardait gravement, sa sagesse lui intimant de ne rien dire. Kaz avait oublié le kender. Les flammes dansant dans le feu de camp firent naître des images d'adversaires passés, combattus en duels. Kaz se vit affronter un minotaure à la fourrure d'un noir rougeâtre, plus grand que lui, puis cet adversaire se transforma en un minotaure plus petit mais plus musclé, portant une hache plus imposante que le Visage de l'Honneur. Kaz para son coup avec sa hache, puis contre-attaqua en lui infligeant un coup de taille qui mordit ses chairs. Ces images continuèrent de défiler devant ses yeux jusqu'à ce que le minotaure sombre peu à peu dans le sommeil.

*
* *

Lorsque l'aube du nouveau jour se leva, Kaz ne dit rien au kender au sujet de leur conversation de la nuit passée. Il laisserait, pour l'instant, Delbin chevaucher à ses côtés. Il ne voulait toujours pas risquer la vie du kender, mais il se réjouissait en silence de sa présence. Delbin pouvait parfois se révéler si comique que Kaz parviendrait peut-être à oublier un moment les dangers qui l'attendaient dans la capitale impériale du royaume minotaure de Mithas.

Ils voyagèrent relativement tranquillement les deux jours qui suivirent, les seuls tracas étant causés par les questions incessantes du kender au sujet des royaumes minotaures. Kaz avait maintes fois répondu à une bonne partie de ces questions depuis qu'ils se connaissaient, depuis le premier jour de leur rencontre sur un quai dans les étendues méridionales de l'Ansalonie. Le kender lui posait parfois également des questions sur sa propre vie que Kaz éludait en lui parlant de sujets fascinants concernant sa patrie.

— Une chose que je ne comprends pas : pourquoi y a-t-il deux royaumes ? lui demanda Delbin pour la énième fois.

— En raison de la compétition inhérente. Chaque royaume s'efforce de créer les plus grands champions.

Même s'il n'y avait qu'un seul empereur, la nation minotaure était partagée entre les royaumes de Mithas et de Kothas. Mithas, abritant en son sein la capitale impériale, avait un certain avantage, mais Kothas avait également fourni à la nation un bon nombre d'empereurs.

— Tu as combattu dans l'arène, n'est-ce pas ?

— Tous les minotaures combattent dans l'arène.

— Mais tu y es resté longtemps ! Tu devais être un sacré champion ! Mais les champions ne deviennent-ils pas empereur s'ils vainquent l'ancien empereur, parce que c'est ce que j'ai cru comprendre, et même que tu me l'as dit un jour, alors si tu étais un grand champion, tu aurais pu devenir empereur, ce qui...

— Respire, Delbin ! lui dit Kaz en grognant.

Il essayait de faire preuve de patience avec le kender, mais il ne pouvait éviter quelques accès de colère. Le kender posait constamment des questions, répétant encore et encore ses préférées. Delbin se tut et resta silencieux pendant une demi-lieue, une chose quasi incroyable.

Au cours de la quatrième nuit, ils installèrent leur campement à proximité d'une chaîne de collines. Les bois étaient maintenant plus denses et la forêt recouvrait pratiquement tout. Kaz connaissait un peu le relief de cette région, mais leur progression fut un peu ralentie. Ce qui n'était pas une mauvaise chose ; chaque nouvelle journée de voyage rapprochait de plus en plus Kaz d'un endroit dans lequel il n'avait aucune envie de retourner, un endroit qu'il craignait presque.

Après avoir attaché les chevaux, Kaz décida qu'il était temps de dire à Delbin qu'il ne pouvait pas aller plus loin. Il mettrait sa vie en danger. Le minotaure se surprit même à ressentir de la culpabilité pour avoir laissé son petit ami l'accompagner aussi loin. Mais les bois lui offriraient une bonne protection pour revenir sur ses pas et retrouver d'autres kenders.

— Delbin... commença Kaz en se retournant.

Il ne vit le kender nulle part. Sa monture était attachée et certaines de ses possessions étaient posées à côté du feu, mais Delbin avait disparu.

A la différence des étoiles, la lune Solinari était à peine

visible dans les cieux. Delbin était donc parti explorer les alentours. Renâclant de mécontentement, Kaz examina le sol à la recherche de traces laissées par le kender et indiquant la direction qu'il avait suivie. La race de Delbin avait le pas léger et le minotaure dut s'accroupir pour chercher ses traces.

— Kaz ! Regarde ce que j'ai trouv... Qu'est-ce que tu fais là ? T'as perdu quelque chose ? Tu veux que je t'aide ?

Delbin apparut comme par enchantement à côté du minotaure et s'accroupit à son tour. Il commença à examiner le sol avec attention afin de trouver ce que Kaz avait perdu.

— C'est toi que je cherchais ! Mais maintenant, ça suffit, Delbin ! Dès demain, tu retournes vers les tiens ! Tu ne peux pas disparaître au milieu de la nuit en territoire inconnu... et c'est pareil pendant la journée !

— C'était juste de la curiosité...

Kaz pointa son doigt en direction du kender.

— A Nethosak, ou dans tout autre endroit dans ma patrie, une telle curiosité te coûtera la vie, Delbin... ainsi que la mienne ! Je veux que tu me promettes que tu repartiras chez les tiens dès les premières lueurs de l'aube !

Delbin Nœud-de-Peuplier baissa les yeux. Il parut minuscule et vulnérable en cet instant précis ; il semblait tellement calme que Kaz se sentit à nouveau coupable.

— Mais... je ne veux pas partir ! Ils pensent tous que je suis trop sérieux ! Tous mes amis m'évitent !

— Hein ? Pourquoi ?

— Parce que je m'ennuie avec eux ! Ils ne sont pas aussi amusants que toi ou Helati, Kaz ! C'est pas pareil ! Tu as toujours des choses intéressantes à faire, et des endroits intéressants à visiter ! Je leur ai raconté tout ce que nous avions fait et ils semblèrent s'y intéresser au début, mais ils se sont lassés d'écouter mes histoires de minotaures et ils voulaient que je leur parle d'autre chose, et Noppel s'est même moqué de toi, et je n'ai pas aimé ça, alors j'ai...

— Respire, Delbin ! Alors... ce Noppel... s'est moqué de moi et tu t'es mis en colère à cause de ça ?

Un grand sourire se dessina sur les traits enfantins du kender.

— Tu es mon ami, Kaz !

Et j'ai visiblement une plus mauvaise influence sur toi

que je ne le croyais, pensa le minotaure. Il ressentit une légère honte pour avoir fait de son compagnon un véritable paria parmi les siens. Il ne pouvait plus chasser Delbin… pas après avoir appris que Delbin avait pris sa défense… en tout cas, pas de cette manière.

— Qu'est-ce que tu as trouvé ? lui demanda Kaz.

Souriant, Delbin fourra la main dans sa besace.

— Il faut que tu vois ça ! Je pense savoir ce que c'est, mais… Hé ! voilà mon carnet ! Depuis le temps que je le cherchais !

Ce fut l'une des rares fois où Kaz vit effectivement le carnet légendaire du kender. Il était corné et contenait de nombreuses feuilles de papier volantes qu'il soupçonnait avoir été « empruntées » dans des endroits que le kender avait visités. Les feuilles de papier parvenaient néanmoins plus ou moins à ne pas déborder de la vieille couverture en cuir. Mais avant que Kaz ait pu déchiffrer le moindre mot, Delbin remit son petit livre dans sa besace et sortit un autre objet.

— Le voilà !

La dernière acquisition du kender était aussi troublante que le médaillon. Chaque muscle du minotaure se raidit. La forêt parut soudainement plus noire et bien plus dangereuse.

— C'est un joli couteau, non ? Tu sais, je crois que le manche est en os, ce qui doit faire, à mon avis, un objet plutôt solide car les os tiennent nos corps plutôt bien en place, tu ne crois pa… ?

— Tais-toi, Delbin !

Il lui prit le couteau et le retourna dans sa main. Le manche était effectivement taillé dans l'os. Mais Delbin ne savait pas que l'os provenait probablement du corps d'une créature intelligente, peut-être un humain ou même un minotaure.

Après tout, les ogres avaient certaines préférences.

Le couteau était en bon état et très peu rouillé.

— Tu l'as nettoyé ?

— Non, je l'ai trouvé dans cet état…

Kaz lui fit signe de se taire et scruta la forêt obscure. Le couteau pouvait très bien avoir été perdu peu de temps auparavant, mais le seul fait de penser que des ogres aient pu s'aventurer aussi loin dans le sud donna presque envie à Kaz de faire marche arrière pour avertir les siens. Il lui vint alors à l'esprit qu'avec le grand nombre de minotaures vivant maintenant dans le village, une force importante d'ogres serait nécessaire pour les attaquer. Et une telle force n'aurait assurément pas pu rester dissimulée longtemps dans cette région. Les ogres étaient bien trop gauches pour ne pas laisser de traces de leur passage.

— Montre-moi où tu l'as trouvé.

Le kender se dirigea vers un endroit étonnamment proche de leur campement. Delbin avait trouvé le couteau à côté d'un arbre. La vision nocturne de la petite créature était vraiment supérieure pour l'avoir remarqué. Kaz ne trouva aucune trace d'ogres, mais il savait que l'obscurité pouvait dissimuler des preuves. Lorsqu'il se lèverait le lendemain matin, il explorerait à fond les alentours de leur campement.

Les deux compagnons revinrent vers le feu de camp, Kaz serrant toujours le couteau. Tout d'abord le médaillon… son médaillon… et maintenant cette arme ogre. Il n'y avait probablement aucun lien entre ces deux objets, excepté le fait que Delbin les ait trouvés tous les deux, mais le minotaure fatigué ne put s'empêcher de se poser des questions.

Delbin s'assit près du feu avec une expression pleine d'espoir sur le visage. Kaz comprit que le kender espérait récupérer le couteau. Delbin le considérait comme un trésor. Le minotaure tendit le bras, puis hésita. Il grogna.

— Je te rends le couteau à une seule condition, Delbin.

— Et c'est quoi ?

— Essaye de ne pas trouver d'autres objets pendant quelque temps, c'est d'accord ?

Son sourire s'agrandit.

— Je vais essayer de toutes mes forces, Kaz.

Renâclant, Kaz lui rendit son couteau. Il tourna ensuite son attention vers leur repas, son estomac lui rappelant qu'ils n'avaient pas mangé depuis un long moment. La nourriture avait la capacité d'effacer provisoirement les soucis.

Par le passé, Kaz s'était souvent plaint des tours pendables que les dieux lui faisaient subir. Car comment expliquer le chemin cahoteux qu'il avait suivi au cours des dernières années ? Il avait subi trop d'épreuves et de souffrances. Le peu de temps passé dans la maison qu'il avait construite avec Helati constituait le seul moment paisible de toute son existence. Mais ce répit était maintenant terminé. Il lui semblait être redevenu une fois encore le jouet des dieux.

Je suis peut-être simplement fatigué, pensa-t-il en tendant un morceau de pain à Delbin. *C'est peut-être simplement mon imagination qui me pousse à croire que les dieux me guident vers une nouvelle aventure désastreuse.*

Sa main se posa sur la sacoche dans laquelle il avait placé le médaillon que l'homme en gris avait soi-disant donné à Delbin. Il éloigna son bras et ignorant le regard curieux du kender, mastiqua sa viande comme s'il menait bataille.

***

Toc-toc fit le bâton de l'homme assis sur le gros rocher.

— A nouveau sur la route... mais connais-tu la direction ?

Kaz se trouvait au milieu d'un sentier de montagne. De hauts pics se dressaient de chaque côté. Devant lui, le chemin semblait plus étroit, à peine suffisamment large pour qu'il puisse l'emprunter. Derrière lui, il était large et bien plat. Dans cette direction, le minotaure aperçut une forêt splendide et dans cette forêt, une habitation qu'il reconnut comme la sienne.

Dans l'autre direction, face aux montagnes, il entendit des bruits ressemblant aux pleurs d'un enfant.

— Celui qui hésite est perdu, prétendent-ils. Es-tu perdu ?

Son interlocuteur tapota à nouveau son bâton contre le rocher. C'était un homme grand et âgé... âgé mais assurément en bonne santé. Il portait un manteau à capuche qui recouvrait pratiquement tout son corps, ainsi que de longs gants qui cachaient ses mains et ses poignets et disparaissaient dans les manches de son manteau. L'humain portait à ses pieds des bottes qui lui montaient presque jusqu'aux genoux.

Une longue barbe grise dissimulait un visage simple mais néanmoins intelligent. La barbe grise se mêlait à son visage gris qui à son tour se mélangeait dans le gris recouvrant son manteau.

Kaz plissa les yeux. Toutes les couleurs de l'homme étaient d'un gris unique, même ses dents, sa langue et ses yeux.

Les pleurs continuaient de retentir au loin.

— Ces pleurs ne vont pas cesser ? grommela Kaz.

— Son équilibre a disparu. (Malgré son manque de précision, cette explication parut satisfaire l'homme en gris.) Je te salue, Champion Suprême.

— NON ! hurla Kaz. Je ne porte plus ce titre et... (Il réalisa soudainement que le médaillon était accroché à son cou. Tendant sa grosse main, il arracha le médaillon de sa chaîne et le lança aussi loin que possible. L'homme en gris le regarda faire, son expression parfaitement neutre.) Je ne porte plus ce titre et ce médaillon depuis que j'ai quitté Nethosak ! Je rejette tout ce qu'il représente !

— Mais ce qui penche un jour d'un côté doit toujours repencher de l'autre. Ce qu'un être rejette un jour, il devra plus tard l'accepter... afin de maintenir son propre équilibre.

Les pleurs se firent plus perçants, comme s'ils désiraient être entendus. Kaz les ignora.

— Je n'accepterai pas de telles idioties ! Je rentre chez moi !

Il se tourna vers le sentier qui s'enfonçait dans les bois et découvrit que la forêt avait laissé place à la Grande Arène de Nethosak. Des applaudissements s'élevaient à l'intérieur et une rangée de minotaures se tenait au garde-à-vous, l'attendant.

Kaz recula mais lorsque son pied toucha le sentier montagneux, ce dernier se transforma en un terrain sableux et plat, le sol de l'arène. Une plate-forme en bois surélevée remplaçait maintenant l'homme en gris et le rocher. La plate-forme faisait plusieurs mètres de large et le surplombait. Une douzaine de minotaures poussaient de grands leviers, la structure pivotant lentement grâce à leurs efforts.

Paralysé, Kaz vit une silhouette flottant devant lui. Elle se rapprocha lentement de lui, la plate-forme pivotante la supportant.

Les pleurs de l'enfant n'avaient pas cessé, mais ils semblaient maintenant plus âgés... pas adultes... mais assurément plus âgés.

Le visage de l'individu se dressant sur la plate-forme lui apparut enfin.

C'était son propre visage.

— Il était temps que tu arrives, lui cria l'autre Kaz.

Kaz essaya de répondre, mais au moment d'ouvrir la

bouche, une grande ombre vint obscurcir le ciel. L'autre Kaz leva la tête... englouti par cette obscurité. Puis l'arène disparut.

— L'équilibre a vraiment disparu, déclara l'homme en gris qui se trouvait maintenant aux côtés de Kaz. Le passé devrait maintenant être enterré.

Ouvrant grand les yeux, le minotaure lança un regard furieux à son étrange compagnon tout en gris.

— Je vous connais, non ? Mais je vous ai apparemment oublié. Je me souviens d'Huma et de... (Ses paroles furent interrompues par des pleurs encore plus perçants et difficiles à supporter.) Par Paladine et Kiri-Jolith ! Quand est-ce que cela cessera ?

— Je ne peux rien y faire. (L'homme en gris leva les mains ; elles semblaient être liées par une version difforme de son propre bâton. Il paraissait ne pas s'en préoccuper.) Tu dois tout d'abord achever ce que tu n'as pas terminé.

Kaz ne se soucia pas de demander à l'homme en gris ce qu'il voulait dire par là car son regard se tourna à nouveau vers le sentier montagneux. L'appel à l'aide, les pleurs, étaient plus bruyants et plus proches. Il aurait voulu avoir sa hache en main... puis il réalisa qu'elle la serrait. Cette chose-là fut la première à ne pas l'étonner ; le Visage de l'Honneur apparaissait toujours entre ses mains lorsqu'il en avait vraiment besoin. C'était l'une de ses capacités magiques.

— Que Paladine me protège ! grogna Kaz en avançant sur le sentier.

— Il le fera peut-être, répondit l'homme en gris dans son dos. Il comprend bien le besoin d'équilibre.

Cette dernière phrase fit se retourner le minotaure, mais son regard se posa sur le vide, l'homme en gris ayant disparu. Renâclant de mécontentement, Kaz écouta à nouveau les cris. Ils étaient toujours plus bruyants et plus proches, mais il crut entendre cette fois-ci le bruit de pas précipités et le souffle bruyant d'un groupe de poursuivants déterminés. Des individus en avaient après la voix.

— T'as entendu ça, Kaz ? demanda Delbin qui n'était nulle part dans les environs.

Gardant sa hache bien en main, le minotaure accéléra

son allure. S'il y avait d'autres personnes, il devait se hâter. Car elles pourraient rattraper leur proie à tout moment.

En dépit de son allure précipitée, Kaz crut avancer dans un véritable bourbier. Il parvint toutefois à avancer le long du sentier, mais à chaque nouveau pleur, il comprit qu'il n'arriverait jamais à temps.

Les cris retentirent à nouveau ; ils étaient si proches que Kaz sut qu'il devait se trouver à proximité. La seule chose à faire était maintenant d'atteindre l'endroit où le sentier tournait sur la droite. Il aurait peut-être encore le temps.

Kaz se retrouva soudainement dans le virage. Il leva le Visage de l'Honneur devant lui, se préparant à frapper, et avança sur le sentier.

Une ombre surgit au-dessus de lui.

C'était un dragon.

***

Kaz se réveilla subitement, réalisant que tout ceci n'était qu'un rêve. Le minotaure lança un juron. Il faisait encore noir autour de lui. Il estima qu'il avait dû dormir une heure environ, peut-être deux. Il observa les alentours du campement, marmonna d'agacement et essaya de se rendormir.

Il ne vit pas la forme qui observait leur campement s'éloigner dans la nuit.

***

— Mais je te l'ai déjà racontée hier.

— Je veux l'entendre à nouveau.

— Pas maintenant, Delbin.

— S'il te plaît ! Ça permettra de tuer le temps et j'aime bien l'entendre, notamment la partie où…

— D'accord.

— Merci, Kaz ! dit Delbin de sa voix flûtée. (Il fourra la main dans sa besace.) Je devrais l'écrire ce coup-ci ! Car je l'oublie toujours. Ça me permettra de… Oh ! je me demande bien d'où ça peut venir ?

Kaz regarda sa nouvelle acquisition avec une certaine appréhension, mais l'objet se révéla être une de ses propres pierres à feu. Lançant un regard mauvais au kender, Kaz tendit la main et récupéra son bien.

— Oublie ton livre pour le moment, Delbin, ou bien je ne te raconterai pas mon histoire.

Le kender s'arrêta donc. Kaz soupira puis commença son récit.

— Au commencement, il y avait les ogres. Ce n'étaient pas les bêtes que nous connaissons aujourd'hui, mais de magnifiques créatures que toutes les autres races enviaient, même les elfes. Ils édifièrent de magnifiques cités et réalisèrent de splendides œuvres d'art dans tous les domaines. Tout le monde respectait leurs réalisations et leurs capacités.

— Qu'est-ce qui leur est arrivé ? demanda Delbin.

Il posait toujours les mêmes questions aux mêmes moments dans le récit lorsque Kaz le lui racontait.

— Ils devinrent décadents et vaniteux. Ils gaspillèrent leurs talents et jouèrent avec des pouvoirs qui auraient dû être cultivés afin de consolider leur grandeur. Certains d'entre eux comprirent cependant qu'ils se destinaient à la sauvagerie s'ils continuaient d'agir de la sorte et ils essayèrent donc de raisonner leurs frères. Les autres ne voulurent rien entendre et la race des ogres sombra de plus en plus dans la dégénérescence. D'après les légendes, ils perdirent la grâce du Grand Cornu, Sargas, qui finit par exiler les ogres, les condamnant à vivre comme les bêtes qu'ils étaient devenus. Ce sont les ogres que nous connaissons aujourd'hui, des monstres dégénérés qui ne se souviennent même pas de la gloire passée de leurs ancêtres.

— Mais les minotaures…

— L'histoire raconte que Sargas prit en pitié les quelques ogres qui tentèrent de rester sur la voie de la gloire. (Kaz n'aimait pas citer Sargas ; il ne suivait plus les croyances de ce dieu qui d'après un grand nombre d'autres individus portait également le nom de Sargannon, le consort de la Reine des Ténèbres. C'était cependant ainsi que l'histoire était racontée et Kaz croyait encore aux traditions.) Tendant la main vers eux, il s'empara des ogres qu'il considérait encore honorables et les éloigna des autres ogres. Afin de les transformer à son image pour faire d'eux ses enfants, il les refaçonna, travaillant leurs chairs.

Kaz se baissa vers le kender afin que celui-ci puisse voir

de près ses traits. Il avait emprunté cette habitude théâtrale à son père qui lui avait également raconté maintes fois cette histoire lorsqu'il était enfant. Le kender frissonna, plus par plaisir d'écouter son histoire que par crainte véritable.

— Nous avons donc pris en main la destinée que les ogres avaient rejetée. (Kaz ferma les yeux.) « Nous avons été réduits en esclavage, mais nous nous sommes toujours libérés de nos chaînes. Nous avons été maintes fois repoussés, mais nous sommes toujours revenus au combat avec des forces renouvelées. Nous avons atteint de nouveaux sommets de civilisation lorsque toutes les autres races déclinaient. Nous sommes l'avenir de Krynn, les maîtres désignés du monde. Nous sommes les enfants du destin. » C'est une vieille citation minotaure.

— J'avais entendu dire que c'était la Gemme Grise qui avait transformé les ogres en minotaures, dit soudain Delbin. Elle aurait survolé la région et après son départ, il y avait des ogres et des…

Kaz grogna.

— Les minotaures n'ont pas été créés par un hasard de la magie ! (Il fixa le kender.) Si tu veux entendre toute l'histoire, tu ne répéteras jamais plus de telles idioties, c'est compris ?

— D'accord, Kaz. Je suis désolé.

— Parfait. Essaye maintenant de te taire quelques instants. Une longue journée nous attend.

— A quoi ressemble le royaume minotaure ? demanda le kender à son compagnon, ignorant déjà son ordre au silence.

— Pas maintenant, Delbin. Plus tard.

Le ton de sa voix était menaçant et le kender lui obéit. Le reste de la journée se déroula sans incidents, tout comme la nuit qui suivit. Ils purent même repartir très tôt le lendemain matin. Le minotaure croyait à peine en leur bonne étoile. Il lui semblait que ses voyages étaient généralement plein de dangers quotidiens.

— Tu vois ces montagnes au loin ? lui demanda Kaz, de bonne humeur. Ça signifie que nous approchons du royaume minotaure. Il nous reste toutefois encore à faire la dernière partie de notre voyage.

— J'aime bien les montagnes, lui déclara son compagnon en fixant les pics lointains. Surtout celles avec des cavernes.

Kaz frissonna. Il n'aimait pas les cavernes. Bien trop de choses lui étaient arrivées dans de tels endroits.

— Je ne pense pas que nous ayons à nous soucier de cavernes.

— Tu as un jour trouvé un dragon dans une caverne, n'est-ce pas ? (Delbin s'excita soudainement.) C'était juste après la guerre avec la Reine des Ténèbres, quand les dragons étaient censés avoir quitté Krynn, mais tu as découvert un dragon par hasard et il était prisonnier de ce sorcier maléfique qui était…

— Respire, Delbin ! (Kaz lui avait raconté cette histoire des années plus tôt, mais il avait toujours refusé de la lui narrer à nouveau. Il avait espéré que Delbin l'oublie. Lorsqu'il pensait aux dragons, ses souvenirs le ramenaient toujours au dragon d'argent qui, sous sa forme humaine, avait aimé Huma de la Lance. Les souvenirs liés à Huma étaient douloureux car le chevalier avait été, et continuait d'être, le meilleur ami de Kaz.) Je ne veux pas parler de ça maintenant.

— Mais tu as même monté un dragon un jour, n'est-ce pas ? Je me rappelle que tu me l'as dit.

En dépit de lui-même, le minotaure sourit légèrement en se souvenant de ce dragon-là.

— J'en ai monté un pendant la bataille au cours de laquelle Takhisis fut vaincue. Il se prénommait Eclair. Il était jeune, fougueux et avait autant soif de combats que moi. C'était un dragon de bronze, impudent mais courageux. (Kaz grogna, les souvenirs assombrissant à nouveau son esprit.) Mais ils ont tous disparu à la fin de la guerre, à la fois les dragons du bien et leurs frères maléfiques.

— Mais tu as découvert l'autre dragon après cette bataille.

Voyant que le kender ne s'arrêterait pas, une chose coutumière, Kaz finit par acquiescer en soupirant.

— Seulement peu de temps après la guerre. Les dragons avaient tous disparu. Je venais juste de quitter la Solamnie… (Il avait quitté le pays après avoir rendu les derniers hommages à son ami et compagnon disparu.) … pour visiter le monde. Les temps étaient cependant encore dangereux et de nombreuses personnes ne faisaient pas confiance aux minotaures car nous avions servi en tant que guerriers-esclaves dans l'armée de la Reine des Ténèbres. J'ai souvent été contraint de fuir pour éviter de blesser des imbéciles innocents.

— N'oublie pas de mentionner le monstre ! lança Delbin.

— Ce n'était pas un monstre, Delbin…

— Tu m'avais dit que c'était un homme-dragon ! Je dirais que ça ressemble plutôt à un monstre. J'aurais vraiment voulu le voir. Tu avais dit qu'il était plus grand que toi et tout recouvert d'écailles ! Il avait été créé par le mage qui avait capturé le dragon et ses œufs… (Le kender se tut lorsqu'il réalisa que Kaz lui lançait un nouveau regard furieux.) Désolé…

— Pourquoi me demandes-tu de te raconter des histoires ? Tu sembles les connaître par cœur.

— Raconte-moi-la encore, s'il te plaît ! J'aime t'entendre les raconter, Kaz. Tu les as *vécues* !

Effectivement, il les *avait* vécues. Des images de son passé traversant son esprit, Kaz lui raconta la courte bataille l'ayant opposé à la créature écailleuse qui avait fui dans la nuit, puis sa propre capture peu de temps après par un mage maléfique. Le mage, un humain prénommé Brenn, avait effectivement capturé un dragon, un dragon d'argent vénérable, une femelle. Il l'avait capturée en dérobant ses œufs, les utilisant comme appât pour l'attirer dans un piège.

— Il transformait ses œufs en monstres, n'est-ce pas, Kaz ? Afin de créer d'autres hommes-dragons ! Pourquoi le dragon ne l'a-t-il pas arrêté ?

Kaz ne s'en souvenait que trop bien.

— Une illusion. Il menaçait de détruire ses œufs et avait créé une illusion d'eux qu'elle ne pouvait pas atteindre. En échange de leur protection, il exigea qu'elle utilise sa magie pour l'aider dans ses expériences. Elle ne pouvait pas savoir qu'il utilisait sa magie sur ses vrais œufs, transformant les dragonnets en hommes-bêtes.

— Que s'est-il passé ?

— Avec l'aide du dragon, j'ai tué Brenn et son monstre écailleux, mais elle est morte. (Son dévouement lui rappela la compagne d'Huma, une dragon d'argent elle aussi.) J'ai pris les œufs que j'ai pu trouver et je les ai rapportés dans un lieu où son compagnon viendrait très certainement ; il était lui aussi resté sur Krynn. (Il souffla. L'histoire fit remonter d'autres souvenirs.) J'ai presque attendu trois semaines avant de le voir apparaître et lorsque je l'ai vu, j'ai cru qu'il allait lui aussi mourir.

Kaz regarda le kender pour l'empêcher de l'interrompre.

Delbin resta judicieusement silencieux.

— Le dragon d'argent et sa compagne n'étaient pas les seuls dragons à être restés sur Krynn. Il y avait aussi un vénérable dragon noir, une des races les plus maléfiques chez les dragons, de présent en ce lieu – je ne sais vraiment pas comment il avait pu se retrouver là… Le dragon d'argent a combattu le dragon noir et l'a tué… avec un peu d'aide de ma part… mais il était si gravement blessé qu'il put à peine transporter les œufs. Tu comprends, une fois libérés du sortilège du mage, ils avaient continué de grandir. Et lorsque le dragon arriva, ils étaient sur le point d'éclore.

La bouche du kender forma un « O » d'émerveillement.

— Il a survécu ? lâcha-t-il.

— La dernière fois que je l'ai vu, il partait en vol… je crois en direction du nord… ses œufs dans une grande besace que je lui avais fabriquée. Il ne pouvait même plus se transformer en humain. Et sa magie fonctionnait à peine. (Kaz se gratta le menton.) Je n'ai jamais su le nom de la femelle, mais je crois que le mâle se prénommait Tiberion.

— C'est une sacrée bonne histoire ! lança Delbin en fourrant la main dans sa besace. Je devrais l'écrire pour ne pas l'oublier !

Kaz, n'ayant aucune envie de découvrir ce que Delbin sortirait cette fois-ci de sa besace, lui répondit rapidement.

— Oublie ça pour le moment. Nous devons avancer. Je veux atteindre ces basses collines avant la nuit. En outre, tu connais l'histoire aussi bien que moi. Tu pourras toujours l'écrire plus tard.

Delbin fit la moue… et lui obéit.

Ils atteignirent effectivement les collines à la nuit tombée. Kaz était satisfait que cette nouvelle journée de voyage se soit passée sans encombre, espérant que c'était là un bon présage. Une fois à l'intérieur des terres minotaures, il devrait être encore plus sur ses gardes, mais avant cela, le minotaure voulait se détendre et pouvoir reprendre des forces.

Ils trouvèrent un endroit susceptible d'accueillir leur campement et mirent pied à terre. Kaz se chargea des deux montures, Delbin nettoyant le terrain.

— Delbin, vois si tu peux trouver quelque chose de comestible. Je vais allumer le feu.

Malgré ses autres traits plus agaçants, le kender était un

traqueur et un cueilleur hors pair lorsqu'il s'efforçait de concentrer son esprit vagabond. Il pouvait très bien revenir, sept fois sur dix, avec de la viande et des fruits, et quelques aliments que Kaz était contraint de goûter.

Le kender détala. Il serait de retour dans l'heure. Lorsque Delbin et Kaz voyageaient ensemble, ils posaient souvent des pièges afin d'attraper du gibier qu'ils pourraient consommer plus tard. Kaz en poserait quelques-uns avant la fin de la soirée – il était passé maître dans la pose de collets et de pièges. Jusqu'ici, ils avaient été plutôt chanceux et avaient attrapé un bon nombre de lapins et même quelques oiseaux. Des noix et des baies avaient complété leurs repas.

Kaz venait juste de terminer lorsque le kender réapparut. Le feu de camp brûlait joyeusement et le campement était en ordre.

— Kaz ! Regarde ce que j'ai trouvé ! Ils se sont quasiment jetés dans mes bras !

Le minotaure renâcla. C'était la chance typique des kenders. Delbin tenait deux lapins pris dans un collet, des lapins qui profiteraient quasi exclusivement au minotaure, ainsi qu'un sac rempli probablement de fruits et d'autres plantes que Delbin pensait comestibles.

Ils décidèrent de dormir peu de temps après la fin de leur repas. Kaz était si détendu qu'il se laissa immédiatement gagner par le sommeil.

Il fut cependant rapidement réveillé par un bruit qu'il ne put identifier, sauf qu'il paraissait complètement étranger à leur environnement. Un mauvais pressentiment traversa son esprit.

— T'as entendu ça, Kaz ?

— Silence ! (Il saisit sa grande hache de bataille par la poignée.) Ne bouge pas de là, Delbin.

— Mais, Kaz…

Le kender ferma rapidement la bouche en découvrant le visage féroce de son camarade.

Lorgnant la sombre forêt, Kaz estima l'endroit où le bruit avait été émis. Il s'éloigna à pied. Cette situation lui rappela son rêve. Même s'il ne se trouvait pas sur un sentier montagneux, c'était une forêt, il sentit une sorte de lien entre les deux événements.

Il réfléchissait à ce lien lorsqu'une créature aussi grande que lui faillit le heurter.

L'ogre fut aussi surpris que Kaz, même peut-être plus. Armé d'un gourdin clouté, il resta bouche bée devant le guerrier cornu, puis grogna et attaqua.

Kaz para son coup avec sa hache. Le Visage de l'Honneur découpa facilement le gourdin, un bon tiers de l'arme de l'ogre tombant à terre. L'ogre se révéla toutefois opiniâtre et le frappa à nouveau avec son arme abîmée. Malgré la faible lueur de la lune, Kaz vit l'intention meurtrière qui éclairait le visage brutal de son adversaire. L'ogre gronda férocement, révélant de longues dents qui avaient coutume de déchiqueter la viande crue provenant d'une proie fraîchement tuée ou d'un guerrier ennemi vaincu.

Kaz ne perdit pas un instant. Avant même que l'ogre ait pu lui assener une seconde attaque, le Visage de l'Honneur glissa sous le gourdin du monstre pour s'enfoncer profondément dans son ventre.

L'adversaire de Kaz tomba en arrière en poussant un cri, son gourdin tombant à ses côtés. L'ogre cessa de respirer avant même de toucher le sol.

D'autres bruits violents retentirent dans la forêt et des silhouettes s'avancèrent dans sa direction. Kaz estima le nombre de ses adversaires et dénombra au moins quatre ogres. Combattre un ogre était difficile, deux bien pire, mais s'il devait en affronter trois, ou même quatre, et en même temps, il ne pourrait pas en réchapper vivant.

Kaz abandonna sa position pour se déplacer sur la gauche. Il entendait les déplacements d'un seul ogre dans cette direction… il pourrait donc l'emporter.

Le nouveau venu continuait d'avancer d'un pas lourd dans la forêt. Les ogres se souciaient beaucoup moins de la discrétion que les minotaures. La force brute était généralement ce qui les importait le plus, même s'il ne fallait jamais les sous-estimer. Kaz avait été contraint de servir sous les ordres des ogres lorsqu'il avait été guerrier-esclave et il savait ô combien ils pouvaient être rusés et traîtres.

Une forme indistincte apparut devant lui : ce nouvel adversaire, un autre ogre, portait une hache presque aussi grande que la sienne. L'ogre soufflait bruyamment. Il s'arrêta et renifla l'air.

Kaz réagit immédiatement. Le guerrier minotaure sortit de sa cachette, sa hache déjà en mouvement. Mais l'ogre parvint à esquiver son attaque.

— Minotaure, grogna le monstre à grandes dents. Toi croire tuer moi ?

— Ça paraît évident.

Kaz ne voulait pas perdre de temps en bavardages inutiles, mais l'attitude de l'ogre le déconcerta.

— Nous avoir pas failli, insista l'ogre. Campement à proximité.

Ils furent interrompus par l'arrivée soudaine d'un second ogre au regard affolé.

— Minotaure…

Il avait maintenant deux adversaires. Kaz se déplaça afin de faire face à ses deux ennemis. L'autre ogre portait une épée et un filet de lancer utilisé pour capturer des proies.

Cet ogre fixa la hache de Kaz.

— Squallin mort… tué par hache.

— Toi pas être de Nethosak, lâcha le premier ogre en levant sa hache.

Ses paroles furent interrompues par un hurlement de douleur, le Visage de l'Honneur le frappant au bras et lui infligeant une profonde entaille. L'ogre laissa tomber sa hache. Tandis que la créature empoignait son bras blessé, Kaz se jeta sur l'autre ogre qui avançait sur lui.

Une toile le recouvrit subitement. Plus rapide que son partenaire, l'ogre avait lancé son filet avec une réelle dextérité. Le filet recouvrait complètement le minotaure. Kaz se retrouva presque incapable de se défendre, le filet l'empêchant de manier sa hache. L'ogre triomphait. Il leva son épée pour lui infliger le coup de grâce.

Se penchant en avant, Kaz le chargea.

L'ogre ne s'attendait pas à une telle attaque. Les cornes de Kaz plongèrent en direction du large torse de son adversaire, la violente charge suffisant à transpercer la peau épaisse de l'ogre. Le cri que l'ogre poussa fut à la fois provoqué par la surprise et la douleur. Kaz se retirant, l'ogre cria une nouvelle fois en essayant d'arrêter le flot de sang avec ses mains.

Le premier ogre avait récupéré sa hache, mais sa tentative visant à frapper le minotaure enchevêtré fut mise en échec par son coup maladroit. Kaz esquiva la hache et recula, utilisant en même temps sa main libre pour se libérer du filet. L'ogre qu'il avait encorné s'effondra.

Kaz s'était à moitié dépêtré du filet lorsque l'ogre à la hache l'attaqua à nouveau. Même s'il parvint à lever son arme pour se défendre, la hache de son ennemi frappa violemment son arme et glissa le long du manche. Kaz grogna de douleur, le tranchant de la hache éraflant son bras, ce qui faillit lui faire lâcher son arme.

L'ogre leva à nouveau sa hache, mais il était visiblement plus adroit de l'autre main et son coup se révéla lent et imprécis. Kaz put ainsi se libérer complètement et lever le Visage de l'Honneur pour parer cette attaque.

Kaz entendit au loin sur la droite un cri bourru. Profitant de cette distraction, le minotaure chargea en avant, balayant le sol devant lui avec sa hache de bataille. L'ogre baissa son arme afin de bloquer Kaz au sol, mais son coup fut trop brutal. La hache s'enfonça dans la terre et avant que son propriétaire ne puisse la retirer, le Visage de l'Honneur lui entailla les deux jambes.

L'ogre tomba en avant, Kaz reculant prestement. Incapable de stopper sa chute, l'ogre s'empala sur les deux lames de sa hache double.

Kaz se retourna pour faire face aux nouveaux assaillants. Il fut surpris de constater qu'il n'y avait pas d'autres ogres, mais il lui sembla que les autres battaient en retraite.

Ils se dirigeaient dans la direction du campement dans lequel Delbin se trouvait, seul.

Lançant des jurons à différents dieux, Kaz courut aussi vite que possible, craignant d'arriver trop tard.

CHAPITRE IV

L'ATTAQUE DES OGRES

Le premier des poursuivants apparut quelques minutes plus tard. Ce n'était encore qu'une silhouette indistincte, mais Kaz n'eut aucun mal à l'identifier : un autre ogre. La créature portait un filet et un gourdin.

Quelques instants plus tard, une deuxième ombre se dirigea vers le campement, cet ogre-là portant apparemment une hache et un filet. Ils étaient étonnamment rapides pour des membres de leur espèce, mais ils étaient néanmoins suffisamment bruyants pour réveiller les morts. Appuyant le Visage de l'Honneur contre un arbre, Kaz dégaina un couteau de la ceinture de son kilt et se dirigea silencieusement vers l'ogre le plus proche.

La créature ne l'entendit pas, son attention concentrée sur la silhouette solitaire assise à côté du feu de camp. Kaz se plaça derrière l'ogre et ce dernier s'arrêtant pour observer la zone, le minotaure le frappa. Il posa sa main libre sur la bouche de l'ogre et avant qu'il puisse comprendre ce qui lui arrivait, Kaz enfonça sa lame dans sa gorge. Le minotaure n'eut aucun scrupule à l'assassiner de cette manière ; l'ogre aurait fait de même… voire pire.

Poussant un halètement étouffé, l'ogre s'effondra. Kaz retint le corps de l'ogre afin qu'il ne tombe pas trop bruyamment au sol. Il déposa doucement sa victime à terre et après avoir essuyé sa lame, observa les alentours.

L'autre ogre avait disparu, mais Kaz pensait savoir où il se trouvait. S'accroupissant aussi près du sol que possible, en se déplaçant néanmoins avec rapidité, le minotaure s'élança à travers les arbres. Il aperçut soudainement l'autre ogre qui attendait impatiemment un signal. Kaz avança à une allure imprudente. Il était presque arrivé à la hauteur de l'ogre. Encore quelques pas…

Mais quelque chose, un léger mouvement du minotaure, fit se retourner l'ogre. Il vit Kaz et hésita. Son adversaire allait vite comprendre que Kaz n'était pas son allié et le minotaure fit donc la seule chose possible. Il lança son couteau, sa lame s'enfonçant profondément dans la poitrine de l'ogre. La créature lâcha ses armes et essaya de tendre la main vers la lame, mais la vie quittait déjà son corps. Il s'effondra à terre, ses mains touchant presque le manche du couteau.

Kaz se précipita vers le corps, espérant que personne ne l'ait entendu tomber, et tendit la main pour reprendre son couteau.

Un oiseau lança une trille. Le minotaure s'immobilisa, sachant que ce type de volatile n'avait pas coutume de jacasser au milieu de la nuit.

De l'autre côté du campement retentirent le bruissement de la végétation et les grognements bruyants de plusieurs individus en mouvement. Kaz entendit un halètement probablement poussé par Delbin. Une voix grave grogna un ordre inintelligible.

Le minotaure lança un juron. Empoignant son couteau, il le rengaina dans sa ceinture et courut en direction du campement. Avant même de l'atteindre, il réussit à évaluer la situation. Son cœur se serra.

Ils étaient cinq, deux minotaures et trois ogres. Un des ogres essayait d'immobiliser Delbin qui se tortillait, tandis que les autres observaient les alentours à la recherche de tout autre obstacle. Ils paraissaient tous très déçus.

Il n'hésita pas un instant. Beuglant à pleins poumons, Kaz bondit dans le dos de l'un des ogres. Les chasseurs le virent lever le bras et ouvrir sa main vide. La surprise qui inonda leurs regards lorsque le Visage de l'Honneur apparut dans sa main amusa Kaz, même s'il avait déjà vu ces regards étonnés d'innombrables fois par le passé. La hache magique revenait toujours vers lui lorsqu'il en avait vraiment besoin… et cet instant précis était assurément une situation difficile.

Profitant de sa surprise, il frappa le premier ogre. Celui qui tenait Delbin le jeta sur le côté pour dégainer son arme. Un des minotaures s'élança dans sa direction tandis que le second se recula rapidement pour disparaître dans les bois.

Kaz para l'attaque de l'ogre, hache contre hache. L'ogre était un guerrier chevronné et les deux adversaires ne firent tout d'abord qu'échanger des coups. L'autre minotaure s'avança pour aider l'ogre, obligeant Kaz à reculer. Il vit derrière eux l'autre ogre se tourner vers Delbin d'un air menaçant.

Contraint de se concentrer uniquement sur ses deux adversaires, Kaz ne comprit pas tout de suite pourquoi l'autre ogre glissa brusquement et tomba à terre. Il comprit la situation lorsqu'il aperçut la petite forme de Delbin traverser rapidement son champ de vision.

— Ne bouge pas ! cria le second ogre en se relevant.

Serrant une épée aussi longue que la hache de Kaz, il essayait de découper le kender agile. Kaz aurait bien voulu en rire si ses propres ennemis n'avaient pas choisi de se séparer pour détourner encore plus son attention.

— Rends-toi et nous t'assurerons une mort rapide, lui cria le minotaure dans les bois.

— Je ne me rends pas face à des individus sans honneur.

Ses paroles irritèrent l'autre minotaure qui lui lança une attaque irréfléchie. Kaz profita de sa colère et agrippa l'arme de son adversaire par la poignée avec la lame de sa hache, lui arrachant son épée des mains. L'arme voltigea en direction de l'ogre qui recula, stupéfait.

Son adversaire minotaure essaya de stopper le flot de sang qui coulait de sa main blessée. Kaz se retourna prestement vers l'ogre. Ayant perdu l'avantage et déséquilibré par son recul, le coup de hache de l'ogre frappa l'air au-dessus de Kaz. Ce dernier put facilement se baisser pour éviter la hache, puis il frappa violemment l'ogre à l'avant-bras.

Le Visage de l'Honneur trancha le bras de son ennemi avec une grande facilité. L'ogre hurla de douleur et recula, laissant là sa main et une partie de son avant-bras. Le minotaure blessé s'était enfui.

— Que Sargas vous accompagne ! lança l'autre minotaure à l'attention de ses compagnons depuis les ténèbres.

Voyant Kaz se rapprocher de lui, le dernier ogre comprit que la fuite était préférable à la mort.

Ne souhaitant pas laisser d'autres ennemis s'enfuir, Kaz chargea le fuyard. Il venait d'atteindre les abords du campement lorsqu'il se retrouva subitement enchevêtré dans des branches qui apparurent devant lui. Kaz essaya de les trancher pour passer, mais il découvrit qu'elles l'agrippaient avec la ténacité des serpents.

Un des arbres voisins commença à bouger, ses branches se tendant apparemment en direction de sa hache.

— Paladine !

Il tira sur le Visage de l'Honneur avant que l'arbre ne parvienne à la saisir, puis balaya l'espace devant lui avec la hache, tranchant les branches animées. Elles tombèrent sur le sol de la forêt, mais d'autres branches les remplacèrent pour tenter de l'agripper ; il les trancha également. Aucune hache ordinaire n'aurait pu trancher autant de branches en si peu de temps. Si Kaz avait manié une autre arme, il était presque certain qu'il se serait retrouvé pris au piège… voire pire.

L'arbre animé le surplomba subitement, une ombre noire se distinguant sur le ciel nocturne. Kaz leva sa hache, mais au moment de frapper, un autre arbre s'avança vers lui. Les arbres avaient visiblement choisi de l'écraser.

Refusant son sort, le minotaure serra son arme et bondit dans l'arbre le plus proche qui essayait toujours de l'agripper, en vain. Kaz grimpa dans les parties supérieures de l'arbre, esquivant les branches basses qui essayaient de l'attirer vers le sol.

Kaz aperçut une lueur rougeâtre inhabituelle en regardant en contrebas. Il vit un minotaure qui tenait un objet dans la main gauche, un objet qui était à l'origine de la lueur… et très certainement de l'animation des arbres. Rengainant sa hache dans son harnais, Kaz avança rapidement sur une grosse branche qui le mena jusqu'au mystérieux minotaure.

Des mouvements sur la droite et la gauche l'informèrent que les autres arbres continuaient de se rapprocher pour l'écraser. Kaz regarda des deux côtés, estima la distance le séparant du minotaure et bondit.

Il atterrit au sol non loin du minotaure, mais sa soudaine présence surprit tellement son adversaire que ce dernier lâcha le cristal rouge scintillant. Kaz ne perdit pas un instant et le chargea. L'autre minotaure essaya de ramasser son talisman magique, sa main se posant sur l'objet au moment où Kaz arrivait sur lui. Les deux minotaures se heurtèrent et la gemme voltigea dans les airs.

Aucune parole ne fut échangée. L'obscurité rendit le

combat encore plus confus. Kaz essaya de saisir le bras de l'autre minotaure pour le lui tordre, mais il se retrouva adossé à un arbre qui n'était pas là une seconde plus tôt. Son adversaire aurait pu profiter de sa surprise si l'arbre n'avait pas *poussé* Kaz en avant, les deux minotaures trébuchant.

Par Kiri-Jolith ! Que se passe-t-il ? se demanda Kaz. Puis il comprit la situation. La gemme permettait au minotaure de contrôler les arbres qu'il avait animés. Les arbres avaient reçu l'ordre de capturer ou de tuer Kaz ; ils ne remarqueraient pas la différence entre les deux minotaures.

Son adversaire recouvra son équilibre, regarda les arbres monstrueux qui s'avançaient vers eux et partit en courant rejoindre ses compagnons. Kaz ne ressentit aucun respect pour les sens du devoir et de l'honneur de son adversaire, mais il reconnut néanmoins son bon sens. Il ne voulait pas mourir pour rien.

Des branches tentèrent à nouveau de l'agripper, mais il réussit à les éviter en effectuant un roulé-boulé. Kaz percuta un autre tronc d'arbre, celui-ci appartenant à un arbre non animé. Le minotaure en profita pour se cacher momentanément.

Il pensa utiliser le Visage de l'Honneur, mais Kaz ne pensait pas que sa hache, bien que redoutable, puisse lui permettre de se frayer un chemin dans un espace aussi exigu. Il devait exister un autre moyen. Il pourrait rattraper les ogres, mais il craignait que d'autres personnes rencontrent ces créatures animées. Kaz n'avait aucune idée de la durée de l'enchantement. Le seul individu qui aurait pu répondre à cette question était le minotaure qui avait utilisé la gemme…

La gemme ! Quel idiot je fais ! Il fouilla rapidement les ténèbres à la recherche de la lueur rougeâtre. Une faible lumière écarlate brillait dans le feuillage sur la gauche. Cela ne pouvait être que le talisman.

Un des arbres s'était rapproché pour le capturer, mais il parvint à l'esquiver. Kaz entendit derrière lui les arbres qui continuaient de le poursuivre. Il serra les dents. Il n'était plus très loin. Encore quelques mètres.

Ses jambes se retrouvèrent enchevêtrées dans des branches. Kaz perdit l'équilibre et tomba en avant. Le guerrier infortuné fut tiré en arrière avant même d'avoir touché le sol.

Il essaya d'atteindre sa hache, en vain. Les arbres l'encerclaient maintenant complètement.

Une petite silhouette apparut soudain à côté de lui.

— Kaz ?

— Delbin ! Trouve la gemme rouge ! Elle brille dans le noir !

Malgré la situation désastreuse, le ton du kender demeurait joyeux.

— Ah bon ? Ouah, ça doit être chouette à voir ! Je…

D'autres branches lui saisirent les jambes. Kaz parvint finalement à saisir sa hache, mais il doutait de pouvoir l'utiliser avec succès.

— Tais-toi, Delbin ! Trouve la gemme ! Vite ! Elle est près de toi.

Delbin regarda autour de lui.

— Je ne la vois pas !

En d'autres circonstances, le kender aurait pu dénicher la plus petite babiole, même si elle avait été perdue et enfouie des années durant. Kaz se demanda s'il devait tout abandonner.

Son compagnon tourna la tête.

— Ah ! la voilà ! Je l'ai trouvée, Kaz !

Il était temps, se dit le minotaure soucieux.

— Tiens-la dans ta main et donne l'ordre aux arbres de s'arrêter !

— Je peux faire ça ? Je n'ai jamais vu…

— Delbin !

Le kender leva immédiatement la gemme en criant en même temps.

— Arrêtez-vous, les arbres !

Rien. Les arbres continuèrent leur œuvre. L'un d'eux essaya de soulever Kaz par les jambes. Le minotaure avait sa hache en main, mais il était difficile de frapper la tête en bas, même avec son arme préférée.

— Je vous ai dit d'arrêter, bande d'arbres ! Arrêtez ça ! Ça n'a pas l'air de marcher, Kaz !

— Brise cette foutue gemme !

C'était la seule idée qui traversa son esprit.

— Je n'ai rien sur moi pour la fracasser. Elle est plutôt solide, tu sais !

Le guerrier pensa au seul objet capable de briser la gemme

magique. Même s'il détestait devoir se séparer de son seul moyen de défense, Kaz fixa le kender, plia le bras et lança le Visage de l'Honneur en direction de la petite silhouette.

— Utilise ma hache ! Dépêche-toi !

Les autres arbres se rassemblèrent autour de lui. Il ne voyait plus Delbin. Mais il entendit néanmoins ses pas.

— La hache est lourde, Kaz !

— Tu n'as pas besoin de la lever bien haut !

Ses adversaires monstrueux l'étreignaient. Sa position devint intenable. Les arbres allaient l'écraser contre leurs troncs.

Un éclair scintillant de lumière écarlate illumina soudain la zone voisine.

Les arbres cessèrent de bouger. Kaz retint son souffle, attendant leur contre-attaque, mais rien. Il souffla et s'esclaffa.

— Kaz ? Tu vas bien ?

La tête de Delbin, à l'envers, apparut entre deux arbres.

— Ça va bien. (Il avait une blessure au bras et un mal de tête atroce, mais c'était négligeable en comparaison de ce qui aurait pu lui arriver.) Mais je pense que je vais avoir besoin de ton aide pour me libérer.

— C'est d'accord.

Avec l'aide de Delbin, Kaz se libéra rapidement de sa prison végétale. Il n'y avait plus aucun signe des autres assaillants. Kaz pensait ne pas les revoir car ils étaient incompétents. Il pensa un instant les poursuivre, mais une traque de nuit n'était pas très sage.

— Et toi ? Tu vas bien ? demanda-t-il à Delbin.

Le kender hocha la tête. Les réjouissances de la nuit semblaient l'avoir transporté de joie. C'était là un autre trait de caractère des kenders que Kaz ne comprendrait jamais.

Se sentant coupable d'avoir abandonné son compagnon, le minotaure ajouta :

— Désolé d'avoir dû agir de la sorte. Je pensais nous donner plus de chances en les attaquant par surprise. J'aurais aimé leur faire plus de dégâts. Je suis désolé.

Delbin ne semblait pas concerné. Le kender regarda le cadavre de l'ogre et observa le campement piétiné.

— Ne te fais pas de soucis, Kaz, je savais que tu nous sauverais.

Le kender lui exprimait une telle confiance que Kaz ne

put rien ajouter d'autre. Delbin croyait résolument en lui. Kaz se sentit gêné.

— Je savais que tu nous sauverais, répéta le kender en levant la tête pour lui sourire. L'homme en gris de mon rêve me l'a dit juste avant que je me réveille.

— Qui ça ? L'homme en gris ?

— Mais oui, Kaz ! Il m'a dit de ne pas m'inquiéter car le temps n'était pas encore venu de mettre à l'épreuve l'équilibre. Il m'a dit que tu réussirais à échapper aux pires dangers. Car l'épreuve aura lieu autre part.

— Par Paladine ! J'en ai assez ! (Le minotaure leva les yeux vers les cieux.) Je ne sais pas qui est responsable, mais je ne serai pas votre marionnette une nouvelle fois ! Je vais sauver Hecar, puis je repartirai directement chez moi retrouver ma compagne et mes enfants ! Trouvez quelqu'un d'autre pour jouer à votre jeu diabolique !

Kaz doutait que le Grand Dragon, le surnom que certains donnaient au Seigneur du Bien, soit responsable. Paladine était juste et équitable, mais il existait d'autres dieux, du Bien, de la Neutralité ou du Mal, qui jouaient avec les créatures de Krynn lorsqu'ils ne pouvaient pas agir directement.

Le ciel nocturne ne lui répondit bien évidemment pas. Kaz grogna de colère et regarda son compagnon. Le kender semblait s'intéresser à ses paroles, mais il ne fit aucun commentaire. Il choisit alors de prendre une décision qu'il avait par trop retardée.

— Delbin, tu repartiras dès demain vers le sud, en direction du hameau et d'Helati. Et tu y *resteras*.

Le kender commença à protester, mais Kaz lui tourna le dos et se mit à la tâche macabre de se débarrasser des restes des ogres. Il ne regarda ni ne reparla à son compagnon le reste de la nuit.

***

Lorsque l'aube du nouveau jour se leva, Delbin se fit tout de même entendre.

— Je veux t'accompagner !

— Il y avait des minotaures dans ce groupe qui ont essayé de nous capturer, et peut-être même de nous tuer. Je ne sais pas comment ils ont appris notre présence dans cette région ou pourquoi même ils voulaient nous capturer, mais certains d'entre eux se sont échappés. (Kaz avait quelques soupçons, mais il ne voulait encore rien dire. Les seuls individus qui connaissaient leur périple étaient les minotaures vivant dans le hameau.) Cela signifie que nous pourrions les recroiser, peut-être même à Nethosak. Ils n'hésiteront pas à te réduire en bouillie. Et je ne veux pas devoir me soucier de toi. Repars vers Helati, Delbin. Elle te traitera bien. Tu pourras m'y attendre.

— Mais Kaz, l'interrompit le kender qui ramenait les chevaux. Tu ne m'écoutes pas ! L'homme en gris a dit que je devais t'accompagner pour t'aider !

— Tu l'as peut-être mal compris. Il voulait peut-être juste que tu sois là la nuit dernière pour m'aider. Et tu as réussi… tu peux donc maintenant repartir.

Le kender réfléchit à ses paroles.

— Tu crois ?

— Assurément.

— Mais je ne veux pas partir ! Tu es mon ami !

Le minotaure soupira. Kaz aimait assurément le kender, et c'était pour cette raison que Delbin devait le quitter. Il ne voulait pas le voir souffrir, malgré les paroles qu'il était contraint de lui dire.

— Ecoute-moi. Les terres minotaures sont proches. Elles sont dangereuses. Nethosak est encore plus dangereuse. J'ai été stupide de te laisser aller aussi loin et l'attaque de la nuit dernière l'a confirmé. Je ne sais pas ce qu'ils nous voulaient… Tu dois comprendre que c'est pour ton bien si je te renvoie dans le sud.

— Je ne veux pas partir… lui dit le kender en regardant le sol.

— Delbin. (Le kender leva la tête.) J'espère que tu comprends le sérieux de la situation. Je ne veux pas qu'il t'arrive du mal.

— Je sais, Kaz.

— Tu repartiras dans le sud, comme je te l'ai demandé ?

— Oui Kaz, mais…

— Ça suffit. Helati aura besoin de ton aide. Elle a des enfants à charge.

Kaz grimaça intérieurement. Helati ne lui pardonnerait pas de si tôt la présence d'un kender dans leur maison. Elle aimait Delbin tout autant que Kaz, mais le kender avait la fâcheuse habitude d'empocher « par hasard » tout objet traînant à ses côtés pendant plus d'une minute. Delbin savait cependant y faire avec les enfants, même les enfants minotaures, une chose qui pourrait se révéler précieuse pour soulager un peu Helati.

— Je comprends, lui répondit Delbin en essayant de se grandir et de paraître solennel. (Affichant un grand sourire, il ajouta :) Moi aussi, j'aime bien Helati ! Elle cuisine bien pour une minotaure, elle chasse et sait faire des trucs supers avec une dague ; elle me l'a même montré une fois en touchant une cible lointaine…

Delbin continua de babiller et bien que son flot constant de parolcs gênât quelque peu Kaz, il laissa le kender parler librement. Lorsqu'il décida finalement de partir, un peu moins d'une heure plus tard, Kaz ressentit un vide étrange.

Ressaisis-toi, se dit-il après le départ du kender. *Tu es un minotaure, un guerrier. Tu dois adopter un comportement guerrier lorsque tu pénétreras dans l'empire. Hecar a besoin de toi.*

Le fait de penser au frère d'Helati l'aida à consolider sa détermination. Avant son départ, Kaz chercha les traces des fuyards. Il dénombra cinq montures. Il était possible de trouver des renforts dans un autre lieu. Il se dit une nouvelle fois que sa décision de renvoyer le kender avait été la bonne. Les ogres et les minotaures ne travaillaient pas volontiers ensemble, à moins d'une raison valable.

Il retrouverait Hecar. Il n'avait aucun doute quant à cette éventualité.

La journée fila tranquillement. La compagnie du kender lui manqua beaucoup plus qu'il ne l'avait pensé. Delbin avait toujours été un compagnon loyal… bien plus loyal que la plupart de ses frères d'armes.

Les bois s'éclaircirent de plus en plus pour se transformer en collines herbeuses parsemées de quelques rares boqueteaux. L'extrémité sud de la chaîne montagneuse qui marquait la frontière des royaumes minotaures n'était plus qu'à quelques journées de cheval. Kaz dut également affronter une météo moins clémente en s'enfonçant dans le nord. Le vent se leva et des nuages s'amoncelèrent bientôt dans le ciel. La pluie commença à tomber peu de temps après le coucher du soleil et s'intensifia davantage pour se transformer en un véritable orage. Des éclairs zébrèrent les collines devant lui et il décida de s'arrêter pour la nuit.

Kaz découvrit un surplomb rocheux suffisamment large pour abriter sa monture et lui. Il s'y était même déjà protégé bien des années plus tôt. Il n'avait aucun moyen d'allumer un feu et le minotaure fut contraint de manger de la viande froide et des fruits. Il avait donné le reste de ses provisions à Delbin. Le kender ayant été plus que chanceux dans sa cueillette, lui et Kaz avaient suffisamment de quoi manger.

L'orage s'intensifia. Incapable de dormir, Kaz observa le paysage, reconnaissant certains endroits. Lorsqu'il arriverait à Nethosak, il s'adresserait à la Maison d'Orilg. Même si ses relations avec ce clan n'étaient plus aussi bonnes qu'autrefois, la maison n'avait aucune raison de le repousser. Kaz s'était lavé de toutes les accusations de déshonneur pesant sur lui et sa réputation à l'extérieur de sa patrie lui avait même apporté un certain prestige auprès des siens. Ils savaient que les Chevaliers de Solamnie, une des quelques organisations humaines que les minotaures respectaient, honoraient ses talents de guerrier.

Excepté Orilg, Kaz possédait également un ou deux autres contacts, mais il ne connaissait pas leur sort. Il toucha la sacoche contenant le médaillon. Même s'il n'aimait pas penser à son passé de guerrier dans l'arène, certains minotaures l'aideraient simplement parce qu'il avait détenu un jour le titre de champion suprême.

Un éclair particulièrement brillant illumina le paysage. Kaz se leva d'un bond, dérangeant momentanément sa monture. Il aurait juré avoir aperçu une silhouette sous la pluie, un personnage barbu vêtu d'une longue robe flottante et portant un bâton. Malgré la distance, ce personnage ressemblait beaucoup à l'homme en gris de ses rêves.

— Et alors, je suis réveillé maintenant !

Ne se préoccupant plus subitement des éléments, il partit en courant sous la pluie, en direction de l'endroit où il avait aperçu l'homme en gris.

Des éclairs strièrent le ciel, mais aucun d'eux n'éclaira l'homme en gris. Kaz avançait rapidement, craignant à la fois de perdre sa proie dans le noir, mais également d'avoir tout imaginé. Il ne portait pas sa hache, mais le minotaure ne s'inquiétait pas – le Visage de l'Honneur apparaîtrait dans sa main s'il en avait besoin.

Le tonnerre gronda au-dessus de lui. La pluie s'intensifia encore, ralentissant Kaz. Il regarda à travers les rideaux de pluie. Kaz se demanda si l'homme en gris était un mage car il ne portait pas les robes rouges, noires ou blanches de cette profession… mais il ressemblait assurément à un mage. Et cet homme lui rappelait une chose familière. Il pressentait avec certitude que cela devait avoir un lien avec Huma de la Lance, mais il ne parvenait pas précisément à savoir lequel.

Un autre éclair lumineux éclaira la zone, révélant une silhouette pelotonnée à l'endroit où il avait vu l'homme en gris. Malgré la pluie qui le trempait, le minotaure s'autorisa un grand sourire. Il tenait enfin ce personnage insaisissable.

— Levez-vous ! cria-t-il en se rapprochant de la forme pelotonnée. Levez-vous ! Vous avez de nombreuses réponses à me donner !

Un nouvel éclair zébra le ciel et Kaz vit pour la première fois que la forme devant lui n'était pas l'homme en gris.

C'était Delbin… et il était en sang.

CHAPITRE V

LES ROYAUMES MINOTAURES

De l'eau éclaboussa le visage d'Hecar. Il tressaillit et toussa, impuissant ; ses mains étaient enchaînées. Après quelques instants, il put néanmoins suffisamment plisser les yeux pour voir… même s'il savait qu'il n'y avait pas grand-chose à voir. C'était la même cellule crasseuse et le même minotaure balafré et trapu, plus âgé que lui, qui lui souriait avec une bouche à moitié édentée.

Molus, sa fourrure grise en raison de son grand âge, était un geôlier enthousiaste qui prenait plaisir à tourmenter ses prisonniers.

— C'est l'heure de te battre à nouveau, criminel. On t'a réservé un beau combat aujourd'hui.

Quatre membres bien armés de la Garde Minotaure attendaient derrière Molus. Scurn n'était pas présent. Hecar ne l'avait pas revu depuis son arrestation, mais il était persuadé que le minotaure défiguré était venu au moins une fois dans les geôles.

Tous les muscles de son corps lui faisaient mal, lui rappelant qu'il était toujours en vie. Il aurait normalement déjà dû mourir. Les combats impliquant des criminels de la nation étaient généralement équilibrés de telle façon que l'issue soit défavorable aux détenus.

Hecar avait déjà livré deux combats, le premier contre des guerriers émérites et le second contre un ours très affamé et poussé à la sauvagerie par ses dompteurs. Il les avait gagnés tous les deux, en grande partie grâce aux ruses apprises aux côtés de Kaz, mais ses ravisseurs retardaient l'inévitable pour une raison qui lui était inconnue. Il savait que de nombreux autres prisonniers affrontaient des adversaires imbattables.

Lui, il avait pu remporter ses combats. Hecar n'était pas le champion que Kaz avait été ; il était bon, plus que la moyenne des membres de son espèce, mais pas exceptionnel.

Il semblait qu'ils lui donnaient l'occasion de vivre plus longtemps, et cela l'inquiétait. Car cela signifiait qu'ils voulaient obtenir de lui quelque chose.

— Détachez ses chaînes, déclara Molus. Tu vas affronter un ogre aujourd'hui… puis si tu survis, le Capitaine Scurn s'entretiendra avec toi.

Un nouveau combat truqué, celui-là encore plus facile que les autres. Que lui voulaient-ils ?

J'aurais dû t'écouter, Kaz. J'aurais vraiment dû…

Kaz ? Les gardes le soulevant, Hecar se demanda s'il venait de trouver la réponse. Le laissaient-ils en vie à cause de ses liens avec Kaz ?

Scurn possédait peut-être la réponse ; Hecar devait donc remporter son prochain combat. Il apprendrait peut-être enfin aujourd'hui la vérité. Hecar renâcla : il devait triompher pour assouvir sa curiosité.

Il ressentit presque de la pitié pour l'ogre.

*
* *

Kaz laissa dormir Delbin pendant qu'il achevait les derniers préparatifs de leur voyage. Il était maintenant évident qu'il devait rester avec le kender. Sa blessure, qui se révéla être une simple égratignure sur sa jambe droite, avait été causée par un éclaireur minotaure qui avait poursuivi le kender sur plusieurs lieues. Delbin avait bien évidemment dû admettre qu'il avait suivi Kaz, espérant le rejoindre un peu plus tard. Kaz reconnut qu'il préférait laisser Delbin l'accompagner, plutôt que de regarder constamment derrière lui à la recherche du kender exubérant.

L'orage s'était levé peu de temps avant le lever du soleil, mais le ciel était encore très nuageux. Kaz venait de seller sa monture lorsque Delbin se réveilla. Le kender se frotta les yeux, regarda autour de lui, désorienté, puis sourit à Kaz.

— La pluie a cessé.

— Tout juste. Comment ça va ?

— Mieux.

La plupart des kenders possédaient une forte constitution.

Delbin semblait quasiment avoir recouvré toutes ses forces. Kaz, qui avait encore un peu mal, s'émerveilla du pouvoir de récupération de son compagnon.

— Tu te souviens maintenant comment tu as fait pour me retrouver ?

— Je le savais, c'est tout.

Le visage du kender n'exprimait qu'innocence.

Kaz lui posa néanmoins la question.

— Tu étais censé repartir vers le sud pour retrouver Helati et les autres minotaures. Par le bouclier de Paladine ! Tu cours au danger si tu restes avec moi !

Croisant les bras pour exprimer sa détermination, Delbin lui répondit.

— Je ne repartirai pas. Je veux t'accompagner.

— Bien sûr que tu vas m'accompagner. Je n'ai plus vraiment le choix maintenant. Le temps que nous perdons joue contre Hecar… s'il n'est pas déjà mort. Tu aurais dû partir vers le sud, mais maintenant que tu es là, tu dois comprendre une chose. Ne t'éloigne pas de moi. Obéis aux ordres que je te donne, même s'ils te paraissent dégradants ou déroutants. Tu seras mon esclave pendant toute la durée de notre séjour dans les royaumes. Je vais être obligé de te traiter de la sorte. C'est ta seule chance de pouvoir t'en sortir en un seul morceau. Tu me comprends bien, Delbin ?

Le kender ne se laissa pas démonter.

— Je comprends… et je n'ai pas peur. Pas quand je suis avec toi, Kaz.

Kaz laissa échapper un profond soupir.

— Tu as trop confiance en moi… ou alors ton homme en gris t'a révélé autre chose ?

— Non, il n'a rien dit d'autre dans mon rêve.

— Tu as rêvé de lui quand tu chevauchais vers le sud ? C'est pour ça que tu es revenu ?

— Je n'ai rêvé de lui qu'une seule fois.

Delbin avait l'air sincèrement perplexe.

— Tu ne l'as pas vu pendant l'orage ?

— Non, Kaz.

Le minotaure abandonna.

— D'accord. Mets-toi en selle. Je guiderai le cheval quelque temps en attendant que la piste s'améliore, puis nous chevaucherons ensemble. Et souviens-toi de ce que je t'ai dit. Il se peut que nous rencontrions des minotaures, notamment des patrouilles extérieures.

— Je me comporterai bien, Kaz. Tu verras.

— Ça vaut mieux pour toi.

Le ciel ne se dégagea pas plus, mais la pluie ne réapparut pas. Cette météo clémente les accompagna pendant les trois jours qui suivirent, jusqu'au moment où ils atteignirent la frontière la plus au sud de l'empire. Ils ne croisèrent personne, mais cela changea dès que les deux amis, tous deux en selle, franchirent la première passe limitrophe. Un groupe approchait dans l'autre direction. Kaz fit rapidement mettre Delbin pied à terre. Il passa ensuite un nœud coulant autour du cou du kender et le serra un peu pour préserver les apparences.

— Ça ressemble à une patrouille, Delbin. Tu sais quoi faire. Reste muet et prends un air apeuré et obéissant. Et fais comme si tu avais marché tout du long.

— C'est d'accord, Kaz.

Le gloussement et le sourire du kender ne firent rien pour rassurer le minotaure.

La patrouille les aperçut quelques instants plus tard. Elle se tourna immédiatement dans leur direction, coupant leur progression. Les arrivants étaient effectivement les membres d'une patrouille armée, les minotaures arpentant la campagne depuis un bon moment. Leur chef, une femelle âgée ayant perdu deux doigts à la main droite, leur intima de s'arrêter.

— Qui es-tu et pourquoi as-tu franchi cette passe ?

— Je m'appelle Edder et j'appartiens au clan Mascun.

Mascun était un clan obscur que Kaz connaissait pour avoir servi, durant ses années de soldat-esclave, aux côtés de l'un de ses membres. Edder était un guerrier compétent dont le manque d'originalité lui avait valu de mourir embroché par un lancier solamnique. Personne, pas même un minotaure, ne pouvait résister à l'assaut d'un chevalier entraîné, chevauchant un rapide destrier, sa longue lance dirigée vers la poitrine de son adversaire. Dans l'excitation de la bataille, Edder avait perdu tout sens commun.

La femelle parut se satisfaire de sa réponse, mais plissa le front en découvrant le compagnon de Kaz. Elle désigna Delbin de sa main mutilée.

— Par Sargas, qu'est-ce que cette *chose* fait avec toi ?

— Je l'ai capturé alors qu'il tentait de dérober de la nourriture dans mon campement. Sa constitution me paraissant plutôt bonne, nous avons fait un marché. Il me sert ou je le tue. Ça me paraît raisonnable comme marché. Après tout, nous sommes destinés à devenir un jour les maîtres de Krynn, non ?

Kaz leur jeta un regard éloquent. Ils avaient tous servi comme guerriers-esclaves. Le fait de pouvoir devenir à leur tour des maîtres était certainement à leur goût s'ils ressemblaient aux minotaures typiques dont Kaz se souvenait.

Les autres minotaures acquiescèrent ou grognèrent d'approbation. La femelle sourit.

— Et nous aurons peut-être tous un jour un petit esclave comme le tien ?

— Un kender ? Surtout pas ! grogna un autre. Nous ferions mieux de tous les éliminer. Eliminons toutes les races inférieures ! Et Krynn nous appartiendra alors totalement ! Et nous devrions même commencer avec celui-là. Un bon kender est un kender mort, non ?

Plusieurs membres de la patrouille hochèrent la tête. Kaz choisit de couper court avant que la situation ne dégénère.

— Et qui nettoiera les rues ou ramassera les détritus, toi ? Qui lavera les quais ? Pourquoi s'en soucier quand des êtres inférieurs peuvent le faire à notre place ! Nous sommes faits pour le combat et l'aventure, pas pour des tâches bassement domestiques ! Si nous devons devenir les maîtres de Krynn, nous devons alors avoir des laquais sous nos ordres.

— J'aime plutôt bien l'idée de posséder mes propres esclaves, reconnut la chef de patrouille. J'ai passé toute ma vie à obéir aux humains et aux ogres que j'aurais pu simplement étrangler avec cette seule main ! (Elle leva sa main à trois doigts en arborant un large sourire.) J'aime vraiment bien cette idée.

— Et ce jour est bientôt proche, n'est-ce pas, Telia ? demanda un de ses camarades.

Elle acquiesça, son attention toujours fixée sur Kaz.

— Mais pas assez proche à mon goût !

Kaz lui adressa également un large sourire.

— J'aurais bien voulu te vendre celui-là, mais je pense que je l'ai vraiment bien entraîné. Peut-être lorsque je repartirai… si je m'en suis lassé. (Kaz fit avancer son cheval.) Puissent vos ancêtres vous guider.

— Et toi les tiens, lui répondit Telia à son grand soulagement. Garde toutefois un œil sur ce kender. Je préférerais plutôt un esclave humain. Je ne pourrais pas faire confiance à un kender malveillant.

— Il sait ce qui l'attend quand il désobéit. (Kaz leur montra la cicatrice striant sa jambe.) Avance ! lança-t-il à Delbin. Nous avons encore de la route.

Le kender, silencieux, se précipita à sa suite.

— Fais bien attention, Edder, l'avertit la femelle. Les prêtres sont plutôt susceptibles depuis quelques semaines. Les gardes n'ont pas hésité à arrêter les individus qui ne s'étaient pas montrés coopératifs. Obéis-leur et tu pourras alors peut-être t'en sortir.

— Merci pour le conseil.

Il leur fit signe et se retourna vers Delbin afin qu'ils ne puissent pas le voir.

— Continue à jouer le jeu jusqu'à ce que nous soyons suffisamment loin d'eux. Je te laisserai alors remonter en selle. Dans quelques jours, nous serons contraints de marcher la plupart du temps à cause des zigzags de la route.

Le kender ne répondit pas, mais hocha légèrement la tête. Kaz était impressionné. Delbin avait su se taire et trottait à côté du cheval.

Ils ne furent plus inquiétés de toute la journée, même s'ils aperçurent un trio de cavaliers se dirigeant vers le sud. Kaz les observa depuis sa cachette. Il avait espéré retrouver Hecar, mais les cavaliers disparurent bientôt de son champ de vision. Kaz laissa Delbin monter en selle quelque temps car le kender devrait bientôt remarcher.

Durant leur troisième journée dans les montagnes, pendant le déjeuner, Delbin regarda les pics qui se dressaient autour d'eux et déclara, sur le ton d'émerveillement typique des kenders, qu'il n'avait jamais vu de montagnes aussi élevées.

— Elles font partie des montagnes les plus élevées sur Krynn, lui répondit Kaz.

— Des dragons ont vécu ici ?

Kaz renâcla.

— Il y a effectivement eu des dragons dans ces montagnes. Surtout des noirs, des rouges et des bleus. Ce lieu était l'une de leur région favorite pendant la guerre. Mais c'était plus vers le nord. C'est là que le seigneur de guerre Crynus avait rassemblé le plus gros de son armée. C'était un véritable monstre, plus redoutable que n'importe quel dragon. Tu te souviens de ce que je t'ai dit à son sujet ?

Delbin acquiesçant, Kaz lui répéta l'histoire. Jusqu'à sa mort, Crynus, un humain, avait été le commandant préféré de la Reine des Ténèbres. Sous son commandement, les forces de Takhisis avaient semé la désolation dans la majeure partie des régions nord et est de l'Ansalonie. Si Huma, Gwyneth le dragon d'argent et Kaz lui-même n'avaient pas été là, Crynus aurait probablement écrasé la chevalerie et placé l'Ansalonie sous le joug de sa maîtresse. Huma avait néanmoins décapité le seigneur de guerre au cours d'un combat épique… puis il avait été contraint de trouver un autre moyen de le tuer définitivement après sa décapitation qui s'était révélée insuffisante.

Ce souvenir fit frissonner Kaz. Il avait fallu le souffle d'un dragon pour finalement débarrasser l'Ansalonie de Crynus le non-mort.

— Les montagnes encerclent les deux royaumes ? demanda le kender, sortant Kaz de ses souvenirs.

— Non, elles courent le long de la partie occidentale de la nation, ainsi que sur la majeure partie de la zone méridionale. Il y a des passes au nord et des plaines à l'est, mais le voyage serait trop long en passant par l'est. (Il se souvint d'un récit de son enfance.) On raconte que Sargas dressa ces montagnes après avoir pris sous son aile les ogres valeureux pour faire d'eux des minotaures. Les montagnes étaient censées protéger ses enfants pendant qu'ils récupéraient des forces et œuvraient pour devenir les seigneurs de tout Krynn. (Kaz se souvint alors de son passé de guerrier-esclave, pas de maître. Les montagnes ne les avaient pas très bien protégés.) Mais sa protection n'a pas vraiment été très efficace, si l'on considère ses pouvoirs divins !

La météo les ralentit et leur fit perdre une journée de voyage, mais ils quittèrent les montagnes deux jours plus tard pour entrer sur les terres des royaumes minotaures. Au premier abord, le paysage semblait voisin des terres sur lesquelles Kaz et Helati s'étaient installés. Le seul changement était l'odeur de la mer qui régnait dans l'air et le vent constant qui semblait souffler de l'est. La température était également légèrement plus basse, une chose qui ne gêna pas le minotaure à fourrure, mais qui contraignit le kender à se couvrir davantage pendant la nuit.

Un jour plus tard, ils aperçurent une grande ville à l'est.

— C'est quoi cette ville ? demanda le kender.

Malgré le paysage plutôt ordinaire de la région, Delbin ne cessait de s'émerveiller de tout ce qu'il découvrait. Mais un kender s'émerveillait et s'étonnait toujours de tout, même s'il l'avait déjà vu plusieurs fois auparavant.

— C'est Morthosak, le siège du pouvoir du royaume de Kothas. Excepté Nethosak, c'est la plus grande ville des deux royaumes. Elle s'étend jusqu'à la mer. Le port est même plus vaste que celui de Nethosak, mais le gouvernement impérial dirigeant la nation depuis Mithas, il y a plus d'animation à cet endroit.

— Et nous y allons ?

Kaz secoua la tête.

— Non, et sois-en heureux. Nethosak est peut-être dangereuse, mais Morthosak possède également ses propres dangers. La capitale nous suffira…

Delbin ne put dissimuler complètement sa déception de ne pas pouvoir visiter la cité portuaire, mais Kaz ne se laissa pas influencer. Il avait encore un mince espoir de retrouver Hecar en vie et en un seul morceau à Nethosak. Mais la capitale était encore à quelques journées de cheval et leur voyage serait ralenti par le besoin de faire jouer Delbin à l'esclave docile.

Les zones qu'ils traversèrent devinrent bientôt plus peuplées, découvrant de gros villages et des villes quasi voisines. Malgré les soldats tombés pendant la guerre, la population minotaure n'était en aucun cas réduite. Une race habituée aux rigueurs de la guerre œuvrait généralement à remplacer rapidement ses morts. En l'espace de deux générations, la population serait à nouveau proche de celle qui peuplait la nation au milieu de la guerre, lorsque Crynus avait commencé à déverser imprudemment ses guerriers-esclaves sur le front, ne se souciant nullement de les perdre tant qu'il conservait la loyauté de son cadre personnel.

Mais si les rumeurs étaient fondées, l'empereur actuel

n'allait pas attendre que ses gens aient complètement recouvré toutes leurs forces.

Tous les minotaures ne vivaient pas exclusivement pour le combat. Il était nécessaire de travailler la terre pour nourrir la population ; Kaz connaissait donc les exploitations qu'ils s'apprêtaient à traverser. Les fermes minotaures n'étaient cependant pas semblables aux exploitations des autres races car la nation contrôlait leur utilisation. Elles étaient alignées les unes à côté des autres d'une façon bien uniforme. Un responsable contrôlait l'exploitation de chaque secteur d'une ferme. Les fermes se faisaient concurrence pour obtenir les meilleurs résultats, que cela soit les récoltes de légumes ou de fruits, ou l'élevage du bétail. Des honneurs et des promotions étaient accordés aux meilleurs exploitants. Il existait de nombreuses règles gouvernant l'exploitation d'une ferme et la distribution des ressources de chacun. Tout y était organisé et efficace.

L'ensemble était une part importante du mode de vie minotaure.

Delbin continuait de s'émerveiller de tout ce qu'il voyait, mais peu d'ouvriers leur prêtèrent attention, travaillant dur pour que leur ferme obtienne de très bons résultats. Le maïs était déjà haut dans les champs, si haut que Kaz en avait rarement vu de semblable. Les moutons qu'ils aperçurent dans un des secteurs agricoles étaient si gros qu'ils auraient pu être confondus avec du bétail s'ils n'avaient pas possédé leur laine.

— Tout est si gros ici, Kaz ! T'as vu cette vache là-bas ?

— Tais-toi, Delbin ! Notre race a effectivement un énorme besoin en vivres. Un enfant en bonne santé se transforme rapidement en un puissant guerrier.

Le kender observa les minotaures qui travaillaient dans les champs.

— Je croyais que tous les minotaures étaient des guerriers.

— Ils le sont. Même ces paysans sont des guerriers. Même si certains considèrent leur position comme inférieure, ce sont eux qui remplissent nos ventres pendant que nous livrons nos batailles. Un guerrier minotaure est bien plus fort qu'un guerrier humain ou elfe.

Si son peuple vainquait un jour les autres races, Kaz soupçonnait que les nouveaux esclaves en bonne santé iraient travailler dans les fermes, libérant ainsi de nombreux minotaures. Il devrait bien évidemment y avoir des surveillants, mais peu de minotaures seraient prêts à choisir une vie de paysan face à l'expansion de l'empire.

La plupart des fermiers étaient occupés à travailler leurs champs, mais ils traversèrent toutefois des zones où la terre était aride et abandonnée. Kaz grogna en découvrant ces terres laissées à l'abandon.

— C'est le résultat d'une concurrence trop agressive. Les sols sont maintenant stériles. (Il aperçut d'autres exploitations, luxuriantes et animées.) Les autres feraient bien de faire attention s'ils espèrent survivre. La conquête d'un monde est impossible s'il n'y a pas de vivres pour nourrir les troupes.

Kaz évita les villes et les villages la nuit, choisissant plutôt des zones boisées qui leur permettaient de se cacher loin des routes. Il alluma des feux relativement peu nourris pour ne pas se faire repérer. Afin que son compagnon puisse se divertir un peu, puisqu'un kender qui s'ennuyait se transformait en une créature agaçante, Kaz continua de lui raconter de nombreuses histoires. Les récits qu'il lui narra mêlaient légendes et faits réels, Kaz ne sachant pas lui-même où se situait la vérité historique.

Il raconta à Delbin l'asservissement supposé des minotaures par les nains de Kal-Thax. La légende prétendait que les minotaures étaient restés les esclaves des nains pendant de nombreuses années, jusqu'à ce qu'ils finissent par les renverser et les éliminer. Les autres races ne tenaient souvent pas compte de cette version des faits. Une autre légende de cette époque concernait Belim, un minotaure, qui avait tué une douzaine de nains et libéré suffisamment de ses frères pour mener l'ultime révolte ; il périt sous les haches d'une demi-douzaine de guerriers nains. De tels actes d'héroïsme imprégnaient la plupart des histoires du peuple de Kaz.

Mais les récits que préférait le kender, peut-être en raison de l'émotion transmise par Kaz, concernaient Ganth, le capitaine du *Gladiateur*. Au cours du premier voyage en mer de Kaz, avec Ganth et Kyri, ils avaient visité une île qui semblait recouverte d'or. Ce n'était pas vraiment de l'or, une déception, mais le voyage en lui-même avait été remarquable. L'histoire que Delbin trouvait particulièrement excitante avait trait à une des premières aventures de Ganth : le capitaine et son navire avaient accosté sur une île mystérieuse abritant des serpents et des oiseaux géants. Ganth et Kyri y avaient soi-disant rencontré Sargas et sa fille, Zeboim, la déesse de la mer et des tempêtes. Sargas n'avait pas voulu laisser les minotaures quitter l'île, mais Kiri-Jolith était intervenu et Ganth avait tué un oiseau géant pendant leur fuite. Le capitaine prétendait que cette aventure était à l'origine de son rejet du Grand Cornu pour la religion de Kiri-Jolith.

— Et ils ont eu des enfants peu après cette aventure. Je suis leur premier-né, conclut fièrement Kaz.

— Ils étaient comment ?

— Ganth était un peu rebelle, le genre de personne qui discute toujours les lois préétablies. Je suppose que je lui dois ma nature rebelle. Kyri était plus raisonnable, ainsi qu'une bonne partenaire au combat. Mais vu qu'elle décida de faire de Ganth son compagnon pour la vie, je suppose qu'elle était aussi un peu rebelle. Ils nous ont bien élevés, nous entourant de tout leur amour. (Le minotaure regarda dans le vide.) Lorsque le *Gladiateur* a sombré, je les ai pleurés longtemps.

— Oh… (Delbin baissa les yeux, momentanément abattu. Puis il releva la tête, enjoué.) Mais tu as dit « nous » ! Tu n'es pas leur seul enfant ? Tu ne m'avais jamais dit que tu avais des frères et des sœurs !

— Ils ont eu six enfants. Quatre mâles et deux femelles.

Kaz hésita car il n'avait pas pensé à eux depuis longtemps. Depuis qu'il avait quitté son peuple, il n'avait repris aucun contact avec les personnes de son passé, amis ou parents.

— Tu crois qu'on les rencontrera ?

Kaz se laissait gagner par le sommeil.

— Je ne sais pas… pas Raud en tout cas… il est… (Il toucha la sacoche contenant le médaillon.) Pas Raud.

— Qui est ce…

— Il est tard. (Se relevant subitement, Kaz se mit à rassembler leurs affaires.) Nous avons encore de la route. On marchera. Tu vas devoir remettre le nœud coulant autour du cou, Delbin. Je suis désolé.

Le petit personnage obéit silencieusement, devinant que Kaz n'avait plus envie de parler de sa famille. Malgré les années, certains souvenirs étaient bien trop douloureux à raconter.

J'avais peur, Raud, que tu réapparaisses dans mon esprit si je revenais, reconnut mentalement Kaz. *J'avais peur que tu reviennes me hanter.*

Mais cela se serait produit, même si Delbin ne lui avait pas parlé de sa famille. Kaz et Raud s'étaient vus pour la dernière fois à Nethosak. C'était le lieu même où une décision cruciale avait changé à jamais la vie de Kaz.

C'était là que Raud était mort.

*
* *

Au loin, dans le cœur même de Nethosak, la mort rôdait également dans les esprits de deux minotaures épuisés qui attendaient une audience avec le grand prêtre. Ils avaient chevauché comme le vent après leur combat désastreux, abandonnant le dernier des ogres, celui qui avait perdu un bras, et qui était maintenant probablement mort. L'autre ogre avait déserté pour rejoindre les siens, ne souhaitant pas affronter la colère du grand prêtre. Dans leur for intérieur, les minotaures savaient qu'ils seraient châtiés pour avoir échoué, mais la fierté, tellement enracinée dans leur société, les avaient empêchés de ne pas revenir dans la capitale impériale. Ils regrettaient maintenant cet accès de fierté inconsidéré.

L'antichambre dans laquelle ils attendaient ne contribua pas à apaiser leurs esprits. Des tapisseries à la gloire de Sargas, représentant notamment les châtiments de ceux qui désobéissaient, recouvraient les murs entre les grandes colonnes de marbre. Le visage de Sargas, sous son aspect du Grand Cornu, était sculpté sur chaque colonne. Les visages étaient disposés de telle façon que leurs regards inquisiteurs étaient fixés sur les individus se tenant devant l'entrée du sanctuaire du grand prêtre.

Les grosses portes en fer s'ouvrirent et un acolyte solennel, vêtu des robes rouges et noires de la prêtrise, apparut devant les deux minotaures.

— Sa Sainteté va vous recevoir. Vous ne parlerez que lorsque vous y serez invités et vous répondrez en toute franchise. Est-ce suffisamment clair ?

Sachant qu'il était inutile de discuter, les deux minotaures acquiescèrent. L'acolyte se tourna vers le sanctuaire.

— Suivez-moi.

Avec une inquiétude grandissante, ils s'avancèrent, un des deux guerriers s'arrêtant un instant pour observer le relief qui surplombait la porte. La sculpture, un grand dragon, semblait observer avidement tous ceux qui franchissaient le seuil. Le minotaure frissonna, puis se précipita pour rejoindre les deux autres.

Le sanctuaire avait la taille d'une petite arène et ne possédait étonnement pas d'ornementations. Il n'y avait pas de fenêtres et le seul éclairage était diffusé par deux torches placées devant eux de chaque côté de la grande salle. Le plafond était élevé, renforçant davantage l'impression de malaise. Les minotaures étaient ici de simples rouages dans l'énorme machine religieuse de Sargas, des pièces facilement remplaçables.

— Avancez.

La voix était puissante et pleine d'autorité, et résonna dans toute la salle. L'acolyte fit un pas de côté, leur indiquant qu'ils pouvaient continuer seuls.

Ils venaient de faire quatre ou cinq pas lorsque de grandes flammes apparurent de chaque côté, illuminant soudainement le sanctuaire. Une rangée de torches lumineuses menait à une large estrade mesurant plus de quatre mètres. Un grand bureau de pierre se trouvait sur l'estrade, orné également par le visage de Sargas.

Derrière le bureau, une plume à la main, se trouvait le grand prêtre de la nation minotaure. Sa capuche et sa robe ressemblaient beaucoup à celles de l'acolyte, mais un ourlet doré ornait la capuche, les poignets et le devant. Un visage fin et studieux apparaissait sous la capuche, un visage habitué aux tâches cléricales plutôt qu'aux rigueurs de la bataille.

Mais les minotaures n'y trouvèrent aucun réconfort. Tout le monde connaissait le pouvoir brutal du grand prêtre.

— Que personne ne me dérange, annonça le grand prêtre à l'acolyte.

— Oui, Votre Sainteté.

L'acolyte s'inclina, puis se retira. Les portes se refermèrent un instant plus tard, laissant les deux minotaures seuls avec le grand prêtre.

— Vous aviez reçu une mission.

Il leur fallut un instant pour comprendre qu'ils étaient censés répondre. Le plus grand des deux hocha la tête et ajouta :

— Oui, Votre Sainteté !

— Ton nom ?

— Tosher, Votre Sainteté. Et voilà Cinmac.

L'autre minotaure leva sa main recouverte de bandages pour le saluer cérémonieusement. Le sang avait taché les bandages.

Le grand prêtre avait cessé d'écrire.

— Où sont les autres ?

Tosher déglutit, incapable de répondre.

— Ils sont morts, Votre Sainteté, répondit finalement Cinmac en grognant.

— Tous morts ?

— Oui, Votre Sainteté… à l'exception d'un ogre qui s'est enfui.

Retrouvant la parole, Tosher se lâcha :

— Votre Sainteté, ils sont venus de toute part ! Ils étaient trop nombreux et ces maudits ogres ont paniqué ! Nous allions nous faire massacrer, mais…

— Silence. (Le grand prêtre dévisagea les deux minotaures.) Ton camarade est un menteur, Cinmac, n'est-ce pas ?

— Oui, Votre Sainteté. Et je n'arrive pas à expliquer notre échec. Il était partout à la fois. Comme s'il savait que nous étions là. Je n'ai jamais vu un guerrier aussi compétent.

— Et qu'est devenu l'objet que je vous avais donné ? Pourquoi ne l'avez-vous pas stoppé avec ça ? Qui n'a pas voulu l'utiliser ? Dites-moi tout.

Le minotaure blessé regarda son partenaire avant de répondre.

— Ça ne nous semblait pas juste. Je parle de la magie. Nous sommes des guerriers ! Nous savons manier des épées et des haches, pas des talismans magiques ! Ces fichus ogres l'avaient encerclé avec les filets, puis nous nous sommes approchés. Et je ne sais vraiment pas ce qui a pu se passer ensuite. Certains des ogres n'ont tout simplement pas fait leur travail.

— Le talisman magique…

Tosher renâcla.

— Je l'ai utilisé à la fin, mais le guerrier était bien trop malin ! J'ai donné l'ordre aux arbres de le saisir, mais il les a escaladés, puis il a bondi sur moi. Pour finalement me faire lâcher la gemme. Et les arbres ne semblaient pas se préoccuper de qui se trouvait devant eux. Ils ont même failli m'écraser. Ils l'ont probablement tué.

Le grand prêtre laissa tomber sa plume sur le bureau de pierre. Tosher et Cinmac la virent se briser, son extrémité voltigeant dans l'air. Le grand prêtre lança un regard furieux à Tosher.

— J'espère vraiment que ce n'est pas le cas. Je le veux vivant… pour l'instant. Vous avez vraiment fait un sale travail.

Tosher redevenu silencieux, Cinmac essaya d'excuser leur échec.

— C'est un champion des arènes, Votre Sainteté. Vous l'avez dit vous-même. Je n'avais jamais combattu un tel guerrier. Donnez-nous plus de soldats, des minotaures cette fois-ci, pas ces ogres indignes de confiance, et nous le capturerons. Il a pour tout allié un kender.

Tosher renâcla.

— Quel genre de minotaure est-il pour se faire accompagner d'un de ces petits casse-pieds ?

— Un minotaure très intéressant, répondit subitement le grand prêtre. Vraiment très intéressant.

— Nous les prendrons par surprise la nuit, ajouta Cinmac, en toute discrétion. Vous le voulez toujours en vie alors…

— Absolument.

Les paroles du grand prêtre s'auréolèrent d'une pointe de menace.

— Tout sera différent ce coup-ci, car nous savons maintenant à quoi nous attendre. Il faut aussi prendre sa hache en considération ! Elle est très certainement magique ! Je jure devant Sargas que sa hache est apparue dans sa main juste avant d'abattre un des ogres !

— C'est exact ! osa dire Tosher, captivé par le récit. Elle est vraiment apparue comme par magie, Votre Sainteté ! Une hache qui brillait même dans l'obscurité !

— Vraiment ? C'est très intéressant. (Le grand prêtre se gratta le museau.) Mais ça suffit. Même avec cette hache, je trouve toujours étonnant qu'un guerrier solitaire ait pu vous faire fuir. Est-ce là la voie du guerrier que l'on vous a enseignée ? Je ne le pense pas. Vous avez fui une bataille alors que vous auriez dû combattre jusqu'à la mort.

Les deux guerriers n'osèrent pas prononcer la moindre parole. Ils savaient que le grand prêtre avait raison. Même la grave blessure de Cinmac ne constituait pas une raison suffisante.

— Je vous ai envoyés capturer un minotaure, un guerrier dont la présence m'est nécessaire, et que d'autres dans le royaume ne doivent jamais revoir. Vous n'avez pas réussi à le trouver alors que vous saviez où il vivait, puis vous avez laissé ce guerrier… *qui est seul* !… détruire vos rangs comme si vous étiez de simples enfants. (Le grand prêtre se leva. Il était plus grand que tous ses subordonnés, mais d'une carrure légèrement plus fine. Ses yeux lançaient des éclairs.) Vous avez failli. Vous n'avez aucune excuse. Même avec l'artefact magique que je vous avais remis à contrecœur, vous avez échoué misérablement.

— C'est à cause de cette hache ! Sa magie était plus puissante ! insista Tosher. Nous l'aurions capturé sans cette hache ! Nous ne savions pas ce que nous allions affronter !

— Je vous accorde cette seule excuse. Mes informations étaient incomplètes. Vous ne saviez pas qu'il possédait cette hache magique. (Levant le bras, la mince silhouette retira sa capuche.) Mais cela n'excuse en rien votre échec. Car il ne fait aucun doute que Kaziganthi de-Orilg va maintenant pénétrer dans l'empire et révéler sa présence aux autres. Ma tâche va par conséquent être plus compliquée. Il n'y a pas de place dans mon empire pour une telle inaptitude. (Les yeux du grand prêtre s'illuminèrent.) Pas de place du tout…

*
* *

Un son de cloche convoqua l'acolyte dans le sanctuaire du grand prêtre quelques instants plus tard. Il pénétra dans le sanctuaire de son maître, s'arrêtant dans l'embrasure de la porte. Le grand prêtre était assis derrière son bureau, la main posée sur le menton, plongé dans de profondes méditations. Il n'y avait plus aucun signe des deux minotaures.

— Avance.

L'acolyte obéit, son pied heurtant quelque chose en s'avançant. Il baissa les yeux et vit une main à moitié enveloppée dans des bandages ensanglantés. Il aperçut à proximité un pied et la poignée d'une épée. Le reste du corps avait disparu.

Essayant d'ignorer ce spectacle macabre, l'acolyte continua d'avancer, puis s'agenouilla devant son maître, attendant ses ordres.

— Envoie-moi un certain Capitaine Scurn de la Garde Minotaure. J'ai des questions à lui poser et je pense qu'il possède peut-être certaines réponses.

— Oui, Votre Sainteté.

— Et débarrasse-moi de ces saletés en sortant.

L'acolyte se releva et obéit. Le grand prêtre le regarda partir et se replongea dans ses méditations.

— J'attends depuis trop longtemps, marmonna-t-il. Bien trop longtemps pour qu'un imbécile de minotaure contrecarre mes plans. Lorsque tu seras de retour dans mon empire, Kaziganthi, je te laisserai le choix. Te joindre à moi… ou mourir.

CHAPITRE VI
UNE RÉUNION INATTENDUE

Nethosak.

Kaz se retrouva si rapidement au pied de ses hauts murs après avoir aperçu sa jumelle méridionale qu'il se demanda si les deux royaumes ne s'étaient pas rapprochés en son absence. Il savait que les populations de Mithas et de Kothas avaient augmenté et que Nethosak, le siège du pouvoir de la nation, s'était agrandie encore plus rapidement, même s'il était difficile de croire qu'une telle croissance s'était produite en un espace de temps aussi court depuis la fin de la guerre. Malgré le dynamisme de son peuple, les changements étaient stupéfiants.

Delbin était complètement fasciné par la cité, à tel point qu'il avait tendance à oublier qu'il était censé se comporter en esclave. Le statut d'esclave du kender l'empêchant de poser ses innombrables questions habituelles, Kaz essaya d'anticiper certaines d'entre elles.

— Esclave, tu vois cet édifice là-bas… en direction du centre ? lui demanda Kaz en désignant un grand bâtiment au toit voûté. C'est le palais de l'empereur. Il ressemble beaucoup aux bâtiments qui nous entourent. Ce sont les maisons des clans mineurs. Celles des clans majeurs se trouvent plus au nord, mais leur influence se fait également ressentir ici. (Kaz lui indiqua ensuite le temple de la religion de la nation, ainsi que l'édifice cubique et ordinaire abritant le Cercle Suprême. Après lui avoir expliqué leurs fonctions, il conclut :) Ne les oublie pas, esclave, car ils ont le pouvoir de vie et de mort sur tous ; ils doivent être respectés, en particulier par les êtres inférieurs tels que toi. Lorsque nous dominerons le monde, ces assemblées, sous la tutelle de l'empereur, décideront de la destinée du monde.

Kaz trouvait cette rhétorique vide de sens, mais il savait que la plupart des minotaures, qui les observaient du coin de l'œil, y croyaient. La population minotaure était élevée avec ces principes et même si certains doutaient de leur pertinence, les efforts des prêtres et du Cercle les poussaient à l'endoctrinement.

Ils traversèrent un quartier abritant les habitations fonctionnelles et peu attirantes des minotaures de basse extraction. L'air y était fétide et les édifices, même s'ils n'étaient pas aussi délabrés que certains quartiers des cités humaines, étaient sales et en piteux état. Seules les rues, sous le contrôle du gouvernement, étaient typiques de l'ordre et de la propreté pour lesquels sa race était réputée.

Kaz ne put s'empêcher de frissonner en pénétrant dans des quartiers plus respectables et ordonnés. Il n'avait pas peur, mais la cité le mettait mal à l'aise. Les souvenirs concernant sa famille, ses années passées dans l'arène, son entraînement de combattant et les batailles livrées en tant que guerrier-esclave, sous les ordres des ogres et d'humains sans honneur, le submergèrent tous à la fois. Kaz crut reconnaître de-ci, de-là des visages familiers, mais il ne s'arrêta pas pour s'en assurer. Il préférait conserver son anonymat pour le moment.

Il réfléchit au bien-fondé de se présenter à la maison du clan Orilg, et choisit de retarder sa visite. Ayant plus ou moins coupé les liens avec son clan l'obligerait à trouver une auberge dans laquelle son « esclave » kender serait accepté.

Une petite silhouette passa prestement devant son cheval et Kaz crut tout d'abord que Delbin venait de perdre tout contrôle pour partir visiter la cité. Mais il vit que ce petit personnage était trapu et sale, un nain des ravins portant un collier d'esclave.

Il réprima un accès de dégoût. Si les minotaures utilisaient maintenant des nains des ravins pour nettoyer les rues, son esclave kender ne pourrait alors apparaître que comme une évolution logique… ou illogique.

Les édifices qui les entouraient maintenant étaient impeccables et plus chic, un signe du crédit des minotaures vivant à cet endroit. La qualité de vie à Nethosak était meilleure au fur et à mesure qu'il se rapprochait de l'arène et du palais de l'empereur. Les clans majeurs, considérés comme les plus puissants du royaume, et même de tout l'empire, possédaient de riches et grandes propriétés au nord de l'arène. Tout minotaure œuvrait pour se rapprocher des quartiers nord. Même les clans mineurs, leurs maisons sises dans les quartiers sud, convoitaient une place au nord. Orilg était un des plus anciens clans majeurs à avoir édifié son domaine au nord de l'arène.

Les quartiers est de la cité étaient voisins du port. Après avoir chevauché dans des rues bondées pendant une demi-heure, puis s'être dirigé vers l'est pendant un temps semblable, Kaz pénétra dans un quartier qui satisferait ses besoins. Une auberge au nom pittoresque, « La Hache Sanglante », lui parut appropriée. Elle était suffisamment discrète et semblait pouvoir lui offrir l'intimité qu'il recherchait… s'il y mettait le prix.

Kaz descendant de cheval, Delbin – exemplaire jusqu'ici – ne put s'empêcher de lui demander à voix basse ce qu'il voyait devant lui.

Le minotaure regarda dans la direction indiquée par le kender et renâcla âprement. L'édifice qui avait attiré l'attention de Delbin était caractéristique, même de loin.

— C'est la Grande Arène, l'endroit où sont réglées les questions de justice et d'honneur les plus importantes, déclara-t-il avec dégoût. Tous les griefs et les crimes des minotaures sont réglés par le combat, et ces combats ont lieu chaque jour dans l'arène. Mais ne dis plus rien, Delbin. Tu es censé être un esclave. Tais-toi si tu veux vivre.

Kaz se rapprochant de la porte de l'auberge, un gros minotaure, plutôt rare parmi les membres de sa race, en sortit. Son visage était aussi grassouillet que son corps.

— Sargas te souhaite la bienvenue, guerrier. Tu désires une chambre ?

— Oui, pour moi et mon serviteur.

L'aubergiste lorgna Delbin.

— Un serviteur kender ? Des nains des ravins et maintenant… des kenders ? Quand est-il de notre domination future avec de tels esclaves ? Mais d'où viens-tu, guerrier ?

— Des régions sud de Kothas. (Kaz raconta le même mensonge qu'à la patrouille. L'aubergiste l'accepta sans poser de questions et informa Kaz qu'il avait effectivement une chambre pour eux deux. Le gros minotaure lui posa néanmoins une dernière question.) Les kenders font de bons esclaves ? Je ne savais même pas qu'un petit fouineur de la sorte puisse être bon à quelque chose !

— Il m'est bien utile. Mais je devrai lui apprendre d'autres tours pour faire de lui un bon palefrenier.

L'aubergiste semblait vraiment intéressé par cette idée.

— Si tu l'as entraîné à te servir, je pourrais te le racheter pour t'en débarrasser…

— Je pense le garder encore un peu, mais je penserai à vous.

Mais si tu le touches pendant mon séjour, pensa Kaz, *je m'arrangerai pour que tu ne puisses jamais battre un autre esclave.*

L'aubergiste se nommait Kraggor. Le minotaure, qui n'était pas un guerrier, n'imposait manifestement pas le respect auprès de ses pairs. Kraggor était utile dans sa fonction, et toléré, mais son statut était mineur. Il était même étonnant qu'il ait survécu à la guerre. Mais un esclave serait contraint de le servir comme s'il était l'empereur en personne. Kaz devina que s'il laissait Delbin seul dans l'auberge, Kraggor tenterait de l'utiliser. Dans les écuries, Kaz informa Delbin qu'il l'accompagnerait pendant sa mission. Delbin fut bien évidemment heureux de pouvoir le suivre, même si Kaz aurait préféré une autre alternative.

Le couple attira les regards lorsqu'ils visitèrent le quartier, la majorité des minotaures réagissant avec curiosité ou indifférence en découvrant un esclave kender. Quelques individus leur lancèrent néanmoins des regards à moitié dégoûtés, mais personne ne vint finalement les déranger.

Le soleil avait presque disparu. Kaz désirait se réhabituer à la configuration du quartier. Cela pourrait se révéler utile dans le cas d'une fuite rapide et imprévue.

— Ne t'éloigne pas, Delbin, lui murmura-t-il. Et n'ouvre pas la bouche.

Il craignait toutefois que Delbin retrouve tôt ou tard ses anciennes habitudes kenders désinvoltes.

Kaz se retrouva à nouveau submergé par de vieux souvenirs, certains ayant marqué chaque aspect de sa vie. Des enfants jouaient à la crosse, un jeu dans lequel chaque participant essayait de faire lâcher son bâton à son adversaire. Ce jeu était en réalité un avant-goût du véritable entraînement de ces futurs guerriers. Le jeu de la crosse imposait certains mouvements et certaines parties du bâton ne pouvaient pas être touchées, l'attaquant perdant des points s'il le faisait. Les enfants, dès qu'ils apprenaient à marcher, étaient encouragés à jouer à ce jeu et à d'autres. Kaz put même reconnaître la hiérarchie qui se mettait déjà en place parmi les participants. De tous les enfants qu'il vit jouer, il découvrit un enfant vraiment doué, ainsi que deux autres qui pourraient devenir des champions honorables.

Kaz et Delbin pénétrèrent dans un marché encore animé. S'il existait une constante dans ce monde, c'étaient bien les marchés. Observant ses frères discutant le prix d'une nouvelle épée ou d'un gibier du jour, Kaz n'eut aucun problème à s'imaginer des humains dans un endroit similaire, appliquant les mêmes règles de marchandage et utilisant les mêmes gestes et les mêmes mots. Ayant visité les nations humaines, il savait que les deux races étaient très proches. Dans un monde idéal, les minotaures, les humains, les elfes et les autres races vivraient en paix, respectant la place de l'autre dans le monde.

Il renâcla, sachant qu'une telle vision utopique du monde n'était pas prête de se réaliser… si elle se réalisait un jour. Les minotaures étaient bien trop empreints dans leurs idées de domination, même s'ils n'étaient pas les seuls.

— Maître ? demanda Delbin en étouffant un rire.

— Quoi ?

— Ce minotaure, là-bas, vous observe, lui dit le kender.

— Humm ?

Il regarda autour de lui et laissa son regard s'attarder dans la direction indiquée. Il ne vit personne de familier ou de suspect.

— Il est parti, lui répondit Delbin à voix basse. Mais il t'observait, Ka… Maître.

— Tu as bien fait. Préviens-moi si tu le revois.

Ils traversèrent le marché, puis entrèrent dans une zone où travaillaient des menuisiers et des forgerons. Ces derniers étaient très occupés. A cette heure-ci, leurs alter ego des cités humaines ou naines ralentissaient leur travail, se préparant à fermer pour la nuit, mais les minotaures n'avaient visiblement pas l'intention de fermer tout de suite en raison de l'activité. Kaz s'y intéressa ; au cours de la dernière guerre, les forgerons s'étaient montrés très productifs, comme les constructeurs de navires et les métiers associés. Maintenant, presque une décennie après la fin du grand conflit, ils travaillaient comme si la guerre n'avait jamais cessé.

Il trouva leur activité intéressante. Ils travaillaient comme si la nation était en guerre.

Certains minotaures levèrent les yeux pour regarder Kaz et Delbin, mais Kaz ne leur prêta pas attention, se demandant ce que pouvaient bien préparer ses compatriotes. Comme tous les minotaures, il savait que l'empereur, tous les empereurs, prêchait le jour prochain de leur conquête. Les forges et les chantiers navals étaient en pleine activité, comme si la guerre du destin avait été lancée sans que personne ne prévînt Kaz.

Kaz ne pouvait pas le croire. Malgré les rumeurs entendues auprès des nouveaux colons ayant rejoint son hameau, il avait du mal à croire que l'empereur, le Cercle et le grand prêtre puissent être aussi stupides. Lancer une campagne militaire alors que la dernière guerre venait à peine de se terminer ? Malgré tous ses accomplissements depuis la fin de la dernière guerre, sa race avait à peine recouvré ses forces. Les effets de la conquête avortée de la Reine des Ténèbres perdureraient auprès de toutes les races pendant plus d'une génération.

Son esprit encore plus concentré sur ce sujet, Kaz ne vit pas les trois minotaures qui le dévisagèrent longuement, bien plus que la plupart de leurs autres congénères. Il ne les aperçut que plusieurs minutes plus tard, à quelques rues de distance, lorsque le chef de ce trio l'attrapa par l'épaule pour le faire pivoter.

Le chef avait un petit museau trapu, une fourrure couleur terre qui s'éclaircissait par endroits et des yeux rouges qui s'embrasèrent en fixant Kaz.

— C'est toi ! Je t'ai suivi pour m'en assurer ! Je ne pouvais pas te laisser m'échapper une nouvelle fois !

— Qui… ? commença Kaz en reconnaissant, à son tour, le visage du minotaure.

Son nom lui échappait, mais il se souvenait avoir vu ce visage dans l'arène. Il se souvint également d'un tempérament brutal associé à des techniques de combat médiocres reposant principalement sur la force brute.

— Par Sargas, je m'appelle Angrus ! Angrus !

Le minotaure renâcla de rage, ses deux compagnons arborant un large sourire.

Angrus. C'était bien ça. De nouveaux souvenirs traversèrent son esprit. Angrus avait combattu Kaz par deux fois dans l'arène au début de sa carrière, Kaz l'ayant humilié à chaque fois. Kaz l'avait complètement oublié, mais Angrus, son statut social n'ayant visiblement pas beaucoup changé, avait manifestement nourri sa rancune à son égard pendant toutes ces années. Kaz s'était fait de nombreux ennemis, comme Scurn, en devenant Champion Suprême. La seule chose dont se souvenait Kaz au sujet du minotaure qui se tenait devant lui était que cette brute stupide n'acceptait pas ses défauts, un trait commun chez les membres de sa race. Dans les arènes, de nombreux minotaures excusaient leurs défaites en accusant les vainqueurs d'avoir…

— Tricheur ! Tu as triché au lieu de te battre honorablement ! Et j'ai été déshonoré à cause de toi.

— Depuis le temps, tu aurais dû retrouver cet honneur perdu, lui lança Kaz. Je ne peux pas être tenu responsable de tes échecs.

Kaz tenta de s'éloigner, mais Angrus le fit à nouveau pivoter dans sa direction.

— J'aurais dû devenir champion suprême, pas toi ! Et je ne me serais jamais enfui comme tu l'as fait !

— Laisse-moi partir, Angrus. Je n'ai rien contre toi.

— Moi si !

— Alors nous réglerons ça dans l'arène lorsque j'aurai terminé ce pour quoi je suis ici.

C'était un mensonge, Kaz comptant sur la stupidité d'Angrus.

— Je ne peux plus combattre dans l'arène ! lui lança le minotaure aux yeux rouges. Par ta faute ! Je n'en ai plus le droit !

Kaz n'avait aucune idée de ce que pouvait bien raconter son vieil adversaire, mais un vague souvenir impliquant des tricheries et une conduite déshonorante refit surface. Il ne se souvenait pas des détails. Kaz n'avait même pas combattu ce jour-là. Mais Angrus avait décidé de l'accuser également de cet autre incident. Les minotaures pouvaient se révéler très obtus.

— Angrus…

Un poing frappa le ventre de Kaz. Il se plia en deux en grognant. Puis il reçut un coup de genou au menton qui le fit basculer en arrière.

— Arrêtez ! cria une voix qu'il reconnut immédiatement. Laissez-le tranquille ! C'est mon ami !

Ne t'en occupe pas, Delbin ! voulut-il crier, mais il ne put que grogner lorsque Angrus saisit brutalement le kender par le bras.

— C'est quoi ça ? Un esclave kender ? demanda Angrus en riant d'une voix sinistre et sèche.

Kaz, encore sonné, se pencha en avant et chargea Angrus qui relâcha Delbin. Malheureusement, la charge de Kaz ne se révéla pas aussi puissante qu'il l'avait espéré. Angrus, les mains libres, le saisit et l'immobilisa, empêchant Kaz d'utiliser ses cornes. Les deux autres minotaures en profitèrent pour saisir Kaz par les bras.

— Tu ne pourras pas tricher cette fois-ci ! Tu vas devoir affronter ma force… ma force !

Il frappa Kaz une nouvelle fois. Kaz essaya d'accompagner le coup, mais il n'y parvint pas. Ce nouveau coup de poing le sonna encore plus.

— Vous n'auriez pas dû faire ça, les jeunes ! déclara une nouvelle voix, une voix étrangement familière dans les oreilles de Kaz.

Le minotaure qui lui immobilisait le bras gauche le relâcha subitement. Kaz se ressaisit et profita de sa liberté partielle : il se retourna et frappa le compagnon d'Angrus sous le menton. Le minotaure fut projeté en arrière et tomba sur le dos.

Le nouveau venu combattant le troisième minotaure dans son dos, Kaz ne put lui jeter un regard. Il fit face à Angrus qui paraissait maintenant un peu moins confiant.

— Un minotaure se bat avec talent et honneur, Angrus. Mais tu n'en possèdes pas. Tu n'es qu'une brute sans honneur. Je n'ai jamais été responsable de tes échecs, ou de tes tricheries. Tu n'es pas un guerrier, Angrus. Tu fait honte à notre peuple !

Angrus se jeta sur Kaz. La puissance de son attaque lui

donna un avantage momentané. Kaz utilisa une technique apprise auprès d'Huma pour se libérer de l'étreinte de son adversaire. Il frappa ensuite Angrus à la mâchoire. Angrus grogna et recula de quelques pas.

Kaz ne lui laissa aucun répit. Il le frappa à nouveau, cette fois-ci au ventre, puis lui lança un autre direct au menton.

Angrus s'effondra aussi aisément que par le passé.

Kaz entendit derrière lui un autre corps toucher le sol. Il se retourna et vit le dernier des trois minotaures couché sur le côté, gémissant. Le minotaure, toujours de dos, qui l'avait aidé surplombait son adversaire déchu.

— T'as réussi, Kaz ! (Le kender le félicita rapidement en l'étreignant.) J'ai bien cru qu'ils t'auraient, mais grâce à ton nouvel *ami*, et à moi, nous avons vaincu !

— Merci de m'avoir défendu, Delbin, lui dit Kaz, interrompant le kender. Mais tu aurais dû fuir. Ils s'apprêtaient à te tuer. Tu comprends ?

Le kender se tut et reconnut la vérité.

— Mon garçon, si on m'avait dit un jour que je te verrais agir avec moins de témérité et de fierté, je ne l'aurais pas cru.

Kaz reconnut à nouveau la voix, sans toutefois pouvoir identifier son propriétaire. Il leva les yeux et étudia le visage du minotaure qui venait de le sauver. Il était beaucoup plus vieux que lui, ses traits ayant été burinés par l'air marin, mais son regard demeurait perspicace. Dans sa jeunesse, le vieux minotaure avait dû avoir la silhouette d'un champion, une chose à laquelle Kaz espérait un jour pouvoir prétendre.

— Je t'avais bien reconnu, mon garçon, mais je n'arrivais pas à le croire. J'ai autant changé que ça que tu ne me reconnais même pas ? Je suppose que les quelques années perdues en mer ont effectivement altéré mes traits.

Perdu en mer ? Observant plus attentivement son sauveteur, Kaz admit que ses traits étaient vraiment *très* familiers. S'il retirait les rides plissant son visage, fonçait sa fourrure qui était presque entièrement grise, et parvenait à redresser son dos quelque peu voûté…

— Par l'épée de Paladine !

— A ta place, mon garçon, j'éviterais de crier ce nom, l'avertit le vieux minotaure. Les fils de Sargas n'aiment pas beaucoup la concurrence. Ils ne tolèrent même pas Kiri-Jolith… une chose pour laquelle ils semblent me blâmer.

Kaz n'arrivait pas à croire que l'individu qui se dressait devant lui était en vie. Peu de personnes échappaient vivantes à une mer déchaînée, mais si quelqu'un avait pu y parvenir…

— Père ?

— C'est précisément ce que tes frères et sœurs ont dit, avec la même intonation. (Le vieux minotaure lui sourit.) Tu vas devoir l'admettre, Ganth est de retour ! La déesse des mers n'a pas réussi à me retenir. (Son sourire disparut et il ajouta :) Mais elle est parvenue à prendre ta mère.

— Père ? répéta Kaz, incapable de prononcer un autre mot.

— Et je le serai encore si tu le dis une troisième fois, mon garçon. Remets-toi et suis-moi. Nous devons parler de plusieurs choses, parmi lesquelles un ami commun qui s'est attiré des ennuis.

Delbin regarda autour de Kaz, attirant l'attention de Ganth pour la première fois.

— C'est lui qui t'observait tout à l'heure, Kaz !

Le vieux marin secoua la tête.

— Et nous devons également régler l'affaire de ce petit être, mon garçon. Par la barbe de Kiri-Jolith, tu as toujours su t'entourer des compagnons les plus improbables. (Il prit Kaz par le bras.) Suis-moi. Je connais une bonne planque.

Encore quelque peu étourdi par le retour de son père, bien vivant, Kaz laissa le vieux minotaure le guider. Ganth les éloigna du quartier, serpentant à travers les rues de Nethosak avec une résolution qui sortit finalement Kaz de sa stupeur. C'était bien son père, le célèbre marin-explorateur. Il était assurément plus âgé, et quelque peu avachi, mais visiblement toujours en forme. Il était donc parvenu à survivre à la destruction du *Gladiateur*.

Sauf que… il était seul à être revenu, Kyri ayant épousé la mort.

— Nous y voilà.

Le père de Kaz les conduisit devant une petite habitation. A en juger par les symboles ornant ses murs, elle appartenait au clan Orilg. Orilg, un des clans majeurs, exerçait une influence dans toutes les parties de l'empire, et plus particulièrement dans les grandes cités de Nethosak et de Morthosak. Les clans influents possédaient des biens dans tous les quartiers de la ville, des endroits où leurs affaires étaient menées et où leurs membres pouvaient se retirer lorsque la situation l'exigeait.

Nous sommes vraiment plus proches des humains que nous le croyons, se dit Kaz, *probablement à cause des années passées sous la domination de leurs seigneurs de guerre*. Les humains ont imprimé leurs valeurs et leurs intérêts dans les esprits des guerriers-esclaves. Le besoin d'influence et de profit des minotaures était maintenant presque aussi important que leur besoin de faire la guerre.

Deux minotaures encadraient la porte d'entrée. Kaz ne les reconnut pas car il était possible qu'il ne les ait connus qu'enfants.

Ils ne prononcèrent pas un mot lorsque Ganth et les deux amis entrèrent, même si un des gardes lança un regard sceptique vers Delbin. Kaz et le kender traversèrent un petit couloir qui donnait sur une antichambre.

— Vous avez peut-être envie de manger, non ? (Kaz acquiesçant, Ganth les conduisit vers une autre pièce en souriant.) Alors, ce sera la cuisine.

Kaz se prit également à sourire. Par le passé, la nature rebelle de Ganth s'était même révélée plus conséquente que celle de Kaz. Au cours de ses longues années de service sous les ordres de Crynus et des ogres, il avait osé protester sur la façon dont les enfants étaient plus ou moins retirés à leurs parents pour être « correctement » entraînés par des minotaures agréés. Le *Gladiateur* avait alors reçu une mission suicidaire qui lui avait pris deux ans en mer. Une autre fois, Ganth et son équipage avaient été arrachés à leur navire pour rejoindre les troupes qui avançaient vers l'ouest lors de la seconde grande campagne contre la Solamnie. La persévérance de Ganth lui avait permis de récupérer le *Gladiateur*, recevant une nouvelle mission périlleuse à accomplir.

Le *Gladiateur* avait toutefois sombré, emportant Kyri, sa compagne, au fond des mers.

— Dastrun m'a offert ce poste « prestigieux » lorsque moi et trois autres survivants avons refait surface deux ans plus tôt. (Ganth renâcla en leur indiquant un banc et une table.) Il doit bien y avoir quelque chose à manger ici. (Il frappa la table du poing. Une jeune femelle minotaure, à la fourrure couleur fauve, apparut quelques instants plus tard. Ganth s'adressa à elle sans ambages.) Ma fille, donne-nous ce que tu peux trouver à manger, puis tu pourras retourner derrière la porte pour nous écouter.

Elle lui lança un regard dédaigneux, mais lui obéit. Son regard s'attarda sur le kender pendant qu'elle préparait leur repas, et il fallut attendre qu'elle disparaisse derrière la porte pour que Kaz se sente à nouveau à l'aise.

— Dastrun est maintenant le patriarche du clan, lui annonça Ganth en rompant un morceau de pain sec. Maître Hestrith est mort l'année dernière, mais c'était déjà Dastrun qui s'occupait de tout avant cela. Lorsque Hestrith est mort, l'empereur est intervenu pour nous dire que les temps prochains nécessitaient la nomination d'un patriarche possédant la vitalité et le dévouement nécessaires pour que l'empire puisse parvenir à ses fins. Le grand prêtre et le Cercle ont approuvé sa nomination et l'affaire a été réglée.

— L'empereur a choisi Dastrun ? Pour être notre nouveau patriarche ? Mais les patriarches, ou matriarches de clans sont normalement choisis par l'issue d'un combat, comme les empereurs. Un conseil d'anciens du clan approuve généralement de tels combats. Les empereurs n'étaient encore jamais intervenus dans des affaires de clan aussi importantes.

— Le grand prêtre et le Cercle ont approuvé sa décision. C'est comme ça. Personne n'a protesté. Je pense qu'ils étaient tous sous le choc.

Dastrun était le cousin de Ganth. Dastrun et les gens de son espèce étaient des fidèles de l'empereur et du Cercle Suprême, bien plus que Ganth et ses proches ne l'avaient jamais été. Hestrith avait déclaré des années auparavant qu'il aurait souhaité que son poste revînt à un membre de la lignée de Ganth, mais avec la disparition de Ganth et de Kaz, il était inéluctable que Dastrun soit nommé. Dastrun était un champion de clan, Kaz étant le seul autre membre à posséder un meilleur statut. Sa prétention à diriger le clan était légitime, mais il aurait dû y avoir plus de débats, ainsi que le combat rituel. C'était la tradition.

Kaz sentit une pointe de culpabilité car il était en partie responsable. Son éloignement avait permis à son cousin éloigné de s'emparer du clan Orilg. Les machinations politiques qui s'étaient emparé de l'empire depuis l'influence des laquais de Takhisis étaient en partie responsables de son exil. Au lieu d'obtenir leur place en utilisant la force et l'honneur, de nombreux minotaures comme Dastrun l'avaient obtenue grâce à la ruse et à la duplicité.

— T'as le regard perdu, mon garçon. Tu as changé. Tu étais bien plus prompt à la fougue par le passé. Que t'est-il arrivé ?

Kaz aurait dû à la place lui poser de nombreuses questions. Il voulait savoir ce que Ganth avait fait au cours de toutes ces années et comment il avait survécu. Mais il raconta sa propre histoire en commençant par son combat avec le capitaine ogre, sa rencontre avec Huma et le changement provoqué en lui par le chevalier légendaire. Delbin avait entendu la majorité de ces histoires de nombreuses fois, mais il l'écouta cependant, captivé. Excepté quelques grognements, Ganth ne l'interrompit pas.

Lorsque Kaz en eut terminé, son père s'esclaffa si bruyamment que son rire aurait pu être entendu jusqu'à Morthosak.

— Quelle existence ! Quelles aventures ! Par les Cornes du Juste, Kaz ! Je suis si fier de toi ! J'aurais voulu voir tout ça, ou au moins rencontrer ce chevalier ! Il me semble être un véritable guerrier, pas comme ces marionnettes qui dirigent maintenant notre peuple.

— Huma était le plus grand de tous les guerriers, humains ou minotaures, que j'ai jamais rencontré.

Ganth arrêta de rire. Il plissa les yeux et ajouta sur un ton plus sérieux :

— Je comprends. Alors j'aurais vraiment voulu le rencontrer. Les vrais guerriers sont si rares de nos jours, à en juger par ce que je vois.

— Père, en ce qui vous concerne…

— Oublie ça pour le moment, Kaz. J'ai passé plusieurs années sur une île avec une demi-douzaine de membres de mon équipage, de bons compagnons. Certains ont péri, mais moi et d'autres avons survécu… même si j'étais fou de chagrin par la mort de ta mère. J'ai pu survivre grâce à toi, tes frères et tes sœurs. C'est tout ce que tu as besoin de savoir, Kaz. Mes enfants m'ont permis d'avancer… et je suis aujourd'hui heureux d'être en vie car mon destin n'était pas de mourir en mer. Il y a une bataille plus importante à mener ici, à Nethosak.

— Que veux-tu dire par là ?

— Mon garçon, tu ne t'es pas demandé pourquoi j'étais dans les parages quand tu es arrivé ?

— J'ai supposé que c'était le hasard… mais si je comprends bien, je dois me tromper.

Ganth lui adressa un sourire amer, révélant une bonne dentition.

— Je sais depuis longtemps que le hasard est rarement responsable. Je me dis même parfois qu'un dieu, peut-être ce vieux Sargas lui-même, s'amuse à me tourmenter.

Kaz acquiesça, heureux d'apprendre que lui et son père partageaient la même pensée.

— Je n'étais donc pas là par hasard. Je t'attendais depuis plus de deux semaines, depuis sa capture. (Ganth secoua la tête. Ses cornes étaient plus longues que celles de Kaz, les années passées en mer ayant toutefois émoussé leurs extrémités.) Je croyais ne jamais te revoir lorsque j'ai découvert que la bande de Dastrun savait où tu te trouvais depuis deux ou trois ans.

Même s'il n'était pas complètement surpris d'apprendre que son clan avait gardé un œil sur lui, Kaz se sentit néanmoins mal à l'aise. Si Dastrun l'avait observé comme son père l'affirmait, c'était peut-être parce que le nouveau patriarche craignait un rival potentiel. Si le patriarche découvrait qu'il se trouvait maintenant à Nethosak, la situation pourrait devenir plus précaire.

— Et je devrais m'en préoccuper ?

— Je ne pense pas. Dastrun ne va pas saper sa position déjà incertaine en agissant contre un membre du clan de ta réputation. Pas directement en tout cas. Même s'il ne l'admet pas toujours, le clan est fier de toi. En fait, tu es même devenu un personnage de légende pour de nombreuses personnes.

— Je peux vivre avec ça.

— Tu sais, je connais bien ce sentiment. (Ganth reprit du vin, puis attaqua un morceau de viande. Kaz et Delbin ne mangèrent pas aussi rapidement.) Je savais que tu viendrais. Ta loyauté envers tes amis n'a pas changé… elle est même parfois excessive. Lorsqu'ils l'ont capturé, j'ai su que je te reverrais rapidement. Car j'aurais fait la même chose.

— Hecar ? (Kaz oublia la nourriture et le vin. Il se leva et se pencha en avant, à la fois plein d'espoir et anxieux.) Tu parles d'Hecar, père, c'est bien ça ?

— Oui, mon garçon, le même Hecar que nous connaissons tous les deux. Ton ami et le mien. C'est également un membre de notre clan, mais Dastrun ne l'aidera pas car ils ne sont pas parents. Il doit savoir ce qui s'est passé, mais il ne tentera rien contre le grand prêtre et l'empereur.

— Où est-il ? Où est Hecar ?

— Rassieds-toi, mon garçon. Tu t'agites comme un requin-dragon prêt à faire ripaille après une bataille en mer. Tu n'es donc pas aussi patient que je le pensais, mais je ne peux pas te le reprocher. Mais promets-moi que tu ne tenteras rien cette nuit. Pas tout de suite.

Kaz se calma difficilement.

— Où est-il, père ?

— Il est détenu dans l'arène, mon garçon, où il a été jugé et reconnu coupable.

— L'arène ?

Kaz savait ce que cela signifiait. En tant que criminel, Hecar pourrait racheter son honneur perdu en affrontant divers adversaires. Il combattrait jusqu'à la mort... sa mort. Les combats seraient chaque fois plus difficiles, la justice minotaure fonctionnant ainsi. S'il venait à mourir avec bravoure, il rachèterait son honneur, mais également celui de son clan.

— Je dois le sortir de là avant qu'il ne soit trop tard.

— Avant toute chose, écoute-moi, Kaz. Il a déjà livré trois combats. Réfléchis-y... trois combats !

— Trois... ? Mais c'est impossible !

Hecar était bon, mais pas excellent. Surtout pas face aux conditions imposées par l'arène.

— Même s'ils étaient difficiles, Hecar est sorti victorieux de ces trois combats. Si j'étais du genre méfiant, je dirais qu'ils lui ont laissé une chance de gagner, de s'en sortir. L'arène ne fonctionne pas de cette façon. Ils sont censés organiser des combats impossibles pour qu'il puisse mourir héroïquement. Et j'en viens donc à la conclusion qu'ils le gardent en vie dans un but bien particulier.

— Et dans quel but ?

— Je ne sais pas, mais c'est ce que je crois, lui répondit Ganth en haussant les épaules.

— Nous devons le sortir de là, père. *Je* dois le sortir de là.

— Hecar est aussi mon ami, Kaz, ainsi qu'un de mes anciens membres d'équipage. Je n'apprécie pas trop que mes gars soient maltraités, que ce soit par l'ennemi ou l'empereur, une chose similaire ces derniers temps. Nous le sortirons de là. (Ganth bâilla.) Mais un bon plan de bataille n'a jamais été préparé par des idiots somnolents. On devrait aller se coucher. Le prochain combat d'Hecar n'a pas encore été annoncé ; j'ai des amis dans le milieu de l'arène. Nous préparerons tout ça demain.

Kaz accepta malgré la forte envie qui le poussait à vouloir se précipiter dans l'arène pour sauver le frère d'Helati.

— D'accord pour demain.

— Vous resterez ici. Je peux trouver une chambre pour toi et le… Delbin. Vous y serez en sécurité et ça nous fera gagner du temps.

— Mes affaires sont à l'auberge.

— Ah oui… mais tu en as vraiment besoin, mon garçon ?

— Je ne peux pas abandonner mon cheval. Cela ne me prendra pas longtemps. Je serai vite de retour.

— Je vais envoyer quelqu'un.

— Le cheval ne va pas aimer ça. (Seuls les individus que Kaz présentait au cheval pouvaient l'approcher sans danger. Delbin était un des seuls à avoir fait facilement connaissance avec l'imposant et redoutable cheval de guerre solamnique.) Je dois le faire.

— Je t'accompagne ! déclara le kender qui était resté plutôt discret jusqu'ici.

— Non, tu restes là, lui dit Ganth. Les tiens ne sont pas très appréciés. Je te tiendrai compagnie.

— Je vais avec Kaz !

Le kender croisa les bras en regardant son ami.

Kaz le dévisagea et comprit que Delbin le suivrait même s'il restait ici.

— Il va m'accompagner, père. Car sinon je peux te promettre qu'il trouvera le moyen de filer. Il est préférable que nous restions ensemble.

Son compagnon lui sourit. Ganth grogna, sans rien dire. Puis après quelques hésitations, il ajouta :

— Il vaut peut-être mieux que je vous accompagne. En outre, nous avons encore beaucoup de choses à nous dire. Tu sais, Hecar doit être sous très bonne garde… surtout après son crime.

— Quel crime ? De quoi l'accusent-ils ?

Le vieux minotaure parut étonné.

— Je ne te l'ai pas dit ? Hecar est censé avoir tué un prêtre… qui travaillait en outre au service du grand prêtre !

CHAPITRE VII
LE GRAND PRÊTRE

Sur le chemin de La Hache Sanglante, les paroles de Ganth résonnèrent dans l'esprit de Kaz. Hecar avait tué un haut-prêtre. Cela ne lui ressemblait pas. Hecar n'avait pas l'instinct meurtrier et n'était pas prêt à renoncer à son sens de l'honneur pour éliminer un des prêtres de la nation. Hecar ne les appréciait pas beaucoup, mais il n'en aurait jamais agressé un sans une raison majeure.

Ganth lui précisa que des preuves existaient concernant son crime. Hecar avait dû agir pour se défendre. Ils avaient dû l'attaquer pour essayer de le capturer. Il avait été prévenu d'agissements de la sorte. Hecar avait dû résister, refusant d'être faussement capturé, et le prêtre avait trouvé accidentellement la mort pendant le combat.

Tout ceci était sensé, mais Kaz n'en fut pas plus apaisé. Un prisonnier accusé d'un tel crime était normalement très bien gardé. Le grand prêtre voudrait faire un exemple de la mort d'Hecar… mais il était toujours en vie.

Kaz se sentit une nouvelle fois totalement étranger sur les terres qui l'avaient vu naître. Tout cela n'avait aucun sens.

L'activité avait visiblement diminué dans le quartier voisin de La Hache Sanglante. Cela le satisfaisait : il espérait pouvoir filer avant que l'aubergiste le remarquât.

— Tu as laissé des affaires dans ta chambre ? lui demanda Ganth.

— Oui, et je veux tout récupérer afin de ne pas éveiller les soupçons de l'aubergiste. Si je laisse des choses, des questions pourraient naître dans son esprit.

— Laisse-moi alors m'occuper de ta chambre pendant que tu vas chercher ta monture. Dis-moi juste où se trouvent tes affaires. Et je donnerai quelques pièces au propriétaire afin qu'il ne s'étonne pas de ton départ soudain.

Kaz indiqua à Ganth où aller, puis lui et Delbin se dirigèrent vers les écuries. Kaz devait se hâter car son père ne serait pas long. Il espérait ne rencontrer personne dans les écuries.

Kaz eut quelques difficultés à se repérer dans le bâtiment sombre, mais Delbin lui indiqua immédiatement l'animal. Le minotaure fut à nouveau stupéfait par la vision nocturne du kender.

— Aide-moi à le seller, Delbin. On ira plus vite à deux.

— D'accord, Kaz.

Ils finirent leur tâche rapidement malgré la pénombre. Ganth n'était pas encore revenu et Kaz choisit de sortir sa monture des écuries. Une voix le surprit toutefois devant l'édifice.

— Arrêtez-vous là !

— Tout va bien. C'est mon cheval. Je peux facilement le prouver.

Il remarqua alors qu'il y avait bien plus d'un individu qui lui bloquait le passage. Son interlocuteur fut rejoint par deux autres minotaures, l'un deux portant une épée étincelante.

— Kaziganthi de-Orilg, au nom de l'empereur, du Cercle et des Ordres Saints des Etoiles, je vous demande de vous rendre, vous et votre compagnon.

La Garde Minotaure. Kaz grogna, se demandant comment les gardes avaient pu le retrouver aussi rapidement et pourquoi ils voulaient l'arrêter. Il n'avait rien fait de mal… tout comme Hecar très certainement.

— Il doit y avoir une erreur. Pourquoi voulez-vous que je me rende ? Je n'ai rien fait pour mériter que vous vous intéressiez à moi.

— Rends-toi maintenant, insista le chef des gardes. Jette ta hache magique au sol et éloigne-toi d'elle. Maintenant !

Ils étaient résolus à l'arrêter. Aucune forme de protestation ne les dissuaderait. Il était intéressant de savoir qu'ils connaissaient l'existence de sa hache et de ses pouvoirs. Peu de minotaures le savaient dans le royaume. Cela ne pouvait cependant pas être une coïncidence ; les mêmes individus qui avaient dépêché les soldats dans les bois avaient également envoyé ces gardes… mais qui cela pouvait-il être ? Le Cercle ? Les prêtres ? L'empereur lui-même ?

Hecar avait tué un haut-prêtre. Cela n'était également pas une coïncidence. La prêtrise devait être au cœur de ce complot.

Les guerriers s'avancèrent vers lui, leurs épées dégainées. Kaz saisit sa hache et la leva devant lui.

— Lâche ton arme, lui intima le chef, quelque peu hésitant.

— Je n'ai rien fait de mal. Je ne représente aucun danger pour notre peuple. Pourquoi voulez-vous m'arrêter ?

Le chef des gardes ne répondit pas. Kaz vit deux silhouettes se déplacer dans le dos des trois gardes. Le Visage de l'Honneur ne lui serait pas d'une grande utilité dans un endroit aussi exigu que les écuries. Les stalles, les poteaux et les chevaux gêneraient ses talents de guerrier. Kaz n'avait pas peur de risquer sa vie, mais il devait aussi penser à Delbin.

— Le kender n'a aucun lien avec tout ceci. Laissez-le partir, exigea Kaz.

Ils l'ignorèrent. Une sixième forme apparut au loin. Les chances d'échapper à tout ceci devenaient de plus en plus faibles.

Levant sa main libre, le chef des gardes fit signe aux autres. Le minotaure situé dans leur dos poussa un cri soudain et chargea les gardes.

Pris par surprise, la plupart des gardes furent écartés, lâchant leurs armes. Un guerrier réussit à charger Kaz qui para son épée avec sa hache. Malgré l'exiguïté de l'endroit, le Visage de l'Honneur constituait toujours un danger.

— Foutez le camp ! beugla Ganth en surplombant les guerriers qui essayaient de se regrouper.

Ganth en releva un et le frappa à la mâchoire, le garde embrassant une nouvelle fois le sol en terre.

Deux minotaures se tournèrent vers Ganth. L'autre guerrier se jeta dans la mêlée opposant Kaz à son compagnon. Kaz dut reculer face à ses deux adversaires.

Il entendit des coups d'épée dans leur dos, son père riant et parlant, ses paroles malheureusement inintelligibles.

Un de ses adversaires poussa subitement un cri de douleur en sautant sur place. Quelque chose frôla la jambe de Kaz. Il aperçut Delbin. Le kender tenait un objet long et pointu dans ses mains. Kaz reconnut une fourche à foin laissée là par les garçons d'écurie. *Quel brave et loyal compagnon*, pensa Kaz. Son action l'inspira à se battre encore plus.

Grâce à la diversion de Delbin, Kaz put les repousser en arrière. Ganth semblait également utiliser la même technique.

Un cri retentit à l'extérieur. L'entrée des écuries accueillit encore plus de gardes armés, l'un d'eux beuglant des ordres. Les renforts venaient d'arriver…

Kaz et son père ne pouvaient plus espérer s'échapper, mais Delbin réussirait peut-être.

— Delbin ! Sors de là ! Enfuis-toi et cache-toi ! La porte sud n'est qu'à quelque distance de là !

— Mais Kaz… !

— Obéis-moi ! Je vais les occuper ! Fais-le pour moi !

Le kender avait plus de chances de s'en sortir seul. Delbin était malin et agile.

— Vas-y ! lui cria Kaz.

Delbin laissa tomber la fourche et lui obéit sans se retourner. Le minotaure qui se battait avec Kaz se retourna et essaya de l'agripper, mais Kaz lui donna un coup de hache sur le côté. Grognant, son adversaire tomba à genoux, ses mains recouvrant sa blessure.

Des cris de colère l'avertirent que Ganth était en difficulté. Puis Kaz se retrouva lui-même face à trois nouveaux adversaires. Il recula dans l'écurie. Se rapprochant de son cheval, ce dernier se cabra en hennissant et frappa le garde le plus proche. Le guerrier fut projeté en arrière, mais deux autres gardes le remplacèrent aussitôt.

L'étalon se cabra à nouveau. Ne touchant personne, le cheval loyal protégea son maître de toute attaque.

— Reculez ! cria une nouvelle voix.

Les adversaires de Kaz obéirent et un minotaure brandissant une torche pénétra dans le bâtiment. Son compagnon avait le visage balafré et Kaz le reconnut immédiatement.

— Rends-toi, criminel !

Cet adversaire rusé n'attira cependant pas son regard lorsqu'il aperçut la forme ligotée que quatre gardes firent avancer. C'était son père. Il avait reçu plusieurs blessures légères sur un bras et la poitrine. Du sang maculait également son visage, mais ce n'était apparemment pas le sien.

— Rends-toi, Kaz, ou je serai contraint d'exécuter ce vieux minotaure !

C'était bien lui.

— Scurn !

— Capitaine Scurn de la Garde Minotaure, Kaziganthi de-Orilg. (Scurn prononça le nom de son clan comme un juron.) Tu dois te rendre ! Tu comprends ?

Un des gardes pressa la pointe de son épée sur la gorge de son père.

— Il n'y a plus d'honneur chez les gardes, mon gars ?

Scurn fit semblant de ne pas l'entendre.

— Que décides-tu, Kaz ?

Baissant son arme, Kaz s'avança.

— C'est d'accord. Je me rends.

— Attachez-le.

Scurn regarda autour de lui.

— Où est ce maudit kender ? Bande d'imbéciles ! Vous avez laissé filer un kender dans la cité ? Allez fouiller tout de suite le quartier !

La moitié de la patrouille s'éloigna à la recherche de Delbin. Deux autres gardes se mirent à fouiller l'écurie et les tas de foin.

— Vous avez perdu quelque chose ? demanda Ganth sur un ton moqueur.

— Pas autant que toi, l'ancien… surtout lorsque Sa Sainteté en aura fini avec toi. (Il désigna Kaz.) Le recel de criminel est un délit.

— Pourquoi le grand prêtre aurait-il peur de mon grand garçon ? Quel danger représente-t-il ?

— Cela ne te regarde pas.

Kaz vit l'expression contrariée de Scurn et comprit qu'il ne connaissait pas la réponse, une chose qui devait l'agacer.

— Il n'est pas ici, Capitaine, déclara un des gardes qui fouillait l'écurie.

— Allez rejoindre les autres pour les aider. Je ne veux pas vous revoir tant que cette petite vermine ne sera pas arrêtée… et ne le tuez pas ! Le grand prêtre voudra peut-être le voir. Et n'oubliez pas que les incapables devront s'expliquer devant Sa Sainteté en personne.

Cet avertissement poussa les minotaures à s'élancer à l'extérieur. Seuls Scurn, le minotaure à la torche et les soldats qui tenaient les deux prisonniers restèrent dans l'écurie. Le vieil ennemi de Kaz lorgna sa hache, puis son cheval.

— Ne t'en fais pas pour eux, Kaz. Je les garderai tant que tu n'en auras pas besoin. (Il s'esclaffa et ramassa le Visage de l'Honneur. La torche fit scintiller la lame de la hache. Scurn la leva devant lui pour admirer sa qualité, notamment la surface polie de la lame.) Je les garderai bien en sûreté, tu peux y compter ! Cette surface reflète la lumière de la torche, mais mon reflet est trouble. Quelle est cette ruse ?

— C'est un petit défaut, lui répondit Kaz.

Il aurait voulu dire la vérité à Scurn – seuls les individus honorables se reflétaient sur la surface – mais il ne fit rien.

— J'examinerai cela plus tard. (Il remarqua alors les sacoches pendant à sa ceinture.) T'as quoi là-dedans ?

Kaz se tortilla, mais il ne put empêcher Scurn de prendre ses sacoches et son couteau. Le capitaine rangea le couteau dans sa ceinture et examina le contenu des sacoches. Il prit quelques pièces et surtout le médaillon que Delbin avait rapporté de son rêve.

— Tu gardes donc un souvenir de ta gloire passée. Mais je ne vois pas pourquoi, puisque tu ne t'en es jamais soucié.

Kaz ne répondit rien et l'observa prendre le médaillon.

— Emmenez-les. Le grand prêtre désire les voir.

— Pourquoi le grand prêtre veut-il voir de simples gens comme nous ? demanda à nouveau Ganth.

— Toi… rien. Mais lui… (Scurn utilisa le Visage de l'Honneur pour désigner Kaz.) Il observe ton fils depuis un certain temps. Lorsque j'ai appris qu'Hecar venait ici et que j'ai été envoyé pour l'arrêter, j'ai été heureux de le faire, même si je ne savais pas pourquoi. Mais maintenant je le sais… il a servi d'appât pour attirer cet imbécile… Kaz.

Le petit groupe sortant enfin de l'écurie, un des gardes s'approcha de Scurn et le salua.

— Nous n'avons trouvé aucune trace du kender, Capitaine. C'est comme s'il s'était volatilisé. Personne ne l'a vu. Nous interrogeons tous les résidents du quartier.

Kaz se réjouit de l'apprendre.

— Je pense que le grand prêtre ne va pas apprécier ça, Scurn. Tu as laissé un kender s'échapper dans la cité. Nethosak ne sera plus jamais la même, lui dit Kaz.

Scurn se retourna et frappa Kaz avec son poing, le prisonnier reculant en titubant.

— Il sera peut-être effectivement contrarié par la situation, mais nous trouverons la petite vermine. Il ne peut pas s'échapper de Nethosak. (Se tournant vers le garde qui venait d'arriver, il déclara :) Retourne au quartier général. Et dépêche un autre escadron. Je veux que toute la partie sud de la ville soit fouillée. Il essayera peut-être de rejoindre les portes de la cité pour s'échapper avant l'aube. Attrapez-le.

— A vos ordres, Capitaine.

Scurn observa alors ses deux prisonniers, s'attardant sur Ganth.

— Je me souviens de toi, l'ancien. Je te croyais mort.

— J'ai l'habitude de toujours rebondir.

— Mais pas cette fois. Toi et ton fils allez devoir répondre de tous vos actes, déclara Scurn avec un sourire carnassier.

— Le passé est mort et enterré, Scurn, dit Kaz. Nous avons réglé nos différends. Je ne te comprends pas. Tu penses encore au passé, même maintenant ?

— Tu as trahi le rêve, Kaz. Tu as tourné le dos à notre destinée. C'est pour moi le plus grand de tes crimes. Personne ne doit tourner ainsi le dos à notre destinée. Tu es un lâche. Tu n'as pas d'honneur.

— C'est amusant, l'interrompit Ganth, car je pense la même chose de toi.

Scurn parut prêt à le frapper, mais s'arrêta. Il se tourna vers ses hommes.

— Bon, vous attendez quoi ? Le grand prêtre veut les voir tout de suite. Emmenez-les !

Kaz regarda aux alentours, à la recherche du kender. Il ne vit personne et pria Paladine pour que son ami reparte vers Helati.

Il devait y avoir un espion dans le hameau de Kaz. C'était la seule façon pour eux de savoir autant de choses sur lui. Ce, ou ces, espions devaient faire partie des réfugiés. Si Delbin y repartait, le grand prêtre l'apprendrait. Kaz savait que les gardes minotaures feraient tout pour satisfaire le grand prêtre… même détruire le hameau et ses habitants.

— Helati… murmura-t-il.

Personne ne connaissait le danger qu'ils couraient et Kaz ne pouvait rien faire pour les en avertir.

*
* *

Delbin sortit en courant des écuries. Il se sentait misérable d'abandonner Kaz et son père, mais Kaz lui avait dit de s'enfuir et il lui obéissait toujours… même s'il changeait généralement d'avis plus tard pour faire le contraire. Delbin était résolu à sauver son ami, mais il devait tout d'abord semer ses poursuivants.

Je te sauverai, Kaz ! Tu verras ! Kaz était un véritable ami, presque un parent pour Delbin. Kaz était toujours mal à l'aise lorsque Delbin déclarait qu'il était son meilleur ami. Mais le minotaure le comprenait mieux que tout autre kender.

Il entendit le cri d'un minotaure dans son dos. Le cri était distant et ne le concernait même peut-être pas. Delbin réfléchit alors à l'endroit où il devrait se rendre. La cité minotaure était tellement fascinante qu'il aurait bien aimé s'arrêter pour regarder chaque chose, mais il devait se hâter.

Il aimait bien également le père de Kaz, en grande partie parce que le vieux minotaure le traitait comme son petit-fils. Mais que pouvait-il bien faire pour les aider ?

— Prenez par là ! cria une voix grave qui se rapprochait.

Delbin regarda derrière lui et vit une grosse forme se rapprocher. Ils étaient proches de lui. Il avait l'avantage d'être petit et de pouvoir se cacher facilement, mais il ne connaissait pas très bien la cité. Il aurait aimé pouvoir poser des pièges, mais il n'en avait pas le temps. Il serait même peut-être contraint de tuer certains de ses poursuivants pour se défendre.

— Fouillez cette rue ! cria la voix.

Ils étaient encore plus proches. Delbin aperçut une ruelle sombre devant lui et gloussa. Comme tous les kenders, il était expert dans les jeux de cache-cache. La ruelle était entourée d'édifices dans lesquels il pourrait se réfugier.

Delbin gloussa à nouveau, mais secoua la tête pour se calmer. Les gardes ne devaient pas l'attraper.

Il se faufila dans la ruelle, puis se glissa dans un espace encore plus étroit, entre deux bâtiments. Les minotaures ne pourraient pas le suivre. Delbin sourit car il prenait du plaisir.

Il aurait toutefois préféré que Kaz soit présent pour s'amuser avec lui.

— Ne te fais pas de soucis ! murmura Delbin. Trouve-toi une bonne cachette, puis réfléchis à un plan pour sauver Kaz !

Il était persuadé de pouvoir trouver un plan rusé. Car il était malin. Kaz l'avait déclaré. Delbin l'avait aidé contre l'elfe diabolique Argaen Ombre-Corbeau et contre ces vilains fantômes dans le sud gelé. Il n'aurait donc pas de difficultés à sortir son ami des mains de ces minotaures stupides.

— Je trouverai un bon plan, Kaz. Tu verras ! Je te sauverai toi, Ganth et Hecar, et nous repartirons tous les trois. Tu seras fier de mon plan et tous les autres en seront surpris !

Delbin ne pouvait bien sûr pas imaginer que Kaz se mordrait les doigts s'il entendait une telle chose. Un plan kender avait plus de chances de se retourner contre son initiateur que de réussir. Mais cela faisait partie de l'amusement.

Les kenders n'arrivaient pas à comprendre pourquoi les autres s'irritaient à la seule mention d'un de leurs plans.

***

Kaz et Ganth furent traînés jusqu'au temple où le grand prêtre les attendait. Un des acolytes guida le groupe dans le temple. Scurn et les autres s'arrêtèrent devant deux grandes portes. Deux autres acolytes les ouvrirent, puis se retirèrent. Kaz en profita pour examiner l'endroit en détail. Les sculptures ne l'intéressaient pas ; il étudiait son environnement au cas où une occasion de s'enfuir se présenterait.

Son regard se posa néanmoins sur les sculptures. Les visages de Sargas lui étaient familiers, mais le dragon était plutôt rare. Il avait l'air étonnamment vrai et provoqua chez lui un malaise.

— Votre groupe peut entrer, Capitaine Scurn.

La voix résonna dans la pénombre de la salle et fit dresser les poils sur la tête de Kaz. Comme tous les minotaures, il avait été élevé avec le plus grand respect à l'égard du grand prêtre. Mais il ressentait maintenant une terreur presque irraisonnée, une chose stupide. Car le prêtre était mortel comme les autres. Une hache pourrait tout aussi bien mettre fin à ses jours.

Il se ressaisit donc pour ne pas trembler en pénétrant dans la salle.

Des torches s'embrasèrent subitement, éclairant la vaste salle, mais également l'estrade devant eux. Le grand prêtre était assis derrière son bureau, et il les fixait.

Ses traits étaient en partie dissimulés par la capuche de sa robe. Kaz avait déjà rencontré ce minotaure par le passé, mais il ne se souvenait pas de l'endroit. Son passé allait-il le détruire ? Il lui semblait que tous les individus ayant traversé son existence refaisaient surface pour le supprimer.

Scurn guida les prisonniers jusqu'à l'estrade. Kaz fut satisfait de constater que leurs gardes étaient également nerveux. Le grand prêtre était craint de tous.

Lc grand prêtre se pencha en avant afin d'examiner les deux prisonniers. Son regard les enveloppa, comme s'il avait l'intention de se repaître de leurs cadavres. Après son examen, il tourna son regard embrasé vers Scurn.

— Il y avait également un kender, n'est-ce pas ? Où est-il ?

— La Garde est à sa recherche, Votre Sainteté, répondit Scurn. Il a profité de la confusion de la mêlée pour s'enfuir.

— Un kender, un sale kender, a réussi à échapper à un escadron de gardes ? L'incompétence est-elle votre nouveau credo ? Le kender aurait dû être le plus facile des trois à arrêter.

— Nous ne nous attendions pas à trouver celui-là, déclara Scurn en désignant Ganth. Nous avions reçu l'ordre de chercher Kaz, pas l'ancien.

— Et de qui s'agit-il ?

— Je suis Ganthirogani de-Orilg, déclara Ganth en se redressant fièrement. Je suis un fils loyal de l'empire, une chose que je n'affirmerais pas au sujet de ces épaves. Vous devriez me connaître…

— Tu ne parleras que si je l'autorise, lança le grand prêtre, interrompant Ganth. (Il se laissa aller en arrière et examina à nouveau Kaz.) Kaziganthi du clan Orilg, nous observons tes activités depuis quelque temps. Ta réputation honore et déshonore à la fois la race minotaure. Tu as combattu avec bravoure de redoutables adversaires, mais tu as rejeté la destinée de ton peuple. Tu agis indépendamment alors que tu devrais jouer ton rôle dans le grand dessein. Ta place se trouve ici, à œuvrer pour notre destinée future, mais tu t'es rebellé, fomentant la discorde parmi les tiens. Tes actes passés auraient pu te sauver, mais tu reviens dans l'empire afin d'accroître ton influence à un moment clé où tous les minotaures doivent s'unir pour la grande conquête !

— Mais c'est ridicule ! l'interrompit Kaz, s'étonnant lui-même.

Le grand prêtre ignora son effronterie.

— Ce que tu as accompli est assurément admirable, mais je crains que tu ne puisses pas continuer ainsi. Pour le bien de notre destinée future, un hameau comme le tien ne peut être toléré. La race minotaure ne doit pas être divisée. Notre bras se doit d'être fort pour éliminer tous les adversaires barrant notre route. Aucun minotaure ne doit agir seul.

— J'ai toujours cru que nous nous enorgueillissions de notre équité, lui lança Kaz sur un ton de défi. Nous sommes la race où tout un chacun peut devenir empereur, où les mâles et les femelles sont égaux, et où l'honneur est personnel.

Le grand prêtre contrôla manifestement sa colère. Affichant un sourire aussi trompeur que ses paroles, la silhouette encapuchonnée secoua la tête.

— L'heure est au sacrifice, mon garçon. Au nom du Grand Cornu, nous devons mettre de côté certaines de nos libertés afin de conquérir le monde en son nom. L'heure est à la conquête. L'unité de la race est aujourd'hui primordiale et surpasse de loin les désirs personnels d'un minotaure à l'esprit rebelle. Tu devrais comprendre ça.

— Je comprends bien des choses.

— C'est vrai ? lui dit le grand prêtre. Je vais te faire une offre, Kaziganthi. Des talents comme les tiens ne doivent pas être gaspillés. L'empire peut t'accueillir en son sein. Les choses que tu as accomplies à l'extérieur peuvent être utiles ici. Des commandants qui inspirent autant de respect et de loyauté auprès des guerriers sont précieux pour notre cause. Tu pourrais devenir le plus grand commandant que nous ayons jamais eu depuis Mesonus, celui-là même qui mena l'assaut contre les elfes alors que ses guerriers étaient trois fois moins nombreux que leurs adversaires !

— Même si cette bataille est depuis considérée comme

glorieuse, Mesonus l'a tout de même perdue, rétorqua Ganth en grognant.

— Tu vas te taire, Ganthirogani. Réfléchis-y, Kaziganthi. Des légions de guerriers sous tes ordres. Les humains te respectent, et pourraient même te craindre. Tu comprends bien mieux leurs stratégies que nos officiers. Et un tel engagement envers ton peuple pourrait même te conduire à monter sur le trône.

— Je n'ai aucune envie de m'asseoir sur ce morceau de marbre tant de fois maltraité.

— Réfléchis attentivement. Mon offre est très sérieuse.

Kaz renâcla.

— Ce n'est pas une offre. C'est une menace. Je ne veux avoir aucune responsabilité dans votre débâcle future.

Scurn, sur l'ordre du prêtre, se retourna soudainement et frappa Kaz, sa tête valsant sur le côté.

Le grand prêtre l'observa un certain temps, puis lança un regard mauvais à Scurn.

— Capitaine, le criminel Kaziganthi est coupable d'avoir mis en danger l'intégrité de la nation. Il agit comme un creuset de dissension et a sapé l'autorité de l'empereur lui-même. Le patriarche du clan Orilg a reconnu que son honneur ne pouvait être jugé que dans l'arène.

— Pardon ? cracha Ganth. Même Dastrun ne reconnaîtrait pas de telles imbécillités ! Vous devez vous tromper ! Qu'est-ce qui vous prend, Jo…

Un garde frappa le père de Kaz. Ganth referma sa bouche ensanglantée, son regard mauvais fixé sur le grand prêtre.

Kaz demeura silencieux et écouta attentivement le prêtre continuer.

— Qu'on les conduise dans l'arène pour qu'ils puissent y laver leur honneur.

— Oui, Votre Sainteté. (Scurn regarda son vieil ennemi avec une pointe de satisfaction.) Vous avez entendu ? Suis-moi, Kaz.

Kaz sourit afin que le grand prêtre et Scurn puissent bien le voir.

— Je te suis.

Son attitude décontenança les deux minotaures.

— N'oubliez pas que vous allez combattre pour retrouver votre honneur perdu, déclara le grand prêtre. Pensez-y.

Kaz renâcla face à son hypocrisie.

— Allez, grogna le capitaine.

— Une dernière chose, Kaziganthi, déclara le minotaure encapuchonné. Tu peux toujours revenir sur ta décision pour sauver ta vie et celles de tes compagnons.

— J'essayerai de ne pas l'oublier.

Le grand prêtre se détourna.

— Je n'arrive pas à croire que ce garçon ait autant changé ! C'est maintenant une vile créature ! murmura Ganth en quittant la salle.

— De quoi parles-tu ? demanda Kaz, à peine attentif.

Kaz considérait leur sort comme l'opportunité de revoir Hecar et lui parler car il se trouvait également dans l'arène. Kaz connaissait bien l'endroit, ainsi que ses passages souterrains et les portes. Ils pourraient peut-être trouver le moyen de s'échapper. Le Visage de l'Honneur se révélerait précieux. Scurn la détenait peut-être pour l'instant, mais elle reviendrait dans la main de Kaz quand il en aurait le plus besoin.

— Je te parle de lui ! De Jopfer ! siffla Ganth. Il a navigué sur le *Gladiateur* avec Hecar avant de travailler pour un des membres du Cercle. C'était un garçon studieux destiné à devenir un des dirigeants du Cercle. Par le vieux Sargas, comment est-il devenu grand prêtre… et pourquoi fait-il semblant de ne pas nous connaître ?

— Jopfer ?

Ce nom revint lentement à la surface dans ses souvenirs. Kaz ayant la mémoire des visages, il comprit pourquoi le grand prêtre lui était familier.

— C'était même autrefois l'un des meilleurs amis d'Hecar.

Les gardes les poussèrent en avant.

— Continuez de marcher et cessez vos bavardages !

Kaz grogna et murmura finalement à Ganth :

— Leur amitié a disparu…

***

Le grand prêtre regarda les deux minotaures s'éloigner avec une certaine préoccupation. Kaziganthi possédait assurément une forte personnalité qui pourrait servir ses plans, mais il fallait que le prisonnier comprenne que son espoir de survie résidait dans la coopération, pas dans la désobéissance. Les techniques nécessaires pour briser son esprit feraient de lui un légume. Et la torture ne servirait qu'à renforcer son entêtement. Le grand prêtre le savait car il observait leur race depuis une éternité.

Pour l'instant, il était donc préférable de laisser Kaziganthi et son père tout aussi récalcitrant dans l'arène. Si le guerrier rebelle décidait finalement de refuser son offre, le grand prêtre s'arrangerait pour que leurs morts servent d'exemples parfaits de ce qui advenait de ceux qui rejetaient la destinée pour laquelle il œuvrait depuis si longtemps et qu'il imprimait dans l'esprit de ses enfants. Leurs morts signifieraient également la destruction du hameau de Kaz. Il ne tolérerait plus aucune désertion. Le plan qu'il avait conçu, tout d'abord pour elle, puis pour lui, devait être mené à son terme. Il deviendrait le maître de Krynn.

Je ne laisserai pas un minotaure rebelle... ou un enfant versatile... détruire mon œuvre de plusieurs siècles, se dit le grand prêtre. *Le minotaure mourra dans l'arène si nécessaire et la femelle... ma femelle... demeura mon invitée à tout jamais. Telle est ma décision.*

En pensant à la femelle, celle qui jouait un rôle primordial dans le maintien de son existence, le grand prêtre décida qu'il était temps de rendre une nouvelle visite à son invitée secrète. Si les imbéciles qui obéissaient à ses ordres avaient su qui elle était réellement, ils quitteraient la citadelle en prenant leurs jambes à leurs cous. Heureusement, elle n'en savait pas plus qu'eux.

Et le temps de découvrir qui elle était, elle serait devenue sa marionnette. D'ici là, Kaziganthi de-Orilg serait lui aussi devenu son jouet... ou il serait mort et incinéré, son souvenir disparu de l'esprit de ses enfants minotaures.

Le prêtre encapuchonné avait toutefois encore une affaire à régler. Il tira sur une cordelette quasi invisible. Un de ses acolytes apparut quelques instants plus tard.

— Oui, Votre Sainteté ?

— Préviens l'empereur que je veux le voir... maintenant.

— Oui, Votre Sainteté.

Le grand prêtre ignora le départ de l'acolyte et se concentra sur l'avenir. Son avenir.

Je ne laisserai pas passer cette occasion. Le monde n'attend que moi... et si le minotaure n'obéit pas, le monde se passera de lui.

CHAPITRE VIII

LE PLAN D'ÉVASION

Helati sortit avec les enfants et fixa la direction dans laquelle Kaz était parti plusieurs jours plus tôt. Elle savait qu'il ne réapparaîtrait pas subitement, mais son envie de le revoir était si forte qu'elle ne pouvait qu'attendre et espérer. Les jumeaux, exceptionnellement paisibles, semblaient eux aussi attendre le retour de leur père.

— Il n'est toujours pas revenu ?

Perdue dans ses pensées, elle n'avait pas entendu le minotaure. Helati secoua la tête et lui répondit.

— Non, Brogan, mais il est encore trop tôt. Tu sais le temps qu'il faut pour atteindre l'empire, et Nethosak. Je pense qu'il vient juste d'entrer dans la cité.

— Ce qui ne nous empêche pas de nous inquiéter. Tu n'as qu'à dire une parole et je rassemble les autres pour aller l'aider.

— Je ne peux pas le faire car il ne le voudrait pas. Kaz travaille mieux seul.

— Et le kender alors ? Je n'arrive toujours pas à croire que tu as dit à ce petit brigand où le trouver ! Quelle aide une telle créature peut-elle apporter à un minotaure ?

Les jumeaux commencèrent à gigoter. Helati les calma.

— Si tu connaissais Delbin, tu ne poserais pas cette question. Ce kender a plus d'une fois sauvé la vie de Kaz.

— J'ai du mal à le croire, dit-il en grognant.

La conversation fut interrompue par le martèlement de plusieurs sabots. Le cœur d'Helati bondit dans sa poitrine, mais ses espérances s'évanouirent en découvrant que les cavaliers n'étaient pas Kaz et son frère. Ils étaient deux, un mâle et une femelle. C'étaient manifestement de nouveaux colons venus rejoindre leur communauté.

— Puissent vos ancêtres vous guider, déclara Helati.

— Et vous, les vôtres, répondit le mâle. (Il regarda rapidement Brogan avant de s'intéresser à Helati.) Je suis Zurgas et voici Keeli, ma compagne. Sommes-nous arrivés dans le clan Kaziganthi ? Nous avons appris que nous trouverions des gens comme nous ici. Des gens… fatigués par les anciennes traditions.

Le clan Kaziganthi. Brogan ne put réprimer un sourire. La renommée de Kaz avait assurément grandi.

— Vous y êtes bien, mes amis, répondit Brogan, et vous êtes les bienvenus.

Les deux cavaliers parurent soulagés, mais pas Helati. D'autres minotaures viendraient rejoindre le clan Kaziganthi. Et les laquais de l'empereur entendraient parler de ce clan qui ne reconnaissait pas l'autorité de l'empereur, du Cercle ou du grand prêtre.

Et qu'arriverait-il s'ils l'apprenaient avant le retour de Kaz ?

*
* *

Kaz retrouva Hecar le jour suivant.

Un vieux minotaure ayant perdu la moitié de sa dentition gloussa en guidant Kaz et Ganth dans le quartier pénitentiaire de l'arène. Il regarda Kaz avec plaisir.

— J'avais bien entendu dire qu'ils t'avaient arrêté ! Par Sargas ! Ça va être bon de te revoir dans l'arène, même si c'est pour pas longtemps !

— C'est qui, Molus ? demanda un garde, sa curiosité piquée par la remarque du geôlier. Qui est-ce ?

— Tu es jeune. Tu devais être encore enfant. Voici Kaziganthi, du clan Orilg !

— Je sais qui c'est.

Molus secoua la tête.

— Tu connais son nom. C'est Kaz l'Invaincu ! Il était Champion Suprême ! C'était le plus grand gladiateur de tout l'empire ! Après lui, je n'ai jamais revu meilleur guerrier !

Kaz feignit l'indifférence, mais Ganth sourit.

Les gardes étaient impressionnés et d'autres questions fusèrent.

— S'il était champion suprême, pourquoi n'est-il pas empereur ou alors mort ? Ce sont généralement les deux seules issues réservées au champion suprême. Il aurait dû défier l'empereur et le vaincre, ou mourir. Que s'est-il passé ?

Molus lorgna Kaz avec curiosité.

— Je ne sais pas pourquoi il a fait ça, mais il a tout arrêté. Il a abandonné l'arène et tout ce pour quoi il s'était battu. Il a rejeté le pouvoir, l'autorité et la gloire qui l'attendaient. Puis il s'est engagé dans l'armée en tant que simple soldat pour partir à la guerre !

Les autres, excepté Ganth, observèrent Kaz comme s'il s'était soudainement transformé en une créature répugnante. Les gardes ne comprenaient pas ses actions ; tout guerrier atteignant le rang de champion suprême devait tenter de s'emparer du trône.

— Pourquoi es-tu parti ? lui demanda Molus.

— Je ne voyais aucune bonne raison de continuer.

— Il a peut-être eu peur, proposa un garde.

— Lui ? déclara le geôlier en riant. C'est peu probable. Mais ça n'a plus d'importance. Il combattra demain… ne le manquez surtout pas ! Le combat sera bon, même s'il est inégal.

Kaz et Ganth furent traînés devant la porte d'une cellule miteuse qui contrastait beaucoup avec la propreté de Nethosak. Molus ouvrit la porte et fit signe aux gardes d'y conduire les prisonniers.

La cellule était plongée dans la pénombre. Lorsque les flammes de la torche d'un garde révélèrent l'autre occupant, Kaz et Ganth furent stupéfaits par le spectacle pitoyable qu'offrait leur ami.

— Il était… plus fort… qu'il ne paraissait, murmura Hecar, un sourire naissant sur son visage tuméfié. J'avais entendu les gardes… parler de votre arrivée. J'aimerais pouvoir dire que je suis heureux de te revoir, Kaz, mais… (Il regarda le vieux minotaure et plissa le front.) Ganth ?

Hecar avait perdu beaucoup de poids et son corps était recouvert de cicatrices. Des bandages entouraient son bras gauche et sa jambe droite. Le sable et la saleté de l'arène, ainsi qu'une couche de sang séché, maculaient son corps.

— Ce n'est pas une façon de traiter un minotaure, grogna Kaz avec colère. En récompense de sa victoire, ses blessures auraient dû être pansées et son corps nettoyé.

— Il devrait même être libre puisqu'il a gagné, déclara Ganth en lorgnant Molus. Son honneur retrouvé, il aurait dû rejoindre les siens.

— Je reçois mes ordres de l'empereur et du grand prêtre, grommela le geôlier avant de s'adresser aux gardes. Enchaînez ces deux-là à côté d'Hecar. Il pourra les divertir avec des récits de l'arène.

— N'as-tu pas d'honneur, l'ancien ? grogna Kaz en se débattant. Qu'est-il advenu de l'honneur dans cette arène ?

— Des imbéciles idéalistes comme vous ne comprendraient pas, leur répondit Molus.

Molus et les deux gardes s'éloignèrent quelques instants plus tard, abandonnant les trois prisonniers. La vision de Kaz s'adapta à la pénombre de la cellule.

— Qu'est-ce qui s'est passé, Hecar ? Comment as-tu fait pour te retrouver là ?

— Je ne le sais pas vraiment. (Hecar était visiblement fatigué, mais en meilleure santé qu'il ne le laissait paraître.) Je n'ai violé aucune loi. Je me suis baladé dans la ville, j'ai posé quelques questions et je me suis soudain retrouvé face à de nouveaux interlocuteurs. Je cherchais un vieil ami, mais je ne l'ai pas trouvé. C'est à ce moment qu'ils sont venus m'arrêter. Kaz, tu te souviens de Scurn ?

— Nous l'avons croisé, lui déclara Ganth. C'est lui qui nous a arrêtés.

Hecar fixa le vieux minotaure.

— Tu n'étais pas censé être mort ?

— Tout comme toi. Je t'expliquerai.

— Mais le *Gladiateur*…

— Il te racontera tout ça plus tard, Hecar. Continue ton histoire, lui dit Kaz.

— Ils semblaient s'intéresser au fait que je connaisse Jopfer, mais…

— Je te l'avais bien dit, Kaz, tu te souviens ? l'interrompit Ganth. Et tu l'as vu ton Jopfer ?

— Pas le moins du monde.

— Tu l'aurais rencontré si tu avais vu le grand prêtre.

Hecar renâcla.

— C'est quoi le rapport ?

— Il essaye de te dire que ton vieil ami Jopfer est le nouveau grand prêtre.

— Jopfer ? (Hecar parut incrédule.) Jopfer est le grand prêtre ? C'est une plaisanterie, hein ? Une mauvaise plaisanterie…

— C'était bien lui, même s'il prétendait ne pas me connaître. T'imagines ? Moi !

— Jopfer ? (Le ton incrédule d'Hecar n'avait pas changé.) Jopfer ne s'est jamais vraiment intéressé à la prêtrise. Et il préférait même Kiri-Jolith.

— Eh bien, c'est lui le grand prêtre maintenant, et il est plutôt bizarre, conclut Ganth.

— Jopfer… (Hecar secoua la tête.) Si c'est lui le grand prêtre, qu'est-ce qu'il nous veut ? Et pourquoi m'aurait-il envoyé dans l'arène à cause de quelques questions innocentes ?

— Notre hameau les préoccupe, Hecar, lui dit Kaz. (Il informa son ami de la présence d'un espion dans leur village.) Cette nation se prépare à la guerre. Tout semble préparer une attaque éclair. Ils comptent utiliser une flotte, mais je ne sais pas s'ils vont attaquer vers le nord ou le sud.

— Je pencherais plutôt pour le sud, mon garçon. Les terres sont bonnes à cet endroit. L'empire pourrait en avoir besoin. Et je doute que quiconque s'attende à voir apparaître une armada de minotaures.

— Peut-être, mais le nord me paraît plus probable, père. Malgré les effets de la dernière guerre, Istar continue de prospérer. Cette nation va probablement devenir un empire dans les années à venir. Ils supprimeraient ainsi la menace la plus importante sur notre frontière occidentale.

Le vieux marin réfléchit à ses mots.

— T'as peut-être raison.

— Mais ça ne nous aide pas plus, ajouta Kaz.

Il tira sur ses chaînes, mais elles étaient trop solides.

— J'ai essayé maintes et maintes fois de les arracher, l'informa Hecar. Je fais semblant d'être très affaibli afin que les combats soient moins difficiles dans l'arène. Mais avec ton arrivée, je suppose que ma survie les indiffère maintenant. Je leur ai servi d'appât.

— L'empereur veut régler plusieurs choses avant de

lancer sa campagne de conquête. Et Kaz en faisait partie. Mon fils offrait au peuple une autre alternative face à l'obéissance aveugle envers la cause. Jopfer a proposé à mon garçon de se joindre à lui ou de mourir dans l'arène. (Ganth sourit.) Même si ça paraît étrange, je suis satisfait qu'il ait refusé la proposition de l'autre casse-pieds.

— Je ne pense pas que l'empereur soit à l'origine de tout ceci, père. L'empire est dirigé par le grand prêtre, l'imbécile assis sur le trône lui obéissant.

— C'est toujours Polik, fils.

— Ah oui ?

Kaz se tut un instant, Ganth grognant de colère.

— Oui, c'est toujours lui. Ce sale chien est resté sur le trône malgré le rôle qu'il avait joué auprès des seigneurs de guerre !

— Mais il remporte tous les défis dans l'arène, déclara Hecar. Ça suffit pour conserver le trône, Maître Ganth. Il gagne entre dix et douze combats par an, et il les organise tous.

— Et il gagne…

— Il a tué Raud, père, l'interrompit Kaz, incapable de contenir sa rage. Il a défié Raud en combat alors qu'il n'avait pas encore atteint le rang de Grand Champion.

— Raud… déclara Ganth. Par les cornes du Juste !

— Maintenant que j'y réfléchis, continua Kaz, le combat devait être approuvé par le Cercle… et par le grand prêtre lui-même. Et c'était le prédécesseur de Jopfer.

— On en revient encore aux fils de Sargas, marmonna Ganth. C'est à cette époque que tu es devenu champion suprême…

— Il aurait dû vaincre l'empereur, père. Raud aurait même pu me vaincre… s'il l'avait voulu. Raud voulait devenir grand champion et utiliser son titre pour s'acheter un navire.

— Mais comment a-t-il fait pour perdre ? Comment Polik a pu le battre ?

Kaz se souvenait du jour du combat. Il n'avait pas pu voir son frère ce jour-là, ce dernier se préparant au combat. L'empereur pouvait défier de futurs rivaux avant que ceux-ci ne soient prêts à l'affronter, mais personne n'avait jamais vu de combat organisé entre un empereur et un gladiateur possédant un statut inférieur à celui de grand champion. Les grands champions étaient les meilleurs gladiateurs des arènes mineures, les deux cités de Nethosak et de Morthosak possédant chacune huit arènes de la sorte. Un guerrier remportant le titre de grand champion était alors envoyé dans la Grande Arène.

Raud était donc le quatrième meilleur gladiateur de cette arène mineure et il aurait décroché le titre de grand champion en moins d'un an. Kaz connaissait maintenant les véritables raisons de ce défi. Tous ses autres frères et sœurs, à l'exception de Fliara qui était trop jeune et d'une autre de ses sœurs qui venait d'accoucher, évoluaient dans les arènes ; mais les plus en vue étaient sans nul doute Kaz et Raud, les fils de Ganth et de Kyri. Ces champions du clan Orilg avaient toutes les chances de devenir empereur.

Polik était une marionnette que contrôlaient ses maîtres. Il était primordial qu'un individu docile comme lui reste dirigeant ; Kaz était trop rebelle. L'humain Crynus était alors le vrai dirigeant. Mais le seigneur de guerre de Takhisis savait toutefois qu'il ne pourrait pas assassiner un champion suprême sans que les autres minotaures ne se révoltent. Même Polik n'aurait pas pu arrêter une telle opposition.

Raud avait donc été défié. Et Kaz en avait été stupéfait. Il avait tenté de prévenir son jeune frère que quelque chose ne collait pas, mais l'honneur de Raud l'empêchait de rejeter un tel défi. Il ne voulait pas devenir empereur, mais il ne voulait pas non plus perdre son honneur.

Kaz avait pris place dans les gradins pour observer le combat. Son frère était apparu dans l'arène, Kaz remarquant sa démarche lente et hésitante. Raud s'était avancé sur la grande plate-forme tournante où les combats contre l'empereur avaient toujours lieu. Il combattit l'empereur avec détermination. Aux yeux de tous, excepté son grand frère, Raud paraissait vaillant et en bonne santé.

Il mourut moins d'une minute après le début du combat. Ses réactions étaient trop lentes, ses attaques imbéciles et irréfléchies. Kaz ne put rien faire lorsque Polik abattit sa hache et mit fin à l'existence de Raud. Il ne put même pas révéler la vérité ; c'était comme si son frère avait été drogué ou était sous l'effet d'un sort. L'issue du combat avait été truquée.

Furieux, Kaz avait failli se jeter dans l'arène, mais le regard que Polik lui lança lui révéla que s'il le défiait, l'issue serait semblable. Et ses autres frères et sœurs seraient également mis en danger par sa faute.

Il quitta donc l'arène peu de temps après et s'engagea dans l'armée en tant que guerrier-esclave. Et il participa à la guerre en première ligne. Polik avait dû être agacé d'apprendre que Kaz avait survécu à la guerre. Paladine savait en tout cas que Kaz était agacé de savoir Polik toujours empereur.

— De la seule façon possible qu'il avait de vaincre Raud, répondit finalement Kaz, la triche…

— Nous devons alors nous attendre à en baver dans l'arène, lui déclara Ganth. Ils ne nous feront aucun cadeau. Nos adversaires seront prêts à nous tuer. Mais je ne quitterai pas ce monde sans me défendre. Ils parleront encore de mon combat dans plusieurs années !

— Il nous reste un espoir. Mais nous devons cependant attendre qu'il fasse nuit.

— Tu penses à quoi, mon garçon ?

— Avec une arme, on pourrait s'échapper. C'est pourquoi ils nous remettent nos armes juste avant l'entrée dans l'arène. Mais ils ne savent pas que j'ai accès à une arme spéciale.

Hecar laissa échapper un léger hoquet de surprise.

— Tu parles du Visage de l'Honneur !

— C'est quoi ça ?

Kaz raconta à son père l'histoire de l'elfe Sardal Corne de Cristal et de la hache de bataille qu'il lui avait donnée, ainsi que des pouvoirs magiques conférés par l'arme.

— C'était l'arme que tu portais et tu ne me l'as même pas dit ? J'aurais aimé pouvoir la tenir au moins une fois !

— Tu pourras le faire quand nous aurons quitté cet endroit.

— Je comprends maintenant pourquoi tu n'étais pas si contrarié que Jopfer nous envoie ici.

— Et où se trouve ta hache ? demanda Hecar.

— C'est Scurn qui l'a prise. Et il s'est étonné de ne pas y voir précisément son reflet.

Le frère d'Helati grogna de joie.

— C'est pas étonnant… j'imagine qu'il va être très surpris de la voir disparaître comme par enchantement !

— Et ton petit ami, mon garçon ? demanda soudainement

Ganth. Tu crois qu'il va s'en tirer ? Je suis triste pour lui. J'ai rencontré des kenders et ils ne sont généralement pas méchants… si on les évite. Mais ton ami est vraiment surprenant. J'espère qu'il va s'en sortir.

— Ils ne nous ont pas parlé de lui, donc je suppose qu'il a réussi à s'enfuir. J'espère juste que Delbin va quitter Nethosak pour se diriger vers l'ouest ou le sud. S'il va à l'ouest, il pourra retrouver les siens. Ou alors il ira chez les humains en Solamnie. Il a toujours bien aimé les chevaliers. Il pourrait même leur demander de l'aide.

Kaz se demanda cependant ce qui arriverait si le Seigneur Oswald ou Sir Bennett prenaient Delbin au sérieux. Leur enverraient-ils de l'aide ? Il espérait que non. Car cela ne ferait qu'aggraver la situation.

— Il irait là-bas tout seul ? demanda Hecar, étonné.

— Il serait stupide de le sous-estimer, Hecar. Scurn et son groupe en ont fait les frais. Comme beaucoup d'autres depuis que je connais Delbin. Je ne peux pas promettre qu'il réussira, mais il a de grandes chances d'y arriver.

— Un kender. Il t'aime tant que ça ?

— Oui. Ne sous-estimez pas leur race. J'ai appris à ne jamais le faire.

— Ses chances sont en tout cas meilleures que les nôtres, mes garçons, alors réfléchissons-y en attendant la soupe… Les prisonniers ont bien droit à un repas, Hecar ?

— On peut appeler ça un repas, Maître Ganth. D'autres plus téméraires appelleraient même ça de la nourriture. Mais je préfère vous prévenir ; bouchez-vous le nez et oubliez vos papilles.

Ganth et Kaz se regardèrent, et le vieux minotaure reprit la parole.

— Dans ce cas, on ferait bien de se dépêcher de sortir de là. Mourir dans l'arène est une chose, mais mourir d'empoisonnement alimentaire en est une autre.

***

Delbin était assis dans le noir, dans la petite pièce découverte la veille, et mangeait un morceau de viande qui s'était retrouvé « bizarrement » dans ses mains. Delbin Nœud-de-

Peuplier avait la fâcheuse habitude de trouver ce dont il avait besoin, quand il en avait besoin.

J'espère que je vais pouvoir les sortir de là.

Delbin était quasi persuadé que Kaz se trouvait non loin de l'arène. Kaz ne lui avait-il pas dit que la justice y était rendue ? Cela lui paraissait parfait, sa naïveté l'empêchant de prendre en compte des centaines d'autres endroits. Celui-ci lui paraissait également parfait car Delbin voulait visiter l'arène.

Delbin était convaincu que les autres minotaures avaient cessé de fouiller le quartier. Il était par contre trop risqué pour lui de sortir en plein jour. Kaz l'aurait affirmé et Delbin essayait de penser comme Kaz du mieux qu'il le pouvait.

Delbin avait découvert cette cachette dans un entrepôt rempli de matériel utilisé pour la navigation… c'était ce qu'il en avait déduit après un examen superficiel de l'endroit. Delbin n'avait aucune idée de l'utilité des autres objets rangés dans le bâtiment, même s'ils possédaient toutefois une apparence militaire.

Je vais devoir sortir, se dit Delbin. *Quelque chose de terrible pourrait arriver à Kaz.* Mais il ne bougea pas encore car il devait tout d'abord trouver un plan brillant.

Il mangea un fruit qui s'était retrouvé par hasard dans sa besace et se demanda où il avait trouvé toute cette nourriture. La chance lui souriait vraiment.

Malgré le danger, sa traversée de la cité avait été vraiment excitante. Delbin avait remarqué les nains des ravins qui s'activaient dans les rues et il avait profité de sa ressemblance avec eux pour berner ses poursuivants, et personne ne l'avait arrêté. Le kender trouvait toutefois injuste que ces pauvres créatures soient contraintes de nettoyer leurs rues.

Il pensa à la situation de Kaz. N'ayant pas d'interlocuteur, Delbin réfléchit à voix haute, le meilleur auditoire qu'un kender puisse posséder.

— Il doit se trouver dans l'endroit qu'ils appellent l'arène qui finalement n'en est pas vraiment une pour moi, parce que je croyais qu'il y avait des animaux et des bouffons dans une arène, alors que celle de Kaz accueille juste beaucoup de combats entre gladiateurs, et parfois, c'est vrai, des animaux parce qu'il doit y avoir une sorte de ménagerie, même si je ne pense pas que…

Delbin saisit un autre fruit et le mangea avant de reprendre.

— Et je parie qu'il y a des cellules dans les souterrains de cette grosse arène. Kaz et Ganth y sont certainement retenus prisonniers. Je parie que si j'y vais, je trouverai le moyen de les libérer…

Le kender réfléchissait vraiment beaucoup, désireux de trouver le moyen de sauver Kaz. Car son ami aurait fait la même chose pour lui.

— J'attendrai la nuit pour aller faire un tour dans l'arène et j'éviterai ainsi les gros minotaures. Je trouverai un bon plan d'évasion quand je serai sur place. C'est vrai que Kaz voudrait certainement que j'évite de venir pour ne pas me faire attraper…

Delbin se raidit, s'armant de courage. Même si Kaz le prenait mal, il devait l'aider. Des idées commencèrent à se former dans son esprit, des idées habiles et ingénieuses… du moins pour un kender.

Son plan était simple et tout bonnement génial… malgré le danger qu'il comportait ; mais ces risques suscitaient en lui de l'excitation et de l'amusement.

— Ne t'inquiète pas, Kaz, murmura-t-il dans le noir, les yeux brillants. Je vais venir te sauver !

CHAPITRE IX
LA MYSTÉRIEUSE PRISONNIÈRE

— Je suis très déçu, Capitaine Scurn.

Scurn frissonna face au grand prêtre qui venait d'apprendre que le kender était toujours libre. Scurn n'était pas un lâche et il était convaincu qu'il pourrait aisément battre le grand prêtre en combat singulier. Mais il garderait cette pensée pour lui seul.

Le grand prêtre n'était pas seul ; des acolytes, les fils de Sargas, étaient alignés des portes jusqu'à l'estrade et ils n'hésiteraient pas à s'attaquer à lui les mains nues si leur maître leur en donnait l'ordre. Scurn sentait qu'ils l'observaient.

— Votre Sainteté, la Garde Minotaure continue de le chercher. Ce n'est qu'un kender ! Rien de plus qu'un petit malotru ! Mon commandant…

— N'a aucun lien avec cette discussion, Capitaine. Vous vous êtes présenté comme un individu désireux de monter en grade et poursuivant une voie en harmonie avec mes objectifs. Vous avez profité de ma bienveillance, mais j'attends encore que vous remplissiez vos devoirs. (Le grand prêtre se pencha vers lui, en colère.) Je veux ce kender. Cette créature est dévouée à Kaziganthi. Il pourrait non seulement provoquer certains troubles en tentant de libérer son ami, mais il pourrait également se révéler utile pour faire plier le prisonnier. Je pense que ce Kaziganthi se considère comme une sorte de champion des petites gens. C'est pourquoi je veux que vous le retrouviez. Il ne peut pas être sorti de la ville, les portes sont trop bien gardées. Trouvez-le ! Faites-le ou je pourrais m'adresser à quelqu'un d'autre !

— Oui, Votre Sainteté. Je trouverai cette petite vermine. Je vous le promets.

Le grand prêtre recouvra son calme.

— J'espère bien. Vous serez heureux d'apprendre qu'un de nos trois criminels pourra demain s'affranchir de ses délits pour racheter son honneur perdu… et qu'il périra si Kaziganthi ne coopère toujours pas.

— Demain ? Quel prisonnier ira dans l'arène ?

— Je ne sais pas encore, mais je pense que ça sera le dénommé Hecar. Il ne m'est plus d'aucune utilité, mais sa mort suffira peut-être à faire changer d'avis Kaziganthi car c'est le frère de sa compagne.

— Voilà une bonne nouvelle, Votre Sainteté.

— J'espère en apprendre une autre très bientôt, Capitaine. Trouvez le kender. Si nécessaire, je ferai exécuter l'un après l'autre les parents et les amis de Kaz jusqu'à ce qu'il change d'avis. (Le grand prêtre soupira.) La destinée de notre peuple surpasse de loin les regrets que j'éprouve à utiliser de telles méthodes. De nombreux individus considèrent Kaziganthi comme un symbole, Capitaine, un symbole qui peut être utilisé pour soutenir la gloire de la race minotaure… c'est pourquoi il doit rejoindre la cause.

— Je vais doubler le nombre des gardes affectés à la recherche du kender, déclara Scurn. Nous l'aurons attrapé demain. J'ai toutefois du mal à comprendre pourquoi cette créature est si importante aux yeux de Kaz.

— Vous n'avez pas besoin de comprendre. Je m'en charge. Trouvez-moi simplement cette petite créature très précieuse. Et vite, sinon vous partagerez le sort des criminels dans l'arène.

Le capitaine déglutit. Scurn s'inclina et sortit rapidement du sanctuaire.

Le grand prêtre regarda ensuite ses subordonnés. Leurs regards se tournèrent tous vers lui, du respect et de la crainte dans leurs yeux.

— Quand est-il de notre côté ?

— Nous n'avons rien trouvé, Votre Sainteté. Aucun signe du kender, répondit l'acolyte sur sa gauche.

— Il n'a pas pu s'échapper de Nethosak par magie. Je pense que je l'aurais détecté. Mais on peut s'attendre à tout avec un kender.

— Votre Sainteté, certaines rumeurs courent dans la cité, déclara un autre acolyte.

— Quelles rumeurs ?

— Un kender aurait été aperçu dans les rues. Mais ces rumeurs n'ont pas été vérifiées. Et aucune trace de cette créature n'a pu être trouvée...

— Ce n'est pas le genre de rumeur à naître sans raison. Je me demande... c'est ça... le kender va certainement faire une telle chose. S'il est aussi loyal qu'on le dit, il cherchera très probablement à imiter son ami. C'est parfait. Nous allons laisser le kender vagabonder tranquillement dans la cité.

— Maître ? demanda le deuxième acolyte sur un ton incrédule.

— Si les gardes et les nôtres ne parviennent pas à trouver le kender, nous pouvons peut-être espérer que la créature se révélera elle-même à nous. (Un sourire naquit sur ses lèvres.) Un kender déterminé trouve généralement ce qu'il cherche et je pense que celui-là cherche son camarade. Je veux que des avis soient affichés dès demain dans la ville, des avis rappelant que tous les criminels de la nation seront envoyés dans la Grande Arène.

— Mais comment cela va-t-il nous aider à trouver le kender ? demanda le premier acolyte.

Le grand prêtre révéla son mécontentement.

— Le kender a prouvé qu'il tenait à son ami, le grand guerrier minotaure. Il va donc essayer de le faire libérer. Nous devons donc le pousser à visiter l'arène s'il n'a pas encore compris qu'ils y étaient détenus. Nous devons même nous assurer que cette créature insipide puisse y entrer afin de la piéger. Les gardes de l'arène doivent donc être prévenus. Merriq, pour t'être montré si curieux, tu viens de te porter volontaire pour diriger un groupe qui fouillera toute l'arène et piègera cette vermine.

Merriq s'inclina sans rien dire, réalisant qu'il avait déjà été trop loin.

Le grand prêtre se leva, se penchant par-dessus son bureau.

— Je crois que certains d'entre vous ont négligé leur travail et peut-être même leur foi. Nous nous chargeons depuis des temps immémoriaux d'entretenir la foi de notre peuple et de prêcher le rêve de notre destinée future que Sargas prédit lorsqu'il transforma une poignée d'ogres en minotaures. Le Cercle Suprême est le bras, l'empire pouvant agir sur un plan physique. L'empereur est le cœur, le symbole de la perfection vers laquelle tout un chacun tend au combat. Nous, les prêtres, sommes l'âme, l'élément le plus important des trois. Si le peuple perd foi dans sa destinée, nous aurons alors échoué. Le bras s'affaiblira et le cœur s'arrêtera de battre. C'est pourquoi vous devez être forts, résolus dans vos tâches et votre croyance. Les faibles n'y ont pas la place.

L'acolyte acquiesça en silence.

Se déplaçant autour du bureau, le grand prêtre leva les bras au ciel.

— Nous sommes les guerriers dans l'arène de l'esprit. Nous devons triompher ou la race entière plongera dans la dégénérescence qui a frappé les ogres. Merriq, tu ouvriras la litanie…

— Nous avons été réduits en esclavage, mais nous nous sommes toujours libérés de nos chaînes…

Les autres acolytes répétèrent ses paroles. Ils fermèrent tous les yeux et, imitant le grand prêtre, levèrent les bras au ciel.

Le grand prêtre baissa les bras et les observa, satisfait de les voir obéir. Ils se dévouaient au rêve, même s'ils ne savaient pas qu'il avait modifié ce rêve. Ils ne vénéraient plus Sargas, mais le grand prêtre lui-même. Même s'ils ne le réalisaient pas, le grand prêtre était devenu leur dieu.

Cela se saurait un jour… mais il serait trop tard.

***

La nuit tomba sur le monde, mais la pénombre régnait toujours dans les cachots souterrains de l'arène. Seul le changement des gardes et leur récent dîner permirent à Kaz et à ses compagnons de deviner approximativement l'heure tardive de la journée.

— J'ai l'impression que je pourris ici depuis des lustres, marmonna Hecar. Si vous n'étiez pas arrivés, je crois bien que j'aurais volontairement perdu mon prochain défi pour échapper à cette monotonie abominable.

— Tu ne devrais pas parler ainsi. Un guerrier doit toujours penser à la victoire.

— Cet endroit a tendance à saper tout enthousiasme, Maître Ganth. Vous pouvez me croire.

— On va devoir attendre encore quelques heures, le temps qu'ils relâchent un peu leur attention. Personne ne s'est jamais échappé de ces geôles. Nous serons les premiers, déclara Kaz sur un ton encourageant.

Ganth grogna.

— Tu vas peut-être m'expliquer comment tu comptes t'y prendre, même si ton arme magique te rejoint, mon garçon. Nous sommes toujours dans une cellule.

— Tu ne connais pas les pouvoirs du Visage de l'Honneur, père. Fais-moi confiance.

— Je te promets de ne pas te lâcher tant que tu ne m'auras pas montré ça, lui dit son père en gloussant.

Kaz passa les heures suivantes à tordre ses poignets afin de trouver le meilleur angle dont il avait besoin pour la réussite de son plan. Seule la hache magique lui permettrait de réaliser son plan insensé. La hache magique avait la capacité de fendre presque tous les matériaux.

Il avait l'intuition que Polik serait dans l'arène le lendemain, parmi les spectateurs. Il le connaissait suffisamment bien pour savoir que l'empereur viendrait observer la mort de son ancien rival. Kaz espérait sa présence car il avait appris à lancer sa hache avec une dextérité et une précision étonnantes. Après un tel acte, les minotaures auraient besoin d'un nouvel empereur… une chose qui selon lui se faisait attendre depuis longtemps.

Si le grand prêtre était également présent, Polik survivrait peut-être. Kaz avait deviné qui contrôlait les rênes du pouvoir et il jetterait alors son dévolu sur Jopfer.

Le couloir extérieur résonna soudain du cliquetis d'armes et de plusieurs bruits de pas. Ganth s'étira à ses côtés et Hecar se réveilla. Ils écoutèrent les gardes se rapprocher.

— Fouillez tous les couloirs ! Et éclairez toutes les cellules ! Je veux que chaque trou de souris soit fouillé !

— Par Kiri-Jolith, que se passe-t-il ? murmura Hecar. Pourquoi une telle excitation ?

— Je ne sais pas, répondit Kaz, mais ils cherchent quelque chose, ou quelqu'un, peut-être un prisonnier… Ça tombe mal.

— Ils vont peut-être vite repartir, mon garçon.

— Peut-être…

Cette fouille n'était cependant pas ordinaire. Ils semblaient à la fois fouiller l'endroit et poster de nouveaux gardes.

La porte de leur cellule s'ouvrit soudainement et deux gardes y entrèrent, leurs épées dégainées. Ils portaient également chacun une torche.

— Vous auriez dû nous prévenir de votre visite, leur annonça Ganth. On vous aurait préparé un petit quelque chose.

— Toi, tais-toi ! grogna un des gardes.

Ils fouillèrent leur cellule avec leurs épées et leurs torches, sans rien trouver.

Les gardes se retirèrent, verrouillant la porte derrière eux. L'activité continua néanmoins dans le reste de la prison.

— Au nom du diabolique Sargas, qu'est-ce qui se passe ici, Kaz ? lui demanda Hecar.

— Je ne sais pas, mais prie pour qu'ils partent bientôt, ou sinon mon plan d'évasion tombera à l'eau. Même le Visage de l'Honneur ne suffira pas pour affronter autant de gardes.

Il devint malheureusement évident une heure plus tard que les gardes ne partiraient plus. Kaz gigota. Il leur serait encore plus difficile de s'échapper de l'arène elle-même. Mais il ne semblait plus avoir d'autres choix ; les geôles étaient par trop peuplées.

Je ferai tout mon possible pour les libérer, même si je dois mourir, pensa Kaz en grimaçant. *Et dire que j'avais juré de ne pas mourir dans l'arène afin de ne pas satisfaire le plaisir de l'empereur !*

Kaz se jura que ni Polik ou Jopfer ne trouveraient du plaisir dans sa mort.

La nuit continua ainsi, l'aube se levant dans quelques heures. Kaz et les autres venaient d'abandonner tout espoir lorsque le silence se fit enfin dans les couloirs, la lueur des torches diminuant également. Hecar réveilla Ganth qui s'était assoupi. Kaz se tortilla afin d'apercevoir un peu plus le couloir, mais il ne vit que la surface d'un mur aveugle. Une légion de sentinelles pouvait très bien se trouver au coin du couloir.

— Tu vas finalement essayer ton plan, mon garçon ? lui murmura son père. Il ne reste plus beaucoup de temps.

— Encore une minute…

Il s'interrompit, un cliquetis les avertissant de l'ouverture de la porte de leur cellule.

La porte s'ouvrit lentement, puis s'arrêta subitement pour laisser passer l'équivalent d'un gros lièvre. Une fraction de seconde plus tard, un petit visage apparut dans l'embrasure et leur sourit.

— Delbin ! lança Kaz.

— Salut, Kaz ! Je t'ai enfin trouvé ! Je savais que ça devait être toi là-dedans quand j'ai entendu les autres parler d'un guerrier qui avait refusé de se rendre face à un escadron complet de gardes…

— Delbin, qu'est-ce que… ?

Le kender au physique maigre et nerveux posa un doigt sur ses lèvres.

— Chut ! Je ne peux pas te sauver tout de suite parce que les gardes vont revenir et que tu ne peux pas te faufiler dans les mêmes endroits que moi, des endroits qu'ils ont fouillés, mais mal, et même que certains de ces endroits étaient vraiment pourris… (Il se tut, puis ajouta à voix basse :) Je voulais juste te dire que j'avais trouvé un plan pour te sortir de là…

— Delbin, fiche le camp ! Je veux que tu sortes de Nethosak sur-le-champ comme je te l'avais déjà demandé ! Tu ne peux pas m'aider. Tu dois partir !

— Mais je voulais te dire comment je vais faire pour te sauver des…

— Si tu ne files pas, ajouta Ganth, tu vas te retrouver comme nous dans l'arène dès demain !

— Vous allez dans l'arène ? demanda le kender sur un ton enjoué. Ça sera encore plus facile ! Vous verrez !

A leur grande surprise, le kender recula et referma la porte.

— Delbin ! l'appela Kaz. Quitte cette cité !

La porte maintenant verrouillée, le visage du kender apparut entre les barreaux.

— Ne t'inquiète pas, Kaz ! lui dit Delbin en souriant. Je ne partirai pas sans vous avoir sauvés ! Je vous sauverai demain, d'une façon spectaculaire, lorsque vous serez dans l'arène !

Avant que Kaz puisse répondre la moindre chose, Delbin disparut. Quelques instants plus tard, le museau d'un garde apparut derrière les barreaux.

— Taisez-vous ! Ou Sargas vous emportera ! Vous devriez dormir un peu afin d'offrir un minimum de spectacle demain avant de mourir. Alors fermez-la ! L'aube va bientôt se lever.

Un second garde, plus agité, le rejoignit.

— Un représentant du grand prêtre vient d'arriver ! Il est venu avec ses propres soldats afin de fouiller l'endroit et de voir les prisonniers !

— Nous venons juste de terminer de fouiller toute l'arène sur les ordres du Cercle ! Qu'est-ce qu'un prêtre pourrait trouver de plus ?

— Peut-être rien, mon fils, mais on ne sait jamais, répondit une troisième voix. Tels sont les ordres de Sa Sainteté.

— Je... je m'excuse ! Je ne voulais pas...

Kaz et les autres se regardèrent. Que faisaient les acolytes de Jopfer dans l'arène ?

Ils n'avaient manifestement pas découvert Delbin et Kaz en fut soulagé.

— Je suis le frère Merriq. Vous nous apporterez toute l'aide nécessaire. Ces ordres viennent de vos supérieurs et du grand prêtre.

— Oui, frère Merriq.

— Fouillez-moi ça, ordonna le prêtre. Vous, fouillez par là.

— C'est foutu, les garçons, déclara Ganth avec aigreur. Ils ne vont pas partir de sitôt. Ce sera donc l'arène. Nous pourrons au moins leur montrer comment combattent de vrais guerriers !

Kaz secoua la tête.

— J'ai un autre plan pour l'arène. Il est plus risqué, mais c'est notre seule chance.

— Mon garçon, qu'espères-tu pouvoir faire dans l'arène ? Ça a un rapport avec le kender ?

Il avait momentanément oublié le plan de Delbin... probablement parce qu'il ne voulait pas imaginer quelle folie il pouvait contenir.

— Non, ça n'a aucun rapport. Mais je ne peux pas vous en dire plus pour l'instant.

Un nouveau visage apparut entre les barreaux. Un regard calculateur les observa.

— C'est donc eux ?

— Oui, frère Merriq.

— Ils ne m'ont pas l'air bien redoutables… leurs combats ont été programmés ?

— Oui. Molus sait tout ça, mais je crois que le prénommé Hecar passera en premier, suivi de l'ancien, et enfin de Kaz.

— Changez l'ordre. (Le regard de Merriq s'attarda sur Kaz qui, à son tour, le dévisagea.) Sa Sainteté préférerait que Kaziganthi du clan Orilg soit le premier à passer. Il l'a ordonné.

Merriq attendait assurément une réaction de Kaz, mais le prisonnier ne le satisfaisant pas, il se retourna.

— Je pense qu'il n'y aura aucun problème pour changer l'ordre de leur passage dans l'arène.

— En effet, frère Merriq ! Je vais prévenir le Maître des Combats sur-le-champ.

— Vous lui direz lorsqu'il arrivera. Cela devrait suffire, non ? Il ne discutera pas les ordres du grand prêtre.

— Comme vous voulez, frère Merriq.

— Ouvrez la porte de leur cellule.

La porte s'ouvrit en grinçant, l'acolyte et une sentinelle pénétrant dans la geôle.

— Cette cellule a-t-elle été fouillée complètement ? Dans tous les coins ?

— Oui, frère Merriq.

— Ça devrait donc aller. (L'acolyte encapuchonné se dirigea vers les prisonniers et regarda Kaz.) Tu es Kaziganthi de-Orilg.

— Vous étiez là quand j'ai été conduit devant votre maître ; je n'ai pas changé depuis…

— Ta langue est bien pendue, ce qui ne me surprend pas de la part d'un hérétique et d'un traître. Et d'un imbécile. Je m'attendais à ce que tu réclames la clémence.

— A quoi cela me servirait-il ? demanda Kaz en renâclant. Votre maître ne me l'accorderait pas, nous le savons bien.

— C'est exact, mais tu pourrais changer d'avis, lui dit Merriq. Et assurer la survie de tes amis. Sa Sainteté t'a offert un poste dont la plupart des guerriers n'oseraient même pas rêver. Seul un imbécile ou un fou rejetterait un tel mérite.

— Je donnerai la même réponse que j'ai déjà donnée à votre maître. Je ne suis la marionnette de personne. Cela me déshonorerait… mais je ne pense pas que vous puissiez comprendre, frère Merriq.

Le prêtre lui lança un regard mauvais.

— Il serait également sage de nous dire où se trouve le kender. Les choses iront de mal en pis pour lui s'il n'est pas bientôt arrêté.

— Avec un peu de chance, il est maintenant loin de Nethosak et de votre emprise.

— Il n'a pas quitté la cité, lui déclara Merriq. Nous en sommes persuadés. Tu lui rendrais un grand service en nous disant où il se cache. Il pourrait se faire tuer.

— Je crois que le jeunot doit être sourd, Kaz, lança Ganth. Il pose une question, obtient une réponse, puis repose la même question.

— Vous voulez me faire croire que le grand prêtre se soucie de la sécurité d'un kender ? demanda Kaz à l'inquisiteur.

— Le grand prêtre se soucie de tous les enfants de Sargas, même les races inférieures.

Le grand prêtre voulait capturer Delbin afin de pouvoir l'utiliser contre Kaz. Kaz se demanda une nouvelle fois ce que voulait exactement Jopfer. Même l'empereur et le Cercle Suprême n'étaient peut-être pas au fait des plans de Jopfer.

— Je vois que cela ne sert à rien de tenter de te raisonner, conclut Merriq. C'est très bien. Je prierai Sargas pour que vous combattiez bien dans l'arène demain afin de racheter votre honneur aux yeux de vos compatriotes. Combattez bien et votre souvenir sera peut-être honoré.

Merriq sortit de la cellule sans un autre regard.

— Je veux qu'une autre fouille soit effectuée dans ce couloir. Si le kender se montre, il sera obligé d'emprunter une de ces sorties, annonça Merriq à un garde.

Sa voix diminua en s'éloignant. Des gardes s'activèrent dans le couloir et Kaz aperçut les cornes d'une sentinelle en poste de l'autre côté de la porte de leur cellule. Il soupçonnait que la sentinelle appartenait aux soldats du temple, et pas aux membres de la Garde Minotaure.

— Ça sera donc l'arène pour nous, les garçons.

— Que peut-on y faire ? demanda Hecar. Kaz passera le premier. Tu as entendu ce serpent en robe. Ils veulent le supprimer le plus vite possible. Pourquoi ne pas simplement nous tuer ici ?

— Cela ne serait pas « honorable », Hecar ! Notre grand prêtre veut maintenir l'illusion. Mais je pense que toi, Kaz, tu vas survivre. Hecar et moi, nous servirons d'exemples. Je peux toutefois me tromper. Je suis sûr que beaucoup de monde va se souvenir de mon fils et de ses exploits. Ou alors c'est peut-être aussi une tentative visant à prouver que personne ne peut défier l'empereur et les autres. Je ne sais pas quoi en penser…

— L'empereur ? Pas besoin de le défier, grogna Hecar. Polik est le jouet du grand prêtre. C'est évident.

— C'est même encore pis, ajouta Kaz. Je pense que Jopfer tient aussi le Cercle Suprême dans la paume de sa main. Mais l'important est de nous échapper d'ici. (Un sourire forcé, et rusé, illumina son visage.) Préparez-vous à agir demain. Et à m'observer. Dès que je commencerai, vous devrez vous diriger vers le tunnel que je vous indiquerai. Il mène à l'endroit où les animaux de l'arène sont gardés. Peu de sentinelles y seront postées. Et dans le chaos qui régnera, vous n'aurez pas de mal à vous enfuir.

— Et toi, mon garçon ?

— C'est moi le *chaos*, répondit-il. Et je vous rejoindrai juste après, ajouta-t-il en mentant.

Hecar plissa le front.

— Quelle situation pourrait provoquer un chaos suffisant pour que les gardes nous ignorent ?

— Il vaut mieux que vous ne le sachiez pas. Faites-moi juste confiance.

— Mais tu as pensé à Delbin, Kaz ? Il a dit qu'il préparait quelque chose. Qu'arrivera-t-il lorsque vos deux plans fous seront mis à exécution ?

Kaz ne voulait pas y penser. Il espérait simplement que Delbin lui avait obéi et qu'il avait quitté Nethosak. Parce que sinon…

— Prions Paladine et Kiri-Jolith pour qu'ils nous accueillent dans la mort si les choses tournent mal, parce que le vieux Sargas serait plus que satisfait de nous ouvrir ses portes.

*
* *

Après avoir quitté l'arène, Delbin retourna dans sa cachette, l'aube se levant dans deux heures.

— Bon, je les ai trouvés, se dit-il à voix basse afin d'organiser ses pensées à la manière de Kaz. Ils sont détenus sous l'arène, dans un endroit pas très joli qui grouille de rats par endroits, ce qui est plutôt étrange pour une ville aussi propre. Ils sont prisonniers dans une cellule. J'aurais pu les faire sortir si des minotaures en drôles de robes noires et rouges, des adorateurs de Sargas, un dieu plutôt étrange à vénérer puisqu'il n'est pas très gentil, n'étaient pas arrivés, me recherchant moi. J'ai pu parler avec Kaz et lui dire que je reviendrai demain parce que j'ai vraiment eu une super idée pour faire diversion et les faire échapper.

Il sourit dans le noir, satisfait de la tournure des événements. Même si son ami lui avait demandé de quitter le royaume, Delbin était persuadé que Kaz serait fier de lui.

Le kender réfléchit à son plan d'évasion. Tout commençait à se mettre en place.

***

Le grand prêtre ne dormait pas comme les autres. Il réfléchissait et complotait… ou alors marchait de long en large dans son sanctuaire. Il pourrait bientôt révéler la vérité à ses enfants. Mais en attendant…

Il devait rendre visite à son invitée. Elle semblait perturbée depuis quelque temps, et cela préoccupait le grand prêtre. Depuis qu'elle était son invitée, un choix indépendant de sa volonté, elle était restée plutôt tranquille et craintive. Le grand prêtre préférait la voir ainsi. Il encourageait son attitude, sans toutefois la pousser au désespoir. Son état de santé était vital pour la bonne marche de son plan. Elle devait rester sa prisonnière, mais devait également continuer à s'alimenter et à se soigner.

Elle l'attendait dans les profondeurs mêmes du temple, dans les cellules spéciales où étaient autrefois enfermés les hérétiques. Le prêtre franchit un grand nombre de cellules vides avant d'arriver à la sienne.

Quelque chose s'éloigna de devant la porte de la cellule, un petit être trapu et courtaud qui écœura le grand prêtre.

— Que fais-tu là ? Eloigne-toi de cette porte !

— Excusez, Grand Chef ! Excusez ! Galump pas faire de mal !

— Fiche le camp ! Retourne à tes détritus ! Si jamais je te revois ici…

Il ne termina pas sa phrase, le nain des ravins s'éloignant rapidement. La petite créature lui servant parfois d'espion dans les rues, le grand prêtre la laissa filer.

Un léger bruit dans la cellule informa le prêtre que son invitée était réveillée. Avait-elle parlé à la vilaine petite fouine ? Les seuls autres individus qu'elle voyait étaient les gardes en poste dans les couloirs. Ils avaient reçu l'ordre strict de ne pas lui adresser la parole. Il était le seul à pouvoir lui parler.

Il regarda dans les ténèbres de la cellule.

— Tu es réveillée, mon enfant, je le sens.

Des bruits de chaînes retentirent dans la cellule et la prisonnière sortit de l'obscurité.

En Solamnie, en Ergoth ou dans tout autre endroit, elle aurait pu sembler être à sa place. Mais ici dans la nation minotaure, elle produisait un contraste saisissant. Les humains étaient rares et peu appréciés chez les minotaures, notamment après les années de domination des seigneurs de guerre. Crynus avait laissé un héritage de haine à l'égard des humains.

— Que me voulez-vous ? Je veux rentrer chez moi !

Elle paraissait jeune, peut-être quinze ou seize ans d'après les critères humains, mais le prêtre savait que les apparences pouvaient être trompeuses – la jeune fille étant le plus grand imposteur d'entre tous. Son visage innocent, enveloppé par de longs cheveux argent qui semblaient plus appropriés à un elfe, faisait mentir la vérité qu'il était seul à connaître : une grande puissance dormait en elle.

— Mais tu es ici chez toi, femelle. Tu y résideras pour toujours. Comprends-le et tu pourras ensuite accepter le reste plus facilement. (Il désigna sa cellule.) Tes quartiers sont confortables. Je m'en suis chargé personnellement. Les chaînes sont nécessaires puisque tu dois encore reconnaître que je suis ton maître. Ma volonté dirige la tienne. Lorsque tu accepteras cela, tes chaînes seront retirées.

— Je veux rentrer chez moi !

— De quel foyer parles-tu ? Ta vie n'a été faite que d'errances dans les montagnes et les forêts, et de fuites face à des gens qui ne comprenaient rien. Tu ne vivais que de rapines. Tu appelles ça une vie ? Réalises-tu les risques que tu cours de ne pas avoir pu développer tes capacités ? Tu pourrais être tuée, intentionnellement ou accidentellement. Sais-tu ce que cela signifierait ?

Son expression craintive et perplexe le mit en colère. Il voulait lui révéler de nombreuses choses pour qu'elle comprenne enfin. Mais il était encore trop risqué de lui dire tout maintenant.

— Je ne comprends rien, lui dit-elle. Vous n'arrêtez pas de dire que je suis importante à vos yeux. Comment cela peut-il être vrai ? Je ne vous *connais* même pas.

— Tu es très intelligente, femelle, en dépit de ton absence d'entraînement. Tu as toujours su plus de choses que les autres, appris mieux que les autres. Regarde en toi, puis regarde-moi, et vois comme nous sommes liés. Regarde…

— Non ! cria-t-elle en levant les mains devant elle.

Ses mains se mirent à briller.

Les chaînes s'entourèrent d'un éclat bleuté.

La jeune femme tomba à genoux en haletant. Ses mains cessèrent de luire, puis ses chaînes.

— Que cela te serve de leçon ! Tu dois arrêter de me désobéir. Je n'aime pas te faire du mal, mais tu dois m'obéir. Il y a bien trop de choses en jeu. Je prépare cela depuis bien trop longtemps pour que mes plans soient contrariés par toi ou par un minotaure récalcitrant.

La fille ne répondit rien. Le grand prêtre perdait son temps. Elle avait déjà réagi de la sorte par le passé, une preuve de son caractère infantile. Mais une telle attitude disparaîtrait bientôt grâce à sa tutelle.

— Dors maintenant, lui commanda-t-il. Nous reparlons demain. Je t'apprendrai de nouvelles leçons.

Il l'entendit pleurer en s'éloignant. Ses pleurs l'encouragèrent. Elle commençait enfin à craquer. Elle serait bientôt une servante docile… et sa puissance, associée à la sienne, rendraient son rêve irrépressible.

CHAPITRE X
LA GRANDE ARÈNE

Molus n'était pas aussi enthousiaste que Kaz l'attendait. Il comprit vite pourquoi. Le geôlier venait d'apprendre que le grand prêtre avait désigné Kaz comme le premier combattant dans l'arène, et le vieux minotaure était manifestement dérouté par ces ordres.

— Ils oublient le côté théâtral des combats dans l'arène ! Ton ami, que les spectateurs connaissent déjà, aurait dû passer en premier, suivi de ton père pour les maintenir sous pression. Puis tu serais entré le dernier, Kaziganthi ! Par Sargas ! Tu devrais vraiment être le dernier à combattre ! La rumeur s'est répandue dans la cité, et beaucoup de gens s'attendent à te voir. J'ai même entendu dire que des paris ont été pris sur la durée de ton combat… mais ça dépendra de ton ou tes adversaires !

— Et tu le saurais ? lui demanda Kaz.

Il aurait aimé savoir s'il allait affronter des gladiateurs ou un ou plusieurs animaux sauvages. Il pourrait ainsi mieux se préparer.

— Je le sais effectivement, mais je te garde la surprise. L'empereur en a décidé ainsi. Je suppose qu'il ne veut pas te voir trop préparé. Il se souvient de toi.

— Moi aussi.

— Je veux bien te croire.

— J'aurai quand même une arme ?

Les gardes les préparaient au départ pendant leur discussion. Kaz espérait qu'ils soient conduits en même temps dans la zone d'attente. Si les minotaures respectaient la tradition de l'arène, cela se passerait ainsi.

— Oui, une épée courte.

Une épée courte. Il allait alors probablement combattre un autre guerrier. Kaz était satisfait. A la différence des animaux, les gladiateurs étaient plutôt prévisibles.

Des bracelets remplacèrent leurs chaînes. Kaz et les deux autres minotaures s'avancèrent dans le couloir qui menait à l'arène. Durant le trajet, Kaz estima le temps nécessaire pour s'enfuir de l'arène en empruntant le long couloir de la ménagerie : de quatre à cinq minutes. Il fallait ajouter la résistance qu'ils rencontreraient, mais les animaux étaient généralement gardés par deux sentinelles et un ou deux individus chargés des bêtes.

Personne ne s'attendait à une évasion de la sorte. Les minotaures combattaient et mouraient ; ils ne fuyaient pas. Il espérait seulement que Ganth et Hecar parviendraient à s'échapper à temps.

Des clameurs retentirent au-dessus de leurs têtes. Le couloir entier résonnait du martèlement des pieds des spectateurs. Un combat honnête devait avoir lieu. Les spectateurs montraient leur approbation de cette manière, et la faveur de la foule avait changé le cours de plus d'un combat.

Rejoignant la zone d'attente où les gladiateurs pouvaient apprécier les duels dans l'arène, Kaz aperçut Scurn qui les attendait. Il tenait dans sa main un objet qu'il ne reconnut pas immédiatement. Scurn le lui tendit lorsqu'il arriva à sa hauteur.

C'était le médaillon honorant le champion suprême, le médaillon même qu'il lui avait pris lors de sa capture.

— J'aurais préféré te le prendre au combat, lui déclara le minotaure balafré.

— Mais tu l'as maintenant. Tu peux le porter.

— Je ne peux pas le déshonorer. Je ne l'ai pas gagné, donc je ne peux pas le porter.

Il était étrange de penser qu'un être comme Scurn puisse encore parler d'honneur. Kaz s'apprêtait à lui lancer une remarque cinglante lorsque le capitaine lui tendit subitement le médaillon.

— Prends-le. Il t'appartient, tu l'as gagné dans l'arène. Le grand prêtre et Polik ne vont pas apprécier, mais c'est ton droit de le porter. Tes crimes ne peuvent pas te le reprendre, mais ta mort le fera. Je devrais être ton adversaire dans l'arène, pas cette…

— Ne mentionnez pas le combat, déclara Molus. (Il désigna le médaillon.) Allez, prends-le. L'excitation sera à son comble quand la foule découvrira ce que tu portes.

Kaz ne voulait pas du médaillon et de l'honneur qu'il conférait puisqu'il n'y croyait plus. Cela lui rappelait les combats et les morts inutiles qu'il avait livrés pour les quelques individus dirigeant la race minotaure.

— Tu *devrais* le prendre, tu sais, ça pourrait t'être utile.

Kaz se raidit en reconnaissant la voix. Il l'avait entendue en rêve. C'était celle de l'homme en gris… mais il ne le voyait pas.

Kaz se tourna donc et accepta le médaillon. Malgré ses poignets menottés, il parvint à le placer autour de son cou. Une chaleur l'envahit. Scurn acquiesça, puis recula. Son regard exprimait l'attente, et peut-être également un peu de jalousie. Un autre aurait l'honneur de tuer Kaz.

Il n'y avait aucun signe du Visage de l'Honneur. La hache que portait Scurn était l'arme commune des membres de la Garde. Scurn n'aurait pas couru le risque de la prendre avec lui. Il projetait certainement de l'utiliser dans l'arène ou en mission. A la différence du médaillon, il n'avait pas l'intention de la redonner à son véritable propriétaire. Le sens de l'honneur de Scurn avait ses limites.

D'autres hourras secouèrent l'édifice, suivis par le martèlement des pieds des spectateurs et leurs applaudissements. Le combat venait de se terminer et Kaz soupçonnait la mort d'un des combattants.

Nous aurions conquis le monde plus rapidement si nous n'avions pas éliminé autant de guerriers dans l'arène, pensa Kaz avec dégoût. Cela lui fit penser à Raud, puis à Polik qui était probablement présent dans l'arène.

— Allons-y, grogna Kaz en tendant ses mains afin que le geôlier puisse lui retirer ses bracelets.

— Voilà une attitude saine ! gloussa Molus.

Il libéra Kaz et les autres de leurs liens. La tradition minotaure de l'arène joua en faveur de Kaz, les autres prisonniers restant dans la zone d'attente. Une demi-douzaine de gardes les entourant, il leur semblait peu probable que Ganth et Hecar tentent quelque chose pendant le combat de Kaz.

Mais avec ce qu'il avait prévu de faire, les gardes seraient trop stupéfaits pour réagir sur-le-champ lorsque leurs prisonniers commenceraient à s'enfuir. Son plan entier reposait sur le penchant naturel des minotaures pour la routine et la tradition.

S'il avait appartenu à une autre race, humaine ou elfe, Kaz n'aurait pas été aussi chanceux. Les créatures des autres races, à l'exception des ogres, étaient rarement menées dans la Grande Arène. Les petites arènes les accueillaient et ne leur laissaient généralement aucune chance de survie. La Grande Arène était réservée quasi exclusivement aux minotaures. Les quelques étrangers qui y combattaient étaient surveillés de près, les élus de Sargas considérés comme les seuls êtres honorables.

— Le terrain est dégagé, annonça Molus. Tu peux y aller, Kaziganthi. Ton heure est venue.

Flanqué de deux gardes, Kaz pénétra dans l'arène. Dans les gradins, un océan de silhouettes noires, brunes et blanches observait et attendait.

La foule se tut complètement. La tradition voyait se taire les minotaures lorsque les criminels étaient conduits dans l'arène, leur honneur perdu. Mais un murmure commença cependant à s'élever ; certains d'entre eux avaient peut-être reconnu le médaillon ou son visage. Lorsque Kaz et les gardes arrivèrent au milieu de l'arène, le sable taché de sang, le murmure se transforma progressivement en applaudissements. Une grande partie des spectateurs l'encourageaient même.

Plus d'une douzaine de guerriers apparurent de l'autre côté, armés d'épées, de haches, de lances et de filets. Ces jeunes gladiateurs avancèrent vers Kaz. Ce n'étaient pas des grands champions, mais des guerriers chevronnés. Kaz dénombra cinq femelles parmi eux.

Le combat serait donc très difficile. Kaz compta seize gladiateurs. Cela signifiait que huit d'entre eux combattraient pendant que les huit autres formeraient un cercle autour des combattants. Si un gladiateur venait à être éliminé, un autre prendrait sa place, une loterie ayant précédemment désigné l'ordre de remplacement. Les guerriers continueraient de s'avancer jusqu'à la mort du criminel. C'étaient les règles de la Grande Arène. Hecar n'avait pas combattu autant de guerriers, le minotaure ayant simplement servi d'appât.

Les guerriers commençant à l'encercler, un des gardes lui

tendit une vieille épée courte. Kaz grogna, sans toutefois protester. Il aurait préféré son arme de prédilection, mais il devrait s'en contenter pour le moment. Polik et le grand prêtre préféraient ne prendre aucun risque.

Kaz balaya rapidement la foule du regard. L'empereur occupait généralement une loge située au centre du flanc latéral de l'arène. Sa loge était plus élevée que les gradins. Jopfer et les membres du Cercle Suprême occupaient généralement les sièges arrière.

La loge était occupée. Kaz lorgna dans sa direction et aperçut Polik qui n'avait pas beaucoup changé malgré les années. Il avait toujours l'allure d'un champion, mais il était vraiment improbable qu'il ait pu remporter tous les défis au cours de toutes ces années. L'empereur était vêtu d'une élégante robe brune et rouge et portait un heaume à cimier cérémoniel.

L'empereur était vraiment la marionnette du grand prêtre et du Cercle. Polik ne le regardait pas, s'entretenant avec un minotaure en armure appartenant au Cercle. Il ne cessait de se taper la poitrine. Kaz comprit alors que l'empereur se plaignait très certainement de la présence du médaillon. Malgré la distance, tout le monde pouvait voir ce symbole de puissance… et se rappeler que Kaz aurait très bien pu défier Polik s'il n'avait pas quitté l'arène. L'empereur n'aimait pas devoir affronter ce souvenir.

L'empereur désigna Kaz, puis les autres gladiateurs. Le minotaure à ses côtés secoua la tête, l'empereur restant inflexible. Son compagnon fit signe à un garde. Quelques paroles furent échangées et le garde s'éloigna à la hâte.

Des cors retentirent dans l'arène. Kaz vit un héraut se rapprocher. La bataille allait être annoncée. Kaz ne s'en souciant pas, il continua d'observer la loge. Polik et trois représentants du Cercle étaient présents, mais il n'y avait aucun signe du grand prêtre, juste de Merriq et de deux acolytes.

Sa cible serait par conséquent Polik.

— Réveille-toi, imbécile ! lui murmura un des gardes. Ou comptes-tu attendre qu'ils te tuent ?

Kaz sortit de sa rêverie, réalisant que le héraut avait terminé et que les guerriers se préparaient au combat. Les huit gladiateurs maintenant en place, les huit autres formant le cercle extérieur, les gardes se retirèrent vers la zone d'attente où Ganth et Hecar étaient retenus.

Kaz devait agir vite. Il devait se débarrasser de son arme tout en détournant l'attention de ses adversaires, puis invoquer le Visage de l'Honneur. Seule sa hache magique lui permettrait de réaliser son plan. Seule la hache pouvait traverser une aussi longue distance et mettre fin au règne de Polik.

Un autre cor retentit. Les gladiateurs s'arrêtèrent, désorientés. Kaz était lui aussi confondu. Ce signal ordonnait aux guerriers de reculer, ce qu'ils firent de manière assez désordonnée.

Puis un autre son de cor emplit l'arène. Une grille s'ouvrit sur un côté de l'édifice. Il écarquilla les yeux. Quelqu'un venait de changer les règles du combat. Kaz allait affronter un autre adversaire.

Un rugissement résonna du couloir donnant sur la grille. Kaz allait combattre un animal.

Le second rugissement se révéla encore plus bruyant. Les spectateurs étaient de plus en plus excités, comprenant que le combat n'était pas commun.

Une grosse tête apparut alors à la grille, ses narines reniflant l'air avec méfiance. Ses yeux reptiliens s'adaptèrent lentement à la lumière du jour. Une gueule remplie de crocs acérés s'ouvrit et la créature darda son épaisse langue rouge.

Un dracolézard, une créature plus grosse qu'un ours géant et ressemblant aux dragons légendaires, s'avança d'un pas lourd. Cette créature brutale appartenait à la famille des lézards et celui-ci était adulte.

De nombreux spectateurs réalisèrent le caractère déloyal du combat et malgré le statut criminel de Kaz, quelques protestations s'élevèrent dans la foule. Polik les ignora, observant le prisonnier avec satisfaction. Le reptile avança vers le centre de l'arène. La queue du dracolézard battait l'air, la créature tout excitée de sentir autant de minotaures.

Son regard se fixa sur Kaz.

Le dracolézard siffla. Un minotaure seul représentait un repas acceptable. Ces créatures étaient toujours affamées.

Kaz serra son épée courte. Il voulait encore attendre un peu afin d'étudier le monstre et ses capacités au combat. Kaz devait suivre son intuition pour ne pas finir déchiqueté par les griffes et les crocs du dracolézard.

Il espérait emporter Polik avec lui s'il devait mourir.

La créature dressa la tête et ouvrit sa gueule en grand. Tout autre adversaire se serait retrouvé paralysé par la peur, mais Kaz avait affronté des dragons et des monstres bien plus étranges et mortels que ce dracolézard.

Le reptile chargea subitement Kaz sur le flanc gauche en sifflant, avec une rapidité et une agilité étonnantes pour une créature de sa taille. La foule poussa des cris, les protestations se mêlant aux applaudissements.

Kaz beugla en direction de la créature qui broncha momentanément. Le guerrier chevronné serra bien son arme, s'apprêtant à la lancer.

Il lança son épée avec la précision d'un javelot et avec une telle force que sa cible ne put l'éviter. La lame s'enfonça dans l'épaule du reptile. Le monstre broncha encore davantage. Il hurla de douleur et leva une patte pour se débarrasser du projectile.

Son épée courte ayant quitté sa main, le Visage de l'Honneur apparut dans l'autre. La foule poussa des cris de stupeur, Kaz les ignorant. Le gros lézard s'était débarrassé facilement de l'épée courte et s'apprêtait à charger à nouveau le minotaure.

Kaz recula en trébuchant, les griffes du dracolézard balayant la hache des mains du minotaure. Le Visage de l'Honneur se retrouva dans le sable.

Le gros monstre chargea une nouvelle fois. Kaz bondit sur le dos de la créature qui siffla et tenta de le faire tomber. Le minotaure tint bon et invoqua à nouveau sa hache.

Elle réapparut dans sa main au moment où Kaz glissa du dos de la créature. La foule poussa des hourras, Kaz ne sachant pas si ces cris étaient provoqués par leur déception de le voir échouer ou par l'espoir de voir le dracolézard le réduire en charpie.

Le lézard se retourna. Kaz saisit la queue du monstre avec sa main libre. La queue le traîna tout d'abord sur le sable au moindre déplacement du monstre déconcerté. Le dracolézard comprit finalement la situation et dirigea sa queue vers sa gueule grande ouverte.

Kaz lâcha la queue et effectua un roulé-boulé dans la direction opposée. Un genou encore à terre, Kaz enfonça le Visage de l'Honneur dans la patte du monstre. Du sang éclaboussa le visage du minotaure. Le sang collant faillit presque l'aveugler.

Et il faillit lui coûter la vie. Le dracolézard, beuglant de douleur, se tortilla dans tous les sens, Kaz et son arme projetés dans les airs. Il ne put faire grand-chose pour contrôler sa chute. Il percuta le sol, sa hache quittant à nouveau sa main.

Le martèlement des pas de la créature avertit Kaz de la proximité du monstre. Kaz fit une autre roulade pour esquiver la charge du reptile. Ayant recouvré la vue, il évita la gueule du dracolézard qui faillit mordre sa jambe. Le guerrier lança alors sa jambe dans le museau de la créature.

Quelque peu étourdi par le coup, le monstre parvint néanmoins à se dresser sur ses trois pattes valides – il voulait écraser sa proie.

Le corps meurtri, Kaz invoqua à nouveau le Visage de l'Honneur.

La hache apparaissant dans sa main, le minotaure fit la seule chose possible. Il utilisa la première lame de la hache comme levier pour se glisser hors de portée du monstre, la seconde lame de la hache dressée en direction du dracolézard.

Le reptile laissa tomber tout son poids sur la poitrine du minotaure, Kaz à deux doigts de la mort. Mais la créature trembla et roula sur le côté, un flot de sang continu éclaboussant le minotaure. Le tranchant acéré de la hache magique venait de lui sauver la vie.

Le dracolézard n'était cependant pas encore vaincu. Il respirait maintenant difficilement. La blessure reçue au torse était profonde et une de ses pattes était invalide, mais sa puissante mâchoire représentait encore une menace. Kaz put heureusement atteindre sa gorge. Il roula sur le ventre, sa hache serrée dans ses mains. Il ne pouvait assurément pas lui donner un coup puissant, mais la hache pouvait aussi bien être maniée comme une arme d'estoc. Son extrémité était acérée et suffisamment longue pour tuer.

Il se remit immédiatement à genoux après sa roulade, mais le dracolézard changea de position au moment où il allait frapper. Leurs actions se révélèrent maladroites et raides en raison de l'exiguïté de leur combat. Kaz enfonça de toutes ses forces le Visage de l'Honneur dans la gueule de la créature.

Kaz serra les dents.

Il pria Paladine et Kiri-Jolith pour guider sa main. Relâchant sa prise sur la hache, Kaz se jeta en avant. Sifflant, le lézard lança sa tête sur le côté, la hache retombant au sol.

Kaz enfonça profondément ses cornes dans la gorge du dracolézard.

La masse imposante du monstre menaçait de s'écraser sur le minotaure, mais il ne bougea pas, continuant de presser ses cornes dans le cou de la créature. Des flots de sang coulèrent sur son visage. Le dracolézard tenta de le balayer avec sa patte blessée. Kaz sentit la créature trembler davantage.

Le minotaure libéra finalement ses cornes avec difficulté. Le dracolézard le remarqua à peine. Il lança sa tête d'avant en arrière, son sang se déversant sur le sable de l'arène. Puis il se mit à chanceler. Kaz s'éloigna de quelques mètres, la fatigue l'empêchant d'aller plus loin.

Le dracolézard continua de trembler, poussa un gargouillement… et s'effondra.

La foule hurla à tout rompre, ses cris résonnant dans l'arène. Kaz ne se souvint pas avoir entendu de tels hourras pendant toutes ses années de champion des arènes.

Il se releva non sans mal et récupéra sa hache. Il pouvait encore tuer Polik. Le Visage de l'Honneur ne manquerait pas sa cible.

Un groupe de gladiateurs sortit subitement de l'entrée de l'arène. Ils l'encerclèrent, prêts au combat. Les hourras de la foule se transformèrent en cris acerbes. Même un criminel de la sorte méritait un peu de répit. Kaz venait assurément de se racheter aux yeux d'un grand nombre de spectateurs.

Polik ne s'en souciait pas. L'empereur s'était levé pour donner l'ordre aux gladiateurs de charger le prisonnier. Il voulait que le renégat meure rapidement.

Les gladiateurs ne firent cependant pas preuve d'un grand enthousiasme. Un guerrier ayant réussi à tuer un dracolézard était assurément un adversaire estimable. Kaz profita de leur hésitation. Chaque seconde de gagnée lui permettait de recouvrer plus de forces.

— D'accord, grogna-t-il, par qui je commence ?

Un rugissement provenant de l'autre extrémité de l'arène détourna l'attention de Kaz. Le guerrier et les gladiateurs se tournèrent dans cette direction.

Un lion chargeait maintenant dans l'arène. C'était un mâle adulte. Il fut bientôt rejoint par trois lionnes qui rugirent férocement.

L'évasion des animaux venait à peine de se produire lorsqu'un second dracolézard de la taille d'un gros loup s'avança lui aussi dans l'arène. Il essaya d'attaquer les lions qui choisirent de reculer en direction des gladiateurs et de Kaz.

Des panaches de fumée commencèrent à s'échapper de l'entrée de la ménagerie.

— Un incendie s'est déclaré dans la ménagerie ! cria une voix aiguë. Les animaux sont en train de s'échapper !

Les minotaures répondirent à l'incendie. Les armes étaient interdites parmi les spectateurs en raison des disputes concernant les paris. Seuls la Garde Minotaure, les prêtres, les membres du Cercle Suprême et l'empereur pouvaient porter des armes dans l'arène. Et les minotaures n'étaient pas assez stupides pour se jeter au combat contre des lions ou un dracolézard. L'incendie posait également problème ; les spectateurs assis à proximité de la ménagerie commencèrent à quitter les gradins.

D'autres animaux apparurent à l'entrée de la ménagerie, au milieu de la fumée : des chevaux, des ours et d'autres espèces. Kaz ne parvint même pas à les identifier tous, mais il vit des taureaux et des moutons, ces derniers utilisés pour nourrir les gros prédateurs. Certains animaux commencèrent à s'attaquer, mais d'autres prédateurs semblaient plus s'intéresser aux minotaures, peut-être parce qu'ils avaient été entraînés à les attaquer dans l'arène.

Les gladiateurs oublièrent Kaz, se positionnant afin de se défendre contre les attaques des animaux. Kaz ne vit aucun des minotaures attachés au dressage des animaux, ceux-ci probablement occupés à calmer les animaux encore présents dans la ménagerie.

— Delbin… murmura-t-il.

Le kender lui avait promis de créer une diversion, et il venait de la lui offrir. Il devait donc maintenant utiliser cette diversion à son avantage.

Il s'éloigna des gladiateurs et des animaux, le Visage de l'Honneur levée dans sa main. Un guerrier l'aperçut, mais reporta son attention sur les animaux.

Deux autres guerriers passèrent à ses côtés, des filets et

des tridents dans leurs mains. En sûreté pour le moment, Kaz se tourna en direction de Ganth et d'Hecar.

Ils avaient profité du désordre provoqué par l'évasion des animaux pour chercher eux aussi à s'enfuir. Les deux minotaures se trouvaient à découvert au milieu de l'arène. Ganth avait ramassé une épée courte et ils étaient harcelés par un garde et Molus, le vieux geôlier.

Les deux prisonniers étaient encore ligotés et Ganth avait quelques difficultés pour se battre. Le père de Kaz réussissait pour l'instant à repousser leurs attaquants.

Kaz chargea dans leur direction en hurlant. Molus se retourna et sourit en découvrant le minotaure. Il se détourna de Ganth pour filer vers Kaz, mais un autre individu s'interposa. Il tenait une hache aussi grosse que celle de Kaz.

— Occupe-toi de tes prisonniers, lui dit Scurn. Je me charge de Kaz.

Molus recula pour aller porter son aide au garde.

— Je t'ai déjà battu dans l'arène, et je t'ai battu en Solamnie, Scurn. Tu vas encore perdre.

— Tu aurais dû me tuer la dernière fois, Kaz. Je te l'ai même demandé. Je ne pouvais plus affronter mon clan après une défaite aussi humiliante !

Sur ces paroles, Scurn attaqua. Son coup se révéla plus rapide et plus précis que par le passé. Stupéfait par la véhémence et le talent du capitaine, Kaz recula.

La fumée faillit le distraire. De nouveaux incendies ravageaient certaines parties souterraines de l'arène. Si Delbin continuait ainsi, le kender allait brûler tout l'édifice, tuant ses amis ainsi que ses ennemis.

Scurn le frappa à nouveau, sa hache frôlant le museau de Kaz. Il para son attaque avec le Visage de l'Honneur, les deux armes restant bloquées momentanément. Le guerrier défiguré retira son arme et essaya de transpercer Kaz avec l'extrémité acérée de sa hache. Ce dernier parvint à parer son attaque, la tête de la hache de Scurn frôlant cette fois-ci l'air juste au-dessus des cornes de Kaz.

Le bras blessé de Kaz le lança et il relâcha un peu sa prise sur son arme. Luttant contre cette vive douleur, il repoussa la hache de son adversaire et frappa Scurn à la mâchoire avec la poignée de sa hache. Scurn recula en grognant. Mais Kaz l'attaqua à nouveau.

Désorienté, Scurn contre-attaqua et le frappa une nouvelle fois. Il ouvrit néanmoins trop son attaque et Kaz en profita pour le frapper à nouveau avec la poignée de sa hache qui s'enfonça dans son ventre. Scurn tomba à genoux et laissa tomber son arme. Incapable de tuer un adversaire désarmé, Kaz leva son poing et frappa le minotaure haletant.

Scurn s'effondra.

Kaz se tourna vers le garde et Molus qui gagnaient du terrain sur Ganth. Ce dernier se fatiguait. Levant sa hache, Kaz poussa un cri de guerre et chargea le garde. Le garde se retourna et le chargea également malgré son étonnement.

Molus reculait maintenant devant Ganth et Hecar qui l'attaquaient sur son flanc gauche.

Le garde n'était pas un guerrier aussi émérite que Scurn. Il essaya de se défendre, mais le Visage de l'Honneur traversa sa garde et lui trancha la main. Le garde ramassa néanmoins sa lame ensanglantée avec son autre main et attaqua à nouveau Kaz. Grognant, Kaz le frappa avec l'intention de le tuer.

La hache s'enfonça profondément dans la poitrine du minotaure. Il retira son arme et avança en direction de Molus, mais lorsque le geôlier le vit s'approcher, il s'enfuit.

— Allons-y, les garçons ! cria Ganth.

— Attends voir ! (Kaz trancha les liens de son père et d'Hecar avec sa hache.) Ramasse si possible une arme et un filet, Hecar !

Un gong retentit dans l'arène et les trois minotaures virent de la fumée s'échapper d'un autre endroit.

La plupart des minotaures travaillant du côté de la ménagerie avaient choisi de fuir plutôt que d'affronter les incendies et les animaux, mais quelques personnes essayaient toutefois de régler le problème. Mais leurs actions ne firent que renforcer le chaos ambiant.

Le trio se précipita en direction de l'entrée de la ménagerie. Plusieurs dizaines de créatures et d'animaux erraient maintenant dans l'arène, certains ayant même escaladé les murs pour rejoindre les gradins inférieurs où des gardes tentaient de les contrôler. Un autre dracolézard, plus petit, avait rejoint son aîné. Des loups couraient au milieu des filets tendus par les gladiateurs. Deux minotaures avaient même été déchiquetés par des animaux. Plusieurs prédateurs avaient été capturés, mais il arrivait encore que quelques animaux apparaissent à l'entrée de la ménagerie pour s'en échapper.

— Il va falloir faire attention à l'entrée de la ménagerie, cria Ganth. Ou nous pourrions bien nous retrouver dans la gueule d'un dracolézard !

Un bélier passa rapidement devant eux, bientôt suivi de deux loups qui le poursuivaient.

Le cri d'un minotaure perça le désordre. Kaz se retourna. Même s'il ne parvint pas à localiser son propriétaire, Kaz aperçut quelque chose d'autre… ou s'aperçut plutôt de quelque chose. Polik et les membres du Cercle avaient disparu. Même le laquais de Jopfer, Merriq, était parti.

— Mon garçon ! Fais attention ! lui cria Ganth.

Pris par surprise, Kaz recula. Son père le protégeait des attaques d'un gladiateur qui avait choisi d'arrêter leur fuite.

Le gladiateur essaya de transpercer Ganth avec sa lance, mais le vieux minotaure para son attaque. La lance se planta dans le sable et le gladiateur s'enfuit devant les trois minotaures.

— Il va revenir avec des renforts. Dépêchons-nous !

Devant eux, une flèche se planta subitement dans le flanc d'une lionne. Elle tituba, puis se releva difficilement. Du sang coulait de sa blessure. Des archers apparurent sur les murs. Une seconde flèche transperça la lionne qui s'effondra.

— Plus vite ! Ils commencent à s'organiser !

Ils atteignirent l'entrée de la ménagerie et faillirent percuter un gros taureau. Kaz se demanda si le kender les relâchait les uns après les autres pour entretenir le chaos.

— Foncez à l'intérieur ! leur cria Kaz.

La puanteur animale de la ménagerie les fit reculer. Les cellules des prisonniers semblaient parfumées en comparaison de cet endroit. Et la fumée n'arrangeait rien. Mais ils ne virent aucune trace d'un quelconque incendie.

Les cadavres de deux minotaures étaient couchés dans une des cages. Kaz scruta rapidement l'endroit. Aucun ennemi. Plusieurs animaux s'excitaient dans leurs cages, la plupart ayant été ouvertes. La fumée provenait d'un tas de paille qui brûlait dans l'une des cages vides.

— Kaz, il doit encore y avoir des chevaux dans les écuries

de l'arène, lui dit Hecar. On essaye de les prendre ou on continue à pied ?

— Des chevaux révéleraient plus facilement notre présence, cria Ganth. Il vaut mieux s'enfuir à pied. Nous combattrons plus tard.

— Prenons par là, déclara Kaz en indiquant une porte en bois à moitié ouverte.

Kaz se demanda où se trouvait le kender. La brave petite créature oubliait parfois qu'elle pouvait se faire capturer ou même tuer…

— Je dois retrouver Delbin.

— Nous n'avons pas le temps, protesta Hecar. La volonté de Kiri-Jolith nous a permis de nous échapper. Nous devons continuer. Il nous rattrapera.

— Et on ne sait même pas ce que le kender peut encore avoir préparé, mon garçon, lui dit Ganth. Il pense peut-être que les animaux et l'incendie ne sont pas suffisants.

— Vous deux, allez-y. Je dois le retrouver.

— Mon garçon, pourquoi ne pas attendre que Delbin réapparaisse ? Les membres de son espèce sont plutôt rusés dans l'art de l'évasion.

— Je ne veux pas courir ce risque. Ce n'est pas la première fois qu'il vient à mon aide. Je n'abandonnerai pas un camarade. Mais vous deux, vous devez y aller.

Avant qu'ils aient pu l'arrêter, Kaz s'était déjà éloigné de la porte.

*
* *

Delbin, caché derrière une porte, observa les trois minotaures qui se dirigeaient vers le nouvel incendie qu'il venait d'allumer. Il était fier de ce qu'il avait accompli.

Il n'était pas expert dans l'allumage de feux, mais une étrange fiole d'huile, découverte dans sa besace, l'avait beaucoup aidé. La fiole portait le symbole de l'arène, mais Delbin ne savait pas comment elle s'était retrouvée en sa possession. Les torches éclairant les couloirs l'avaient également bien aidé. Grâce à l'huile et aux torches, le kender avait pu allumer de fabuleux incendies.

Delbin se souciait très peu de se faire prendre et arrêter. Il connaissait des bonnes cachettes et d'autres endroits pour s'échapper.

Je vais en allumer un autre. Un dernier. Kaz et les autres ont encore peut-être besoin de temps, se dit Delbin.

Ne voyant personne à proximité, il se faufila dans le couloir. Ce grand couloir semblait courir sous toute l'arène et l'avait bien aidé jusqu'à maintenant pour y aller et venir. Sa petite taille l'aidait également beaucoup. Un individu aussi imposant que Kaz n'aurait jamais pu se cacher dans des lieux aussi exigus. Son ami minotaure allait être très fier de lui.

Il aperçut sa prochaine cible. Le couloir était toujours désert, la plupart des minotaures ayant fui les incendies ou combattant les animaux à l'extérieur. Delbin vit une charrette en bois. Il n'avait aucune idée de son utilité, excepté qu'elle permettait peut-être de transporter des choses à l'extérieur de l'arène. Peut-être même des cadavres. Delbin se renfrogna. Il n'aimait pas ce côté-là de la vie minotaure. Le kender avança.

— Eh bien ! Sargas m'offre un joli présent en ce jour !

De grosses mains se refermèrent sur ses épaules, le firent reculer, puis le retournèrent.

Il faisait face à un minotaure vêtu d'une robe noire et rouge, les prêtres de l'empire. Delbin les avait déjà vus et connaissait quelque peu leur organisation grâce à Kaz, mais c'était la première fois qu'il en voyait un d'aussi près.

Le minotaure encapuchonné était également accompagné de deux guerriers ressemblant à ceux qui avaient arrêté Kaz. Ils le saisirent par les bras et le traînèrent à côté du prêtre.

— Je m'appelle Merriq et je représente Sa Sainteté, le grand prêtre. Tu as rendez-vous avec lui. Si tu résistes, nous te traînerons jusque là-bas. Tu ne peux pas t'enfuir.

— Laissez-moi partir ou vous le regretterez !

Les minotaures s'esclaffèrent.

— Tu es un jeune kender et tu n'es presque rien. Si le grand prêtre n'avait pas voulu te voir, je t'aurais jeté dans l'arène pour distraire les animaux pendant que nos gladiateurs recherchent et éliminent tes amis. Sais-tu qu'ils ne se sont pas enfuis ?

— Menteur ! lui lança Delbin, légèrement ébranlé.

— Hecar et l'ancien sont à nouveau entre nos mains. Le

criminel Kaziganthi est mort en fuyant devant un dracolézard qui l'a déchiqueté.

Delbin réagit sans réfléchir, avec le même tempérament qui lui avait causé tant de soucis parmi les siens. Merriq et les gardes furent surpris par sa violence soudaine. N'ayant aucune arme entre les mains, Delbin lança la flasque d'huile.

La bouteille se brisa sur la poitrine du prêtre, l'éclaboussant d'huile et de verre. Le minotaure grogna et recula en titubant, ses mains frottant ses yeux.

Delbin échappa à l'étreinte des gardes et bouscula le prêtre qui ne voyait plus rien.

Perdant l'équilibre, Merriq tomba sur une des torches du couloir qui se libéra de son applique murale. Les flammes de la torche effleurèrent sa robe et le tissu s'embrasa, le prêtre poussant un hurlement. L'huile fit naître un brasier qui se répandit bientôt sur tout le corps du prêtre.

Un des gardes agrippa Delbin, l'autre essayant d'aider Merriq, en vain. Le prêtre s'effondra. D'autres gardes commencèrent à arriver.

Un garde frappa Delbin à la tête avec la poignée d'une dague et le kender s'écroula au sol, désorienté. Il essaya de se relever, mais le monde était devenu fou, refusant de redevenir normal. Il finit par s'effondrer une bonne fois pour toutes.

Mais il ne s'évanouit pas. Il se retrouva au sommet d'une montagne, l'homme en gris à ses côtés. Ils surplombaient un paysage occupé en partie par une cité… Nethosak.

— La route est difficile. Je suis désolé, murmura l'homme en gris. Mais l'équilibre doit être maintenu. Je le jure sur Lunitari, Solinari et Nuitari. J'en ai fait le serment. Je ferai ce que je peux pour Kaz. Je te le promets, jeune Delbin.

— Je ne comprends pas, lui dit le kender en le regardant.

— Huma de la Lance ne comprenait pas non plus, mais il a accompli sa destinée. Car tout ceci concerne la destinée, mon jeune ami. La tienne. Et celle de toute la nation minotaure qui mérite bien mieux que ce que ses membres ont reçu au cours des derniers siècles, Kaz notamment. Cette destinée requiert cependant un certain équilibre.

Delbin comprenait de moins en moins. Il se mit à ouvrir la bouche, mais un beuglement retentit dans la cité en contrebas. Ce cri était atroce, comme si un énorme léviathan venait de se réveiller, son humeur mauvaise.

L'homme en gris secoua la tête. Lorsque le beuglement prit fin, il sourit tristement et ajouta :

— L'heure est proche. Tu ne penses pas ?

CHAPITRE XI

LA CAPTURE DE DELBIN

Kaz aperçut les soldats au moment où ils emportaient le corps de Delbin du couloir de l'arène jusque dans les rues de la cité. Le grand prêtre désirant capturer Delbin en vie et indemne, Kaz supposa que son ami était probablement inconscient. Il avait néanmoins l'intention de faire payer les soldats pour ce qu'ils avaient fait.

Le couloir sentait la fumée, les flammes et une autre odeur qui excita les narines du minotaure. Il suivit les gardes. Il devait les arrêter avant qu'ils ne quittent l'arène. Personne d'autre ne le remarqua. Kaz dénombra deux gardes dont il pourrait se débarrasser facilement.

Il se retrouva subitement agrippé par des bras puissants qui lui arrachèrent sa hache des mains et l'immobilisèrent, la main de son agresseur couvrant son museau. Les gardes accompagnant le kender ne remarquèrent rien. Personne ne pourrait plus sauver Delbin.

— Kaziganthi, le patriarche exige de te rencontrer, lui annonça la voix grave d'une femelle.

Le patriarche ?

Son propre clan venait de le capturer ? Kaz se sentit stupide car les membres de son clan, et peut-être même le patriarche, avaient dû être présents parmi les spectateurs.

— Donne-nous ta parole d'honneur que tu nous suivras et nous te relâcherons. Si tu refuses, nous serons contraints de te ligoter pour t'y conduire. Décide-toi vite car le temps presse.

La femelle disait la vérité. Le clan Orilg ne prononçait jamais de menaces inutiles. Kaz acquiesça rapidement.

Les minotaures le relâchèrent, une lame effleurant cependant toujours son dos. Kaz regarda autour de lui. Ils étaient tous jeunes, forts et minces. Il aurait pu en éliminer quelques-uns, mais le clan avait dépêché six guerriers pour le capturer, un honneur en soi.

— Ecoutez-moi ! Ces deux gardes ont capturé un kender ! Nous devons à tout prix le secourir ! Le grand prêtre ne doit pas pouvoir le…

— Nos ordres ne concernent que toi, Kaziganthi. Le patriarche t'a vu fuir l'arène et désire s'entretenir avec toi.

— Le kender est mon…

— Tu as donné ta parole. Ne résiste pas, sinon nous serons contraints d'agir, Kaziganthi.

Il n'avait pas le choix. Kaz lorgna les silhouettes qui s'éloignaient. Il était maintenant trop tard. La Garde Minotaure et Delbin venaient de pénétrer dans la foule.

Je te sortirai de là, Delbin, se promit-il en silence. *Jopfer payera pour ça !*

Kaz pensa alors également à Ganth et à Hecar. Ils devaient encore se trouver dans l'arène. Il se tourna vers la femelle.

— Les autres…

— Je te le répète, nos ordres ne concernent que toi. Avance avant que quelqu'un ne te reconnaisse. Nous ne pourrions rien faire dans ce cas.

Kaz faillit rire. Il venait de s'échapper de l'arène pour se faire capturer à nouveau à la sortie même du bâtiment. Ses deux amis et son père étaient maintenant perdus pour lui.

— C'est d'accord, grogna Kaz. Allons voir le vieux Dastrun. Il est peut-être temps que j'échange quelques mots avec lui.

Il réussit à décontenancer la femelle pour la première fois. Il le vit à son expression. Puis elle donna ses ordres aux autres.

— Ne le quittez pas du regard une seule seconde, mais restez discrets. (Elle ajouta à l'attention de Kaz :) Ne lutte pas, Kaziganthi. Rappelle-toi que nous sommes du même clan.

— J'espère que Dastrun s'en rappelle également.

Elle ne répondit rien. Ils se mirent en marche en direction de la maison du clan Orilg.

*
**

— C'est donc ainsi que tu dispenses la gloire du clan Orilg ? lui demanda Dastrun.

Kaz se souvenait de Dastrun comme un minotaure au physique maigre et nerveux, et il redécouvrit un individu presque émacié à la fourrure blanche. Ses membres et sa voix, malgré les signes de sa vieillesse, évoquaient néanmoins la force. Il dut reconnaître que le mâle en robe assis devant lui ressemblait beaucoup à un patriarche de clan. S'il n'avait pas été choisi par l'empereur, peut-être poussé par le grand prêtre, Kaz aurait même pu le respecter.

Le patriarche était assis sur un trône situé sur une petite estrade. D'autres anciens du clan étaient également assis sur les côtés de la grande salle dans laquelle Kaz se trouvait. Plusieurs gardes et les minotaures qui l'avaient capturé étaient également présents. Dastrun essayait de ne pas ébruiter la présence de Kaz entre ses murs.

— Non, mais c'est de cette façon que j'essaye de vivre, lui répondit finalement Kaz. Et c'est de cette façon que je fais respecter l'honneur d'Orilg.

— Tu n'as pas changé, Kaz, soupira Dastrun. Tu n'as jamais voulu courber l'échine. Ton sens *bien particulier* de l'honneur a toujours été pour toi plus important que le bien-être du clan.

Kaz examina les minotaures assemblés dans la salle. Il reconnut un grand nombre de fidèles de Dastrun. Mais il fut satisfait de constater que d'autres ne reconnaîtraient jamais Dastrun comme leur patriarche légitime.

— Je demande simplement qu'on me laisse vivre en paix.

— Tu vivais en paix.

— Mais cette paix m'était comptée, Dastrun.

— Je me suis rendu dans l'arène afin de voir si tu pouvais mourir en rachetant ton honneur. Mais tu en as été incapable. Lorsque j'ai compris que tu allais fuir, j'ai donné l'ordre à Fliara de te suivre. Je savais qu'elle comprendrait ton raisonnement.

— Fliara ? (Kaz s'immobilisa, se retournant pour examiner la jeune femelle.) Fliara ?

— Mon frère, lui déclara-t-elle sur un ton formel.

— Fliara. Pourquoi ne m'as-tu rien dit ?

Elle était la plus jeune de ses frères et sœurs, une enfant

quand il était parti. Fliara l'avait souvent accompagné, s'intéressant aux actions de son grand frère.

— Le patriarche m'avait donné l'ordre de ne pas te le révéler. Et tu ne m'as pas reconnue.

Elle détourna le regard sur cette dernière parole.

— Notre père était également présent, lui dit Kaz.

— Je sais, lui répondit-elle.

— Fliara comprend que son devoir envers le clan surpasse tout le reste. La famille est importante, Sargas l'avoue même, mais le clan représente une famille encore plus primordiale. L'intégrité d'un clan doit être maintenue coûte que coûte. Sans cette intégrité, le clan qu'Orilg a fondé aurait depuis longtemps disparu.

Kaz se demanda si Dastrun avait appris qu'un nouveau clan, le clan Kaziganthi, était en train de naître.

— Je me suis efforcé de maintenir le clan Orilg à un certain niveau de pouvoir. Je ne t'ai pas vu beaucoup ces dix dernières années. (Son ton était presque accusateur.) La situation a changé, notamment au cours des deux, trois dernières années. Orilg a dû également faire quelques changements afin de survivre et de prospérer.

— Je l'ai en effet remarqué, lui avoua Kaz, ignorant le regard de désapprobation de Dastrun. Certaines traditions peuvent également changer, comme par exemple l'entraînement des jeunes, la signification de l'honneur ou le choix des dirigeants.

— J'aurais pu te livrer directement à la Garde Minotaure, lui indiqua le patriarche. Mon devoir envers le glorieux empire minotaure l'exige même.

— On arrête là alors ? Car si vous essayez de vous en excuser avant de me livrer à eux, autant arrêter tout de suite.

— Quelle effronterie ! lança Dastrun.

Sa colère se dissipa subitement et le vieux minotaure fatigué détourna le regard et soupira profondément de frustration. Kaz ressentit une certaine empathie avec ce Dastrun plus vulnérable.

— Dis-lui ce que nous avons décidé, Dastrun, déclara un des anciens.

Kaz lorgna son nouvel interlocuteur et reconnut vaguement le visage courtaud et ridé d'un ancien maître d'armes. Malgré la perte d'un bras, il paraissait encore redoutable.

— C'est bon, c'est bon, répondit le patriarche. Il y a eu de nombreux... débats quant à la façon d'appréhender ta présence ici...

— Renvoyez-moi chez moi.

— Cela serait difficile. Kaziganthi, tu ne réalises pas l'aura qui t'entoure dans cette cité. Tu es devenu un symbole. Tu ne réalises pas le nombre de récits concernant ton... imprudence... qui circulent à Nethosak. La plupart sont bien évidemment un tissu d'imbécillités...

— Bien évidemment, ajouta Kaz en grognant.

— Mais ces récits ne font qu'augmenter ta popularité. Tes actes dérangent bien plus le cours de notre destinée que les nombreuses années passées sous le joug des seigneurs de guerre de la Reine des Ténèbres.

— Le grand prêtre m'a déjà dit cela, Dastrun. Vous pouvez donc éviter la suite si elle n'a rien de plus original.

— Ce petit arrogant de Kaz, cracha un ancien. Il n'a jamais su où se trouvait sa place.

— Je croyais que cette arrogance constituait une des forces de notre peuple, le fait que nous ayons œuvré pour sortir du lot et atteindre de nouveaux sommets... mais tout ceci appartient bien évidemment au passé.

L'ancien l'accusa d'insolence, mais d'autres acquiescèrent d'approbation. Il comprit alors la situation difficile de Dastrun. Le père de Kaz lui en avait parlé ; il avait été nommé par l'empereur, pas par le clan. Les choses auraient peut-être été différentes s'il avait obtenu sa position par le vote, mais jamais personne ne ferait vraiment confiance en sa sagesse. Il dirigeait le clan parce que Polik l'avait nommé dirigeant.

Une marionnette tirant les ficelles d'une autre marionnette, pensa Kaz. Il soupçonnait que les fils du montreur de marionnettes, qu'ils soient reliés à l'empereur, aux différents patriarches, à l'armée ou même au Cercle, remontaient jusqu'à Jopfer.

— Très bien, grommela le patriarche. Lorsque tu t'es retrouvé dans l'arène, nous nous sommes souciés de l'équité de ta sentence, mais Orilg ne possède pas suffisamment d'influence pour changer les ordres de l'empereur ou de la prêtrise. Nous espérions que tu combattrais avec honneur pour laver tes crimes, qu'ils soient réels ou imaginaires. Ton nom aurait rejoint les rouleaux de l'honneur et tu serais devenu un symbole de la grandeur du clan Orilg.

— Comme c'est flatteur.

— Mais tu ne pouvais bien évidemment pas agir ainsi ? J'étais parmi les spectateurs quand le chaos a envahi l'arène. Je suis parti immédiatement, mais j'ai demandé à ce que l'on te suive. Les guerriers de notre clan ont fait de leur mieux pour que tu ne sois pas capturé une nouvelle fois.

— Vous semblez oublier mon père et Hecar qui appartiennent également à ce clan.

Dastrun regarda les autres anciens. Une femelle au museau étroit, peut-être une parente de Kaz, acquiesça. Le patriarche reporta son attention sur Kaz.

— D'autres s'en sont chargés. Fliara et son groupe devaient se charger de toi. C'est toi qui pose le plus de soucis au clan.

Kaz jeta un coup d'œil à sa sœur. Elle était raide et imperturbable, le parfait exemple du guerrier dévoué envers son clan, ayant été en partie élevée durant les années de règne du seigneur de guerre Crynus.

— Nous sommes pratiquement certains de pouvoir obtenir l'amnistie pour ton père. Nous lui offririons même l'opportunité d'armer un nouveau navire malgré sa négligence passée. Hecar pourra se joindre à lui.

Ils seraient donc exilés en haute mer. Cela ne serait pas la première fois que des membres indisciplinés seraient bannis de cette manière. Le plus souvent, ils ne revenaient pas de leurs voyages, tués par des tempêtes ou pourrissant sur des îles isolées.

— Et moi ? Le grand prêtre m'a déjà proposé de me joindre à lui afin de mener notre race encore un peu plus sur la voie de la ruine. (L'assemblée lui lança des regards inquiets, et non pas sacrilèges.) Toutes mes excuses. Je voulais bien sûr parler de l'empereur. Je n'oserais pas dire que Polik obéit aux ordres de la prêtrise.

Le patriarche prit quelques instants pour se reprendre.

— Certains membres du clan m'ont demandé de te faire une offre. Nous pouvons peut-être te sauver et je te suggère d'accepter. On pense que l'empereur y consentira même. Un de nos navires va bientôt partir explorer le continent qui se trouve à l'est.

— Un autre continent ?

La curiosité de Kaz fut piquée par cette nouvelle qui n'était auparavant qu'une rumeur. En voyant la réaction de Kaz, Dastrun continua.

— Oui, un autre continent. C'est une occasion de nous étendre davantage. Nous y avons déjà mené plusieurs incursions, mon garçon. Et les quelques habitants rencontrés ne se sont pas révélés… agressifs. Mais nous n'en avons exploré qu'une toute petite partie. Un individu tel que toi y trouverait moult aventures et opportunités.

La proposition était intéressante et Kaz l'aurait acceptée en d'autres circonstances. Mais trop de choses l'en empêchaient. Il ne pouvait pas abandonner Helati et les enfants. Et malgré ce que Dastrun et les autres pouvaient bien espérer, il ne pensait pas que Polik et Jopfer accepteraient leur offre… à moins d'arranger un « accident » en mer sur le navire de Kaz.

Kaz se demanda même si Dastrun n'avait pas pensé à cette éventualité.

— L'offre est vraiment tentante, répondit Kaz. Mais vous pouvez tout aussi bien me ramener à l'arène si vous n'avez pas de meilleures propositions.

— Ne sois pas stupide, Kaziganthi ! l'avertit Dastrun. (Il se leva.) Nous t'offrons la chance de conserver ton honneur, et même d'accroître ton statut ! L'honneur du clan devrait quand même signifier quelque chose…

— C'est vous qui êtes stupide, Dastrun, si vous pensez nous faire croire que notre honneur peut nous pousser à sacrifier l'un des nôtres !

Kaz et l'assemblée se tournèrent vers ce nouvel interlocuteur. Ganth était parvenu à quitter l'arène et à s'introduire dans la salle d'audience. Hecar ne l'accompagnait toutefois pas.

— Vous n'avez pas été convié à cette réunion, Ganth ! lança le patriarche. Partez sur-le-champ !

— Ganthirogani a autant le droit de parler que nous tous ! déclara un des anciens. Et même plus que d'autres en réalité.

Dastrun avait beau être le patriarche du clan, les règles claniques autorisaient chaque minotaure à exprimer ses opinions, les anciens tels que Ganth ayant même le droit de parler pendant les réunions du conseil. La race minotaure se considérait comme un exemple de démocratie.

— Merci, je vois que certains ne l'ont pas oublié. (Ganth s'avança aux côtés de son fils. Il regarda brièvement sa fille, embarrassée, puis Kaz à qui il s'adressa à voix basse.) Hecar nous attend à l'extérieur. Nous devons tout d'abord te sortir de là.

— Il est vrai que j'ai été absent pendant quelques années, mais certaines choses n'ont pas pu changer complètement. Nous sommes des minotaures, la race la plus glorieuse ayant jamais foulé le sol de Krynn, et nous avons même surpassé le statut des ogres dont nous sommes issus. Seuls les dragons pourraient être considérés comme nos supérieurs, mais ils nous ont abandonné ce monde.

Kaz regarda son père en appeler à la vanité des minotaures. Ses paroles n'étaient pour lui qu'une plaisanterie, mais pour les autres qui n'avaient jamais vécu en dehors des frontières du royaume, elles avaient une portée véritable et monumentale.

— Et que vois-je aujourd'hui ? demanda Ganth sur un ton théâtral. Nous acceptons de mettre de côté notre honneur individuel, le clan et nos glorieux ancêtres, y compris le grand Orilg qui combattit autrefois des ogres pour sauver ses enfants. Nos ancêtres nous observent, Dastrun, et que voient-ils ? C'est la question que vous devriez tous vous poser. Leur sommes-nous fidèles ? Sommes-nous fidèles à l'honneur d'Orilg ?

A l'exception bien évidemment de Dastrun, la plupart des anciens étaient d'accord avec lui. Mais le patriarche contre-attaqua.

— Ce sont de belles paroles, Ganth, mais elles ne signifient rien. Devons-nous présumer que tu parles au nom de nos ancêtres, plus particulièrement du grand Orilg ? Et as-tu oublié que nous appartenons à une famille plus étendue ? Nous sommes les enfants de Sargas ! Même Orilg vénérait Sargas. Le grand prêtre nous enseigne qu'un dessein plus grand a parfois besoin de sacrifices. Nous ne devons pas oublier cela, même toi et ton fils.

— Je sais à quoi m'attendre avec le Grand Cornu, Dastrun, et c'est pourquoi j'ai choisi Kiri-Jolith pour seigneur… ou un tel choix nous est-il maintenant également interdit ?

— J'oubliais, dit Dastrun. Tu les as tous deux rencontrés, n'est-ce pas ? (Il gloussa.) Ça doit être une sacrée longue histoire.

Le vieux marin se redressa bien droit. Sa seule présence pouvait encore impressionner un auditoire.

— En effet, je les ai rencontrés tous les deux. Que tu le crois ou non, tu ferais bien de ne pas oublier une chose : nous devons vénérer l'honneur plus que tout autre chose, même plus que notre soi-disant destinée future. L'honneur est au cœur de notre race, même plus que chez les chevaliers humains de Solamnie. « L'honneur est notre sang et notre sang est l'honneur. » Tu t'en souviens ? Orilg aimait la citer. Cette devise est gravée à l'extérieur et à l'intérieur de la Grande Arène, et dans chaque autre arène dans tout le pays. Elle est gravée au pinacle dans les murs du palais et dans les locaux du Cercle Suprême. Et elle est même gravée ici.

De nombreux anciens levèrent la tête, acquiesçant. Même Dastrun ne put s'empêcher d'y jeter un œil.

— Et je sais également qu'elle se trouve aussi dans le temple lui-même, la résidence terrestre de Sargas. (Il fixa le patriarche.) Et tu sais pourquoi il est intéressant qu'elle se trouve à cet endroit ? Parce que cette devise est supposée être une citation du Grand Cornu lui-même. Il l'aurait soi-disant prononcée à Istvanius, le premier grand prêtre, qui – nous le savons tous – était un modèle de vertu et de vérité. Ces paroles doivent donc êtres vraies.

— Et cela signifie ? demanda le patriarche qui semblait s'être tassé dans son siège.

— Que Sargas veut montrer l'importance même de l'honneur à la race minotaure. C'est pourquoi je demandais si le clan Orilg avait oublié l'honneur ? Avons-nous oublié la chose la plus importante ? Si le clan ne peut pas survivre sans compromettre son honneur, doit-il continuer à vivre ? Sommes-nous dignes de ceux qui nous ont précédés comme par exemple Bestet le Manchot qui combattit les elfes après avoir perdu son bras, tranché par une épée magique ? Ou Tariki ? Elle guida son navire en flammes au milieu de la flotte ennemie après avoir ordonné à son équipage de l'abandonner ! Deux navires ennemis furent incendiés et d'autres se dispersèrent avant même qu'ils aient pu l'éliminer complètement. Voici deux exemples honorables de ce qu'Orilg a produit. (Ganth regarda son fils.) Et quoi que tu puisses penser de Kaz, il a remporté quelques victoires capitales qui rempliraient de fierté nos ancêtres.

Tous les minotaures rassemblés acquiescèrent, à l'exception de Dastrun.

— Ganth parle vrai !

— C'est une question d'honneur ! Nous ne pouvons pas abandonner Kaziganthi !

— Mais que faire de l'empereur ? Ou du grand prêtre ?

— Nous ne parlons pas d'eux, nous parlons de l'honneur de notre clan !

Les anciens débattirent de cette question d'honneur, l'influence de Polik étant aussi faible que sa prétention au trône.

Dastrun se leva brusquement afin de calmer les esprits. Il saisit un bâton et frappa le sol.

— Faites silence ! J'exige le silence !

Le patriarche regarda autour de lui pour trouver un quelconque soutien, mais il n'en trouva aucun. Kaz l'en plaignit presque.

— L'estimé Ganthirogani a exprimé son avis. Et je suis certain que ses paroles nous ont tous touchés. (Personne ne l'interrompant, Dastrun prit une profonde inspiration pour parler d'une voix impérieuse.) Je réfléchis depuis longtemps aux questions qu'il a soulevées, essayant de faire peser le juste et l'honorable. Sargas prêche effectivement l'importance majeure de l'honneur. C'est même la pierre angulaire de nos existences. Qui sommes-nous pour discuter la volonté du Grand Cornu ? N'est-ce pas lui qui a jugé dignes nos ancêtres ? Mais n'est-ce pas également leur dévouement et leur sens de l'honneur qui leur a permis d'être choisis en premier lieu ?

— Le vieux sait encore parler quand il doit sauver sa peau, murmura Ganth à son fils.

— J'y ai donc réfléchi, continua Dastrun, et je le reconnais. Nous couvririons de honte le souvenir de nos ancêtres si nous n'agissions pas pour défendre un des fils d'Orilg. Mais ceci n'est pas aussi simple. Je dois tous vous demander d'y penser une seconde. La Garde va assurément bientôt se présenter aux portes de notre maison. (Son regard se porta sur les deux minotaures rebelles.) Le mieux est que vous partiez le plus tôt possible. Nous pourrons vous aider à fuir en empruntant les portes sud de la cité. Quelques volontaires vous guideront dans les montagnes. Et vous pourrez alors partir où vous voulez, tant que vous restez éloignés de la ville.

— C'est grotesque ! lança une ancienne. Quel genre de solution est-ce là pour régler les problèmes de Kaziganthi, Dastrun ?

— Avez-vous autre chose à proposer... qui que ce soit ?

Personne ne répondit. Il était facile de vouloir protéger Kaz et son père, mais comment défier Polik, les prêtres et le Cercle Suprême ? Si Kaz s'éloignait, le clan pourrait prétendre ne rien savoir.

De toute manière, Kaz n'avait aucune intention de quitter la ville sans Delbin.

— Vous n'avez pas à vous soucier de mon bien-être, déclara Kaz. Laissez-moi partir et je décharge le clan de toutes ses obligations envers moi. Il me reste une dernière chose à faire et je quitterai la ville si je survis. Si par contre je venais à mourir, je vous autorise à me condamner pour mes actions déshonorantes. Je ne m'en soucierai plus.

— Il en va de même pour moi, déclara Ganth.

Fliara leva la main pour dire quelque chose, mais Ganth se tourna vers elle en lui souriant. Elle feignit l'indifférence.

— Et qu'entends-tu par là, Kaz ? lui demanda l'ancienne. Tu nous suggères de ne rien faire ? De te laisser partir sans nous soucier de ton sort ?

— Oh, je pourrais vous parler de mon plan, mais je peux vous assurer que vous préféreriez ne pas l'entendre.

— En effet, reprit Dastrun. Tu peux nous épargner les détails compromettants de ton plan d'action. Tu désires donc que nous n'agissions pas, quoi qu'il puisse t'arriver ?

— Je n'ai jamais eu l'intention de mêler le clan Orilg à mes activités. J'étais simplement venu ici chercher un ami, un autre membre de cet auguste clan, qui avait disparu. Et je dois maintenant retrouver un autre ami, un innocent qui ne mérite pas ce qui lui arrive. Le clan Orilg peut donc ignorer mes actions. Je le jure sur Orilg et sur mes ancêtres.

— Et que comptes-tu faire ? demanda l'ancienne.

— Cela importe peu, coupa le patriarche. Très bien, Kaziganthi. Tes paroles scellent donc ton sort. Le clan ne fera rien pour te gêner, mais il ne t'aidera pas non plus dans ta fol… dans tes actions.

Quelques voix s'élevèrent pour protester, mais Kaz lui-même les fit taire. Le patriarche acquiesça.

— Nous ne dirons rien aux gardes en ce qui concerne tes activités. Nous ne parlerons également pas de ton père et de ton ami. Tu seras conduit en un lieu où tu pourras te dissimuler jusqu'à la tombée du jour. Vous ne devez donc plus compter que sur vous-mêmes, comme tu l'as demandé. Si vous veniez à être capturés ou tués, nous respecterons ta décision et nous n'agirons pas.

— Quelle bienveillance, lança Ganth, sarcastique.

L'ignorant, Dastrun se tourna vers les anciens.

— Quelqu'un désire-t-il s'opposer à l'accord conclu entre moi, le chef de ce clan, et ce guerrier renégat ?

Kaz ayant lui-même pris cette décision, personne ne put exprimer son opposition. Personne, à l'exception d'une jeune guerrière.

— Patriarche, je demande à rejoindre ces deux-là. Et je le demande par droit de mon lignage.

Kaz et Ganth regardèrent tous deux Fliara, stupéfaits.

— Ma fille, réfléchis à ce que tu demandes ! Nous seuls pouvons agir !

Fliara releva le menton à la manière de ses deux parents.

— Je dois aider ma famille. Je suis autant liée par l'honneur que vous deux.

— Fais-la changer d'avis, Kaz !

— Ecoute notre père, Fliara. Si je le pouvais, j'essayerais également de lui faire changer d'avis, mais il est déjà trop impliqué dans cette affaire. Tu n'es pas obligée de nous suivre. Si nous survivons… et je dis bien « si »… nous ne reviendrons jamais ici.

— J'y ai déjà réfléchi. (Elle se raidit.) Et ma décision est prise.

— Et ta décision est acceptée, déclara Dastrun. Ta bravoure fait honneur à notre clan.

— Le clan même qui l'ignorera si elle vient à être capturée par la Garde ! grogna doucement Ganth. Fais quelque chose, Kaz ! Je n'ai plus aucune idée. Qu'est-ce qui lui prend ?

— Je crois qu'elle est assurément ta fille, père.

Fliara se dirigea vers eux, Dastrun regardant les autres membres de l'assemblée.

— Le clan l'ayant décidé, je vous relâche maintenant dans la cité. Nos chemins sont peut-être différents, mais votre sens de l'honneur demeure important. Des serments ont été pris et doivent être maintenus.

— Il essaye de nous dire de ne pas le mettre dans le pétrin vis-à-vis de l'empereur, murmura Ganth en renâclant. Et dire qu'il parle d'honneur et de devoir.

— Vous pouvez partir. Puissent Sargas et l'esprit d'Orilg vous guider. Cette audience est maintenant terminée.

Les anciens se levèrent et commencèrent à partir. Le clan Orilg était réputé pour son efficacité et son ordre.

— Suivez-moi, leur dit Fliara.

Ganth hésita, son regard lorgnant le patriarche, mais Kaz secoua la tête et invita son père à se diriger vers l'entrée.

Kaz était satisfait car le clan n'interviendrait pas et ne le gênerait pas.

— Pourquoi une telle décision, ma fille ? demanda Ganth. Tu n'aurais jamais dû te mêler à notre folle aventure. Tu n'as jamais agi de cette façon.

La sœur de Kaz les regarda tous les deux.

— En effet. Kaz, tu ne m'avais pas reconnue, n'est-ce pas ?

Sa question le prit par surprise. Il la dévisagea. De près, il reconnut une vague ressemblance familiale, mais elle était quasiment une étrangère.

— C'est vrai, je ne t'avais pas reconnue. Cela fait si longtemps.

— Mais tu ne me connaissais même pas.

— C'est bien ce que je viens de dire.

Fliara les fixa.

— C'est donc pour ça que je suis là, leur dit-elle.

Elle n'ajouta rien de plus. Les deux mâles ne comprenaient pas complètement.

Ils pénétrèrent dans la salle où les attendait Hecar. Le frère d'Helati était heureux de les revoir car il s'était attendu au pire.

— Ils ne voulaient pas que je quitte cette pièce. Les gardes m'en empêchaient.

— Il faut avouer que Dastrun fait bien les choses, avoua Ganth.

— Et que s'est-il passé, Kaz ? Devons-nous retourner dans l'arène pour amuser l'empereur ?

— Non, Hecar. Nous pouvons partir. En échange, nous n'impliquerons pas le clan dans nos activités et il prétendra ne rien savoir de notre sort.

— C'est très aimable. Umph. Mais je m'attendais au pire avec le vieux Dastrun. Qui est cette guerrière ? Elle nous raccompagne jusqu'à l'entrée ?

— Je viens avec toi, Hecariverani.

— Mais je te connais, lui dit Hecar en la dévisageant.

— Je te présente ma fille, Fliara. Tu l'as rencontrée plusieurs fois quand Kyri venait avec elle sur le navire.

— Cette petite… (Hecar s'arrêta quand il la vit se hérisser. Fliara était une véritable guerrière, svelte et musclée. Elle n'était assurément plus « cette petite »…) Je vois qu'elle est devenue une véritable guerrière. Je te félicite, Ganth.

— Bien parlé, Hecar. Et elle est aussi têtue que nous autres, c'est pourquoi elle nous accompagne. Cette femelle imbécile vient d'abandonner le clan pour se joindre à nous.

— Une chose intelligente à faire de nos jours, déclara Hecar. Je te souhaite donc la bienvenue, Fliara, mais tu pourrais changer d'avis. Ton frère et ton père ont tendance à se fourrer dans les pires situations.

— Et à cause de qui sommes-nous là ? lui fit remarquer Kaz.

— Quand est-il de Jopfer ? demanda Ganth à sa fille en changeant de sujet. Pourquoi a-t-il choisi de se mettre au service de la prêtrise… et comment a-t-il pu être choisi pour remplacer le dernier grand prêtre ? Je n'avais jamais vu un minotaure qui n'appartenait pas à la prêtrise occuper un tel poste.

— Cela s'est passé brusquement, répondit Fliara. Le vieux prêtre allait plutôt bien lorsqu'il a subitement annoncé qu'il recherchait un successeur. La prêtrise ayant soutenu les seigneurs de guerre par le passé, leur position se retrouva affaiblie après la fin de la guerre. Je pense que le grand prêtre voulait simplement se retirer. Le Cercle ne l'entendait pas de cette oreille. Les nouveaux membres y étaient nombreux. Jopfer appartenait à cette nouvelle génération et il n'avait aucun lien avec les laquais de la Reine des Ténèbres.

Il était vital de regagner la confiance du peuple. Et il devint populaire très rapidement.

— Je commence à sentir un sombre marché entre des parties intéressées, marmonna Ganth.

— Le Cercle a dû proposer Jopfer comme successeur ou alors le grand prêtre a préféré le nommer afin que les fils de Sargas ne tombent pas en disgrâce aux yeux de la population, déclara Kaz en secouant la tête. Mais tout ça ne colle pas. Nous avons dû manquer quelque chose. Même si les prêtres avaient perdu une partie de leur influence, pourquoi accepter un laquais du Cercle pour remplacer leur maître ?

— Jopfer n'est pas le laquais du Cercle, déclara Fliara. En fait, ils ont même plutôt peur de lui. Il s'est investi dans son nouveau poste comme s'il était né pour ça. Il a non seulement ramené la prêtrise sur le devant de la scène, mais il a également éclipsé son prédécesseur.

— Ça n'a vraiment aucun sens.

Ils furent interrompus par l'arrivée de plusieurs guerriers, ceux-là mêmes qui accompagnaient Fliara dans l'arène. L'un d'eux s'avança et leur indiqua la porte.

— Mes enfants, je crois qu'on nous invite à quitter cet endroit.

— Le patriarche a trouvé une maison où vous serez à l'abri jusqu'à la tombée de la nuit. Il pense que vous devriez vous y rendre le plus vite possible. Nous sommes là pour vous escorter.

— Qu'est-ce qu'on fait ? demanda Hecar.

— Je dois aller chercher Delbin. Il nous a libérés dans l'arène. Et c'est à cause de moi qu'il se retrouve prisonnier ; je dois donc faire sortir le kender.

— Le faire sortir d'où ? Qui l'a capturé ? La Garde ?

— Non, je crois que c'est le grand prêtre. (Lorsque Kaz vit sa sœur s'irriter, il la rassura.) Tu n'es pas notre obligée, Fliara. J'aimerais même convaincre notre père de rester ici, mais je pense que je n'y parviendrai pas.

— Et tu crois que tu vas réussir à me convaincre ? lui dit-elle en lui lançant un regard typique de ceux de Kaz.

— Regardez l'éducation de ces enfants, déclara Ganth en soupirant.

— Le grand prêtre, marmonna Hecar. Nous allons donc nous attaquer au temple lui-même…

— Probablement. Je ne vois pas d'autres endroits où il pourrait être emprisonné. Des cellules sont supposées se trouver sous l'édifice principal.

— Le temple… (Hecar grogna.) Bon, d'accord. Comment espères-tu entrer dans ce bâtiment ? On ne peut pas y entrer comme dans un moulin !

Kaz baissa la voix afin que les guerriers ne puissent pas l'entendre.

— Non, mais quelqu'un peut nous y aider.

— Ah oui ? Un prêtre ?

Kaz se tourna vers les gardes sans répondre.

— Nous aimerions récupérer nos armes avant de partir.

Le Visage de l'Honneur et leurs autres armes leur furent rapportées.

— Nous vous les remettrons quand vous serez arrivés en lieu sûr, leur dit le chef des gardes.

— C'est entendu. (Kaz regarda les autres. Hecar attendait toujours sa réponse.) Tu n'as pas encore trouvé la réponse ? Je vais te donner un indice. Cette personne n'est pas un prêtre.

— Mon garçon, tu ne penses pas à…

Kaz hocha la tête.

— Mais si. Je pense au Capitaine Scurn. Il ne fait aucun doute qu'il nous recherche en ce moment même. Et je pense que nous allons l'aider dans sa quête.

CHAPITRE XII

UN TRAÎTRE DANS LES RANGS

Helati regarda une dernière fois ses enfants avant de se poser. Ne parvenant pas à dormir, elle réfléchissait tranquillement à ce que Kaz et elle comptaient faire au cours des prochaines années. Ils espéraient faire d'autres enfants et agrandir par conséquent leur habitation. L'expansion du hameau allait cependant les contraindre à réorganiser leur plan. Qu'il le veuille ou non, Kaz devrait se charger des responsabilités de ce nouveau clan.

Helati n'était pas tellement inquiète par cet nouvel état des choses. Si quelqu'un méritait cet honneur, c'était bien son compagnon. N'avait-il pas combattu pendant la guerre, affronté des mages et des monstres, et même gagné le respect des autres races ? Ces exploits valaient amplement la création d'un nouveau clan qu'il dirigerait. Elle aimait le terme de clan Kaziganthi, mais elle s'attendait à ce que son compagnon le réduisît en clan Kaz.

Ses rêveries furent interrompues par un léger bruit, un mouvement à l'extérieur de la maison. Ses sens lui révélèrent que ce n'était pas un animal.

Dégainant délicatement la dague à sa ceinture, Helati localisa l'origine du bruit. Sur les conseils de Kaz, elle portait toujours une arme sur elle. Le bruit était proche de l'endroit où dormaient ses enfants.

Le bruit recommença. Des bruits de pas. Elle s'arrêta, prête à frapper.

— Maîtresse Helati ? murmura une voix de femelle.

De nombreux minotaures avaient commencé à lui attribuer certains titres comme « dame », « matriarche » ou

« maîtresse ». Comme son compagnon, elle préférait que les autres l'appellent par son nom, mais ils n'en faisaient rien.

— Approchez doucement, les deux mains bien visibles.

L'autre lui obéit. Une femelle prénommée Keeli pénétra dans sa maison. C'était la compagne de Zurgas. Le couple avait été très occupé depuis leur arrivée, ayant trouvé un endroit pour construire leur habitat.

— Excusez-moi de vous déranger à cette heure aussi tardive, mais je ne voulais pas être vue.

Helati baissa sa dague sans toutefois la rengainer.

— Et pourquoi donc, Keeli ?

— J'ai quelque chose à vous dire et je craignais que vous ne soyez pas seule, que vous soyez en mauvaise compagnie.

— Et votre compagnon ?

— Zurgas sait que je suis là… c'est lui qui m'a conseillée de venir vous le dire puisque c'est moi qui ait soulevé le problème. Il est resté à l'endroit où nous nous sommes installés.

Helati ne savait pas quoi penser ; elle n'était pas certaine de pouvoir faire confiance aux nouveaux venus.

— Si vous vous expliquiez…

Keeli s'éclaircit la voix, son regard se posant sur le visage soupçonneux d'Helati.

— J'appartiens au clan Sumarr. C'est un clan mineur qui possède néanmoins des liens avec d'autres. Et c'est grâce à ces liens que j'ai travaillé un temps pour un membre du Cercle Suprême. J'étais alors très satisfaite de cet honneur. Je devais m'assurer que ses ordres soient respectés par la Garde Minotaure. C'est de cette façon que j'ai rencontré Zurgas. Il occupait le même poste que moi, mais travaillait pour un autre membre du Cercle. Nous nous rencontrions souvent, mais gardions secrets nos rapports.

— C'est compréhensible. (Les membres du Cercle entretenaient une rivalité acharnée et se méfiaient donc de toute interaction entre leurs subordonnés.) Mais quel est le rapport avec moi ?

— Je suis désolée. Je vais continuer mon histoire. Des mois plus tard, Zurgas et moi avons compris que nous ne pourrions pas nous aimer en continuant de travailler pour nos maîtres respectifs. Nous avons donc décidé de changer de postes, nous préparant peut-être à la navigation en mer. Nous aurions pu être accusés de trahir des secrets si nous avions continué de servir les intérêts du Cercle. Vous comprenez ma position ?

— Oui. Continuez.

— J'ai donc choisi de démissionner, espérant que mon maître puisse me recommander auprès d'autres personnes. Je travaillais tard ce jour-là, essayant d'organiser au mieux mon départ. Et c'est à ce moment-là qu'il est arrivé.

Helati ne dit rien, enfin soulagée que la femelle en arrive au point intéressant. Sa prolixité lui rappela l'espace d'un instant un certain kender.

— C'était un représentant du grand prêtre. Il parut contrarié de me trouver là, mais ne s'intéressa pas plus à moi. Je ne l'avais aperçu que deux ou trois fois par le passé. Il portait une robe de prêtre d'un grade supérieur. Le grand prêtre et le Cercle ayant l'habitude de communiquer, je l'ai rapidement sorti de ma mémoire. Mais je l'ai revu et je voulais vous le dire.

Helati prit quelques secondes pour bien comprendre son affirmation.

— Vous essayez de me dire que vous avez vu un prêtre d'un certain rang dans le sanctuaire de votre maître, qui appartenait au Cercle, et que vous l'avez revu… Vous voulez dire ici ?

— Oui ! Son apparence a changé, mais je me souviens bien de lui. J'ai une bonne mémoire des visages.

Un prêtre parmi les colons ? Les prêtres de haut rang n'abandonnaient pas leur poste aussi facilement. Si un prêtre évoluait dans le hameau, il devait l'espionner pour le compte de la prêtrise.

— Tu dis qu'il a changé d'apparence ?

— Oui, Maîtresse Helati. Sa fourrure est moins épaisse et son visage n'était pas aussi dur et guerrier. Et ses deux cornes étaient alors intactes…

— Tu veux dire qu'une de ses cornes est coupée ?

Helati ne pouvait pas le croire.

— Elle est cassée. Je n'ai rien pu dire car il était à vos côtés quand nous sommes arrivés.

Brogan.

— Tu parles bien de celui qui vous a accueillis la première fois où tu m'as vue ? Tu parles de Brogan ?

— En effet. Je le jure sur l'épée de Kiri-Jolith.

Brogan un espion ? Depuis combien de temps se trouvait-il ici ? Ils avaient entièrement confiance en lui. Helati ne parvenait pas à le croire… mais Kaz et elle s'étaient parfois demandé s'ils n'étaient pas espionnés par Nethosak. Les pouvoirs de la cité se méfiaient de toute chose pouvant compromettre leur suprématie.

Mais elle ne pouvait pas le condamner sans entendre sa version des faits. Il était possible que Keeli se soit trompée, ou alors qu'elle soit elle-même une espionne.

— Suis-moi. (Helati rengaina sa dague et se tourna vers les enfants qui dormaient encore. Elle les prit dans ses bras et s'adressa à Keeli.) Tu vas marcher devant moi et je te guiderai une fois à l'extérieur.

La jeune minotaure lui obéit. Ils sortirent de la maison d'Helati, puis se dirigèrent sur la droite. Ils atteignirent bientôt une autre maison habitée par un couple et leur enfant. La femelle, Ayasha, était une amie d'Helati en qui elle avait confiance. Ayasha et Helati se connaissaient depuis leur enfance, et Helati avait été très heureuse de pouvoir l'accueillir avec sa famille lorsqu'ils étaient arrivés dans le hameau.

Elle confia les jumeaux à Ayasha, puis revint chez elle. Quelques instants plus tard, une épée battant son flanc, elle se dirigea vers la maison de Brogan. Keeli la suivit jusqu'à mi-chemin, Helati la congédiant. Elle préférait que Brogan ne sache pas qui l'avait informée.

Keeli protesta.

— Vous ne devriez pas rester seule avec lui.

Helati toucha le pommeau de son épée.

— Ne t'inquiète pas pour moi. Rejoins ton compagnon ; je te recontacterai.

La jeune minotaure finit par s'en aller. Helati ne lui déclara pas qu'elle espérait voir son ami innocent. Dans tous les cas, il serait plus facile de lui parler seul.

Un petit âtre éclairait la modeste demeure de Brogan. Il vivait seul, éloigné de la majorité des autres colons. Helati examina le relief entourant la maison. Elle n'était pas très familière de la résidence du minotaure à une corne car Brogan leur rendait généralement visite.

Brogan un espion ? L'éloignement de sa maison du hameau principal et son intérêt permanent à l'égard de Kaz l'accusaient, mais pouvaient également trouver d'autres explications plus terre à terre. Helati se sentait plutôt imbécile de devoir l'accuser, mais elle ne pouvait ignorer les révélations de Keeli.

Elle se souvint que Brogan voulait accompagner Kaz à Nethosak avec un groupe armé. Sa proposition était-elle une sorte de stratagème ?

Je vais arrêter d'être paranoïaque, se dit-elle. *Je vais laisser place à la guerrière.*

Il aurait été tentant de regarder par la fenêtre, mais Helati choisit plutôt de frapper à la porte en bois de la demeure rudimentaire.

— Oui ? Qui est là ?

— C'est moi, Brogan. Helati.

— Helati ? (Le minotaure à la corne brisée ouvrit la porte, lorgna sa visiteuse et lui sourit.) J'espère que tu m'apportes des nouvelles de Kaz !

— C'est possible. Je peux rentrer ?

— Mais bien sûr.

Franchissant la porte, Helati remarqua le symbole de Kaz qui ornait son habitation. Si Brogan était innocent, ses paroles allaient insulter son honneur. Mais s'il était coupable, le symbole de Kaz était une grave insulte, une moquerie de l'amitié qu'ils avaient liée avec Brogan.

La demeure du minotaure n'était pas surchargée : une table, deux tabourets et un coffre contenant sans nul doute ses effets personnels. Brogan couchait apparemment sur un tapis de couchage déplié dans la pièce unique. L'âtre était petit, comme s'il l'avait rajouté expressément. Quelques objets étaient éparpillés dans la maison, mais elle semblait en ordre. Une hache de bataille était fixée au mur au-dessus du tapis de couchage. La table était également à portée de la hache.

Brogan l'invita à s'asseoir. Helati secoua la tête.

— Je ne vais pas rester longtemps. Quelques minutes tout au plus.

— Quelque chose ne va pas ? Tu as reçu des mauvaises nouvelles ?

— Je ne sais pas quoi en penser.

Elle ne savait pas comment l'appréhender. Elle devait être directe, comme l'aurait fait Kaz.

— J'ai bien peur que Kaz soit en danger et qu'il ait été capturé et emprisonné avec mon frère.

— Rappelle-toi que tu m'as dit qu'il n'était pas parti depuis si longtemps que ça. Il est peut-être même sur le chemin du retour.

— Peut-être. Mais ce sont les rumeurs que j'ai entendues qui me poussent à croire ça. Et j'ai même entendu dire qu'il pourrait y avoir des espions parmi nous, Brogan.

— Des espions ? (Il semblait véritablement préoccupé.) Ici ? Qui ?

— Ils sont peut-être plusieurs, et j'ai même entendu que l'un d'eux pourrait être au service du grand prêtre.

Brogan paraissait jusqu'ici parfaitement à l'aise.

— Du grand prêtre ? Je n'aime pas ça. Le grand prêtre est vraiment très dangereux. Pas comme un gladiateur. Plutôt comme un serpent. C'est l'impression qu'il m'a toujours donnée.

— Tu le connais… bien ?

— Je l'ai aperçu. (Le minotaure attisa le feu de son âtre avec un bâton.) De loin.

— Tu as une idée de qui pourrait être cet espion, Brogan ?

Helati vit que sa question l'étonna véritablement. Elle rapprocha sa main du pommeau de son épée.

— J'étais autrefois cet espion, lui répondit-il.

Sa réponse fut si inattendue qu'elle s'immobilisa, sa main resserrant son épée.

— C'est donc toi ?

— Non. Mais je l'ai été, lui dit-il en levant les yeux vers elle. Lorsque je suis arrivé ici, je travaillais comme espion pour le grand prêtre. Je lui envoyais des messages à Nethosak. Mais mes messages contenaient ces quatre derniers mois des informations erronées.

— Pourquoi un tel choix ? Et pourquoi te croirais-je ?

Brogan se retourna.

— Lorsque je suis arrivé ici, j'étais un prêtre de haut rang. C'est pourquoi ils me faisaient confiance quant aux informations que je leur livrais sur ce hameau et son développement. Sa Sainteté n'aime pas cet endroit. Tout ce qu'il représente va à l'encontre de ses prédications. J'avais reçu l'ordre d'évaluer la situation et de faire des rapports. Et c'est ce que j'ai fait les premiers mois.

— Et qu'est-ce qui t'a fait changer d'avis ?

Helati voulait vraiment croire en l'amitié de Brogan, mais il pouvait tout aussi bien être un fieffé menteur. Brogan la regarda dans les yeux.

— Kaz. Toi. Les personnes que je vois ici. Il y a beaucoup plus de vie, de satisfaction ici que dans n'importe quel autre endroit de la nation. Il est vrai que tout un chacun œuvre pour accomplir notre « destinée », mais nous y perdons notre individualité. Nous devenons les serviteurs du rêve, et pas les maîtres que nous étions supposés être. L'honneur est maintenant semblable à une épée sans guerrier pour la manier. Et nous prenons la même voie que les anciens ogres. Même si nous parvenons à conquérir le monde, nous finirons par tomber. Sans honneur, vitalité et respect pour nous-mêmes, nous sommes perdus.

Brogan paraissait sincère, mais pouvait-elle le croire ?

— Ce sont là de bien belles paroles et j'aimerais vraiment croire que cet endroit t'a converti, mais comment faire pour te croire, Brogan ? Peux-tu me dire autre chose afin que je t'accorde pleinement ma confiance ?

— Non. Rien d'autre. Je n'ai que ces paroles. J'ai vu en Kaz l'incarnation de ce que nous devrions être. Et j'ai décidé de suivre son exemple. Je ne pouvais pas faire moins pour devenir un vrai guerrier minotaure.

Elle devait prendre une décision.

— Brogan, tout ceci est censé, mais je ne peux pas te juger sur ces seules paroles. Je pense que tu devrais me suivre. Je pense que certains des colons doivent entendre ce que tu as à dire.

— Je comprends, mais puis-je te poser une question ?

— Vas-y.

— Qui t'a parlé de moi ?

— Je l'ai découvert seule, c'est tout.

— Non, ce sont les nouveaux venus, n'est-ce pas ? Ce sont les seuls qui ont pu te livrer des informations récentes. Je m'interroge à leur sujet. La femelle m'a paru familière… (Son regard s'illumina.) Elle travaille pour la prêtrise… non… pour le Cercle ! Mais c'est tout comme de nos jours. Trois membres du Cercle sont sous l'emprise de Jopfer, notamment son mentor ! Ah ! Ce vieux renard a cru qu'il allait diriger les prêtres lorsque le poste de grand prêtre a été offert à son laquais ! Il croyait que Jopfer resterait son serviteur, mais c'est le contraire qui s'est passé !

Helati ne comprit qu'une partie de ses révélations. Un serviteur du Cercle était maintenant grand prêtre ? Jopfer ? Ce nom lui semblait familier. C'était un vieil ami de son frère.

— Bon, mais nous pourrons parler de ça plus tard, conclut Brogan. (Il jeta un œil autour de lui.) Le feu va doucement s'éteindre et je n'ai rien d'autre à faire. Nous pouvons donc partir sur-le-champ. Je ne prends pas ma hache, bien évidemment.

— D'accord, tu marcheras devant moi.

Il se retourna.

— Tu devrais dégainer ton épée, au cas où. Moi, je le ferais.

— Allons-y, lui dit-elle en dégainant son arme.

— Où allons-nous ?

— Au centre du village.

Le centre du hameau était proche de sa propre demeure et les colons aimaient s'y réunir pour parler.

— Parfait. Je préfère me retrouver dans un lieu plus bondé.

Elle ne comprit pas sa remarque. En sortant de chez lui, Helati se souvint subitement d'un fait qu'elle avait oublié. Si Brogan était prêtre, il devait posséder des capacités qui rendraient inutile ses talents d'épéiste. Elle avait vu des prêtres immobiliser leurs ennemis d'un simple regard. Ce genre de capacité était proche d'un sortilège magique, mais jusqu'ici Brogan n'avait pas fait le moindre geste trompeur.

Ils avancèrent dans l'obscurité de la nuit, Brogan surveillant les alentours. Il paraissait quelque peu nerveux. Brogan avait-il des alliés ? Elle n'avait pas envisagé cette possibilité.

Brogan fit quelques pas, puis s'arrêta. Helati s'attendit à une attaque de sa part, mais le minotaure toussa simplement avant de repartir.

Le prêtre se retourna subitement et lui cria :

— Baisse-toi !

Helati lui obéit. Elle entendit un sifflement et lorsqu'elle releva la tête, elle découvrit Brogan, une flèche plantée dans son épaule. Il grogna et tomba à genoux.

Une seconde flèche vint se planter dans la terre à côté d'elle. Puis des ombres sortirent de la végétation. Elle dénombra trois minotaures.

— Helati ! siffla Brogan. Si tu as ta dague, passe-la-moi !

Le premier agresseur arriva cependant à sa hauteur. Elle esquiva un coup de hache et contre-attaqua en reculant, sa hache frappant l'air.

Le deuxième attaquant l'effleura, se dirigeant vers Brogan. Helati tenta de dégainer sa dague pour la lancer à son ami, mais le troisième minotaure se joignit au combat pour lancer une nouvelle attaque. Helati recula encore davantage, maintenant séparée de Brogan.

L'obscurité l'empêcha tout d'abord de reconnaître ses agresseurs, mais le juron lancé par la femelle lui permit de l'identifier.

C'était Keeli. Pourquoi voulaient-ils tuer Brogan ? Etaient-ils au fait de sa défection ?

— Rends-toi et tu reverras ton compagnon ! lui lança Keeli sur un ton narquois.

— Je ne pense pas. Je… ne… te fais pas confiance, Keeli.

La femelle s'esclaffa et l'attaqua à nouveau. Helati esquiva, se retrouvant à portée de hache du guerrier minotaure. La hache faillit lui trancher le pied. Elle lança une attaque et parvint à frôler son bras. Il recula.

— Je croyais que tu étais bonne guerrière, lui déclara Keeli d'un ton railleur. On raconte que c'est Kaz lui-même qui t'as entraînée. Il n'est peut-être pas aussi bon qu'on le dit. Il ne survivra peut-être pas très longtemps dans l'arène.

Elle essayait de déconcentrer Helati avec ses paroles.

Helati ne connaissait pas le sort de Brogan, l'ancien prêtre et le troisième attaquant trop éloignés d'elle.

Le guerrier à la hache lança une nouvelle attaque, qu'il manqua. S'éloignant de Keeli, Helati profita d'une ouverture dans sa défense pour frapper le guerrier à la cuisse, à côté du muscle.

Sa lame pénétra les chairs du guerrier. L'assassin mit un genou à terre sans pousser le moindre cri. Il était gravement blessé. Helati se recula, reportant son attention sur Keeli.

Helati para une autre attaque. Keeli était plutôt douée, mais ses techniques de combat étaient trop traditionnelles. Elle devait être quasiment imbattable contre la plupart de ses adversaires, mais Kaz avait appris à sa compagne des passes d'armes peu communes.

Helati se laissa acculer, pressentant la trop grande

confiance de Keeli. L'assassin la frappa deux fois, Helati cédant à chaque fois un peu plus de terrain.

Helati décida alors de contre-attaquer sur le flanc. Keeli essaya de parer, mais Helati retira subitement son arme, son adversaire découvrant sa défense. Helati en profita et lança une attaque d'estoc avec son épée. Elle espérait la blesser, mais la femelle commit une maladresse.

La lame de Keeli effleura la main d'Helati, mais l'extrémité de la sienne s'enfonça profondément dans la poitrine de la guerrière.

Le souffle coupé, Helati tomba en avant. La compagne de Kaz parvint tout juste à retirer son arme avant que son adversaire s'effondre à terre. Keeli était morte.

Helati se retourna brusquement vers son autre agresseur, mais il ne représentait plus aucune menace, sa cuisse ensanglantée. Elle chercha Brogan du regard.

Elle le découvrit surplombant le corps de Zurgas, couché à terre. Brogan se tenait l'épaule et respirait bruyamment. Une flèche dépassait de la gorge de Zurgas. Brogan s'en était servie comme d'une dague. Il était vraiment très talentueux.

Un bruit de pas traînant la fit se retourner. Le troisième assassin tentait de se relever pour lancer sa hache.

— Je te suggère de lâcher ton arme avant que je ne te tue, lui dit-elle.

— Alors tue-moi !

— Non, elle ne tuera pas, déclara Brogan. Je m'en chargerai.

L'assassin eut un mouvement de recul.

— Eloigne-toi ! J'ai la faveur du grand prêtre ! Tu as trahis ton maître !

— Le grand prêtre n'est pas là, lui indiqua Brogan. Et si tu as des doutes quant à mes anciennes capacités magiques, je peux te prouver le contraire !

Le prisonnier baissa son arme. Il regarda Helati.

— Je me rends ! Mais ne le laissez pas m'approcher ! Je ferai ce que vous voudrez ! Mais éloignez-le !

— Et comment peut-elle savoir si tu tiendras parole ? Tu nous as attaqués dans l'ombre, comme un vulgaire assassin ! Tu trouves ça honorable ?

Les paroles de Brogan semblaient lui faire aussi mal que la pointe d'une épée.

— Je le jure !

— Tu l'acceptes comme prisonnier ? demanda Brogan à Helati.

Elle hocha la tête. Puis Brogan lui demanda :

— Tu me permets de l'interroger en ton nom ?

— C'est elle que je sers ! Pas toi !

— Mais je peux agir en son nom si elle le désire.

— Maîtresse Helati ! Je vis ici depuis plus de six mois. J'étais l'espion du grand prêtre, notamment depuis les soupçons qui pesaient sur les informations douteuses délivrées par Brogan. Je m'appelle Yestral.

Son nom lui était familier.

— Je te connais. Tu nous a aidés à construire l'entrepôt.

— C'est exact. Je devais vous surveiller et en informer le grand prêtre. Lorsque Keeli et Zurgas sont arrivés, elle m'a informé que Brogan devait être éliminé pour trahison. Elle allait également diriger votre exécution puisque nous savions que votre compagnon se rendait à Nethosak où il serait capturé ou tué. Keeli voulait donc vous tuer tous les deux. Moi et Brogan devions lui obéir et vous attaquer à la première bonne occasion. J'ai obéi, même si cela ne me plaisait pas.

— Il y en a d'autres ? demanda Brogan. Y a-t-il d'autres agents de Sa Sainteté dans le hameau ?

— Non ! Je vous le jure ! (La peur que Yestral ressentait face à Brogan était palpable.) Maîtresse Helati ! Ne me laissez pas entre ses mains !

— C'est d'accord si tu réponds à toutes mes questions. Tu comprends ?

— Oui… je le jure sur les cornes de Sargas.

Ils furent interrompus par l'arrivée de trois autres minotaures. Helati se raidit à leur approche, mais elle découvrit qu'elle pouvait leur faire confiance.

— Tu vois ? déclara un mâle à la fourrure noire, le forgeron du hameau. Je t'avais bien dit que j'avais entendu des bruits de combat !

Les deux autres acquiescèrent.

— Vous allez bien, Maîtresse Helati ? demanda l'un d'eux.

— Oui, mais Brogan est blessé.

Il fit un signe de main pour les éloigner.

— Ça guérira tout seul. Mais quelqu'un devrait se charger de cet assassin, Maîtresse Helati. Et nous devons également nous occuper de ces deux charognes.

— Je suis d'accord, dit-elle en désignant les trois nouveaux venus. Emmenez ces deux corps au centre du hameau. Ligotez celui-là et enfermez-le dans l'entrepôt.

Ils lui obéirent sur-le-champ. Brogan se rapprocha d'Helati.

— Et moi ?

— Je vais te donner ta chance, mais tu devras me dire pourquoi tu lui fais aussi peur.

Il sourit d'un air contrit.

— J'ai une certaine réputation. Elle est quelque peu exagérée… mais pas complètement. Et je ne m'en excuse pas. Je te dirai tout ce que tu veux sur mon passé, mais attends demain. Car je pense que je vais m'effondrer si je ne m'occupe pas de cette épaule.

— Laisse-moi t'aider, lui dit Helati.

— Je peux le faire tout seul. Tu as déjà bien des soucis. Tu devrais dormir, Maîtresse.

Il lui dit adieu et se dirigea vers sa demeure.

— Une dernière question, lui cria-t-elle.

— Oui ?

— Tu semblais savoir que quelque chose allait se passer. Comment est-ce possible ?

Il parut presque coupable.

— Par le passé, j'aurais pu moi-même organiser une telle embuscade.

Elle le laissa partir, ses soupçons disparus.

Mais quand était-il de Kaz ? Les paroles de Yestral la hantaient. Kaz était donc tombé dans un piège. Ils savaient qu'ils se dirigeaient vers Nethosak pour tenter de secourir son frère. Que lui était-il arrivé ?

Je dois aller le sauver, se dit-elle. *Je dois le faire avant qu'il ne soit trop tard… mais que faire des enfants ?*

Brogan lui avait proposé de former un groupe armé. Elle savait que si elle demandait de l'aide, Brogan et un grand nombre d'autres colons se présenteraient, mais les envoyer ainsi dans la gueule du loup…

Je dois y aller seule, c'est la seule solution. Ayasha

s'occupera des enfants. Elle les aime comme si c'étaient les siens.

Elle frissonna en y pensant car il était possible qu'elle ne revînt jamais de Nethosak si elle choisissait de partir.

***

Delbin examina sa cellule. Les chaînes qui le reliaient au mur avaient jusqu'ici résisté à ses extraordinaires talents de crocheteur, une chose qui l'impressionnait véritablement. Il ne pouvait donc que dormir ou regarder le mur, sa curiosité le poussant vers la seconde alternative. Pourquoi le prêtre minotaure désirait-il sa présence ? Il n'avait peut-être jamais vu de kender auparavant, mais Delbin pensait plus certainement que les mauvais minotaures voulaient l'utiliser contre Kaz. Delbin espérait voir bientôt quelqu'un afin de ne pas mourir d'ennui. Le seul visiteur avait été un garde qui était venu inspecter son crâne, recherchant des blessures.

Sa tête lui faisait encore mal, mais la douleur avait quasiment disparu. Delbin avait recouvré la vue, mais sa cellule offrait peu de choses à contempler. Elle était propre et ordonnée. Elle abritait même un lit qu'il ne pouvait pas atteindre pour le moment. Une table et deux chaises étaient disposées à proximité du lit. La cellule était faiblement illuminée, l'éclairage provenant de deux torches situées dans le couloir. Delbin pouvait toutefois compter sur sa vision nocturne.

Il occupa ses pensées avec le rêve de l'homme en gris qu'il avait fait avant de sombrer dans l'inconscience. Le rêve avait été intéressant, mais le kender se demanda pourquoi il avait encore rêvé de cet étrange personnage. Il aurait préféré rêver de Kaz le secourant.

Mais cela importait peu car l'homme en gris lui avait redonné espoir. Delbin ne se souvenait pas de la fin de son rêve. Il se demanda alors s'il parviendrait à crocheter le mécanisme fascinant qui verrouillait ses menottes.

Un murmure dans le couloir lui fit tendre l'oreille. Ce n'était pas un garde, le bruit ressemblant plutôt à un enfant traînant les pieds.

Une tête aux cheveux embroussaillés apparut devant les barreaux de sa cellule. Ce visage appartenait à un nain des ravins. Il en avait aperçu dans les rues de la ville, servant d'éboueurs, mais c'était le premier qu'il voyait d'aussi près.

— Bonjour, je m'appelle Delbin. Et toi ?

Le nain des ravins cligna des yeux avant de répondre.

— Galump. Galump s'appelle Galump. Delbin est un kender.

— Oui, en effet. Qu'est-ce que tu fais là ? Tu es aussi prisonnier ici ? Tu t'es échappé ? Il faut avouer que leurs chaînes sont plutôt résistantes, alors si tu sais comment les ouvrir, je t'écoute.

— Galump pas être prisonnier. Galump obéir aux ordres des minotaures.

Delbin se souvint alors des colliers que portaient les nains des ravins. Il trouvait malheureux que les minotaures les traitent de cette façon et leur fassent porter des colliers aussi moches.

Le nain des ravins disparut subitement, Delbin se souvenant du peu d'attention de ces petites créatures.

— Galump, attends voir !

Le nain des ravins réapparut et dut se tenir aux barreaux pour regarder dans la cellule.

— Delbin vouloir quoi ?

— Tu peux m'aider à m'échapper d'ici ?

— Galump peut pas faire ça, non, il peut pas. S'il le pouvait, il aiderait la gentille fille, la jolie humaine, que le méchant taureau qui frappe Galump garde prisonnière dans cellule, déclara le nain sur un ton triste.

— Si tu m'aides, je pourrai peut-être l'aider. On pourrait tous s'échapper de cet endroit.

Même si Delbin n'apercevait que la moitié supérieure de la tête de Galump, ce dernier réagit avec crainte.

— Non ! Galump pas pouvoir faire ça ! S'il désobéit au grand chef, il nous mangera comme il le fait avec les autres !

— Il mange les autres ? (Delbin savait que les kenders étaient réputés pour leur nature déroutante, mais les nains des ravins étaient encore plus déconcertants.) Qu'est-ce que tu veux dire par là ? Tu ne veux pas dire qu'il les *mange* vraiment car ça me paraît très peu probable. Tu veux certainement dire qu'il les punit vraiment méchamment, mais ne t'inquiète pas car si nous libérons la fille, l'humaine, nous pourrons aller voir mon ami Kaz qui nous protégera et…

— Non !

Le nain disparut et Delbin entendit ses pas disparaître dans le couloir.

Galump craint vraiment beaucoup le grand prêtre, se dit Delbin. *Il croit vraiment que le grand prêtre des minotaures le dévorera, mais les minotaures ne sont pas cannibales, même s'ils sont issus des ogres qui à une époque lointaine…*

Une humaine ?

— Qu'est-ce qu'un minotaure peut bien vouloir faire avec une humaine ? murmura Delbin dans sa cellule. C'est peut-être une esclave comme le pauvre Galump. Ou une princesse détenue en otage.

Delbin ne s'intéressait pas au grand prêtre car il n'était pas bienveillant, réduisant en esclavage des nains des ravins et des filles humaines.

— Je vais donc devoir sauver la fille, ainsi que Galump… et tous les autres prisonniers du grand prêtre. Je les dirigerai vers Kaz qui saura quoi faire. Il sait toujours quoi faire.

Son enthousiasme renouvelé, il s'attaqua au verrou de ses chaînes. Les kenders aimaient les défis de la sorte, mais Delbin était maintenant impatient. Il devait faire vite pour sauver la princesse. C'était probablement une jeune fille qui ne connaissait rien du monde. Elle le récompenserait peut-être, ainsi que Kaz, en leur montrant son royaume.

Des bruits de pas disciplinés l'invitèrent à dissimuler son passe-partout. Il distingua deux gardes et un prêtre en robe devant la porte de sa cellule.

L'un des gardes ouvrit la porte. Ils entrèrent tous les deux, suivi du prêtre. Delbin n'avait jamais vu de minotaure aussi sinistre et il ressentit même une certaine peur, une chose rare chez les membres de sa race.

— Je suis Jopfer, le grand prêtre du Temple de Sargas, l'âme de cette nation. J'aimerais te parler de ton ami Kaziganthi. Et tu répondras à chacune de mes questions. Tu m'as bien compris ?

La peur de Delbin s'accrut… et ce seul fait l'effraya encore davantage que la peur elle-même.

CHAPITRE XIII

LE DRAGON ROUGE

Scurn était de mauvaise humeur. Il avait non seulement été humilié dans l'arène, mais il avait perdu la faveur du grand prêtre et du Cercle Suprême. Son seul espoir était de capturer Kaz et ses comparses une nouvelle fois, une tâche plutôt difficile avec toutes les patrouilles qui fouillaient Nethosak. Certains groupes avaient perdu du temps en s'opposant les uns aux autres, les serviteurs du Cercle appréciant peu les serviteurs des prêtres, et réciproquement. Et personne ne se souciait des membres de la Garde Minotaure qui à leur tour n'appréciaient pas les deux premiers groupes.

Scurn vida sa chope de bière. Il devait reprendre son service. Il était parvenu, grâce à son autorité, à organiser un groupe de recherche supplémentaire. Il se promit de trouver Kaz et de traîner son rival devant le grand prêtre.

Scurn se leva, retournant dans sa tête sa dernière humiliation. La vérité était qu'il admirait secrètement les talents de combattant de Kaz. Kaz l'avait vaincu honorablement, mais il l'avait insulté en le laissant en vie. Kaz aurait dû le tuer comme l'exigeaient les règles du combat.

Tu aurais dû me tuer, Kaz, pensa Scurn.

Une mort honorable était préférable à une défaite sans effusion de sang. Scurn se sentit diminué face aux gardes qu'il commandait. Seule la capture ou la mort de son ennemi apaiserait le capitaine balafré.

Scurn sortit de la taverne, son esprit préoccupé par les recherches. Son ancien clan, le clan Orilg, et son patriarche cachaient quelque chose ; il en était persuadé. Scurn pensait que le clan avait accueilli les fugitifs un certain temps. Des témoins avaient vu des membres du clan Orilg à l'extérieur de l'arène au moment de la fuite de Kaz.

Je devrais retourner secouer ce vieux Dastrun pour le faire parler ! Il doit savoir quelque chose. Il sait quelque chose.

L'édifice principal abritant la Garde Minotaure se trouvait devant lui. En raison de son importance, le bâtiment des gardes était proche de l'empereur et de l'arène. Scurn accéléra son allure, impatient de reprendre la traque. Il se souvint alors que Ganth avait également de nombreux anciens amis parmi les marins. Ils n'hésiteraient pas à le cacher lui et ses comparses. Il devait également s'intéresser au quartier où résidaient les minotaures de basse extraction. Une de ces misérables demeures pouvait également abriter Kaz et les autres. De toute façon, ce quartier devait être fouillé.

— Capitaine Scurn ? lui demanda une minotaure.

Il s'arrêta et se retourna. Une guerrière plus jeune que lui arriva à sa hauteur en courant, pantelante. Il ne la reconnut pas, mais le symbole qu'elle portait sur la poitrine – un œil vigilant posé sur une hache – la reliait à la Garde.

— Oui. Que veux-tu ?

— Je devais vous trouver, lui dit-elle en le saluant. Le sergent en poste m'a dit que vous vous trouviez au Basilic Menaçant, mais je ne vous y ai pas vu. J'ai donc décidé de regarder dans le quartier.

— Tu as dû me manquer de peu à la taverne. Mais crache le morceau. Qu'est-ce que tu veux ?

— Capitaine, les fugitifs auraient été aperçus dans le quartier des quais ! Votre second le fouille en ce moment même ! Si nous nous dépêchons, nous pourrons les retrouver à côté du vaisseau de guerre, le *Lancier des Mers*.

— Le *Lancier des Mers* ? (Scurn ne connaissait pas ce navire.) Kaz s'y trouve ?

— C'est ce que prétend la rumeur. Le capitaine du vaisseau est un ancien membre d'équipage de son père.

— J'avais vu juste ! (Le capitaine la prit par les épaules.) Vite ! C'était il y a longtemps ? Ils n'ont pas encore fouillé le bateau ?

— Non, Capitaine, ils vous attendent. Mais si je n'arrive pas avec vous, ils…

— Alors, allons-y !

Scurn s'élança en direction des quais. Elle le suivit. Scurn était perdu dans ses pensées. Kaz connaissant bien le quartier, la Garde devrait se montrer vigilante. Heureusement, Scurn connaissait lui aussi les quais car il y avait travaillé un certain temps.

— Nous devrions prendre par là, lui dit la minotaure. L'autre rue est bloquée par des travaux de construction.

— Ah bon ? Quel genre de travaux ?

— Ils ont décidé de rénover quelques charpentes. Ils ont commencé cet après-midi, mais les travaux vont durer toute la nuit.

— Umph !

Après tout, cette information n'était pas si surprenante. Le bois était vital dans la construction navale, mais également dans d'autres domaines de la construction. Ces travaux avaient déjà été effectués par le passé, mais avec une telle activité, Scurn comprenait pourquoi le Cercle avait pu commanditer ces travaux.

Il tourna donc dans une rue plus étroite, une quasi-ruelle, qui menait en direction des quais. Scurn s'intéressa peu à cet environnement plongé dans la pénombre. Il visitait souvent de tels endroits.

La forme d'un grand minotaure apparut devant lui comme par magie. Il portait dans une main une épée qu'il pointa sur Scurn. Les intentions du minotaure étaient claires.

— Ne bouge pas, lui dit une voix râpeuse.

— Imbécile… commença Scurn.

Un second minotaure armé d'une hache apparut et se mit en position de combat. Scurn comprit qui était son second agresseur.

— Kaz… dit-il en voulant dégainer son arme.

Il s'arrêta néanmoins, la pointe d'une épée le poussant dans le dos.

— Pas un bruit, pas un geste, lui dit la minotaure dans l'oreille.

— C'est très bien, ma fille, dit une nouvelle voix. Ça s'est passé sans heurts, comme une brise matinale.

— Merci, père.

Père ? Scurn voulut se retourner pour regarder la femelle, mais il s'en abstint. Il ne voulait pas mourir dans cette sombre ruelle. Il attendrait. Kaz et les autres voulaient le capturer et il soupçonnait que tout ceci avait un lien avec l'arrestation du kender dans l'arène.

Le guerrier balafré se détendit. Il pouvait encore triompher de son rival. Et il parviendrait à transformer son humiliation en victoire.

***

Kaz lorgna Scurn avec attention, surpris par le calme de son adversaire. Ils devaient avancer et rejoindre le temple tant que celui-ci était baigné par l'atmosphère nocturne.

Certains auraient considéré son plan comme une folie, Kaz le premier. Mais si les traditions minotaures étaient respectées, le fait de pénétrer dans la citadelle de Sargas pourrait se révéler plus facile que prévu. Les prêtres n'imaginaient pas que quelqu'un puisse essayer d'entrer dans leur sanctuaire sans leur permission. Et c'était le genre d'attitude que Kaz avait tant de fois utilisée par le passé contre des adversaires puissants qui faisaient preuve de négligence.

— Bonsoir, Scurn.

Le minotaure défiguré renâcla. L'épée de Fliara qui se pressait dans son dos lui faisait craindre le pire. La femelle retira toutes ses armes, y compris la dague que la plupart des minotaures portaient à leurs kilts.

— Nous allons parler, Scurn. Je suis heureux de constater que tu n'as pas changé tes vieilles habitudes, mais nous avons dû néanmoins attendre un peu plus longtemps que prévu. Tu fréquentes toujours les mêmes tavernes et auberges. Et tu possèdes toujours cette attitude impétueuse. (Scurn lui lança un regard mauvais.) Tu es un excellent guerrier, Scurn. Et ne doute jamais de mon respect à l'égard de tes capacités et parfois même de ton sens de l'honneur et du devoir. Je n'ai jamais voulu me faire un ennemi de toi.

— Espèce de… commença Scurn, la pointe de l'épée de Fliara l'interrompant.

— Tu ferais mieux de continuer, mon garçon, déclara Ganth. Tu ne le changeras jamais. Son dévouement est à la limite de l'obsession. Il ne pourra jamais considérer le camp ennemi.

Kaz savait qu'il avait raison.

— Je vais t'offrir l'opportunité de rester en vie et de

gagner ta liberté, Scurn. Je veux quelque chose de toi, et en échange je te relâcherai. Tu pourras même me traquer à nouveau et me défier en combat si tu le veux. C'est bien ce que tu veux, n'est-ce pas ? J'oublie le combat dans l'arène car la situation y était par trop chaotique. Nous pourrons nous affronter en combat singulier, comme nous l'avions fait il y a trois ans.

Scurn comprit qu'il disait la vérité. Il aurait voulu voir Kaz capturé, jeté dans l'arène et tué, mais le plus grand désir du capitaine était de pouvoir l'éliminer en combat singulier. Mais il devrait attendre pour réaliser son rêve ; pour le moment, il voulait tout simplement arrêter Kaz.

— Que veux-tu de moi ? demanda finalement Scurn. Ça doit être important. Ce n'est quand même pas ce kender ?

Kaz connaissant bien la psychologie des minotaures tels que Scurn. Il allait lui avouer la vérité pour que son rival pense contrôler en partie la situation… et il la retournerait contre ses ravisseurs pour les trahir.

— Tu vas nous guider, lui dit Ganth. Nous allons tous rendre visite à Sa Sainteté.

— Vous voulez que je vous fasse pénétrer dans le temple ? Vous feriez mieux de vous rendre tout de suite. Vous aurez au moins une chance de pouvoir mourir honorablement dans l'arène.

— Personne ne va mourir, Scurn, si tu fais ce que je te demande.

— Et pourquoi ne m'éliminerais-tu pas lorsque tu auras obtenu ce que tu veux ?

Kaz se rapprocha de lui, son regard planté dans le sien.

— Cela n'arrivera pas. Jamais !

— Je préfère en effet voir mon adversaire, lui répondit-il en détournant le regard.

— C'est ton choix, Scurn. Ta vie et ta liberté contre un service. Tu dois juste nous faire entrer dans le temple et nous faire passer les acolytes. Nous te libérerons ensuite.

— C'est d'accord, même si je n'ai pas vraiment le choix. Mais vous allez droit à la mort, je vous préviens. Le grand prêtre n'est pas aussi bienveillant que moi.

— C'est vrai que tu es la bienveillance incarnée, lui lança Ganth. Maintenant tourne-toi.

Scurn lui obéit. Ganth plongea la main dans une sacoche

et sortit des symboles identiques à ceux portés par Fliara et Scurn. Le prisonnier ne put s'empêcher de pousser un hoquet de surprise.

— C'est incroyable comme il est facile de trouver ce genre d'objets, déclara Ganth.

Les membres de la Garde prenaient soin de leurs symboles car ils risquaient de sérieuses réprimandes pour leur perte.

— Où les avez-vous trouvés ?

— Nous n'avons pas le temps, lui dit Kaz.

Kaz lui-même ne le savait pas car son vieux marin de père les lui avait donnés en lui demandant de ne poser aucune question.

— On y va ? demanda Hecar.

— Oui, nous sommes prêts à partir. Vous connaissez tous vos missions respectives. Ceux qui ne veulent pas mourir peuvent partir maintenant.

— Tu nous as déjà dit la même chose, mon frère, lui déclara Fliara. Nous n'y avons alors prêté aucune attention, et rien n'a changé. Mais celui-ci a peut-être des doutes, dit-elle en tapant dans le dos de Scurn.

— Allons-y, mon garçon, déclara Ganth. J'ai deux petits-enfants que j'aimerais un jour rencontrer.

— Suivez-moi, alors.

Le groupe prit la direction du temple. Scurn passa le premier, Ganth et Fliara l'entourant. Kaz et Hecar les suivirent de près. Ils avaient tous dégainé leurs armes, à l'exception de Scurn… et de Kaz qui devait jouer un rôle bien spécifique.

Nethosak ne dormait presque jamais, notamment ces derniers temps, mais ils croisèrent peu de minotaures dans les rues à cette heure avancée de la nuit.

Ils arrivèrent au temple assez rapidement. Des torches éclairaient l'entrée et deux sentinelles, vêtues des couleurs de la prêtrise, flanquaient la porte. La plupart des fenêtres de l'édifice étaient plongées dans le noir. Le grand prêtre et ses acolytes avaient dû se retirer pour la nuit, le temple abritant seulement des gardes en service et quelques acolytes.

— Tu ne penses tout de même pas que tu vas réussir ? murmura Scurn.

— Nous allons réussir ou la dernière chose que tu sentiras est la pointe de cette épée transperçant ton ventre, lui dit Fliara d'un ton neutre.

— C'est amusant, déclara Scurn. Mais pas autant que votre plan.

Ils avancèrent en direction de l'entrée, Scurn paraissant diriger le groupe. Les gardes semblaient être prêts à bloquer leur progression, mais Scurn leur montra son grade et leur déclara :

— J'ai capturé un prisonnier que le grand prêtre désire interroger, dit-il en désignant Kaz. C'est un des compagnons du fugitif qui est recherché. Laissez-nous passer.

Les deux gardes se regardèrent, puis s'écartèrent pour les laisser passer.

La porte s'ouvrit de l'intérieur, deux autres gardes les attendant.

Un acolyte vint à leur rencontre une fois la porte refermée. Il semblait légèrement agacé… comme s'ils venaient de le sortir de son sommeil. Kaz trouvait intéressant que les plus hauts prêtres du temple paraissent souvent être les moins dévots. Ils accomplissaient bien évidemment tous les mêmes cérémonies, mais leurs attitudes suffisantes rappelaient celles des subordonnés des huit membres du Cercle Suprême.

— Que voulez-vous, Capitaine ? Sa Sainteté s'est retirée pour la nuit.

— J'ai là un prisonnier qu'il désirera voir dès demain matin, lui répondit Scurn. C'est un compagnon de Kaz, le fugitif. Il connaît le kender lui aussi.

L'acolyte acquiesça et regarda derrière Scurn. Sa bouche imprima une attitude de dégoût.

— La trahison de notre cause est vraiment déshonorante. Vous êtes sûr que c'est l'un des traîtres ?

— Il a voyagé avec Kaziganthi pendant des années. Il le connaît mieux que quiconque. Et comme je l'ai déjà dit, il connaît aussi le kender.

— Un kender. Qui peut le croire ? Un minotaure voyageant aux côtés d'un kender. Ce Kaziganthi est vraiment tombé bien bas.

— Capitaine, l'interrompit Hecar. Nous devrions peut-être conduire cette crapule dans une cellule avant qu'il ne s'échappe à nouveau.

Tout le monde savait que le temple abritait des cellules. Les prêtres de Sargas étaient parfois contraints de traiter les hérétiques comme des criminels. Et aucun empereur n'avait jamais eu le courage de remettre en question l'existence de ces cachots privés.

— Une cellule ? lâcha le minotaure encapuchonné. Il devrait être jeté dans l'arène ! Conduisez-le là-bas !

Fliara pressa la pointe de son épée dans le dos de Scurn. Il réagit promptement.

— Je préférerais qu'il soit gardé ici, frère. Le grand prêtre serait très certainement d'accord. Il est bien trop précieux pour être envoyé dans l'arène… en tout cas, pour l'instant.

— Je n'ai pas l'habitude de prendre de telles décisions, déclara l'acolyte. C'était le devoir de frère Merriq.

— Alors allez le chercher.

— Frère Merriq, déclara l'acolyte sur un ton glacial, n'est plus. Il est mort courageusement en essayant dc… capturer l'autre prisonnier. Je crois qu'il est mort dans un incendie.

Kaz réprima un sourire. Delbin avait donc été capturé en leur résistant.

L'acolyte prenait bien trop de temps pour réfléchir. Hecar intervint à nouveau.

— Capitaine, ne pouvons-nous pas simplement conduire le prisonnier dans sa cellule et prendre la responsabilité de ce transfert ?

Scurn plissa le front, mais les paroles d'Hecar illuminèrent le visage de l'acolyte.

— Bien sûr, si vous vous portez garants du prisonnier, vous pouvez y aller. Je ne sais pas comment réagira Sa Sainteté, mais si vous êtes responsables…

Même Scurn parut écœuré par l'attitude de l'acolyte. Ce dernier s'intéressait uniquement à son bien-être ; il ne s'élèverait jamais dans les rangs de la prêtrise.

— Nous nous portons responsables de toutes les souillures qu'il pourrait commettre dans le temple sacré, répondit le minotaure balafré. Dites-nous simplement où se trouvent les cellules et nous l'y conduirons. Et vous n'aurez à vous soucier de rien.

— Quelqu'un va devoir vous y conduire.

L'acolyte disparut subitement. Scurn lança un regard en direction de Kaz qui conservait une attitude neutre.

L'acolyte revint quelques minutes plus tard en compagnie d'un novice. Le novice, petit et musclé, semblait éprouver de la peur et de la colère, une grande partie dirigée vers son supérieur.

— Ce novice vous conduira jusqu'aux cellules. Faites vite, puis quittez le temple. Assurez-vous cependant que le prisonnier est bien enchaîné avant de partir, ou vos têtes tomberont. Quelqu'un avertira Sa Sainteté dès demain matin.

Il se retourna, le novice le regardant s'éloigner. Il dévisagea les autres d'un air renfrogné.

— Suivez-moi. Et avancez en silence car le grand prêtre se repose.

— Nous allons passer à côté de sa chambre ? demanda Scurn.

— Non, ses quartiers privés se trouvent au-delà de la grande salle d'audience. Les cellules se trouvent en dessous.

Kaz était soulagé de l'apprendre. Il préférait être le plus loin possible des quartiers de Jopfer.

Ils traversèrent de nombreux couloirs, s'enfonçant de plus en plus au cœur du temple. Leur progression fut accompagnée par les regards vigilants de Sargas : un relief de Sargas sauvant les premiers minotaures ; une tapisserie le représentant en train d'édifier les montagnes du royaume ; une image le montrant sauvant des navires des eaux. Les artistes avaient créé l'illusion que Sargas observait à la fois les spectateurs et ses créations.

Ils continuèrent d'avancer dans les entrailles du temple. Kaz essaya de retenir la topographie du lieu. Il se satisfit également de découvrir aussi peu de sentinelles en poste.

— Voici le sous-sol où doit être emprisonné le traître, leur informa le novice. Nous allons le conduire…

Le groupe s'arrêta, quatre sentinelles leur bloquant le passage. Contrairement aux autres, elles paraissaient alertes et réveillées.

— Personne ne descend par là, déclara le chef des quatre sentinelles. Le grand prêtre en a décidé ainsi.

— Nous avons un prisonnier… commença le novice.

— Personne.

— Le grand prêtre désire que ce prisonnier soit placé dans un endroit spécial, l'interrompit Scurn, l'arme de Fliara pressant à nouveau ses chairs. C'est le compagnon du renégat que nous recherchons.

— Nous obéissons aux ordres.

— C'est également l'ami du kender que vous avez fait prisonnier, continua Scurn. Le grand prêtre sera satisfait de pouvoir interroger les deux. Il pourra les utiliser pour faire pression l'un sur l'autre… si vous voyez ce que je veux dire.

Les sentinelles parurent cette fois avoir des doutes. Le chef regarda ses compagnons, puis Kaz.

— Je ne sais pas quoi…

Ganth lança un regard à son fils. Kaz hocha légèrement la tête et s'avança devant Ganth et Scurn, les bras levés. Le Visage de l'Honneur apparut entre ses mains.

Surpris, les gardes regardèrent la hache magique comme si Sargas lui-même venait d'apparaître. Kaz les frappa tous les deux. Le premier garde fut renversé par la force du coup, le chef reculant en titubant.

Ganth tendit le bras et frappa la tête du novice contre le mur. Il s'écroula à terre avec un grognement de surprise.

— Ne tente rien ! lança Fliara à l'attention de Scurn.

Ganth saisit le chef des gardes et le projeta contre le mur, comme il l'avait déjà fait avec le novice. Hecar et Kaz s'avancèrent. Les deux derniers gardes reculèrent, apeurés.

Kaz frappa diagonalement avec sa hache dans l'étroit couloir, un garde reculant et l'autre profitant de l'ouverture dans la défense du guerrier minotaure. Hecar para cependant son attaque et enfonça son arme dans son ventre.

La mort de l'adversaire d'Hecar fit perdre toute velléité au dernier garde du temple. Il laissa tomber son arme et posa un genou à terre, les mains sur la tête. Il se rendit.

Hecar regarda la scène. Leurs adversaires étaient trop étourdis pour donner l'alerte. Kaz se tourna vers Ganth.

— On va devoir le ligoter et les enfermer dans une cellule. Avec le mort.

— Et qu'est-ce qu'on fait de lui ? demanda Ganth en désignant Scurn.

— Nous aurons encore besoin de lui. Assurons-nous simplement qu'il sache que nous ne plaisantons pas.

— Je pense que Fliara le lui a appris.

Ils réunirent les gardes et se rapprochèrent de la cellule la plus proche. Ils les ligotèrent avec de la corde et de la toile. Les seules traces du combat dans le couloir étaient quelques taches de sang qu'ils ne purent faire disparaître.

— J'ai les clés, annonça Hecar en les balançant devant

lui. Il nous suffit maintenant de retrouver Delbin. Ça me surprend qu'il n'ait pas crocheté lui-même ses menottes et que nous ne l'ayons pas encore croisé.

Kaz posa la tête de sa hache sur un des gardes.

— Je vais retirer la toile recouvrant ton museau et tu vas répondre à ma question. Je te laisse une seule chance, sinon tu rejoins ton compagnon mort. C'est compris ?

Le garde acquiesça.

— Bon ! Où se trouve le kender ?

— Troisième couloir, deuxième cellule, mais vous allez regretter de…

Kaz remit le bâillon au garde et rejoignit les autres.

— Allons-y.

Fliara tenant toujours Scurn à l'œil, trop docile à son goût, le groupe se dirigea dans la direction indiquée par le garde. Les couloirs y étaient plus sombres, quelques torches les éclairant. Kaz regarda dans chaque cellule qu'ils croisèrent. Il avait pensé libérer les autres prisonniers, mais toutes les cellules étaient vides.

— Jopfer se réserve beaucoup d'intimité avec notre kender, déclara Ganth. Il n'y a même pas d'hérétiques ici.

Kaz atteignit le troisième couloir. Les cellules étaient bien plus grandes dans cette zone. La lumière des torches éclairait à peine une chaise et une petite table à l'intérieur. Il poussa la porte… qui s'ouvrit toute seule.

Delbin s'était donc échappé… mais où ?

— Kaz ! Regarde ce que j'ai trouvé ! (Hecar arriva à sa hauteur avec un nain des ravins.) Je crois que c'est lui qui a aidé les gardes à me capturer. Il avait bricolé mon harnais dorsal ! (Le minotaure leva la petite créature pour bien voir son visage.) Alors, je vais pouvoir te donner une leçon dont tu te…

— Hecar…

— Pas faire mal à Galump ! Galump est copain de Delbin ! Bon copain !

— Pardon ? Tu es un ami de Delbin ?

— Oui ! Galump est copain de Delbin ! Oui !

— Tu sais où il se trouve ? C'est important.

Le nain des ravins hésita, puis lui murmura :

— Le grand prêtre va manger nous si je le dis… Lui être parti sauver elle. Toi être Kaz ?

— Oui, c'est moi. Mais comment…

— Delbin être copain. (Galump s'efforça de réfléchir, un effort évident.) Delbin c'est copain ! Delbin voulait aider Galump. Donc Galump aider Delbin. Moi vous montrer.

Le nain des ravins se tortilla pour échapper à l'étreinte d'Hecar et se lança dans le couloir. Les minotaures le suivirent.

Galump s'enfonça encore plus dans le temple. Kaz fut stupéfait et horrifié de découvrir le nombre impressionnant de cellules qui se trouvaient sous le temple. Galump leur indiqua finalement la porte d'une cellule au milieu d'un nouveau couloir. Kaz se précipita et lorgna les ténèbres à travers les barreaux. Il ne vit rien et n'y entendit rien.

Il entendit finalement le léger cliquetis d'une chaîne, ainsi qu'un halètement qui n'appartenait pas à un kender. Il crut même reconnaître le souffle d'une humaine.

— Delbin ! Delbin, c'est moi ! C'est Kaz !

Les chaînes cliquetèrent encore plus. Il entendit quelqu'un se relever.

— Delbin !

— Kaz ? résonna la petite voix du kender. Kaz !

La chaîne retomba au sol bruyamment. Delbin sortit des ténèbres de la cellule en compagnie d'une humaine, une adolescente. La fille s'arrêta, ses chaînes la tirant en arrière.

Kaz renâcla en regardant les chaînes. Il désirait de plus en plus pouvoir étrangler le grand prêtre. Qu'avait donc pu faire cette enfant innocente et inoffensive ? Elle ne pouvait assurément pas constituer une menace pour le minotaure. Les actions du prêtre n'étaient pas honorables, elles étaient maléfiques.

Il se retourna.

— Où est le trousseau de clés ?

Hecar le lui présenta, mais Delbin était déjà derrière la porte. Les minotaures entendirent un déclic. Le kender ouvrit la porte quelques instants plus tard.

— Les menottes et les chaînes sont vraiment difficiles à crocheter, Kaz, mais les portes sont faciles. Je l'avais refermée quand j'ai entendu du bruit dans le couloir, au cas où.

— C'est stupéfiant, marmonna Ganth. Les serrures minotaures font partie des meilleures au monde, et ce petit kender les ouvre les yeux fermés.

Ils suivirent Delbin à l'intérieur. Il prit la fille par la main. Elle regardait les minotaures avec une peur manifeste.

— Ne t'inquiète pas, nous allons te sauver, lui annonça Delbin.

— C'est qui, Delbin ? lui demanda Kaz en examinant la fille.

Elle semblait posséder du sang elfique ; elle était sinon sans prétentions.

— Elle… (Le kender plissa le front.) Elle prétend ne pas avoir de nom, Kaz.

— C'est vrai, jeune fille ?

— Je pense n'avoir jamais eu de nom.

— Et pourquoi tes parents ne t'ont-ils pas baptisée ?

— Je ne me souviens pas d'eux, dit-elle en baissant les yeux.

— Aussi loin qu'elle puisse s'en souvenir, elle m'a raconté qu'elle a toujours vécu seule, mais ses souvenirs me paraissent récents, quelques années tout au plus…

— On devrait peut-être filer d'ici, Kaz ? les interrompit Ganth.

— On doit l'emmener avec nous, Kaz !

— Une humaine ? (Hecar secoua la tête.) Elle va nous faire repérer encore plus que le kender !

— Peu importe, on emmène la fille. (Kaz la regarda à nouveau. Elle lui rappelait quelqu'un, mais qui ?) Ne te fais pas de soucis, jeune fille, tu pars avec nous. Je ne laisserai personne aux mains du grand prêtre.

— Je ne l'aime pas. Il n'arrête pas de dire que je resterai ici pendant des siècles.

— Jopfer est vraiment malade, répliqua Hecar. La grande prêtrise l'a rendu fou.

— Tu peux crocheter ses menottes, Delbin ? lui demanda Kaz.

Le guerrier ne voulait pas utiliser sa hache. Il ne voulait pas faire de bruit ; et il était même surprenant que personne ne les ait entendus jusqu'ici.

— Je pense. (Le kender se mit au travail.) Je crois que j'ai compris comment ça marchait. (Il se tourna vers la fille.) Ne t'inquiète pas ! On va te faire sortir de là et tu pourras venir avec nous chez Kaz, et nous pourrons alors te trouver un nom…

— Je crois que j'en ai trouvé un, déclara-t-elle subitement avec beaucoup de sérieux. Un nom que j'aime bien.

— C'est parfait alors, déclara Kaz.

— Je veux qu'on m'appelle Tiberia, ou tout simplement Ty. (La fille sourit à Kaz.) Delbin m'a raconté l'histoire d'un dragon pendant qu'il essayait de me libérer. Un dragon qui se nommait Tiberion. J'aime bien ce nom.

— C'est d'accord, Tiberia, grogna Ganth. Nous te féliciterons plus tard pour ce choix. Delbin, si tu pouvais te dépêcher, nous pourrions…

Scurn lança son coude en arrière et toucha Fliara au ventre. Elle se plia en deux, le souffle coupé ; puis le capitaine la saisit par le bras et la poussa en avant. Elle heurta Hecar.

Les autres furent pris par surprise. Scurn se retourna et courut vers la porte.

— Que quelqu'un l'arrête ! cria Ganth en s'élançant derrière lui.

— Delbin ! cria Kaz à son attention. Délivre la fille et sors de là sans nous si jamais tu dois le faire ! On se retrouvera au hameau, mais dépêche-toi ! Fais-la sortir de Nethosak !

— Mais Kaz ! Je ne t'ai même pas dit le plus important ! Tu devrais l'entendre te dire de quoi elle est capable !

— Plus tard, Delbin ! Libère-la !

Le kender se concentra à nouveau sur les menottes, Kaz et les autres se précipitant derrière Scurn. Si quelqu'un pouvait faire sortir Tiberia de cet endroit, c'était bien Delbin.

Scurn et Ganth disparurent au coin d'un couloir. Si Scurn parvenait à rejoindre l'étage supérieur, il avertirait les gardes du temple.

Il entendit alors les bruits d'un combat. Kaz pénétra dans le nouveau couloir et découvrit les deux minotaures en combat au corps à corps, l'épée du vieux marin gisant à terre. Ganth était parvenu à arrêter Scurn avant que celui-ci ne grimpe les escaliers.

Scurn vit Kaz approcher. Il ouvrit la bouche et poussa un cri aussi bruyant que possible. Son cri résonna dans tout le couloir et dans l'étage supérieur.

Ganth parvint à libérer une de ses mains et frappa son adversaire à la mâchoire. Scurn tituba et tomba dans les escaliers. Le vieux guerrier ramassa son épée.

— Qu'est-ce qui se passe là-dessous ? lança une voix.

Trois gardes apparurent sur les marches, leurs armes dégainées.

— C'est un traître ! répondit rapidement Ganth. Il a essayé de tuer le prisonnier du grand prêtre !

Les gardes lorgnèrent Scurn en descendant les escaliers.

— Bande d'imbéciles ! lança Scurn. C'est Kaz ! Le fugitif ! Il m'a obligé à les conduire ici sous la menace de leurs armes ! C'est moi qui vient de crier !

Le premier garde dévisagea les trois minotaures.

— Je pense que vous devriez nous suivre. Un prêtre décidera de votre sort. Donnez-nous vos armes.

Scurn n'ayant pas d'arme, Ganth lança un regard à son fils et présenta la sienne, la poignée tournée vers les gardes. Un garde tendit la main pour la saisir.

Le vieux marin laissa glisser son arme de sa main. Le garde se baissant pour la ramasser, Ganth le saisit au poignet et l'attira vers lui pour le pousser vers Scurn. Les deux minotaures s'écroulèrent à terre.

Fliara et Hecar apparurent subitement dans le dos de Kaz. Les trois amis chargèrent les sentinelles. Ganth en profita pour ramasser son arme.

Hecar se chargea du garde à terre et l'assomma. Scurn saisit sa chance et ramassa l'épée du garde. Il la leva face à Hecar qui ne put rejoindre Kaz et les autres.

Kaz vit pour la première fois sa jeune sœur se lancer dans l'action. Fliara était rapide, sa petite taille lui donnant un avantage. Elle perça par deux fois la défense du garde et le blessa. C'était une guerrière pleine de ressources, utilisant des techniques variées pour confondre son adversaire.

Kaz s'en débarrassa rapidement, Fliara passant le sien au fil de son épée. Il s'effondrant au sol, la minotaure rejoignit son frère pour éliminer le dernier des gardes.

D'autres apparurent cependant subitement en haut des escaliers. Ils en dénombrèrent au moins sept. Kaz et sa sœur furent contraints de reculer et ils se retrouvèrent bientôt aux côtés d'Hecar et de Scurn qui continuaient de se battre.

— Nous sommes bloqués ! déclara Fliara. Il n'y a que des cellules ici !

Trois autres gardes rejoignirent leurs compagnons. Le

petit groupe de Kaz fut contraint d'abandonner du terrain face aux sentinelles. Ganth en élimina un, mais deux autres le remplacèrent. Hecar dut mettre fin au duel l'opposant à Scurn pour rejoindre Kaz et les autres.

— Celui avec la hache ! cria le capitaine balafré. Le grand prêtre le veut vivant, mais vous pouvez tuer les autres !

Kaz reculant toujours, il heurta une petite silhouette. Delbin !

— Kaz ! Il n'y a pas d'autre sortie ! J'ai cherché, mais je n'ai rien trouvé…

Kaz para un coup d'épée.

— Où se trouve Ty ?

— Elle est là, Kaz ! Ecoute, elle pense qu'elle peut nous faire sortir de là !

— Ne raconte pas d'idioties ! Recule !

— Mais écoute-moi, Kaz ! Elle manie la magie ! Je te le jure !

— Eh bien, dis-lui d'utiliser sa magie ! Qu'elle nous sorte de là ! Ty ! Si tu peux faire quelque chose, fais-le maintenant !

— Je ne sais pas, Kaz ! Delbin a retiré les chaînes que le grand prêtre m'avait mises pour m'empêcher d'utiliser mes pouvoirs, mais je n'ai jamais essayé une telle chose avec autant de personnes ! Je le fais d'habitude avec moi toute seule !

Il ne comprenait rien de ce que racontait la jeune fille. Elle parlait comme une kender. Mais elle disait peut-être la vérité, et elle était peut-être mage. Si elle l'était, c'était leur seule chance de s'échapper. Elle devait donc essayer.

— Tu dois le faire, Ty ! insista Delbin. Concentre-toi simplement sur le fait de nous faire tous sortir de là ! Tu peux le faire ! Je parie que tu es très puissante !

Deux gardes l'empêchèrent de la motiver davantage. Kaz para leur attaque, priant Paladine que son ami kender ne soit pas devenu fou.

— D'autres arrivent ! cria Ganth. Nous allons devoir battre…

Le couloir disparut… pour être remplacé par une grande salle familière faiblement éclairée par quelques torches.

— … en retraite et…

Le vieux marin se tut, lui et les autres réalisant le changement dans leur environnement.

— Qu'est-ce qui vient de se passer ? demanda Fliara. Où sommes-nous ?

Kaz regarda rapidement son groupe d'amis. Ils étaient tous là, son père, sa sœur, Hecar, Delbin et la jeune fille. Ty était pâle et tremblait, mais semblait tenir le coup malgré la chose qu'elle venait d'accomplir… les téléporter tous d'un endroit à un autre.

— C'était amusant, Ty ! Comment tu as fait pour tous nous transporter ? Je ne pensais pas que tu y parviendrais !

— Où sommes-nous ? répéta Fliara. On dirait qu'on se trouve toujours dans le temple !

— En effet, répondit Kaz. C'est la salle d'audience du grand prêtre. (Il s'avança vers les portes.) Suivez-moi !

Toutes les torches de la salle s'allumèrent subitement.

— Très intéressant, lança Jopfer. Je t'ai trouvée juste à temps, ma fille ! Tes grands pouvoirs commencent à se manifester.

Le groupe se tourna vers le prêtre qui se dressait sur l'estrade, les bras croisés. Une expression satisfaite couvrait son visage.

— Tout ceci va enfin se terminer !

— Jopfer ! cria Hecar. Qu'est-ce qui te prend ? Que t'est-il arrivé ? Tu n'aimais pas spécialement les prêtres. Tu les détestais même, et maintenant te voilà l'un d'entre eux !

— La vérité te surprendrait, répondit le prêtre sur le ton de la moquerie.

— Il serait peut-être utile de regarder dans le Visage de l'Honneur, murmura une voix à l'oreille de Kaz.

Il regarda autour de lui, mais comprit que la voix appartenait à l'homme en gris. Kaz se tourna légèrement et leva sa hache afin de voir le reflet… ou pas… du grand prêtre sur la surface polie de la lame.

Kaz regarda la surface polie, sachant qu'il n'y verrait pas le grand prêtre.

Mais ce qu'il vit, même brièvement, faillit lui faire lâcher son arme. Le Visage de l'Honneur venait de lui révéler la vérité au sujet de Jopfer ; Kaz avait cependant quelques difficultés à le croire.

Il ne perdit pas un instant et lança sa hache en direction du prêtre.

Le grand prêtre lança un regard vers l'arme de jet et la saisit par le manche lorsqu'elle arriva à quelques centimètres de sa poitrine.

— Elle est de fabrication naine, siffla-t-il comme si cette race l'écœurait. Et possède une magie elfique. Une union vile et fascinante. Mais je l'examinerai en détail plus tard.

Puis la hache disparut, Kaz horrifié. Il essaya de la faire revenir, mais elle ne répondit pas à son invocation.

— Ta volonté est nulle par rapport à la mienne, lui siffla le prêtre. Je suis la puissance incarnée ! Je suis plus puissant que tous les minotaures rassemblés !

— Tu es fou, Jopfer ! cria Hecar. (Il s'avança vers l'estrade.) Tu as peut-être eu de la chance, mais tu es seul face à tous !

— Voyons voir si tes ruses sont valables contre nous tous, ajouta Ganth.

Hecar, Ganth et Fliara s'élancèrent en avant. Kaz les regarda faire d'un air consterné. Ils ne savaient pas qui ils allaient affronter.

— Reculez tous ! cria Kaz. Il n'est pas ce qu'il semble être !

Ils s'arrêtèrent. Même le grand prêtre parut momentanément très surpris.

— Que ce soit un prêtre ou un mage, mon garçon, lança Ganth en s'avançant, c'est la même chose pour moi !

— Mais non ! Ce n'est même pas un minotaure !

Sa dernière parole fut ponctuée par un rire moqueur qui résonna si bruyamment dans la salle que chaque membre du groupe de Kaz se couvrit les oreilles. Le prêtre continua à rire encore un instant, son rire devenant presque bestial.

— Petit guerrier malin ! lança le prêtre d'un sourire tout en dents. Petit minotaure rusé ! Je vais cependant t'arracher ton secret avant de mettre fin à ton existence misérable ! Tu connais la vérité ! Tu sais qui je suis véritablement, n'est-ce pas ?

— Je sais qui tu…

— Qu'est-ce que tu racontes, Kaz ? demanda Hecar. Qu'est-ce Jopfer raconte ?

— Ce n'est ni Jopfer ni même un minotaure ! Le grand prêtre est un dragon !

Ils regardèrent le prêtre, attendant qu'il réfute son incroyable déclaration, les dragons ayant tous disparu à la fin de la guerre. Aucun dragon, qu'il soit bon ou mauvais, n'avait été aperçu depuis.

Mais Jopfer ne répondit rien. Il acquiesça simplement… et commença à grossir. Son museau se déforma et ses dents s'allongèrent. La fourrure qui le recouvrait se transforma en écailles aussi rouges que les flammes. Sa robe tomba au sol, révélant des ailes et une longue queue qui venaient d'apparaître.

Ses mains devinrent des griffes acérées et ses bras se déformèrent également. Sa taille était maintenant dix fois supérieure.

Sa transformation se déroula en une fraction de seconde. Ils faisaient maintenant face à un énorme dragon rouge. Kaz remarqua que la grande salle d'audience lui permettait de se déplacer librement et se demanda l'espace d'un instant si ce lieu avait été spécialement édifié pour accueillir sa grande taille.

— Je me nomme Infernus ! lança le dragon en regardant les petites créatures. J'œuvre depuis des siècles pour faire de vous ce que vous êtes maintenant ! Mes différentes apparences vous guident depuis des siècles ! (Il dressa sa longue tête.) Je suis votre véritable dieu… et vous vous êtes comportés comme des enfants très, très vilains !

Ils reculèrent tous, la peur provoquée par le dragon les submergeant. Cette peur n'était pas naturelle ; c'était la peur que pouvait faire naître de tels monstres. Kaz la connaissait, mais il ne l'avait pas ressentie depuis la guerre.

Le dragon Infernus baissa la tête.

— Et les vilains petits enfants doivent recevoir leur punition !

CHAPITRE XIV

L'EMPEREUR

— Tu ne devrais même pas être là ! cria Kaz en luttant contre la peur magique provoquée par le dragon. Tous les dragons ont quitté Krynn ! Depuis la fin de la guerre !

— Les dieux nous ont en effet ordonné de partir, c'est vrai, reconnut le léviathan rouge. Nous avons été contraints de partir ! Alors que nous les avions servis… dans les deux camps… et ils nous récompensaient en nous chassant de ce monde ! J'ai cependant résisté ! J'ai combattu l'envie de partir ! L'un après l'autre, mes frères se sont envolés dans les cieux, incapables de contrôler leur propre volonté… mais moi j'ai résisté !

Le dragon rouge descendit péniblement l'estrade, son regard passant d'un minotaure à l'autre. Mais son regard se reportait à chaque fois sur Ty. Kaz le remarqua et commença à s'interroger.

— Ma colère a été ma force. J'ai servi docilement ma dame pendant des siècles afin d'accomplir son œuvre et je devais abandonner tout ce que j'avais accompli pour quitter ce monde ? Son œuvre était devenue autant la mienne et je devais partir à cause de son échec ? Moi, Infernus ?!

Où se trouvaient donc les prêtres et les gardes ? N'avaient-ils rien entendu ? Kaz ne parvenait pas à croire que les minotaures qui travaillaient ici puissent connaître le secret de leur grand prêtre.

Kaz essaya à nouveau d'invoquer sa hache ; il sentit une légère réponse, comme si le Visage de l'Honneur tentait de revenir, retenue dans un lieu inconnu. La volonté du dragon n'était donc pas invincible. Kaz pourrait récupérer sa hache s'il parvenait à distraire suffisamment le dragon.

S'il en avait bien évidemment l'opportunité.

Infernus semblait se satisfaire de son auditoire devant lequel il pouvait raconter ses exploits. Le groupe de Kaz était probablement les premiers individus à apprendre la vérité… sans nul doute parce que le dragon avait l'intention de les tuer.

— Vous êtes mes enfants, bien plus que ceux de Sargas ou de sa maîtresse, Takhisis la noire ! C'est moi qui ai fait de vous les terreurs que vous êtes, qui vous ai guidés pendant des siècles, qui vous ai fait obéir à des décrets imbéciles et qui vous ai livrés à d'autres maîtres afin d'affiner vos talents à travers la dureté de vos existences. Tout ce travail pour faire de vous des soldats puissants et rebelles ! Je peux maintenant ouvrir la voie glorieuse de votre destinée, et de la mienne ! Je dirigerai ce monde, votre race remplaçant mes griffes jusqu'à recouvrir tout Krynn et la placer sous ma domination ! Vous ne plierez devant personne, devant aucun dieu ou déesse, et vous n'obéirez qu'à mes ordres !

Infernus regarda le plafond. Si Kaz comprenait bien, toute l'histoire de la race minotaure était une supercherie, des siècles de manipulation dirigée par des forces extérieures et intérieures, le dragon ayant été le plus grand manipulateur d'entre tous. Et chaque grand prêtre ayant un jour dirigé le temple était manifestement ce même dragon sous diverses formes minotaures.

Le frisson qui le parcourut fut provoqué par sa soudaine compréhension de ce qui était arrivé à tous ces minotaures, la majorité ayant très certainement été de bons et loyaux prêtres. Qu'avait bien pu penser Jopfer lorsque cette offre s'était présentée à lui ? Avait-il cru pouvoir corriger les maux de la prêtrise ? Avait-il cru pouvoir travailler avec ses anciens maîtres et faire du temple de Sargas un allié du Cercle ?

Quand avait-il découvert l'horrible vérité ? Juste avant qu'Infernus ne dérobe son enveloppe corporelle et l'élimine ?

Le regard effroyable de la grosse créature rouge se fixa subitement sur Kaz.

— C'est une honte que tu te sois comporté aussi mal, Kaziganthi de-Orilg. Nous sommes tous deux des âmes sœurs et c'est pourquoi tu ne peux pas m'obéir. Tu m'as cependant été précieux à un moment en exportant la gloire des talents minotaures par-delà nos frontières. J'ai laissé un temps les rumeurs de tes exploits courir parmi les nôtres, sachant qu'elles ne pouvaient qu'encourager les autres à travailler encore plus. Je suis satisfait de t'avoir laissé en vie après ton départ de l'arène. Cela aurait été vraiment dommage que je me débarrasse à la fois de toi et de ton frère. Car tu m'étais alors d'une certaine utilité, mais tu as choisi de fonder ce hameau et d'attirer à toi des colons. Si tu avais accepté mon offre, tu aurais pu devenir mon plus grand général. Je l'avais vraiment espéré. Tu corresponds à tout ce que j'ai toujours voulu créer, Kaziganthi. Tu es le guerrier minotaure qui ne perd jamais et qui relève toutes les épreuves rencontrées ! (Infernus dressa la tête.) Je te laisse toutefois une dernière chance d'accepter.

— Tu dois être fou ! lança Kaz, furieux. Après ce que tu as fait aux miens, tu trouves encore l'arrogance de me proposer…

— C'est toi ! cria Ganth. (Le vieux marin fixait le léviathan, son épée levée. Malgré la peur draconique, le minotaure commença à avancer.) C'est toi qui a fait tuer Raud ! Et c'est toi qui a envoyé le *Gladiateur* en mission suicide, n'est-ce pas ? Je me souviens que le grand prêtre de cette époque avait donné son consentement ! Par la barbe du Juste, je me souviens que le temple a pratiquement insisté pour que nous partions immédiatement en mer… sans aucun prêtre à bord, alors que c'était normalement la règle ! Tu savais que nous allions croiser ces navires, ces maraudeurs, ainsi que cette tempête, n'est-ce pas ? Tu t'attendais à ce que nous périssions tous !

— Mon devoir était de débarrasser nos rangs des faibles, des rebelles et des imprévisibles, lui répondit froidement le dragon. La race devait être trempée pour être utile à ma maîtresse. Et qu'est-ce qui s'est passé ? Mes enfants ont été utilisés comme chair à canon par ceux qui étaient incapables d'apprécier mes efforts ! J'ai œuvré sans relâche pour offrir une race parfaite à ma maîtresse et son consort afin qu'ils s'emparent de l'Ansalonie. Ses petits laquais mortels insipides ont gaspillé tant d'efforts ! Tous ces siècles de travail, de consolidation de la nation à travers l'adversité et la séparation de l'ivraie…

— Tu as tué Kyri, espèce de serpent visqueux… grogna

Ganth. Tu as tué mon équipage. Tu as tué des centaines… des milliers de bons minotaures… Tu as tué mon fils…

Kaz ne put stopper son père. Le vieux minotaure bondit en avant, la colère envahissant son esprit. Il leva son épée bien haut et poussa un vieux cri de guerre.

Infernus tendit une patte et frappa Ganth.

— Père ! crièrent Kaz et Fliara.

Ganth passa littéralement au-dessus de leurs têtes, son arme tombant bruyamment à terre. Tous les compagnons, à l'exception de Ty, se tournèrent vers Ganth qui s'écroula au sol à plusieurs mètres derrière eux.

Avant même de le rejoindre, Kaz sut que son père était mort.

Il regarda le corps sans vie de son père. Il était même possible que Ganth ait été tué par les griffes du dragon.

— Je suis désolé, Kaz. Je n'ai rien pu faire, lui déclara la voix maudite de l'homme en gris dans son esprit.

— Sors de mon crâne ! murmura-t-il en se tournant vers le dragon.

Infernus était personnellement responsable de la mort de ses parents et de son frère. Il était responsable de la mort de milliers de minotaures, tout ça pour accomplir un sinistre plan visant à créer une race parfaite de guerriers pour servir une sombre déesse. Malgré la douleur et la colère de Kaz, et sa volonté d'invoquer le Visage de l'Honneur, sa hache ne réapparut pas entre ses mains.

Abandonnant tout effort de retrouver son arme, il prit conscience de la présence de la forme solitaire qui faisait face au redoutable léviathan.

Ty.

— Je ne te laisserai pas en tuer d'autres ! cria la fille.

— Ty ! Eloigne-toi ! hurla Kaz.

— Tu es jeune. Je te pardonne ta stupidité, déclara Infernus. Mais ne me mets pas au défi !

— Tu as tué le père de Kaz ! cria Ty en ignorant les paroles du dragon.

Une boule de feu de la taille d'un minotaure naquit dans les mains de la jeune fille. Elle la lança vers Infernus et percuta sa poitrine. Le dragon grogna.

— Tu as de la chance que l'équilibre doive être maintenu, jeune fille. Je te demande maintenant de te calmer.

Un globe rouge vif transparent apparut autour de Ty, l'enveloppa et disparut finalement dans le sol. Ty s'effondra à terre, prise de vertiges.

— Ça suffit ! déclara Hecar. Nous devons l'éliminer ou mourir. Quel autre choix avons-nous ? Vous me suivez ?

— Tu dois libérer la fille, lui dit à nouveau la voix de l'homme en gris. L'équilibre doit être préservé si tu veux réussir. L'équilibre mène à l'équilibre.

— Je t'ai dit de sortir de mon crâne ! grogna Kaz. Garde tes conseils pour les rêves auxquels tu appartiens !

— Kaz ? lui demanda Fliara. Ça va bien ? Tu parles à qui ?

— Tu n'étais pas censé mourir dans l'arène, Kaziganthi, lui dit Infernus, c'est ton père qui aurait dû mourir pour te donner une bonne leçon. La chose est maintenant réglée. Mais je constate que tu ne plieras pas… je vais donc devoir me débarrasser de toi. Je pourrais simplement vous éliminer grâce à mes capacités extraordinaires draconiques. Mais votre mort se doit d'être offerte à la population, une mort grandiose qui excitera la nation. Et je dois y réfléchir.

Il était déjà trop tard. Des globes couleur émeraude, semblables au globe rouge vif de Ty, apparurent autour de chacun d'entre eux. Kaz sentit son corps se raidir et son esprit s'éloigner. Le globe le traversa et disparut dans le sol, Kaz paralysé.

— Pourquoi fais-tu ça ? cria Ty. Laisse-les partir et je t'obéirai ! Je ne te résisterai plus !

Infernus paraissait impressionné.

— Non, tu dois être aussi impuissante que les autres. J'aurais dû davantage prendre en compte ta véritable origine. Tu es bien plus forte que tu ne le parais, jeune fille ! C'est parfait ! Cela signifie que ton existence sera longue à me servir ! De nombreux siècles !

— Que veux-tu dire ?

— Tu ne comprends toujours pas ? (Le dragon rouge gloussa.) Ah, la naïveté propre à la jeunesse ! Tu ne sais pas pourquoi tu es si importante à mes yeux ? (Infernus rapprocha sa tête.) Tous les dragons ont été rappelés. Moi j'ai résisté à l'appel. Mais un certain équilibre doit être maintenu en toute chose. Afin que je puisse demeurer sur Krynn après le grand départ, un autre de mes frères bons se devait de rester également dans ce monde ! Je parle ici d'un des dragons de Paladine le vilain. Mais il fallait des circonstances bien inhabituelles pour qu'un dragon bon ne réponde pas à l'appel. C'est pourquoi j'ai exploré tout Krynn. Y avait-il quelque part un autre membre de ma race, et comment était-il possible qu'il, ou elle, ait échappé à l'appel ?

Il se rapprocha de tous les héros paralysés, une nouvelle vague de peur les submergeant. Infernus gloussa à nouveau.

— Mes agents ont découvert les morceaux d'une coquille. Un œuf avait été oublié et avait éclos.

Infernus commença à reprendre lentement sa forme de minotaure, chaque souffle diminuant sa taille.

Le dragon expliqua que sa magie lui avait permis de localiser, grâce à la coquille, la cachette du jeune dragon. Tant que ce dragon vivait, Infernus pouvait demeurer sur Krynn. Mais s'il arrivait quelque chose à l'un d'entre eux, l'autre serait contraint de quitter ce monde.

— J'ai donc trouvé cette jeune fille. Ou c'est plutôt mon sortilège qui a trouvé une créature qui semblait être une jeune dragon. Je t'ai découverte… Ty. Quel nom amusant !

— Je ne suis pas un dragon ! Sinon tu serais vraiment désolé !

Infernus s'amusa de sa remarque. Infernus s'amusait de tout.

— Je l'ai cru, en effet ! Mais je t'ai observée. Je t'ai regardée, et j'ai compris que c'était vrai. Tu es un dragon, jeune fille. Tu dois appartenir à la race maudite des dragons d'argent qui ont la capacité de se métamorphoser très facilement. Un nouveau-né, sans aucune tutelle, peut se transformer sans même le vouloir. Tu l'as peut-être fait après avoir aperçu des humains ou parce que c'était présent dans tes gènes. Un jeune dragon peut prendre leur forme… ce sont peut-être les premières créatures intelligentes que tu aies rencontrées.

— Je suis humaine !

— Cela a dû se produire huit ans après l'appel, mais tu es plus grande et plus âgée d'apparence que la norme. Cela m'a perturbé au début, mais il est vrai que les jeunes dragons grandissent vite au cours de leurs premières années. Tu peux le nier autant que tu veux, mais je suis certain que tu sens l'appel de ton sang ? Ne rêves-tu pas de voler dans le ciel, de t'élever très haut ? Nous en rêvons tous dès le premier jour. Cela fait partie de notre héritage, qu'il soit bon ou mauvais.

— Non… déclara Ty d'une voix hésitante.

— Oui, tu le sens. Tu ne peux plus le nier.

Kaz essaya de bouger, en vain. Une mer de pensées tourbillonnait dans son esprit. Ty était un dragon ? Même si cela semblait dément, il y croyait cependant. Pour une humaine, les capacités magiques de la fille étaient assurément fantastiques… quoiqu'un peu chaotiques.

Infernus avait mentionné l'équilibre, comme l'homme en gris avant lui. Quel était donc le lien existant ? Kaz était persuadé que l'homme en gris avait une signification passée, peut-être associée à Huma de la Lance.

Ses ailes disparaissant dans son dos, Infernus reprit forme minotaure. Sa gueule bestiale se retransforma en un museau minotaure plus familier.

La queue du dragon fut la dernière à disparaître. Le faux Jopfer se tenait maintenant devant eux, ses robes flottant autour de lui.

— Nous aurons tout le temps de reparler de ça, Ty. Tu accompliras ta destinée sous ma tutelle. Quant à ces quatre…

Le grand prêtre tira sur une cordelette derrière son bureau. Les portes s'ouvrirent et deux acolytes se précipitèrent à l'intérieur. Ils s'immobilisèrent en découvrant les prisonniers devant eux.

— Appelez les gardes, ordonna Infernus sous l'apparence de Jopfer. (Lorsque les gardes finirent par arriver, le grand prêtre reprit la parole.) Conduisez ces prisonniers dans les cellules, à un niveau différent de celle de la jeune fille. Ligotez bien le kender. Je veux qu'ils soient tous prêts pour le combat rituel. Leur mort marquera le début du jour de la destinée pour notre race glorieuse… et pour moi-même.

Les rebelles purent à nouveau bouger, les gardes les entourant. Une des sentinelles toucha le corps sans vie de Ganth.

— Retirez cette chose disgracieuse et envoyez-la au clan Orilg. Informez leur patriarche que l'empereur et moi-même le verront d'ici quelques jours pour démêler son implication dans tout ceci. Je le convoquerai alors.

— Oui, Votre Sainteté.

Le corps de Ganth fut traîné en dehors de la salle d'audience. Kaz réalisa alors que personne n'avait entendu ce qui s'était passé dans le sanctuaire du prêtre.

— Bande d'imbéciles ! cria-t-il. Vous ne savez pas ce qui s'est passé ici ! Vous ne connaissez même pas la vérité au sujet de votre grand prêtre !

Il allait continuer lorsque son regard croisa celui d'Infernus. Kaz réalisa que le prêtre ne l'empêcherait nullement de poursuivre.

Kaz se tut. Le grand prêtre avait de bonnes raisons de ne pas se soucier des paroles du guerrier car personne ne pourrait jamais le croire. Tout le monde savait que les dragons avaient disparu ; comment alors arriver à leur faire croire que leur prêtre était le même dragon rouge depuis des siècles ? Le plan d'Infernus était sans faille.

— Emmenez-les tous sauf l'humaine.

D'autres gardes arrivèrent dans la salle d'audience, Scurn à leur tête. Il regarda Kaz et ses compagnons, puis le grand prêtre.

— Votre Sainteté…

— Capitaine Scurn. J'ai découvert ces intrus dans mon temple, et maintenant je vous vois. Y a-t-il un lien ?

— Votre Sainteté, répondit un garde, nous l'avons vu guider ces rebelles dans le temple en prétendant que ce guerrier était un prisonnier que vous vouliez interroger et que les autres appartenaient à la Garde Minotaure.

— Je peux tout expliquer, Votre Sainteté ! Je les ai effectivement guidés jusqu'ici, puis j'ai alerté les sentinelles !

Infernus sourit en se massant le menton.

— Alors vous méritez une récompense spéciale, une chose que vous désirez depuis toujours.

Scurn afficha un sourire triomphant et inclina la tête de gratitude.

— Vous aurez l'honneur de combattre quatre des grands champions des arènes locales dans quelques jours. Vous auriez certainement préféré combattre Kaziganthi de-Orilg, mais je ne peux pas vous accorder une telle faveur. Si vous sortez victorieux de ces combats, vous serez réaffecté à la Garde et vous obtiendrez un poste de commandant. Toutefois, si vous veniez à mourir…

Scurn était un vétéran de l'arène, mais il ne pourrait pas vaincre quatre grands champions.

— Mais… mais, Votre Sainteté…

— Gardes, emmenez le Capitaine Scurn avec les autres. Veillez à ce qu'il reçoive un « appartement » adéquat. Cela lui permettra de réfléchir à ce qu'il a fait cette nuit.

— Votre Sainteté, je suis capitaine de la Garde Minotaure…

— Qui obéit aux ordres de l'empereur, du Cercle et du temple. Veuillez maintenant me laisser. Préparez-vous tous pour l'arène. Les combats ne seront pas interrompus cette fois-ci.

Les gardes escortèrent Kaz et ses compagnons à l'extérieur de la salle, Infernus se dirigeant vers Ty, impuissante. Puis les portes se refermèrent.

Kaz essaya d'invoquer à nouveau le Visage de l'Honneur, mais ses pensées étaient trop confuses. Il avait failli, notamment vis-à-vis de son père.

Ty était donc un dragon. Cela ne le surprit pas plus que cela, Kaz ayant côtoyé le dragon d'argent d'Huma, une très belle femme.

— Kaz, mon cœur pleure comme le tien, lui dit Hecar. Je te promets que chaque coup donné dans l'arène le sera en l'honneur de ton père. Ce combat sera homérique !

— Silence ! lança un garde.

Ils traversèrent le temple dans le silence, Scurn complètement confondu par sa disgrâce. Kaz le prit presque en pitié.

Les gardes séparèrent les prisonniers, chacun dans une cellule. Ils fouillèrent le kender avec attention et le débarrassèrent de divers objets, y compris un briquet à amadou appartenant à un des gardes.

— Avance dans ta cellule, déclara un garde à l'attention de Kaz.

Les deux gardes le poussèrent à l'intérieur, puis l'enchaînèrent au mur. Le premier garde tira sur ses chaînes pour s'assurer de leur solidité, puis s'adressa au prisonnier.

— Tu ne partiras nulle part cette fois-ci. Je te le promets.

Kaz ne répondant pas, les gardes sortirent de sa cellule. Les ténèbres l'enveloppèrent, le garde emportant la torche qui les éclairait. La vision de Kaz s'ajusta lentement à la pénombre, un mince filet de lumière pénétrant par la petite ouverture dans la porte.

Infernus contrôlait tout, la race minotaure dans la paume de sa main. Personne ne croirait jamais la véritable origine du grand prêtre. Et peu de personnes oseraient lui désobéir, même s'ils découvraient la vérité.

L'histoire de la noble race minotaure était une énorme plaisanterie. Tout ce qu'ils avaient accompli au cours des siècles profitait à une déesse maléfique et à ses serviteurs. Des guerriers étaient morts pendant des siècles en croyant lutter pour améliorer la destinée de leur race glorieuse.

Des guerriers comme Ganth.

Kaz ferma les yeux, découragé, et essaya de faire le vide dans son esprit. Il attendit que la fatigue le submerge complètement.

Mais il reçut finalement la visite de l'homme en gris.

***

Polik n'aimait pas être tiré de son lit avant le lever du soleil. Jopfer avait néanmoins demandé à le voir et l'empereur craignait suffisamment le grand prêtre pour lui obéir.

Les acolytes l'accompagnèrent discrètement jusqu'au temple avec leur efficacité habituelle. Polik ne voulait pas que les autres sachent qu'il obéissait aussi promptement au grand prêtre ; c'était pour cette raison qu'il occupait son poste depuis longtemps. Les seigneurs de guerre et le grand prêtre l'avaient bien choisi. Polik se voyait entrer dans l'histoire de la race minotaure comme l'empereur ayant mené son peuple à accomplir sa destinée ; en échange, il devait obéir aux ordres d'individus comme Jopfer.

— Par là, lui dit un acolyte en empruntant une porte dérobée. Sa Sainteté est impatiente de vous voir.

Il n'aimait pas que les gens du grand prêtre oublient qu'ils avaient en face d'eux l'empereur. Il en parlerait à Jopfer car les apparences devaient être maintenues en toutes circonstances.

Qu'est-ce que ce vilain émacié pouvait bien lui vouloir à cette heure de la nuit ? Avaient-ils arrêté ce maudit Kaz ? La parodie de combat dans l'arène l'irritait encore. Comment Kaz avait-il pu porter ce médaillon ? Où l'avait-il pris ? Car son ancien rival l'avait jeté à terre après la mort de son frère… un certain Raum ou quelque chose de proche. Kaz projetait-il depuis tant d'années de revenir à Nethosak pour défier Polik ?

Kaz n'était pas aussi stupide, mais…

Il se retrouva vite dans une petite pièce attenante à la salle d'audience du grand prêtre. Il se trouvait dans les quartiers privés de Jopfer, l'endroit habituel de leurs rendez-vous.

Le grand prêtre était assis dans un siège qui était la copie parfaite du siège en pierre situé sur l'estrade de la salle d'audience. Jopfer semblait perdu dans ses pensées. L'acolyte s'éclaircit la gorge.

— Vous voilà, déclara Jopfer avec suffisance. Je vous attendais plus tôt. Nous avons à discuter de choses importantes.

— Je suis venu dès que j'ai reçu votre invitation.

L'empereur ne s'assit pas, attendant comme toujours que le grand prêtre le lui propose.

Mais le prêtre ne l'invita pas à s'asseoir. Après avoir congédié les acolytes, il commença.

— Kaziganthi de-Orilg et ses compagnons sont prisonniers du temple.

— Vous les avez tous arrêtés ? demanda Polik d'un ton réjoui.

— En effet. Le vieux marin, Ganthirogani du même clan, a été tué pendant leur arrestation. Son corps sera remis à son clan qui devra fournir quelques explications.

Le minotaure n'enviait pas Dastrun et était heureux que le patriarche du clan Orilg ait à subir les foudres du grand prêtre.

— C'est assurément une bonne nouvelle. Je vous remercie de me prévenir.

— Vous n'auriez cependant pas dû changer mes ordres dans l'arène, Polik. Vous avez mis la vie de Kaziganthi en danger. Il aurait dû combattre un simple ogre, et triompher. Puis il aurait vu son père mourir face aux gladiateurs. Sa confiance aurait été brisée et son esprit aurait été plus réceptif. Merriq a payé son erreur de sa vie.

Le grand prêtre était donc prêt à pardonner et oublier la faute commise par Polik dans l'arène. Polik n'était pas persuadé de comprendre, mais il acceptait volontiers sa bonne fortune.

— Bon, si nous avons terminé…

— J'ai autre chose à vous dire.

— Oui ?

— Certains de nos plans sont sur le point de se réaliser. Il me manquait un élément pour que mon – notre – succès puisse être total. Mais je l'ai maintenant en ma possession. Je ne vois plus aucune raison de retarder notre destinée. La flotte est prête et nos guerriers rongent leur frein, en attendant sang et gloire. Il est temps de les lâcher.

— Vous voulez lancer la campagne ? demanda Polik, stupéfait. Mais le Cercle Suprême…

— Ils seront d'accord ; certains parce qu'ils sont aussi assoiffés de sang que leurs guerriers et les autres parce qu'ils ne désirent pas être considérés comme des lâches. Nous devons organiser un événement spécial pour l'annoncer dans l'arène, pour montrer notre puissance à la populace. Cet événement inclura la mort des minotaures rebelles, votre nouveau combat victorieux et l'annonce de la campagne militaire.

La campagne. Polik croyait à peine ce qu'il entendait. La campagne allait enfin débuter.

— Où allons-nous porter notre attaque ?

— J'ai choisi les humains qui vivent à l'ouest de notre nation. Nous les attaquerons sur deux fronts ; notre flotte débarquera notre armée sur leurs plages du nord, et le reste de nos forces traversera les montagnes et écrasera leur frontière orientale.

— Une telle attaque pourrait également se retourner contre nous, osa dire Polik. Ce ne sont évidemment que des humains, mais il faut toujours s'attendre à l'imprévu.

— Le plan réussira. Je vous donnerai les détails dès demain. Ne vous en faites pas, Empereur Polik. Notre puissance est énorme. Vous le verrez le jour de l'attaque. Je ne peux rien dire de plus pour l'instant, mais la patience de notre peuple sera enfin récompensée. Ce sera le début de notre conquête de Krynn !

— Enfin… (Polik se frotta les mains, puis se souvint d'une de ses remarques.) Vous avez mentionné mon « combat victorieux » ? Dans l'arène ?

— Vous devez remporter une nouvelle victoire. L'incident avec les hérétiques a émoussé la foi que le peuple plaçait en vous. Un duel victorieux juste avant l'annonce de la campagne permettra de modeler leur esprit en votre faveur.

— Contre Kaz ?

— J'y ai pensé, répondit le grand prêtre. Il est devenu incontrôlable et ne pourra pas rejoindre nos troupes. Il doit mourir, mais j'ai bien peur qu'il faille trop le droguer pour que vous remportiez un tel duel. Votre combat devra avoir l'air vrai. Le sort de Kaziganthi sera donc différent. Je vous choisirai un adversaire plus approprié. J'ai deux ou trois candidats parmi les grands champions, un notamment qui se verrait bien empereur à votre place. En fait, on l'encourage même à le déclarer de manière officielle. Vous devrez donc répondre à son duel dans l'arène.

— Bien évidemment, Votre Sainteté.

Encore une victoire de plus. Personne ne pourrait le priver de sa destinée, à l'exception bien sûr de Jopfer. Mais Polik trouverait bien le moyen de se débarrasser de cet obstacle pour asseoir complètement son autorité. Il ne devrait pas avoir trop de mal à éliminer Jopfer.

— Vous pouvez maintenant repartir vous coucher.

Le grand prêtre se détourna de lui, les acolytes pénétrant dans ses quartiers.

Le jour de la destinée était proche. L'empereur parvenait à peine à le croire. Jopfer avait raison ; il serait utile d'asseoir son autorité juste avant l'annonce de la campagne.

Les acolytes raccompagnant l'empereur, il réfléchit à nouveau au moyen de se débarrasser du grand prêtre ; de nombreux membres du Cercle se réjouiraient de la mort de Jopfer. Il pourrait engager un assassin dans leurs rangs. Le grand prêtre ayant lui aussi ses limites, il ne serait pas difficile de le tuer.

Après tout, Jopfer, malgré son statut, était un minotaure comme les autres.

CHAPITRE XV
L'HOMME EN GRIS

Ayasha n'aimait pas la raison invoquée par Helati qui lui avait demandé de garder ses enfants, mais elle comprenait. Helati n'avait pas de temps à perdre en explications. Elle devait déjà avoir bien des difficultés à se séparer de ses jumeaux. Elle se sentait l'âme d'une mère négligente, mais elle devait essayer de ramener leur père.

C'était son devoir ; les autres minotaures du hameau pourraient se débrouiller seuls.

Juste avant l'aube, elle sortit pour seller sa monture. Elle serait loin d'ici quelques minutes, Ayasha et son compagnon connaissant seuls sa destination. Elle avait donné la permission à Ayasha de le dire aux autres une fois qu'elle serait loin.

— Tu ne penses tout de même pas partir seule ?

Helati se retourna vivement et découvrit Brogan, l'épaule bandée. Il s'était déplacé si silencieusement que ni Helati ni sa monture ne l'avaient détecté.

— Que fais-tu ici, Brogan ? Et pourquoi ton épaule n'est-elle pas encore guérie ? Tu es prêtre.

— Ma foi en Sargas est plutôt… faible… depuis quelque temps. J'ai fait de mon mieux, mais ce n'est pas important. (Il haussa les épaules, changeant de sujet.) C'est étrange. J'ai rêvé il y a peu d'un humain. J'ai rarement vu des humains dans ma vie, excepté pendant la guerre, et assurément pas un homme tout de gris vêtu… de la tête aux pieds. C'était un rêve étrange et court. Il m'a dit qu'il ne pouvait pas rester longtemps, mais il voulait que je me réveille et que je vienne te trouver. Il m'a dit que les enfants avaient encore plus besoin de toi depuis le départ de Kaz. Puis je me suis réveillé.

Ses paroles étaient troublantes, notamment l'homme en gris.

— Ce ne sont que tes propres craintes, Brogan. Ton rêve ne veut rien dire.

— Mais tu nous quittes, lui dit-il. Et rêve ou pas rêve, je pense que tu devrais rester ici.

— C'était bien toi qui voulait rassembler un groupe armé pour prendre d'assaut Nethosak… ou était-ce alors un stratagème pour nous jeter dans les griffes de l'empereur ?

En voyant son expression, Helati regretta son commentaire irréfléchi.

— Ma proposition était honnête. J'ai réfléchi à certaines choses, Helati. Kaz avait raison en disant qu'un groupe armé l'aurait ralenti. Et c'est encore plus vrai maintenant ; nous nous jetterions littéralement dans les griffes du grand prêtre. C'est le grand prêtre dont il faut se méfier, pas le vieux Polik.

— Je ne peux pas rester là sans rien faire. Kaz a peut-être besoin d'aide.

— Il est peut-être déjà mort, lança Brogan sans ménagements. Je suis désolé de te dire ça, mais c'est peut-être la vérité. Et le fait de chevaucher jusqu'à Nethosak ne ferait qu'aggraver les choses. Kaz voudrait-il que tu abandonnes vos enfants ?

— Bien sûr que non ! Mais tu sais bien que je ne les abandonne pas vraiment !

— J'ai dit ça sans te ménager, mais tu sais ce que je veux dire. Les enfants devraient maintenant être ta principale priorité.

— Et Kaz ?

— Il reviendra peut-être avec ton frère et le kender, après de nouvelles et grandioses expériences. Il est peut-être prisonnier du grand prêtre. Il est peut-être mort. Le fait est que tu dois rester ici et attendre.

— Mais je ne peux demander à personne d'y aller à ma place ! Cela concerne mon compagnon et mon frère. Devrais-je en faire moins que Tremoc ? Il a traversé toute l'Ansalonie pour retrouver le meurtrier de sa compagne.

— Tremoc c'est Tremoc et même si sa légende a un certain intérêt, elle ne devrait pas influencer ta décision. En sus, tu n'as pas besoin de te rendre toi-même à Nethosak. Il existe d'autres moyens pour savoir ce qui est arrivé, Maîtresse Helati.

— De quoi parles-tu ? Quel autre moyen peut-il bien exister ?

Brogan détourna le regard. Il paraissait honteux.

— Je possède… un moyen plus rapide pour contacter Nethosak, plus rapide même que des oiseaux voyageurs. Une chose que j'ai apportée ici en cas d'urgence.

— Qu'est-ce que c'est ?

— Un petit médaillon. Je l'ai acheté à une robe noire pendant la guerre. Il peut te mettre en contact avec quiconque à Nethosak, pendant quelques instants. Il s'est avéré que je ne l'ai jamais utilisé. Mais je l'ai avec moi. Il ne devrait pas avoir perdu ses pouvoirs.

— Et je peux l'utiliser ?

— Il est lié à moi, mais c'est… possible. Mais je ne veux pas en dire trop… je n'en suis pas très fier. Tu dois me croire, Helati ! Jamais je ne te mentirais sur ce sujet. Je n'avais jamais pensé l'utiliser depuis que j'ai abandonné mes anciens maîtres, mais l'occasion et la nécessité se présentent maintenant à nous.

— C'est d'accord, mais essayons-le tous les deux, lui répondit Helati.

Brogan accepta. Ils prirent le chemin de sa demeure et une fois à l'intérieur, il déplaça un petit coffre.

— J'étais en train de le contempler quand tu es venue me voir la dernière fois. Tu vois, je pensais contacter quelqu'un de ma connaissance dans la cité.

Le minotaure sortit un petit médaillon d'argent orné d'un cristal bleu en son centre. Elle vit des symboles gravés sur l'objet, sans toutefois pouvoir les discerner. Brogan le prit dans la paume de sa main.

— Comment ça marche ? C'est la première fois que je vois un objet de la sorte.

— C'est simple. Il faut placer son pouce sur le cristal et son index de l'autre côté du médaillon. On pense alors à un lieu ou à une personne, et on ferme les yeux. Il m'a coûté cher, mais je pensais alors en avoir vraiment besoin.

Le passé de Brogan était assurément trouble, mais il

n'était pas à l'ordre du jour pour l'instant. Helati se rapprocha afin de déchiffrer les symboles gravés sur le médaillon.

— Au fait, tu comptais contacter qui ?

— Je pense que certains de mes vieux amis ne rechigneraient pas à m'offrir leur aide. Je vais essayer de les contacter.

— Non, laisse-moi essayer. J'ai une meilleure idée.

Brogan la dévisagea, hésitant, haussa les épaules et lui tendit finalement le médaillon.

— Comme je te l'ai déjà dit, il était lié magiquement à ma personne.

— Je dois essayer.

Les doigts en place, Helati se concentra. Elle pensa à Kaz, mais ce fut la maison du clan Orilg qui lui vint à l'esprit.

— … moi… dit une voix.

La surprise fut telle qu'elle coupa le contact.

— Qu'est-ce qu'il y a ? demanda Brogan.

— Tu n'as manifestement rien à craindre, il fonctionne également avec moi.

Helati reprit le contact.

— … accepté ! Et nous ne parlerons plus de ce sujet !

Dastrun. Elle aurait reconnu sa voix n'importe où. Le pouvoir magique du médaillon fonctionnait.

Les voix furent bientôt accompagnées par des images. Elle vit la salle d'audience où Dastrun et les autres anciens tenaient leurs réunions, et ils semblaient débattre entre eux de quelque chose.

— Il connaissait les risques ! insista Dastrun. Nous avons conclu un accord ! Nous l'avons respecté et avons même menti aux gardes en ne révélant pas sa localisation ! C'est tout ce que j'ai à dire !

— Ils sont censés mourir dans l'arène au cours d'une cérémonie organisée, précisa une ancienne. Ils vont mourir pour rien, Dastrun !

— Mais il a été ordonné…

— Les ordres ! Nous parlons ici d'honneur et de justice, Patriarche ! déclara un autre ancien.

— Le grand prêtre a déclaré qu'ils étaient des hérétiques et des traîtres de la nation, dit un autre, notamment Kaz !

Ils parlaient donc de Kaz. Helati continua son observation.

— Il avait passé un accord avec nous, continua Dastrun.

Et nous le respecterons. Le clan ne gagnera rien à suivre Kaz et les autres. Ils vont mourir dans l'arène, et l'histoire se terminera ! De toute manière, Kaz est déjà mort. J'ai pris mes…

— Non !

Les anciens levèrent tous la tête, à la recherche de l'origine de la voix.

— Au nom de Sargas ? murmura Dastrun.

— Non, Dastrun, ce n'est pas la fin de l'histoire.

— Qui est-ce ? Qui êtes-vous ?

— Je suis Helati. La compagne de Kaz.

De nombreux murmures parcoururent l'assemblée. Le patriarche semblait décontenancé.

— Où vous cachez-vous ?

— Je ne me cache pas, Patriarche. J'utilisais un objet magique pour savoir ce qui était arrivé à Kaz. Je connais maintenant la vérité, et je ne l'aime pas.

— Ecoutez, Helati…

Elle se raidit. Le clan Orilg allait l'écouter. Elle avait de nombreuses choses à dire au sujet de la loyauté et de l'honneur. Ils allaient tous l'écouter… et ils agiraient.

Si Kaz venait à mourir, elle le ferait payer très chèrement au clan. Elle allait rappeler au clan pourquoi elle avait été surnommée « La Terreur » quand elle était encore une jeune guerrière.

Pensant aux jumeaux qui attendaient le retour de leur père, elle commença à leur parler.

***

Les coups répétés du bâton sur le sol de pierre furent les premières choses qui alertèrent Kaz de la présence d'un autre dans sa cellule. Il ouvrit lentement les yeux, n'ayant entendu aucun bruit. Lorsqu'il aperçut une paire de bottes grises, il essaya de se relever rapidement. Malheureusement pour lui, les chaînes l'en empêchèrent.

L'homme en gris le regardait, silencieux. Il avait la même apparence que dans son rêve, excepté qu'il paraissait un peu plus grand. L'homme encapuchonné était en fait aussi grand que le minotaure. Malgré la pénombre, Kaz le voyait nettement.

— Un autre rêve ? demanda Kaz.

— C'est parfois difficile à dire, n'est-ce pas ? (L'homme lui sourit.) Je me demande même parfois si je suis éveillé ou en train de dormir. Mais je suis aujourd'hui bien éveillé. Ce n'est donc pas un rêve.

— Si vous avez quelque chose à dire, vous feriez bien de le faire avant l'arrivée des gardes.

— Ils ne peuvent pas m'entendre, Kaz.

— Cela ne me surprend même pas ! Que voulez-vous cette fois-ci ?

L'homme en gris soupira en s'appuyant sur son bâton. Son regard exprimait un profond chagrin.

— J'ai de la peine pour toi, Kaz. J'ai essayé de prédire ce qui allait advenir, mais ce n'était que des suppositions. Si je voyais réellement l'avenir, je représenterais un véritable danger pour Krynn car je serais tenté de changer les choses en dépit de l'accord que j'ai passé.

— Je n'ai pas la moindre idée de ce que vous dites, mage, lui dit Kaz en renâclant. Vous êtes bien mage, non ? Ou peut-être un prêtre de Gilean ?

Ces questions parurent amuser l'homme en gris.

— On peut dire que je suis le mage le plus éminent de ce monde et peut-être même un prêtre non officiel du Dieu de la Neutralité. Je suis sûr que mon apparence te fait croire à le seconde possibilité, mais la couleur grise représente davantage le symbole de mon accord avec les dieux Solinari, Lunitari et Nuitari. C'est leur façon de s'assurer que je n'oublierai pas ma place ou mon serment. Et dire que certains pensent que les dieux n'ont pas le sens de l'humour. Ils en ont assurément un.

— Vous ne m'avez pas encore dit qui vous êtes ou pourquoi vous êtes là ? Pourquoi nous tourmenter ? Et pourquoi toujours mentionner l'équilibre ?

Il frappa à nouveau son bâton au sol.

— Tant de questions et si peu de réponses. Ton ami Huma n'était pas aussi curieux.

— C'est donc pour ça que je vous connais ! Je me souviens maintenant ! Huma avait dit vous avoir rencontré avant de découvrir les lancedragons !

— Le monde avait alors perdu son équilibre. Les lancedragons étaient nécessaires pour rétablir l'équilibre et le chevalier Huma devint le catalyseur. C'était l'individu le plus honorable de cette époque que nous avions trouvé, et il dépassa toutes nos espérances. Il existe même certaines similitudes entre vous deux. C'est pourquoi j'ai choisi de garder un œil sur toi. Je savais que l'équilibre pourrait être à nouveau en danger malgré la fin de la guerre. C'est un don que j'ai reçu, ou une malédiction. Je peux connaître la nature de la menace, mais je suis limité dans mes actions.

— Vous connaissiez la vérité au sujet de notre grand prêtre ?

— Je l'ai découverte. Tu n'as aucune idée de ce que la présence de ces deux dragons signifie pour Krynn, Kaz. Les dragons, bons et mauvais, étaient censés quitter le monde pour maintenir la paix entre les dieux. Ce pacte était la base même de la paix obtenue. Mais à cause de la perte d'un œuf, l'œuf d'un dragon d'argent, cette paix pourrait aller à vau-l'eau. L'œuf signifiait qu'un dragon avait été oublié. Afin de maintenir une sorte d'équilibre, le monde s'est arrangé pour qu'un autre dragon, un mauvais, demeure également sur Krynn. Ce fut malheureusement le dragon rouge Infernus, un des serviteurs les plus redoutables de Takhisis, qui reçut ce privilège. Et tu devins notre seul espoir en raison de tes liens avec cette histoire.

— Mes « liens avec cette histoire » ? Que voulez-vous dire par là ?

Kaz se sentait mal à l'aise, pressentant que l'homme en gris disait la vérité.

Le bâton frappa à nouveau le sol.

— Un mage avait fait prisonnier un dragon blessé. Il la menaça en utilisant ses œufs pour la contraindre à…

— Je me souviens. C'était juste après la fin de la guerre. Le dragon et son compagnon n'avaient pas quitté Krynn car elle voulait récupérer ses œufs, ceux que Brenn la robe noire avait dérobés. Mais Brenn a péri, ainsi que le dragon femelle, et j'ai ramené les œufs à son compagnon qui les a récupérés. Ils auraient dû être en sécurité !

— Le dragon d'argent mâle était lui aussi blessé. Tu t'en souviens. Et c'est pour cette raison qu'un des œufs lui a échappé, il l'a laissé tomber. Il l'a recherché et ne le trouvant pas, il a pensé qu'il s'était brisé pendant la chute. Mais l'œuf allait éclore, et les jeunes dragonnets sont très résistants. La chute ne fit que craqueler la coquille de l'œuf, étourdissant le jeune dragon. Et lorsqu'il, ou plutôt elle devrais-je dire, s'est finalement réveillée pour sortir de sa coquille, elle ne savait pas qui elle était et où elle était.

— Ty… ?

Le destin jouait encore avec Kaz. C'était le nom du père de la jeune femelle, le dragon d'argent.

L'homme en gris acquiesça.

— Les premières créatures intelligentes qu'elle rencontra peu de temps après furent des humains, des familles déplacées. Pour se joindre à eux, elle prit leur forme sans même y réfléchir. Et elle oublia bientôt sa forme naturelle, la facilité la poussant à utiliser cette forme humaine.

— Bon ! renâcla Kaz. Je suis donc lié à son passé. Mais vous n'aviez pas à m'impliquer dans tout ceci ! Je ne suis pas responsable de ce qui s'est passé par la suite.

— En effet. Mais tu as été choisi… je t'ai choisi. La Reine des Ténèbres va utiliser cet état de fait à son avantage. Et tout ce que tu as accompli aux côtés d'Huma de la Lance sera perdu. Une nouvelle guerre va frapper le continent, et l'issue sera cette fois-ci incertaine. L'Ansalonie n'a pas encore recouvré suffisamment de forces pour supporter une nouvelle guerre. Je t'ai choisi car tu peux selon moi parvenir à guérir l'Ansalonie… et ton propre peuple.

— Mon père est mort… et je n'ai jamais voulu être un héros.

— Kaziganthi de-Orilg, je prendrais bien ta place si je le pouvais, mais j'ai prêté serment devant les trois dieux de la magie qui ont un intérêt particulier à ce que l'équilibre du monde soit maintenu… indépendamment des actions de leurs mages. Ma puissance ne décroît jamais, les trois lunes me soutenant, et en échange je dois constamment prêter attention à mes actes et favoriser le maintien de l'équilibre sur Krynn. Je peux guider les autres, mais je ne peux pas agir. Un autre doit le faire à ma place.

Kaz n'était pas certain de bien comprendre les paroles de l'homme en gris, mais il reconnaissait que l'Ansalonie ne supporterait pas une nouvelle guerre.

— Vous êtes donc là pour m'offrir une nouvelle chance ?

Vous allez me libérer et me donner le moyen d'affronter Infernus ?

— Le désires-tu ?

— Si j'ai le choix… oui.

— J'ai parlé au jeune dragon d'argent. Pour l'instant, elle est encore perdue dans ses propres pensées. Si tu désires aider Krynn à restaurer l'équilibre, Kaz, tu dois réveiller le dragon qui est en elle.

— Je croyais qu'Infernus essayait de le faire.

— Non, il désire uniquement libérer sa forme naturelle et sa puissance afin de l'utiliser. Il cherche à faire de la jeune dragon d'argent son serviteur. Si tu veux remporter la victoire, libère le dragon en elle. Tu dois pousser Tiberia à accepter son véritable héritage. Tu pourras alors vaincre Infernus.

— Je ne pourrai rien faire tant que je serai dans cette cellule, lui rétorqua Kaz en désignant ses chaînes. Vous comptez me libérer ?

Son compagnon éthéré prit un air embarrassé.

— Tu le sauras en temps et en heure. (Il frappa à nouveau son bâton au sol.) Les gardes arrivent.

Le minotaure regarda dans la direction du couloir, entendant effectivement les déplacements d'une des sentinelles. Lorsqu'il reporta son attention sur l'homme en gris, ce dernier avait disparu.

— C'est bien un mage, souffla-t-il à voix basse. Il apporte bien plus d'ennuis que d'aides !

Son humeur avait néanmoins changé. Il avait combattu de nombreux adversaires et il ne laisserait pas Infernus s'en tirer à bon compte.

Il aurait aimé pouvoir récupérer le Visage de l'Honneur, mais même une hache minotaure pouvait très certainement traverser la peau écailleuse d'un dragon.

La lumière provenant du couloir se voila. La tête d'un garde apparut au niveau des barreaux de la porte de sa cellule.

— Un ennui ? demanda Kaz.

La sentinelle ne dit rien, renâclant. Elle secoua la tête et repartit en silence.

Kaz repensa à l'homme en gris. De par son expérience avec Huma, il savait que le mage s'attachait à ses seules paroles. Il n'avait pas promis à Kaz qu'il réussirait, ni que la nation minotaure survivrait ; Huma était mort malgré sa victoire contre la Reine des Ténèbres. Cela ne le découragea cependant pas ; s'il pouvait ne serait-ce que ralentir les plans du dragon rouge, il saisirait cette opportunité.

Il ne voulait pas que ses compagnons puissent être impliqués… il ne voulait pas les voir périr. Si Kaz échouait, l'homme en gris s'adresserait à un autre pour restaurer l'équilibre. Ses méthodes paraissaient presque aussi cruelles que celles du dragon. Mais les dieux étaient responsables des actions du mage car ils intervenaient selon leur bon vouloir.

Ce n'était cependant pas la complète vérité. Paladine n'agissait pas ainsi.

— Paladine, murmura Kaz. Kiri-Jolith… et même toi, Habbakuk. (Ces trois dieux formaient le panthéon que vénéraient les chevaliers solamniques. Kaz les respectait surtout pour leurs sens de la justice et de l'honneur. Il lui paraissait plus raisonnable d'honorer les dieux solamniques plutôt que le cruel Sargas.) Ne pourriez-vous pas faire une exception et intervenir pour une fois ? Pour moi ?

Il ne reçut bien évidemment aucune réponse.

***

Infernus regardait sa cité, son royaume. Son acuité visuelle lui permettait de voir tout en détail malgré l'obscurité. Il distingua les hauts murs qui entouraient les étendues nord de Nethosak. La cité des minotaures s'était transformée en un véritable joyau d'architecture, les dommages causés par la guerre ayant disparu. Il avait bien façonné les minotaures au cours des siècles ; ils travaillaient comme des abeilles au sein d'une ruche, construisant et édifiant sans cesse pour améliorer le bien-être de leur race.

Il y avait cependant des exceptions. Le plus grand des guerriers minotaures allait périr et le souvenir de sa mémoire disparaîtrait avant la fin de l'année. Car la nouvelle campagne militaire du dragon rouge allait demander toute l'attention des minotaures.

Les minotaures étaient siens. Infernus avait œuvré des siècles durant pour faire d'eux ce qu'ils étaient maintenant.

A son arrivée, Nethosak n'était qu'un pâle reflet de la cité actuelle. Le temple de Sargas avait peu d'influence, comme les dirigeants de la nation. Infernus avait utilisé l'esprit de compétition des minotaures pour les inciter à se développer et il avait même créé la Grande Arène et les jeux.

Grâce à ses pouvoirs de métamorphe, il s'était facilement infiltré parmi eux. Un dragon vert aurait pu aussi les infiltrer, ils étaient réputés pour leur fourberie, mais leur talent militaire laissait à désirer.

Il avait tout d'abord pensé à endosser le rôle de l'empereur, mais le temple et le rôle de grand prêtre lui offraient une hiérarchie plus secrète et isolée. Il obtint ainsi l'intimité qu'il recherchait, ainsi qu'une influence plus importante s'il parvenait à bien manœuvrer.

Sous l'apparence de Presir, qu'il avait bien évidemment éliminé, Infernus avait fait édifier le premier temple. Il avait lui-même conçu les plans de la salle d'audience et de ses quartiers privés afin de pouvoir parfois reprendre sa forme naturelle. Infernus avait même dirigé les artisans, leur demandant de graver le relief de dragon surplombant la porte massive de la salle d'audience.

Il avait apprécié pouvoir révéler sa véritable apparence au petit groupe qui avait tenté de sauver la jeune dragon. Seuls les grands prêtres nommés à ce poste découvraient sa véritable forme avant de mourir, Infernus leur dérobant leurs enveloppes. Il était désolé que ces hérétiques doivent mourir car il aurait aimé pouvoir parler de temps à autre à des individus connaissant la vérité.

— Tu te sentiras bien mieux si tu acceptes ta destinée, jeune fille, déclara Infernus à Ty qui se tenait au milieu de la pièce. Je pourrais même relâcher quelque peu tes liens.

— Je ne vous aiderai pas !

Ty était entourée par un globe rougeâtre qui répondait à chacun de ses souffles. Elle était manifestement lasse, mais elle avait refusé de s'asseoir depuis qu'Infernus l'avait fait transporter de la salle d'audience jusqu'ici.

— Ta volonté honore ton héritage. Un humain, ou même un minotaure, n'aurait jamais résisté aussi longtemps. Les races inférieures sont toutes faibles. Ce sont nous, les dragons, qui devrions diriger Krynn. (Il désigna la cité à l'extérieur.) Regarde ce qu'ils ont accompli durant leur existence. Ils ont besoin d'un maître pour les diriger afin de cesser leurs querelles enfantines pour accomplir de plus grandes choses. Ils ont besoin de nous, jeune dragon. C'est pourquoi tu devrais m'aider. C'est pour leur propre bien.

— Vous mentez ! Kaz et Delbin ne le voudraient pas !

Une flotte était prête à appareiller dans quelques jours et une grande armée s'apprêtait à traverser les montagnes à l'ouest. Ils attendaient son ordre. Une fois Kaz éliminé, Infernus utiliserait des méthodes plus brutales pour plier l'esprit de la jeune dragon d'argent. Elle changerait d'avis en découvrant le cadavre de son « ami ». Sa désobéissance l'honorait, mais Infernus avait un monde à conquérir.

— Tu es faible, jeune dragon, et je vais tout faire pour t'éduquer, pour t'instruire. C'est pour le bien de tous. Et tu accepteras finalement mes ordres. Il est préférable que la vie de ton ami Kaz lui soit retirée avant le début de la grande campagne. Il ne coopérera jamais et sa présence ne ferait que perturber davantage mes loyaux soldats.

La mort du champion de Tiberia, Kaz le minotaure, et le supplice de son petit ami kender seraient suffisants pour briser sa résistance. Il aurait aimé que la jeune femme puisse voir cela dans l'arène, mais le risque de la présenter à la foule était bien trop grand. La femelle pourrait cependant observer la scène depuis le temple, seule et impuissante, grâce à un sortilège.

Infernus secoua la tête en voyant la jeune fille lutter contre la fatigue.

— Tu ne vas réussir qu'à t'affaiblir davantage. Le minotaure finira par mourir et toi, tu t'écrouleras. Tu ferais mieux de conserver tes forces. Et si tu te reposais, tu finirais peut-être par voir la situation sous une nouvelle perspective.

A sa grande surprise, Ty lui obéit. Elle s'assit et se frotta les yeux en soupirant.

Puis elle les leva dans sa direction, son attitude troublant même le dragon rouge. Elle ne le regarda cependant pas ; son regard était dirigé dans son dos.

Infernus se retourna vivement, se demandant un court instant si le minotaure était parvenu à se libérer, mais il n'y avait personne. Mal à l'aise, le dragon traversa la pièce et la fouilla d'un air interrogateur. Mais il ne trouva rien.

Il se retourna vers Ty, mais la jeune fille avait fermé les yeux, la fatigue l'ayant emportée. Infernus ne s'en soucia plus et quitta la salle. Il avait une guerre à orchestrer… et il devait s'atteler aux derniers préparatifs du spectacle qui mettrait en scène la mort du minotaure.

CHAPITRE XVI
UN CLAN LOYAL

Le fait que l'empereur Polik ait reçu un nouveau défi dans l'arène n'était pas la raison majeure pour laquelle une vaste foule s'était rassemblée dans l'édifice. Polik remportant toujours ses combats, la plupart supposaient une nouvelle victoire de sa part. De nombreux minotaures auraient aimé le voir perdre, notamment quelques membres du Cercle Suprême qui ne se souciaient nullement de son influence ou de celle du grand prêtre. La foule était donc là pour des raison bien différentes.

La courte apparition inoubliable de Kaz, un champion suprême à la grande renommée, notamment depuis sa fuite, avait poussé de nombreux minotaures à vouloir assister au spectacle. Le célèbre champion était entouré d'une sorte d'aura mystique depuis qu'il avait rejeté les siens au sommet de sa gloire. Ils étaient nombreux à le comprendre, réalisant qu'il devait posséder un courage exceptionnel pour avoir refusé la gloire qui s'était alors offerte à lui.

Excepté Kaz, une autre raison avait également poussé les minotaures à venir remplir les gradins de l'arène. On murmurait qu'une annonce devait être faite à cette occasion. L'annonce devant être prononcée juste après la victoire attendue de l'empereur, l'opinion générale pensait que le jour du destin était arrivé. Tout le monde savait que la flotte était prête à appareiller. Les armées s'étaient entraînées à proximité des montagnes et elles étaient prêtes au combat. Les travaux dans les chantiers navals et dans les forges continuaient, mais la puissance des minotaures était fin prête. C'était ce que la populace croyait.

Certains se demandaient tout de même si la nation avait

suffisamment recouvré ses forces depuis la fin de la dernière guerre, mais ces individus se taisaient. L'empereur, avec la bénédiction du grand prêtre, insistait sur le fait que la race minotaure était prête. Le Cercle Suprême, un peu moins enthousiaste, leur affirmait néanmoins sa confiance.

Les légions d'élite minotaures paradaient dans l'arène. Les soldats étaient vêtus en tenues de cérémonie et leurs armures étincelaient sous le soleil. Chaque unité présentait son étendard, des symboles représentant des créatures puissantes : les Légions de l'Ours, du Lion, du Faucon et celle du Dragon, la favorite du temple. L'ordre de défilé de ces unités était basé sur leurs hauts faits militaires, le Dragon ouvrant bien évidemment la marche. Des cors retentissaient lorsque chaque unité passait devant les loges accueillant les dirigeants des deux royaumes jumeaux. Différents commandants reçurent également les hourras du public. La journée était à la gloire pour la nation.

Polik observait cela en se préparant pour le combat impérial. Jopfer n'avait pas menti ; tout se passait comme prévu. Certains spectateurs n'acceptaient bien sûr pas son règne et les efforts accomplis pour lancer la nouvelle campagne militaire, mais leur seul choix était d'embrasser la guerre ou de recevoir l'opprobre de leurs frères. Le grand prêtre avait parfaitement réussi à saper toute résistance. Les minotaures avaient été encouragés à la délation et le nombre d'espions employés par le temple et le Cercle avait quadruplé au cours des derniers mois.

Un de ses conseillers pénétra dans la salle.

— Empereur, un prêtre demande à être reçu en audience privée.

Enfin, se dit le minotaure grisonnant.

— Faites-le entrer. (Puis il s'adressa à ses serviteurs.) Vous pouvez tous disposer. Je vous rappellerai plus tard.

Ils connaissaient bien évidemment l'usage des combats impériaux. Polik ne se souciait pas de leurs avis, leur existence étant dirigée par ses caprices.

Un prêtre en robe pénétra dans la salle quelques instants plus tard. Aux yeux de Polik, tous les prêtres se ressemblaient : de grands et minces minotaures qui manquaient d'humour. Le prêtre s'inclina devant l'empereur et attendit le départ de son conseiller.

— Alors ? Tout est réglé ?

— Comme le prévoit la règle, votre adversaire a reçu la bénédiction du temple. Il a bu le gobelet de vin rituel et attend maintenant de pénétrer dans l'arène.

Le prêtre avait donc administré le vin drogué à son futur adversaire. Le temple était expert dans la préparation de mélanges qui ne laissaient aucune trace. Son adversaire ne ressentirait ses effets que lorsqu'il se présenterait sur la plate-forme tournante en bois de dix mètres de diamètre et de trois mètres de hauteur, actionnée par une douzaine de minotaures. La désorientation jouerait alors avec ses sens.

C'était le seul avantage dont Polik avait besoin. Il sentait même parfois qu'il aurait pu vaincre un adversaire sans l'aide de cette drogue. Les prêtres n'aimaient toutefois pas changer la règle et Jopfer réagissait lui aussi de cette façon, à la manière des deux autres grands prêtres l'ayant précédé. Polik, qui avait collaboré avec trois grands prêtres au cours de son règne, avait parfois l'impression de traiter avec le même prêtre qui l'avait couronné empereur.

— Et Kaz ? finit-il par demander. Où est-il ?

— Kaz et ses compagnons sont en ce moment même regroupés pour partir pour l'arène.

— Leur sort aurait dû être réglé avant mon combat. Ma victoire devrait être le point culminant de cet événement.

— Sa Sainteté a décidé que leur mort servira d'exemple après l'annonce de la grande croisade. Leur mort indiquera aux hérétiques ce qu'il encourt de défier la destinée de notre race.

— C'est probable, mais j'aurais choisi une autre option. Mon duel peut donc commencer.

— Que Sargas vous accompagne, Empereur Polik.

— C'est ça, c'est ça… (L'empereur se retourna pour chercher son heaume de cérémonie que la règle lui permettait de porter dans les duels.) Vous pouvez disposer.

Le prêtre lui lança un rapide regard méprisant, s'inclina et quitta la pièce. Les serviteurs et le conseiller de Polik revinrent presque immédiatement.

— Vous êtes prêt, Empereur ?

— Aide-moi simplement à trouver mon heaume. Je l'avais posé quelque part par là.

Son conseiller soupira silencieusement et se mit au travail.

*
* *

Infernus était assis dans la loge réservée au grand prêtre et à ses subordonnés, quatre prêtres qui l'entouraient. Il était vêtu d'une robe de prêtre très élégante, son ourlet doré et ses petits diamants la faisant scintiller sous le soleil. Le luxe de sa robe lui permettait de réprimer son impatience et sa satisfaction car il devait maintenir une apparence de confiance tranquille, notamment en ce jour particulier.

Tiberia, la jeune dragon, allait assister au spectacle depuis le temple. Infernus trouvait judicieux qu'elle puisse constater que les plans de son maître progressaient. Le sortilège employé permettait à Ty de voir ce qui se passait dans l'arène à travers les yeux du dragon rouge. Ce sort était bien pratique car elle verrait la mort de son soi-disant champion.

Le jour du destin est tout proche, pensa Infernus. Un sourire satisfait se dessina sur ses lèvres. *Mon jour du destin…*

*
* *

Ils arrivent, se dit Kaz en gigotant. *Ils arrivent et ce maudit homme en gris ne m'a pas encore aidé !*

Il avait espéré recevoir la veille un quelconque signe du mage sur la façon de se libérer car l'humain le lui avait plus ou moins promis. Des quelques souvenirs qu'il possédait de la relation entre Huma et l'homme en gris, rien n'indiquait que l'humain était un menteur ou un escroc. Mais il s'inquiétait de n'avoir aucune nouvelle.

Ty, Hecar, Delbin, Fliara… leurs vies dépendaient de sa réussite. Il ne pouvait pas les abandonner. Lorsque les gardes viendraient le chercher, il trouverait un moyen de s'enfuir.

Paladine, protège-moi… et protège Helati et les enfants, pria Kaz.

— Il est temps.

La voix le surprit.

— Je croyais ne jamais vous réentendre, mage.

— Tout est question d'équilibre, Kaz, lui répondit l'homme en gris à ses côtés. Je n'ai le droit d'intervenir qu'au moment opportun. Si je venais à trop m'en mêler, les choses pourraient être déséquilibrées. Et c'est une chose que nous ne voulons pas voir.

— J'espère un jour avoir une conversation avec vous qui aura un sens. Dans l'intervalle… (Il secoua les chaînes qui le retenaient prisonnier.) Vous pensez me libérer ?

— Le temps est venu pour que toutes les choses se terminent, Kaz. C'est le moment parfait pour pouvoir rééquilibrer toute la situation.

Sur cette parole, les chaînes du minotaure claquèrent contre le mur. Kaz observa ses mains libres, puis les menottes encore verrouillées. La profession de mage possédait assurément ses avantages.

— Que va-t-il se passer maintenant ?

— La voie t'est ouverte. (La porte s'ouvrit suffisamment pour laisser passer Kaz.) Le reste dépend de toi.

— Et les autres ? Je ne peux pas les abandonner.

— Je les surveillerai du mieux possible. Le kender connaît mes plans et agira en conséquence. Si ça peut t'encourager, sache qu'un certain esprit entêté s'est fait connaître à Nethosak en dépit de mes intentions. Et la présence de ce nouveau catalyseur m'a fourni une nouvelle voie à explorer et à utiliser, une voie que suivront tes amis. Fais-moi confiance, Kaz. Tu n'arriveras à rien s'ils t'accompagnent. Tu le sais.

L'homme avait raison. Kaz aurait bien plus de facilités à rejoindre Ty seul. Avec les autres, il risquait d'être découvert.

— La femelle dragon. Où… ?

— Cherche-la dans l'antre du dragon. J'ai retardé les gardes, juste le temps pour toi de t'échapper.

Le minotaure se dirigea vers la porte, puis s'arrêta et se retourna en direction de l'homme en gris.

— Vous n'auriez pas une arme ?

Le mage lui lança soudainement son bâton. Le guerrier tendit le bras et le saisit en plein vol. Malgré sa légèreté, le bois lui paraissait solide et résistant.

— Merci… pour Hecar et les autres aussi…

— C'est le moins que je puisse faire pour toi, Kaz.

— Merci beaucoup.

Se précipitant pour sortir, le minotaure crut entendre l'homme ajouter : « Huma aurait été fier de toi, minotaure. »

*
* *

Le minotaure disparaissant dans le couloir, l'homme en gris se dirigea tranquillement vers les chaînes et les regarda. Les menottes apparurent autour de ses poignets et de ses chevilles, l'emprisonnant. Le mage hocha la tête, puis sourit. Un minotaure apparut à sa place, un guerrier possédant les mêmes traits que Kaz.

Il attendit la venue des gardes.

*
* *

Avec les événements ayant lieu dans l'arène et rassemblant la quasi-totalité de la populace de Nethosak, le temple était quasiment désert. Kaz ne rencontra aucune sentinelle avant le premier étage des souterrains. Le premier garde qu'il croisa était appuyé contre un mur, le regard fixé au plafond.

Un coup de bâton dans le ventre et un coup de poing à la mâchoire suffirent à l'éliminer. Kaz traîna le corps dans une cellule pour le dissimuler. Il entendit alors un groupe armé se rapprocher.

Profitant de sa nouvelle cachette, Kaz attendit que les bruits de pas s'éloignent. C'était l'escorte envoyée pour lui et ses compagnons. Il pria Paladine de protéger ses amis. Il espérait également que l'homme en gris s'était occupé de trouver un moyen de masquer sa disparition. Kaz avait besoin de temps pour atteindre son but.

L'antre du dragon… ce devait être les quartiers privés du grand prêtre. Ty devait donc s'y trouver.

Il ne vit aucun autre garde en accédant au rez-de-chaussée. Ils se trouvaient certainement dans l'arène pour louer la gloire des fils de Sargas. Kaz pensait comprendre le caractère d'Infernus ; il aimait le spectacle et l'apparat. Il désirait que les autres reconnaissent la suprématie de sa puissance. Kaz profiterait de sa nature vaniteuse.

Il emprunta les escaliers qui menaient aux appartements d'Infernus et faillit rentrer dans l'acolyte en chef d'Infernus. L'autre minotaure fut tellement surpris qu'il ne réagit pas immédiatement. Kaz se jeta sur lui et lui donna un coup de bâton sous le museau. Kaz esquiva une attaque, puis frappa l'acolyte à la tête.

Le bâton lui assena un coup si puissant que le prêtre s'écroula au sol. Kaz regarda son bâton, se souvenant qu'il appartenait à un mage, et haussa les épaules. Une cellule de méditation lui permit de cacher le corps. Kaz le regarda et s'empara de sa robe à capuche.

Ainsi vêtu et dissimulé, Kaz continua son chemin. Il utilisa son arme comme bâton de marche, prétextant une blessure à la jambe.

Deux prêtres, qui sans nul doute se dirigeaient vers l'arène, le croisèrent et le saluèrent en chemin. Puis un garde se raidit en le croisant.

Sa bonne fortune l'abandonna en arrivant devant les portes de la salle d'audience. Deux gardes la flanquaient et ils le dévisagèrent à son approche.

— J'ai une affaire urgente à régler pour le compte du grand prêtre. Laissez-moi passer.

Ils ne bougèrent pas, le garde de droite lui répondant.

— Nous avons reçu l'ordre de n'accepter personne. L'ordre a été donné par Sa Sainteté elle-même.

— Mes ordres sont plus récents. Sa Sainteté a laissé ici d'importants documents que je dois lui ramener. Voulez-vous subir sa colère lorsque je lui dirai que vous n'avez pas voulu me laisser passer ?

Les deux sentinelles gigotèrent, mal à l'aise, mais ne firent aucun geste.

— Nos ordres sont très clairs. A l'exception du grand prêtre, personne ne peut rentrer.

— C'est louable, leur avoua Kaz en se rapprochant d'eux. Mais je pense que j'ai le moyen de régler ce petit problème.

Il leva son bâton horizontalement et chargea les deux gardes. Le premier leva sa hache et para le bâton, mais le second réagit trop lentement. Le bâton le frappa à la gorge et il s'écroula, essayant de recouvrer sa respiration.

L'autre sentinelle contre-attaqua. Kaz fit un pas de côté et profita de sa vitesse pour frapper le garde à terre ; il s'écroula au sol. L'autre garde, déséquilibré, s'avança en titubant ; Kaz le frappa juste derrière la tête, sur la nuque. Il s'écroula également.

Son combat n'était toutefois pas passé inaperçu. Kaz

entendit des bruits de pas se précipiter dans sa direction. Il lança un juron et ouvrit la grande porte. Il se faufila dans la salle d'audience au moment même où une sentinelle lui lança un javelot. Celui-ci rebondit sur le battant de la porte.

Les portes étaient dotées du côté intérieur d'une barre transversale. Kaz la mit en place, condamnant ainsi l'accès à la salle d'audience. Cela retarderait les gardes. Kaz devait maintenant trouver Ty.

Malgré la pénombre régnant dans la salle d'audience, Kaz parvint à localiser les portes menant aux quartiers privés d'Infernus. Elles étaient malheureusement verrouillées, peut-être même par un sortilège de verrou magique. Il regarda son bâton et pensa à la magie qu'il contenait.

Il leva le bâton et le pointa en direction du centre de la porte. Entendant derrière lui les gardes qui tentaient de défoncer la double-porte barrée, il frappa la porte avec le bâton du mage.

Elle se fracassa, des éclats de bois volant dans toutes les directions. Kaz se recula pour éviter de se faire blesser.

Ce n'était donc qu'un simple verrou. Kaz dégagea les éclats de bois à l'aide du bâton et entra dans la pièce.

Tiberia était assise au milieu d'une salle qui lui parut aussi vaste que la précédente. Une aura rougeâtre entourait la jeune femme. Ty regardait un globe verdâtre qui flottait devant elle. Kaz aperçut des images à la surface du globe. Le dragon rouge l'obligeait donc à assister à la mort de ses amis.

Ty se leva en voyant le minotaure. Ses yeux étaient gonflés de fatigue. Un sourire se dessina sur ses lèvres.

— Kaz !

— Je suis venu te libérer, Ty !

— Je sais. L'homme en gris m'avait dit de t'attendre.

— C'est gentil de sa part.

Il se demanda si le mage lui avait révélé comment briser l'aura qui l'entourait. Son bâton lui permettrait peut-être de la libérer.

— Ty, replie-toi sur toi-même. Et prépare-toi !

Kaz toucha le halo rougeâtre avec l'extrémité du bâton. La puissance déclenchée par le sortilège de protection du dragon réduisit en cendres l'artefact magique et fit voltiger Kaz dans la pièce.

***

Les gardes désignés pour accompagner Hecar et les autres réunirent les prisonniers. Scurn en faisait partie. Les gardes placèrent Hecar aux côtés de Kaz qui obéit aux ordres sans protester. Kaz lui sourit quand il croisa son regard. C'était comme s'il avait en tête une bonne plaisanterie qu'il gardait pour lui.

Ils atteignirent le rez-de-chaussée du temple au moment même où un groupe de gardes et de prêtres se précipitaient en direction de la salle d'audience. Le garde fit arrêter le groupe pour se diriger vers un prêtre, mais Kaz brisa soudainement son mutisme.

— Si vous perdez du temps, nous ne serons jamais à temps à l'arène. Les autres gardes peuvent s'en charger.

A la grande surprise d'Hecar et de ses amis, les gardes trouvèrent les paroles de Kaz très sensées. Leur chef hocha la tête et le petit groupe quitta le temple quelques instants plus tard.

— Kaz ! murmura Hecar. Si tu as un plan, tu devrais…

— Silence ! lança un soldat du temple en le frappant du plat de son épée.

— Du calme, Hecar, lui dit Kaz en lui adressant à nouveau un sourire entendu.

— Mais Kaz…

Delbin gloussa subitement. Hecar lui lança un regard, se demandant ce que le kender pouvait bien trouver de si amusant. Delbin regarda Hecar, puis retint un nouveau gloussement en lorgnant Kaz.

— Attends encore un peu, Delbin. Nous allons bientôt leur faire la surprise.

Aucun des gardes ne parut prêter attention aux paroles de Kaz, ce qui augmenta encore la perplexité d'Hecar.

Dix gardes et leur chef encadraient les quatre minotaures et le kender, une telle force honorant presque les prisonniers. Hecar aurait bien voulu essayer de se libérer… même au péril de sa vie.

Les rues étaient quasiment vides, la population rassemblée dans la Grande Arène ou à proximité. Nethosak était devenue une cité fantôme.

Profitant des rues désertes et de nombreuses cachettes, un groupe armé attaqua les gardes par surprise. Les gardes du temple et leurs prisonniers se retrouvèrent bientôt encerclés par une douzaine de minotaures armés d'épées et de haches. Hecar reconnut vaguement certains des attaquants, mais il ne put s'y intéresser davantage, certains des gardes tournant leurs armes dans leur direction.

— Poussez-vous, ordonna le chef des gardes. Ces guerriers doivent racheter leur honneur dans la Grande Arène.

— Vous voulez dire qu'ils vont y mourir, déclara un des étrangers, une mèche blanche courant dans ses cheveux. Et tout ça pour avoir osé défier le grand prêtre. Un de mes frères est mort pour des raisons similaires. Aucun honneur n'accompagne ces morts inutiles.

— Vous êtes des traîtres. Vous vous opposez à la volonté de vos seigneurs.

Le chef des attaquants lui lança un sourire. Hecar reconnut immédiatement ce sourire car il l'avait souvent vu se dessiner sur les lèvres de son ami. Kaz.

— Notre clan aime braver l'autorité.

Hecar entendit Kaz dire à voix basse : « Vas-y, Delbin. »

Les gardes ne semblèrent pas voir Delbin tripoter les menottes de Kaz qui s'ouvrirent sans un bruit quelques secondes plus tard. Hecar remarqua alors le petit passe-partout que Delbin utilisait, maintenant sur ses propres fers. Il le libéra rapidement et se dirigea prestement vers Fliara.

Un des gardes finit par cligner des paupières et se rendit compte de ce qui se passait. Il se tourna vers le kender en criant.

— Les prisonniers… !

Son cri suffit à déclencher la mêlée entre les deux groupes armés. Trois gardes se tournèrent vers les prisonniers, leurs épées levées. Hecar frappa un soldat avec ses chaînes et ce dernier laissa tomber son arme. Delbin la ramassa aussitôt et la tendit à Fliara.

Le minotaure à la mèche blanche s'esclaffa en attaquant le chef des gardes et un autre garde. Il maniait une épée tellement imposante que ses deux adversaires en furent déconcertés. Ils ne parviendraient pas à placer une attaque devant ses moulinets d'épéiste chevronné. Le chef des gardes s'écroula à terre quelques instants plus tard.

Deux autres gardes et un de leurs sauveteurs tombèrent également au combat. Hecar utilisait ses chaînes comme un fléau et frappait tout garde qui s'approchait trop de lui. Un des soldats parvint à faire reculer Fliara, mais Hecar l'étrangla jusqu'à le tuer.

Un minotaure bouscula le dos d'Hecar. Il se retourna, s'attendant à une nouvelle attaque, mais il découvrit Scurn qui luttait contre un garde qui avait essayé de frapper Hecar dans le dos. Le minotaure balafré parvint à faire plier le garde, puis le frappa au menton avec un coup de genou. L'adversaire de Scurn s'effondra.

Les circonstances les réunissant, Hecar devait maintenant sa survie à Scurn.

— Rendez-vous ! lança le chef du groupe armé. Vous ne gagnerez jamais !

Les soldats encore restants baissèrent leurs armes. Leur chef et quatre membres de leur groupe étaient morts, et trois autres étaient blessés. Un seul sauveteur avait trouvé la mort ; un autre avait le bras blessé.

— Toron ! cria Fliara en courant vers le minotaure à la mèche blanche.

Elle le serra dans ses bras. Pour une raison inconnue de sa part, Hecar ressentit une pointe de jalousie. Il n'était assurément pas attiré par la sœur de Kaz. Vraiment, vraiment pas.

— Si je m'attendais à te voir impliquée dans une telle situation, petite sœur ! lança Toron. Tu as toujours été la plus droite et la plus sérieuse de la famille !

— Toron ? (Hecar réalisa qu'il l'avait connu plus jeune, mais les années ayant passé, il ne l'avait pas reconnu. Il se tourna vers Kaz.) Kaz ! Ton frère est…

Kaz avait disparu.

Hecar scruta rapidement la rue déserte, craignant de découvrir le corps sans vie de son ami. Mais il ne se trouvait nulle part.

Delbin lui tira le bras. Hecar regarda le kender qui continuait à contenir un gloussement.

— Il t'a vraiment bien eu, hein ? C'est vrai qu'il ressemblait vraiment à Kaz et c'est ce qu'il m'avait dit qu'il ferait pour que Kaz puisse en profiter pour accomplir sa tâche, une chose qu'il n'aurait pu faire s'il était resté prisonnier dans le temple…

— Mais de quoi parles-tu, Delbin ? Tu prétends que ce n'était pas Kaz qui nous accompagnait ?

— En effet, c'était l'homme en gris de mes rêves et il m'a dit que Kaz aurait plus de chances de sauver Ty si nous étions en sécurité ; en plus, Helati a parlé à votre clan et…

— C'est pourquoi nous avons décidé de montrer au temple qu'il ne pouvait pas malmener Orilg, notamment ma propre famille. (Toron tapota l'épaule d'Hecar.) Y compris toi, Hecar ! Je n'ai pas entendu tout ce que cette petite créature a raconté ! Où se trouve Kaz ?

— Delbin prétend que ce n'était pas Kaz qui nous accompagnait, mais un mage ayant pris son apparence. Kaz est parti au secours d'une jeune humaine, prisonnière du grand prêtre. Cette femelle est apparemment importante.

— On devrait donc aller au temple pour l'aider ! Les autres peuvent se charger de ces prisonniers !

— Non ! lança Delbin. Le mage a dit que nous devions nous rendre à l'arène !

— Si seulement Helati était là, elle aurait été de bon conseil, murmura Hecar.

— Elle en a déjà fait suffisamment, répondit Toron, si on considère qu'elle nous a aidés à monter cette embuscade !

— Helati est en ville ? Comment est-ce possible ? Où est-elle ?

— Non, elle n'est pas là, pas vraiment…

— Où est Kaz ? demanda Fliara, les interrompant.

— Si j'ai bien compris, lui répondit son frère, il n'est pas là. A en croire Hecar, il doit se trouver au temple.

— Alors nous sommes dans la mouise.

— Et pourquoi ? lui demanda Hecar.

Elle regarda autour d'elle pour vérifier une chose.

— Scurn n'est plus là…

***

La cérémonie annonçant le duel impérial commençant, Infernus ressentit un vague signal de détresse. Il avait imprimé ce signal au sortilège emprisonnant la jeune dragon afin de l'avertir d'une évasion éventuelle.

Infernus ne la croyait pas encore suffisamment puissante pour pouvoir s'échapper. Une influence extérieure était donc responsable et ne pouvait concerner qu'une seule créature audacieuse, même si cela lui paraissait impossible.

— Kaz… murmura-t-il.

Un de ses conseillers l'entendit chuchoter et se tourna dans sa direction.

Le siège du grand prêtre était vide.

CHAPITRE XVII

LE JEUNE DRAGON D'ARGENT

Le vol plané et le choc auraient dû tuer Kaz. Il le savait. La force même avec laquelle il avait été projeté aurait dû lui briser le crâne ou la nuque. Une mort similaire à celle de son père…

Sa tête battait cependant au rythme d'un millier de tambours, preuve évidente de sa survie. Ses muscles lui faisaient mal, mais c'était mieux que des os fracturés et un corps meurtri.

— Kaz ! Ne meurs pas ! S'il te plaît !

— Je suis… je suis en vie, Ty, mais je pense que je vais le regretter au cours des prochaines minutes.

— Je croyais que tu allais mourir ! J'ai fait de mon mieux pour que ta chute soit freinée !

Son mal de tête disparaissant peu à peu, Kaz parvint à voir que Ty était toujours retenue prisonnière, mais que le globe qui l'entourait était maintenant rose pâle, ne répondant plus au rythme de sa respiration.

— Tu veux dire… que *tu* m'as empêché de me briser le cou ?

— Je ne voulais pas que cela puisse arriver ! Pas après… ce qui était arrivé à Ganth, dit-elle en sanglots.

— Du calme, Ty. (Kaz se releva lentement. Son bras, déjà blessé dans les bois plusieurs jours auparavant, lui faisait incroyablement mal.) Ce n'était pas ta faute. Accuse plutôt Infernus !

— Je le déteste ! Si seulement je pouvais faire quelque chose !

Kaz se frotta le menton, à la fois pour chasser la douleur et réfléchir.

— Tu peux probablement faire quelque chose, Ty. Tu te souviens de l'homme en gris dans tes rêves ? Il m'a parlé. Il m'a dit que tu avais une puissance en toi. La seule chose que tu aies à faire est de te souvenir de ce que c'est d'être un dragon, un dragon d'argent.

Ty ferma les yeux, en pleine concentration. Mais rien ne se produisit. Après quelques secondes, la jeune femme rouvrit les yeux et secoua la tête.

— Je suis désolée, Kaz. J'essaye. J'essaye depuis qu'il m'a emprisonnée ici. J'ai encore essayé quand l'homme en gris m'a dit que tu viendrais, mais je n'y arrive pas ! Je me souviens uniquement de ma vie sous forme humaine !

De ce que Kaz se souvenait des dragons, il savait qu'ils naissaient avec une intelligence exceptionnelle. Ils comprenaient naturellement comment utiliser leurs ailes et leurs capacités les plus ordinaires, physiques et magiques. La magie était innée chez les dragons, développant leurs premiers tours dès leurs premiers jours en raison de leur adaptabilité.

— C'est en toi, Ty. C'est le seul moyen que nous ayons de vaincre Infernus. Il désire contrôler ton corps de dragon… et conserver ton esprit humain. Il veut que tu lui obéisses. Il a également besoin de toi vivante, ce qui peut jouer en notre faveur.

Ty essaya à nouveau. Elle faillit presque arriver à quelque chose, mais elle arrêta, pantelante.

— Si je pouvais d'abord te sortir de là.

Kaz chercha le bâton et se rappelant de la scène, il vit un tas de cendres. Il espérait que rien n'était arrivé au mage au moment de la destruction du bâton. Les bâtons des mages étaient très importants à leurs yeux car ils contenaient souvent des sorts de leur création. Et ces bâtons étaient parfois même liés à l'existence même des mages. Avait-il blessé l'homme en gris ?

Il devait par conséquent trouver autre chose, un objet magique pour interférer avec l'aura rosâtre.

Un objet magique ?

Le globe qui affichait la scène se déroulant dans l'arène flottait toujours au même endroit. Et la magie possédait la même source que l'aura rosâtre qui emprisonnait Ty : Infernus.

— Ty, je vais tenter une chose. Tu crois pouvoir nous

protéger d'un quelconque retour de sort ? lui demanda-t-il en indiquant le globe.

— Je vais faire de mon mieux, Kaz.

— Parfait. Espérons maintenant que je puisse le toucher.

— Infernus le faisait.

— C'est plutôt… encourageant.

Kaz tendit la main avec précaution en direction du globe, espérant aucune mauvaise réaction.

Il ressentit des picotements dans les doigts en touchant la sphère magique ; c'était comme toucher une chose douce et malléable, mais pourtant solide. Le globe était légèrement chaud. Satisfait, il le souleva au niveau de sa poitrine, puis de sa tête.

— Prépare-toi, Ty.

Il lança le globe magique sur la prison de Ty et recula en même temps aussi vite que possible.

Rien ne se passa malheureusement, le globe disparaissant subitement.

— Tu es vraiment un nuisible très tenace, minotaure.

Infernus se tenait à côté de la fenêtre. Ses yeux brûlaient d'un rouge éclatant. La sphère flottait au-dessus de sa main. Sans quitter Kaz du regard, il se débarrassa de l'artefact.

— D'autres me l'ont déjà dit, rétorqua Kaz. Et la plupart sont morts.

— Tu crois sérieusement que tes paroles me font peur, Kaziganthi de-Orilg ? Tu crois que je tremble de peur face à cette menace ? Tu n'es rien pour moi, une simple goutte de pluie ou une piqûre d'insecte. Je suis Infernus ! L'incarnation même de la puissance ! Je suis un dragon !

— Attention, vos loyaux serviteurs pourraient vous entendre.

— Ces salles sont totalement insonorisées, minotaure. Je peux ainsi régler le sort de ceux qui échouent à mon service. Comme les soldats qui devaient te capturer dans ton hameau. Ou ce prêtre qui se plaignit de mes méthodes. Ou encore ce général qui crut pouvoir maltraiter le nouveau grand prêtre pour en faire son serviteur. Tous ceux qui m'ont défié ont payé leur folie de leurs vies… et tu vas les rejoindre.

Infernus pointa son doigt en direction de Kaz.

Un flot de roche fondue s'abattit sur Kaz. La chaleur

commença par le brûler. Les roches se dirigeaient vers lui de toutes les directions. Kaz s'attendit à mourir sur le moment.

Il survécut, les roches refroidissant en le touchant et se brisant.

— C'est impossible ! beugla le dragon rouge. Ou alors… c'est toi la responsable !

Ses paroles étaient dirigées contre Ty qui avait recouvré une partie de ses forces.

— Je ne vous laisserai pas lui faire de mal !

— Ah oui ? Jeune enfant, si ta volonté était aussi forte que celle du minotaure, je pourrais craindre tes paroles, mais tu n'es rien. Tu es une enfant ayant à peine découvert comment respirer et manger. Tu connais quelques tours de magie et tu penses pouvoir t'opposer à moi ! Je suis vieux de plusieurs siècles, et le plus dangereux de tous ! Ne t'en mêle pas car j'ai besoin de toi vivante, mais pas nécessairement dans un corps valide. Simplement vivante.

Ty lui lança un regard mauvais.

Un souffle de vent frappa le dragon-minotaure, sans résultat. Infernus sourit et fit retomber le vent avec un geste de la main. Le dragon rouge lança lui aussi un regard mauvais à la jeune femme.

Sa prison commença à crépiter, une nouvelle énergie la consolidant. Ty s'agita sans pousser le moindre cri.

Furieux de l'attaque du dragon, Kaz bondit en direction d'Infernus. Malheureusement, Infernus était bien plus rapide que n'importe quel minotaure. Il tourna son regard vers lui et Kaz se retrouva paralysé, flottant dans l'air. Le grand prêtre s'avança vers lui, son expression prenant de plus en plus les traits reptiliens d'un dragon.

— Ça suffit ! Il faut que cela se termine ! L'empereur Polik doit être en train de livrer le duel qui lui permettra de réaffirmer son droit à mener la race dans la grande campagne. Il va bien sûr triompher de son adversaire au cours d'un combat truqué. Ma présence sera nécessaire pour annoncer au peuple le jour du destin. Tu peux donc te considérer chanceux car ta mort sera rapide.

Kaz parvint à peine à réprimer un cri de douleur, Infernus écartelant ses membres. Ses muscles se tendirent et il sentit ses os sur le point de rompre. Il lutta contre la douleur, mais ses efforts étaient vains. Infernus était sur le point de le démembrer, lentement mais sûrement.

— Laisse-le tranquille ! cria Ty. Laisse-le vivre !

Infernus s'esclaffa simplement.

— Je t'ai dit de le laisser tranquille !

Un cri résonna dans la salle. Le minotaure tomba sur le sol de pierre, sa jambe gauche engourdie.

— Tu… m'as… fait… mal… espèce… de petite garce…

Infernus était plaqué contre un pilier, sa poitrine battant rapidement, les yeux remplis de colère et de stupéfaction. Même si aucune blessure physique n'était visible, Infernus avait assurément reçu un coup puissant.

Se relevant, Kaz se dirigea vers Infernus. Chacun de ses muscles le faisait souffrir.

— Je constate… que je vais devoir repenser… ton éducation.

Le minotaure était suffisamment proche.

— Infernus ? lui dit-il.

Le grand prêtre, encore étourdi, se retourna.

Kaz lui lança un violent coup de poing.

Infernus recula en titubant, la puissance du coup de Kaz étant suffisante pour le faire tomber à terre.

Si seulement le Visage de l'Honneur était dans ma main, pensa Kaz. *Je pourrais probablement l'achever.*

A peine son souhait émis, Kaz réalisa que sa hache se trouvait dans sa main. La volonté du dragon avait été amoindrie, libérant l'arme magique. Le Visage de l'Honneur obéissait à nouveau à son véritable maître.

Kaz grimaça en se dirigeant vers le prêtre étendu au sol. Infernus se relevant, Kaz arriva à sa hauteur et leva sa hache.

— Pour mon père et tous les autres minotaures, dragon !

Un serpent rouge sang le poussa en arrière. Kaz tomba en reculant, son arme toujours en main. Mais ce n'était pas un serpent qui l'avait attaqué ; c'était une longue queue recouverte d'écailles.

Une queue de dragon.

Infernus était en train de se transformer, délaissant son apparence de minotaure. Sa robe de prêtre se déchira en lambeaux, incapable de contenir la forme grossissante. Des ailes apparurent dans son dos, puis s'ouvrirent et se déplièrent. Le dragon avait presque terminé sa transformation lorsque Kaz commença à se relever.

Le visage reptilien se tortilla dans sa direction.

— Insupportable créature ! Misérable insecte ! Tu as osé me frapper ! Tu as cru un instant pouvoir me détruire !

— Tu aimes t'entendre parler, n'est-ce pas ? lui lança Kaz. Tu es un beau parleur.

Ses paroles rendirent le léviathan encore plus furieux. C'était ce que désirait Kaz ; de ce qu'il se souvenait de la guerre, les dragons rouges possédaient des tempéraments fougueux qui les menaient souvent à leur propre ruine au combat.

— Je vais t'écraser !

Infernus leva sa patte monstrueuse et l'abattit sur le minotaure. Kaz bondit sur le côté et l'esquiva.

— Ta race n'était rien avant ma venue, minotaure ! Vous ne valiez pas mieux que les animaux auxquels vous ressembliez ! C'est moi qui ai fait de vous cette race supérieure ! Et toi-même, tu es le résultat de mon travail sur la race ! Tu devrais être reconnaissant ! Sans moi, cette race aurait disparu depuis longtemps ! Je ne fait que réclamer mon dû !

— Ton dû t'attend dans ma main, répondit Kaz en levant sa hache.

Infernus leva à nouveau sa patte pour frapper le guerrier. Kaz parvint une nouvelle fois à l'éviter. Il en profita pour contre-attaquer et la lame scintillante du Visage de l'Honneur s'enfonça dans la patte du dragon.

Poussant un cri de rage, Infernus retira sa patte blessée et projeta Kaz et son arme dans la salle. Du sang éclaboussa le sol et le minotaure, le dragon rouge secouant sa patte. Le minotaure se releva tant bien que mal et ramassa son arme. Sans hésiter, il avança à nouveau en direction du léviathan rouge, la hache prêtre à frapper son autre patte avant.

Son adversaire monstrueux le vit trop tard, Kaz le frappant à nouveau.

Son cri de douleur faillit éclater les tympans de Kaz. Il était impossible que les hurlements du dragon ne puissent pas traverser les murs insonorisés, magiques ou pas, conçus par Infernus.

— Insecte ! Je vais te dévorer ! Je commencerai par une main, puis un pied, et j'utiliserai ma magie pour te maintenir en vie jusqu'à ce que je termine par ta tête ! Je vais te faire souffrir comme tu n'as jamais souffert de toute ton existence !

— Encore de belles paroles, rétorqua Kaz. C'est bien la seule chose que tu saches bien faire !

Le regard d'Infernus s'embrasa et il ouvrit la gueule. Un grand jet de flammes partit en direction de Kaz. Kaz fit une roulade pour éviter le plus gros des flammes.

Mais le jet de flammes se tourna brusquement vers le plafond. Les tapisseries s'embrasèrent et le plafond commença à se craqueler sous la chaleur.

Le dragon se tourna vers sa prisonnière.

— Encore toi ! Tu commences vraiment à m'agacer ! Je vais devoir m'occuper de toi avant le minotaure !

Ty et sa prison magique commençaient à se dissiper.

— Kaz !

— Ty ! Lutte contre son pouvoir ! Tu es un dragon, comme lui ! Tes pouvoirs sont aussi forts ! Tu as pu le constater ! Ne le laisse pas faire, jeune fille !

— Ka…

Ty disparut complètement.

— Et maintenant, beugla Infernus, sa tête tournée vers le minotaure, je vais finir ce que j'ai commencé, insecte. L'empereur Polik doit être au combat et mon peuple a besoin de moi. Tu vas mourir !

— C'est ce que tu crois ?

Kaz leva le Visage de l'Honneur devant lui.

— Oh oui, insecte ! Je vais te tuer !

Le dragon dressa sa tête. Kaz n'espérait pas pouvoir arrêter le souffle du dragon avec sa hache, même magique.

Le sol commença cependant à trembler subitement. Le dragon se balança d'avant en arrière, surpris par la secousse. Il hurla de colère, perdant l'équilibre. Il battit ses grandes ailes, mais la salle n'était pas suffisamment vaste pour qu'il puisse s'élever dans les airs. Il tomba finalement en avant.

Le minotaure s'éloigna de l'épicentre du tremblement de terre. Il n'avait aucune idée de son origine, mais il remercia Paladine, Kiri-Jolith et Habbakuk pour ce moment de répit.

Un hurlement de défi retentit du sol de la salle craquelé, les pierres voltigeant dans toutes les directions. Infernus lutta pour se remettre à quatre pattes, mais les secousses l'en empêchèrent à chaque fois.

L'origine du tremblement de terre traversa alors brusquement le sol, une tête argentée se dressant rapidement. Ses écailles scintillaient et des ailes aussi lisses que la glace se déplièrent pour la première fois. Malgré les ressemblances physiques entre les deux visages reptiliens, le second dragon possédait un trait de noblesse dans le visage, le sens de l'honneur.

Le dragon d'argent regarda autour de lui et vit Kaz qui le regardait avec du respect mêlé d'admiration.

— Kaaazzz ! Je ne voulais pas qu'il te fasse du mal !

— Ty… Tiberia.

— Le dragonnet s'est donc réveillé ! lança Infernus d'un ton railleur. Le moment est mal choisi, mais je ferai avec. Je pourrai donc commencer plus tôt ton éducation.

— Non ! Tu ne te préoccupes que de toi ! Tu fais le mal et tu ne désires que l'obéissance des autres ! Mais moi, je ne t'obéirai pas, jamais ! Et je vais m'assurer que tu ne feras plus de mal aux autres !

Malgré sa puissance, Kaz doutait que Tiberia puisse vaincre Infernus. Elle ne possédait pas la duplicité et l'expérience du dragon rouge. Elle avait besoin que quelqu'un, une personne possédant une certaine expérience du combat avec les dragons, la dirige.

Pourquoi toujours moi ? marmonna Kaz en silence. *Pourquoi ?*

— Tu me défies, jeune fille ? Tu penses être assez forte pour ça ? J'ai tué de nombreux dragons au cours de mon existence. Et un bon combat sera le bienvenu ! Je ne te tuerai pas cependant car j'ai besoin de toi, mais tu ne voleras plus jamais car je vais t'arracher les ailes !

Kaz vit de l'incertitude poindre au fond des yeux du dragon d'argent, ses ailes scintillantes battant nerveusement.

Infernus ne prêtant plus aucune attention au minotaure, Kaz attendit de sortir de son champ de vision pour courir aussi vite possible.

— Abandonne, jeune fille. Ta place est à mes côtés, mais tu dois…

Kaz choisit cet instant pour bondir sur le dos de Tiberia. Le dragon d'argent se tortilla, mais ne fit heureusement rien pour se débarrasser de ce poids soudain. Elle recula cependant, l'action du minotaure ayant brisé sa peur.

— Tiberia… Ty… recule encore et laisse-moi grimper sur ton cou !

Le dragon lui obéit un peu maladroitement.

— Tu veux jouer les cavaliers dragons ? lui lança Infernus. Et où se trouve donc ta lancedragon, minotaure ?

— Ma hache et mon amie suffiront, Infernus !

Kaz espérait ainsi donner quelque confiance à sa nouvelle monture. Infernus ne prit bien évidemment pas sa menace au sérieux.

— Je te félicite pour ton sens de l'humour, insecte !

Une tornade souffla subitement dans la salle, projetant les débris de pierre vers Kaz et Tiberia. Le dragon réussit à en repousser toutefois une partie, Kaz se protégeant derrière sou cou. Les éclats de pierre lui entaillèrent néanmoins les bras et les jambes. Tiberia poussa un hurlement, les pierres la frappant avec force.

— Donne-moi le minotaure, jeune fille, et j'arrêterai !

— Non ! Jamais !

Kaz grimpa encore davantage sur le cou de Tiberia afin de pouvoir lui parler.

— Une boule de feu ! Si tu pouvais en invoquer une et la diriger…

Tiberia lança une boule de feu sur la poitrine du dragon rouge. Les flammes léchèrent Infernus un instant, la créature monstrueuse à peine affectée.

— Du feu ? Tu m'envoies une boule de feu ? Je suis un dragon rouge ! Le feu est mon élément !

Un anneau de flammes jaillit autour de Tiberia, le dragon d'argent reculant dans cette nouvelle prison enflammée. Infernus s'esclaffa.

Kaz s'adressa à nouveau discrètement au dragon d'argent.

— Ecoute bien tout ce que je te dis de faire, Tiberia ! Je veux que tu envoies une nouvelle boule de feu ! Je…

— Mais ça ne lui fait rien !

— Ce n'est pas ça le principal ! Ecoute-moi ! Vise ses yeux ! Envoie la plus grosse boule de feu que tu puisses créer ! Maintenant !

Kaz retint son souffle, attendant le sortilège de Tiberia. Il sentit le léviathan d'argent trembler. Une sphère de flammes plus grosse que la tête du dragon rouge partit en direction du visage d'Infernus. Son sourire railleur laissa place à de la stupéfaction.

— Attaque-le maintenant qu'il est aveuglé, Tiberia ! C'est notre seule chance !

Le dragon d'argent bondit par-dessus les flammes sans la moindre hésitation. Infernus, tentant de recouvrer la vue, n'était pas prêt à la charge de la jeune dragon d'argent. Le dragon rouge tenta de la repousser avec ses pattes blessées, en vain. Les deux gros reptiles s'écrasèrent l'un contre l'autre, Kaz s'accrochant désespérément.

— Tiberia, recommence ! Dans les yeux !

Malgré sa posture, Tiberia parvint à envoyer une troisième boule de flammes, un peu moins grosse, sur Infernus. Infernus se tortilla pour se protéger les yeux.

— Immobilise-le ! lui cria Kaz.

Le guerrier minotaure se pencha sur le côté et frappa Infernus au cou avec sa hache. Le dragon rouge se tortilla une nouvelle fois et la hache s'enfonça dans son épaule.

Infernus poussa un hurlement de douleur et repoussa Tiberia et Kaz sur le côté. Le dragon d'argent percuta le mur séparant les appartements privés de la grande salle d'audience, et le traversa. Il se retrouva finalement perché sur l'estrade qu'Infernus utilisait en tant que grand prêtre.

Kaz était stupéfait d'être toujours en selle sur son amie, et en vie. Le corps de Tiberia avait troué le mur.

— Je vais te dévorer lentement, minotaure ! beugla Infernus depuis l'autre salle, des lézardes courant maintenant jusqu'au plafond. Et toi jeune fille, je vais t'arracher les ailes !

Kaz se demanda si cette partie du temple résisterait longtemps. Les deux dragons survivraient assurément à un éboulement, mais Kaz ne possédait pas la résistance de leur peau écailleuse.

Tiberia regarda son adversaire et invoqua une nouvelle boule de feu. Le dragon rouge réagit cependant rapidement et l'esquiva.

— Tes tours sont terminés, jeune fille, grogna le monstre rouge. C'est fini !

Infernus la chargea. Tiberia essaya de reculer et tomba de

l'estrade. La chute projeta Kaz à terre, en bas des escaliers menant à l'estrade.

Kaz vit les deux énormes dragons tomber dans sa direction et se précipita en direction de la porte qu'il avait barrée. Il n'abandonnerait pas Tiberia, mais il préférait éviter d'être écrasé.

L'estrade se retrouva rapidement réduite en gravats sous le poids combiné des deux dragons. Kaz remercia silencieusement Infernus d'avoir fait construire une salle aussi grande car il échappa à une mort certaine.

Les deux dragons combattaient maintenant avec leurs crocs et leurs griffes, Infernus essayant de trancher la gorge de Tiberia et la jeune dragon tentant simplement de se protéger. Kaz eut une autre idée.

— Tiberia ! Ses blessures ! Mors-le à cet endroit !

Kaz savait que les blessures infligées par le Visage de l'Honneur devaient le faire souffrir, la hache magique infligeant des dégâts toujours conséquents.

Tiberia essaya de mordre Infernus, mais sa position ne lui permit pas de se rapprocher de lui. En désespoir de cause, elle planta ses griffes dans l'une des blessures du dragon rouge. Infernus recula en sifflant, sa patte ensanglantée.

Tiberia en profita pour se rapprocher de Kaz près de la porte. Kaz se retourna pour tenter d'ouvrir les portes, mais il n'en eut pas le temps.

— Non ! Vous resterez ici ! Je vous l'ordonne ! cria Infernus en levant sa patte.

Kaz comprit la colère du dragon ; s'il ouvrait la porte, la présence des dragons serait révélée. Et Infernus ne voulait assurément pas que les prêtres le sachent.

Le monstre écarlate invoqua un sort qu'il n'eut pas le temps de finir, la porte et les murs attenants cédant sous le poids du dragon d'argent. Si les gardes étaient restés derrière la porte, Kaz les plaignit presque.

Le minotaure s'élança à travers la brèche dans le mur maintenant défoncé. Tiberia se trouvait maintenant dans le couloir, le dragon rouge se rapprochant toujours. Infernus semblait ne plus se soucier de cacher la vérité.

Le calme régnant dans le couloir laissa place au chaos. Plusieurs corps étaient couchés au sol, les victimes de l'effondrement des murs et des portes. Infernus avait dit la vérité en assurant que ses quartiers étaient insonorisés car plusieurs de ses serviteurs se tenaient dans le couloir, bouche bée face aux deux dragons. Les plus intelligents finirent par s'enfuir, pris de panique.

Kaz voulait sortir Tiberia de là car l'exiguïté de l'endroit ne lui permettait pas de manœuvrer avec agilité. Mais il craignait également qu'elle doive affronter Infernus en combat aérien.

Kaz essayant de se rapprocher du dragon d'argent, Infernus jaillit par la brèche. Des blocs de marbre tombèrent dans le couloir, tuant net un prêtre. Kaz esquiva plusieurs blocs avant de trébucher sur des gravats, tombant sur le dos. Un bloc menaçait de tomber du plafond.

Avant même de pouvoir réagir, des mains puissantes le tirèrent en arrière. Il lâcha le Visage de l'Honneur. Le bloc de marbre le manqua de peu. Kaz se tourna vers son sauveur et découvrit Scurn, les yeux écarquillés.

— Tu as disparu pendant le combat, Kaz ! lui lança le minotaure balafré. Je savais que tu reviendrais ici ! Je savais que tu essayerais de sauver cette maudite humaine et je veux t'aider pour me venger de ce satané prêtre !

— Scurn ! Ne t'en mêle pas ! Sors de là ! Tu dois partir !

— Que s'est-il passé ? Où se trouve la fille ? Et qui sont ces dragons, Kaz ?

— Le dragon d'argent c'est la jeune fille et le rouge n'est autre que ton cher grand prêtre ! Ce sont tous les deux des dragons, Scurn ! Depuis toujours !

— Des dragons ? Le grand prêtre est un dragon rouge ? Qu'est-ce que tu racontes comme imbécillités ?

— Je te dis qu'il en a toujours été ainsi ! C'est lui depuis des siècles, sous des formes différentes ! Il a tué les grands prêtres pour prendre leur apparence ! Ecoute-moi donc !

Scurn réfléchissant à ses paroles, Infernus les aperçut.

— Insecte… et cet incapable de capitaine ! Quelle situation inattendue ! Vous mourez finalement ensemble !

Même si la voix n'était plus précisément celle de Jopfer, Scurn la reconnut cependant, son visage se couvrant d'horreur.

Le dragon d'argent s'interposa à nouveau devant Infernus.

— Je t'ai demandé de les laisser tranquilles ! Kaz est mon ami ! Tu ne lui feras aucun mal !

— Tu es vraiment entêtée, ma fille, et tu te répètes ! Mais

je te débarrasserai de ton opiniâtreté ! Toi et ton petit ami m'avez suffisamment gêné !

Les deux dragons se firent face une nouvelle fois, leurs corps massifs causant des ravages à l'édifice au moindre de leurs déplacements. Une partie du plafond s'effondra derrière Infernus. La plupart des gardes et des prêtres avaient maintenant disparu.

— C'est… c'est vraiment le grand prêtre ? murmura Scurn.

— Et c'est également un dragon, Scurn, qui croit pouvoir contrôler nos vies et nos destinées ! Il pense être notre maître de droit !

— Notre maître ?

Kaz venait de toucher le point sensible de tout minotaure. Personne, excepté eux-mêmes, n'avait le droit de diriger la race. Tous les autres étaient des ennemis de la nation.

— Il veut être notre maître ?

— C'est exact, Scurn. Il veut contrôler notre corps, notre esprit et notre âme.

— Que Sargas m'emporte… cela ne se passera pas ainsi !

— Nous devons alors aider le dragon d'argent ! C'est notre seul espoir !

Scurn acquiesça, son regard n'ayant pas quitté le dragon rouge.

— C'est vrai, Kaz. Tu as raison.

A sa grande surprise, Scurn l'abandonna pour fuir dans les rues de la cité. Kaz était stupéfait ; il ne s'était pas attendu à une grande aide de la part du capitaine, mais qu'il fasse preuve d'une telle lâcheté le laissa sans voix.

— Tu viens de perdre ton allié, minotaure ! lui lança Infernus. Quel lâche celui-là !

— Mais moi, je suis toujours là !

— Comme si cela allait changer quelque chose, insecte !

Le dragon rouge abattit sa queue sur le mur latéral, des blocs de pierre voltigeant en direction de Tiberia et de Kaz. Tiberia esquiva ce qu'elle put et utilisa une de ses ailes pour protéger Kaz.

— Prépare-toi à m'accueillir, Tiberia ! lança Kaz.

Le dragon d'argent baissa la tête et le minotaure put à nouveau sauter sur le cou de la créature. Kaz planta ses pieds au niveau des écailles, se créant ainsi des étriers.

Infernus arriva alors sur eux. Leurs griffes claquèrent et

s'entrechoquèrent. Kaz en profita pour ouvrir la main, le Visage de l'Honneur réapparaissant.

Le dragon rouge n'utilisait plus de sortilèges car il désirait peut-être conserver ses forces pour le combat physique. Infernus avait peut-être également embrassé la philosophie minotaure, ces derniers préférant le combat physique à la puissance magique. Ce dragon vivait parmi eux depuis si longtemps qu'il avait peut-être pris certains de leurs traits de caractère.

Infernus demeurait néanmoins un adversaire redoutable.

Les dragons continuant leur combat, Kaz frappa à nouveau Infernus sur une patte. La colère et la rage du dragon rouge firent reculer Tiberia.

Le minotaure se sentait vraiment inutile. Armé d'une lancedragon, il aurait pu transpercer Infernus et le tuer, mais sa hache, malgré ses pouvoirs, lui permettait uniquement de harceler son adversaire. S'il voulait le tuer, il devait atteindre son cou ou sa poitrine.

Kaz regarda sa hache de prédilection, souhaitant la voir se transformer en une de ces légendaires lances de guerre. Une lancedragon leur permettrait de triompher.

Le Visage de l'Honneur trembla alors dans sa main et commença à s'allonger. La lame polie se rétracta dans le manche qui continuait de s'allonger. Le manche se dota également d'une garde de protection autour de sa main. Puis une extension sortit du manche pour venir s'enrouler autour du cou de Tiberia.

En l'espace d'un instant, le Visage de l'Honneur se transforma en une lancedragon, son propriétaire prêt à en découdre.

Kaz s'était toujours posé des questions sur les origines de sa hache et il réalisa qu'elle avait toujours été liée aux lances. L'artisan nain qui l'avait donnée à Sardal Corne de Cristal faisait peut-être partie du même groupe de nains ayant remis les premières lancedragons à Huma.

— Tiberia, recule-toi !

Sa compagne lui obéit. Infernus ne comprit pas tout de suite pourquoi le minotaure lui avait donné un tel ordre jusqu'à ce que son regard se pose sur l'arme longue et majestueuse.

— Nous avons donc maintenant un chevalier parmi nous, déclara Infernus d'un ton railleur.

— Je ne suis pas chevalier, rétorqua Kaz en dirigeant la

pointe de la lance vers la poitrine du dragon, mais c'est effectivement la lancedragon d'un chevalier. Tiberia, en avant !

Le dragon d'argent, ayant foi en lui, lui obéit sans hésiter. Il chargea Infernus. Le dragon l'esquiva et la lancedragon se planta dans son aile, la déchirant aussi aisément qu'une lame embrasée plantée dans la neige.

Infernus hurla de douleur, son regard fixé sur la grande déchirure dans son aile. La lance le transperça à nouveau. Kaz avait quelques difficultés à diriger la lancedragon, cette dernière possédant presque une volonté. Ces armes lui avaient toujours semblé être « animées » en quelque sorte.

La lancedragon transperça deux fois encore le dragon rouge de plus en plus déconcerté. Ces blessures n'étaient pas graves individuellement, mais leur nombre commençait à faire quelques dégâts au dragon.

Infernus recula, détruisant encore plus les murs et le plafond. Ses yeux se fixèrent sur l'arme maudite. Et il invoqua un sortilège.

La lancedragon se mit subitement à briller. Une aura écarlate l'entoura, l'arme prenant une couleur noire. Kaz sentit la lance se raidir et devenir plus froide au contact.

Non ! Pas maintenant ! se dit Kaz, désespéré. *Nous le tenons !*

La lancedragon réagit cependant peu à peu, la noirceur disparut et l'arme redevint chaude. L'aura écarlate disparut.

— C'est impossible ! siffla Infernus. Non !

Le dragon maintenant affaibli n'avait pas réussi à se débarrasser de cette arme légendaire. La lance le frappa à nouveau par deux fois, transperçant la même aile et le cou du dragon.

Le souffle coupé, Infernus se pressa en reculant contre les restes d'un mur. Ses yeux exprimaient toujours la surprise et pour la première fois, la peur.

— J'ai travaillé dur et longtemps ! Vous ne me volerez pas ma destinée ! Vous ne me volerez pas mes minotaures !

Le couloir se remplit soudainement d'un essaim de minotaures. Certains portaient des lances, d'autres des épées, et un autre groupe de longues cordes épaisses équipées de crochets. Ils entourèrent bientôt les dragons, les guerriers tenant les cordes commençant à encercler le dragon rouge.

Scurn dirigeait le groupe. Kaz réalisa que ces minotaures appartenaient à la Garde Minotaure, leur quartier général étant voisin du temple.

Le dragon rouge commença à prêter attention aux minotaures lorsque les gardes lancèrent les premiers crochets. Le premier accrocha une patte, le deuxième son ventre. Le troisième s'enroula autour de son long cou musclé. Les lanciers avancèrent ensuite et plantèrent leur lance au sol afin de gêner le dragon s'il venait à bouger. Malgré leurs regards méfiants, ils évitèrent Tiberia.

— Quelle est cette plaisanterie ? beugla Infernus. Arrêtez ça sur-le-champ !

Il retira un des crochets, trois autres l'agrippant.

Cette scène donna à Kaz l'occasion de voyager dans ses souvenirs passés. Les minotaures utilisaient alors ces techniques lorsqu'ils combattaient les alliés dragons de leurs ennemis qui se trouvaient à terre. Les nombreux crochets agrippés dans les écailles d'un dragon l'empêchaient de s'envoler.

Scurn n'avait bien sûr pas oublié cette technique.

— Kaz ! cria Tiberia. Je fais quoi maintenant ?

Kaz aurait bien voulu battre en retraite et laisser faire Scurn et ses soldats, mais il soupçonnait Infernus de parvenir à se libérer. Scurn le savait également, mais il lui donnait un certain avantage au combat.

— Recule-toi ! lui dit Kaz. Nous allons viser la poitrine. Et laisser la lance lui infliger le coup fatal !

Le dragon d'argent lui obéit, évitant les minotaures qui s'agitaient au sol. Kaz abaissa la lance en direction du dragon rouge.

Infernus stoppa sa tentative de se libérer des crochets et fixa le jeune dragon et son cavalier. Un sourire entendu se dessina sur son visage.

Soudain, Infernus bondit dans les airs, sa tête frappant le plafond. Les blocs de marbre voltigèrent et une pluie de gravats tomba sur les gardes, semant la mort et la destruction dans leurs rangs. Seul un minotaure resta agrippé à la corde reliée au dragon ; il s'envola avec Infernus, mais lâcha finalement prise et retomba à terre, mort.

Kaz réalisa alors que le corps du minotaure n'était autre

que Scurn qui avait combattu jusqu'à la fin. Kaz avait quelques difficultés à comprendre le guerrier qui avait été à la fois son rival, son adversaire et enfin son allié. S'il en avait eu le temps, il aurait aimé pouvoir regarder le reflet du minotaure dans la surface polie de sa hache, ce dernier ayant probablement recouvré son honneur.

Le dragon rouge était maintenant dans les airs, visible de tous. La dernière chance de pouvoir l'éliminer était de le suivre.

— Reculez ! cria Kaz aux derniers gardes encore présents. (Puis, s'adressant à Tiberia :) Si tu penses pouvoir voler, nous devons le poursuivre.

— Je pense pouvoir le faire, Kaz. Vraiment…

La voix de Tiberia semblait maintenant plus adulte ; les effets du combat. Kaz serra bien le cou de Tiberia, le dragon d'argent battant ses ailes pour la première fois. Il bondit ensuite à travers le trou dans le plafond.

Infernus les attendait quelque part dans les cieux.

CHAPITRE XVIII
LE COMBAT AÉRIEN

Sur l'insistance de Toron et de Delbin, Hecar et les autres prirent la direction de l'arène, rejetant le temple. Entourés par les autres membres du clan Orilg, ils se fondraient aisément dans la foule des spectateurs.

— Je n'aime pas ça ! déclara Fliara à Hecar. Je me moque de ce que Toron peut dire… et je me contre-moque que ce petit monstre puisse insister ! On devrait retourner au temple ! Pense à Scurn et à la haine qu'il éprouve pour mon frère.

— Ecoute-moi, lui répondit Hecar. C'est la première fois que je vois Delbin prendre un air aussi sérieux. Je sais que les paroles d'un kender sont généralement fugitives, mais je le connais suffisamment bien pour comprendre que son insistance est importante. J'étais moi aussi à côté de Kaz… ou de cet imposteur… avant l'attaque. Et il se comportait de façon étrange. Je ne sais pas… Je ne sais pas pourquoi, mais je pense également que nous devrions aller à l'arène.

— Et que pourrions-nous y faire ? Nous sommes si peu !

— C'est vraiment ce que tu penses ? demanda Toron. Attends de voir ce qu'Helati a prévu… (Il lui adressa un large sourire.) Ta sœur est une sacrée oratrice, Hecar. Le savon qu'elle a passé à Dastrun…

— Mais je croyais qu'elle n'était pas là ! Qu'est-ce que cela veut dire ?

— Je t'expliquerai plus tard…

Toron s'arrêta là, un fracas énorme l'interrompant. Ce bruit rappela à Hecar la guerre et les engins de siège qui pouvaient raser la moitié d'une ville. Lorsqu'il était encore soldat, il avait vu de nombreux rochers s'écraser sur des bâtiments et des murs, tuant à la fois soldats et civils. Hecar n'avait jamais aimé les engins de siège ; ils ne faisaient aucune différence entre les ennemis valeureux et les enfants innocents.

— Par les cornes de Kiri-Jolith, qu'est-ce que c'est ? beugla Toron en regardant dans le ciel. Ce n'est pas un dra…

Mais c'en était assurément un. Hecar et les autres connaissaient le mot que Toron n'avait pas réussi à prononcer. Ils éprouvaient la même chose que lui, stupéfaits par ce qu'ils voyaient dans le ciel.

Un dragon. Un dragon rouge s'éleva dans les cieux et troua les nuages pour s'y dissimuler.

Ils essayèrent de recouvrer leurs esprits après ce choc, mais ils entendirent un second fracas.

Un dragon argenté plus petit et plus mince s'éleva également dans les cieux. Quelque chose était monté sur son cou, un cavalier selon Hecar.

— Argent et rouge, murmura-t-il. Ce sont des ennemis mortels. Ils combattront jusqu'à la mort. Le cavalier… Oui, c'est Kaz. Ça ne peut être que lui.

Il réalisa alors tardivement que les deux dragons prenaient la direction de l'arène.

***

Des nuages s'étaient rassemblés au-dessus de certains quartiers de Nethosak et Kaz savait qu'Infernus se cachait parmi eux. Infernus utilisait les cieux à son avantage, comptant sur l'inexpérience de Tiberia. C'était la première fois que le dragon d'argent utilisait ses ailes et son vol irrégulier indiquait pour l'instant son absence de pratique.

— Que dois-je faire, Kaz ? lui demanda Tiberia en gagnant de l'altitude. Je ne le vois plus !

— Il se trouve dans les nuages juste au-dessus de cette tour. (Infernus était peut-être passé maître dans les combats aériens, mais Kaz avait conservé quelques talents de son passé de cavalier dragon. Une créature aussi grosse qu'un dragon rouge ne pouvait pas se cacher éternellement.) Monte encore plus ! Maintenant !

Le dragon d'argent s'éleva en décrivant un arc maladroit. Kaz serra fort Tiberia et la lance en espérant ne pas subir une attaque au moment de traverser les nuages. Infernus n'allait pas s'enfuir. Il devait se débarrasser d'eux s'il voulait sauver son plan. Heureusement pour Tiberia, le dragon rouge avait besoin d'elle vivante. Mais la mort du minotaure devait être une de ses priorités.

Ils traversèrent les nuages… et ne découvrirent rien.

— Continue de voler, mais lentement.

— Je monte encore ?

— Non, nous… (Il comprit alors ce qu'Infernus avait dû faire.) Oui, monte encore ! Plus haut ! Maintenant !

Le jeune dragon fut trop lente à réagir.

Infernus traversa les nuages juste en dessous d'eux, percutant le ventre de Tiberia. Puis le dragon rouge se tortilla afin de planter ses griffes dans les flancs de sa jeune adversaire.

La chance sourit à Kaz car il ne lâcha pas le cou de Tiberia. Kaz maudit sa stupidité : Infernus était redescendu pour les prendre à revers. Il aurait dû penser à cette tactique. Cela faisait bien trop longtemps qu'il n'avait pas guerroyé.

— Je vais te faire lâcher prise, insecte ! beugla Infernus, les deux dragons luttant l'un contre l'autre. (Ses ailes plus grandes lui donnaient une meilleure manœuvrabilité.) Je te regarderai tomber et mourir, comme l'a si joliment fait le Capitaine Scurn !

Il ne pouvait pas utiliser sa lancedragon dans cette posture. Une des cordes encore accrochée aux écailles d'Infernus faillit le faire tomber, la corde ressemblant à un tentacule animé.

La corde passa à nouveau à proximité de Kaz et il eut une idée.

— Tiberia ! La corde ! Attrape-la avec ta gueule et tire dessus !

Les deux dragons continuant de tourbillonner dans les airs, Tiberia essaya de saisir la corde qu'elle manqua une première fois. La seconde fut la bonne, elle prit une grande longe de corde dans sa gueule. Elle obéit ensuite aux instructions de Kaz et tira sur la corde.

Le crochet relié à la corde était profondément enfoncé dans les écailles en bas du cou du dragon rouge. Tiberia tirant sur la corde, le crochet racla ses chairs. La douleur fit perdre un peu de vitesse au dragon et il desserra quelque peu son étreinte. Il changea de position pour reprendre l'avantage.

Kaz regarda les ailes d'Infernus, puis la mâchoire et le cou de Tiberia.

— Son aile ! Lâche la corde et mords-la !

Le dragon rouge avait visiblement opté pour la même tactique, mais Tiberia était plus petite et ses ailes constituaient une cible plus difficile que les grosses ailes du dragon rouge. Tiberia tendit le cou, ouvrit sa gueule en grand et le mordit.

Son adversaire trembla et les trois combattants tombèrent un court instant. Les crocs de Tiberia restèrent accrochés à l'aile d'Infernus.

Le dragon rouge leva ses pattes antérieures et se sépara de Tiberia en utilisant la force incroyable de ses membres. Tiberia déchiqueta davantage son aile lorsqu'il se libéra. Le dragon rouge voleta maladroitement autour d'eux en essayant de compenser sa perte de manœuvrabilité en vol.

Peu blessée, Tiberia reprit rapidement le contrôle de ses déplacements aériens. Kaz devait frapper avant qu'Infernus puisse à nouveau se stabiliser. Il baissa la lancedragon, visant le dragon.

— Vole vers lui, Tiberia ! Vole vers lui à pleine vitesse !

Son compagnon reptilien acquiesça, déploya au maximum ses ailes et s'envola vers leur adversaire.

Ils étaient néanmoins trop proches pour gagner suffisamment de vitesse, mais cette proximité empêchait également le dragon rouge de s'enfuir.

Kaz serra les dents, attendant la collision.

La lancedragon transperça Infernus dans la partie gauche de sa poitrine. Le dragon rouge poussa un cri d'agonie et étreignit instinctivement Tiberia. Incapable de concentrer son vol, le dragon rouge commença à tomber… emportant ses adversaires dans sa chute.

Ils tourbillonnèrent dans les cieux, traversant les nuées. Tiberia battit rapidement des ailes afin de ralentir leur chute. Réalisant que le dragon rouge ne relâcherait pas son étreinte, Kaz essaya de libérer sa lance de la poitrine du dragon. Mais la lance ne bougea pas.

Nous allons mourir ! pensa Kaz, les premières tours apparaissant sous ses pieds. *Nous allons mourir… Maudit sois-tu, homme en gris, nous allons mourir. J'espère que ton équilibre et toi serez satisfaits.*

— Je… ne… te… laisserai… pas… mourir… Kaz ! hurla le dragon d'argent. Jamais !

Tiberia tendit le cou en direction de son ennemi et une boule de feu de la taille du minotaure vint frapper une des pattes blessées d'Infernus. En d'autres circonstances, le dragon rouge l'aurait ignorée, mais le corps meurtri de blessures, il réagit en poussant un nouveau cri d'agonie.

Tiberia continuait de battre des ailes de toutes ses forces en essayant en même temps de s'éloigner de son vil adversaire. Infernus ne put maintenir son étreinte, son autre patte blessée ne pouvant plus supporter sa prise.

Le dragon rouge se retourna, le ventre en l'air. Il aurait peut-être pu se redresser, mais il était déjà trop près du sol.

Kaz réalisa à ce moment qu'ils se trouvaient au-dessus de l'arène.

Les rues et les gradins de l'édifice grouillaient déjà de centaines d'individus qui fuyaient afin d'éviter les deux formes immenses qui se dirigeaient vers eux. Tiberia parviendrait à reprendre le contrôle, mais Infernus allait tomber à moitié dans l'arène et dans les gradins, écrasant par conséquent des centaines de minotaures.

— Tiberia ! Dirige-le vers le centre de l'arène !

L'arène était suffisamment large pour abriter quatre monstres de la taille d'Infernus.

Tiberia tendit ses griffes en direction du dragon impuissant qui se tortillait. Infernus ne semblait plus comprendre ce qui lui arrivait. Il essaya de la mordre et de taillader une de ses pattes avec ses griffes.

Infernus finit par s'écraser au sol, Tiberia rebondissant sur lui, puis roulant au loin. Kaz fut projeté vers le dragon rouge.

Il rebondit contre Infernus, puis glissa sur le flanc du monstre. Kaz réalisa alors que Tiberia avait empêché la mort de centaines de minotaures, les deux créatures gisant maintenant sur le sable de l'arène.

Kaz se releva tant bien que mal et s'orienta. Sa jambe gauche menaçait de le lâcher, son bras blessé était à moitié engourdi et ses côtes lui faisaient mal, mais il chassa la douleur. Kaz ne voyait nulle part la forme majestueuse du dragon d'argent.

Puis il aperçut une petite forme humaine, allongée contre

le mur de l'arène. Tiberia avait repris forme humaine en tombant dans l'inconscience.

Kaz espérait que la jeune fille n'était qu'inconsciente.

Kaz reporta néanmoins son attention sur le dragon rouge. La chute avait gravement blessé Infernus, mais le léviathan rouge était extrêmement fort… suffisamment pour pouvoir encore triompher dans la défaite.

Seul Kaz pouvait maintenant l'arrêter. Les spectateurs présents sur les gradins les regardaient, à la fois abasourdis et déconcertés.

Kaz regarda autour de lui, à la recherche d'une arme pour achever le dragon. Il trouva alors ce qu'il cherchait, comme si les dieux l'avaient délibérément posé à cet endroit.

Le Visage de l'Honneur, qui avait repris sa forme de hache, se trouvait à quelques mètres de lui. Il la ramassa avec le cœur chargé d'espoir, lança un dernier regard au corps immobile de Ty et chargea le dragon.

Infernus parvint finalement à recouvrer son équilibre et faillit écraser Kaz sous son poids. Mais le dragon était maintenant incapable de reprendre son vol à cause de ses blessures.

Kaz bondit. Le dragon l'aperçut trop tard. Le minotaure se réceptionna sur une de ses ailes, puis se dirigea difficilement vers les épaules du monstre. Ce dernier tenta de le mordre, mais Kaz était hors de portée. Il essaya ensuite de se tortiller afin d'abattre ses griffes sur le minotaure, mais ses blessures et sa position l'en empêchèrent.

Kaz arriva à hauteur de son cou. Infernus essaya de s'en débarrasser en secouant le cou, mais Kaz s'agrippa à ses écailles. Il serra sa hache.

— Laisse-moi, insecte, ou je vais t'écraser ! Je te l'ordonne !

— C'est terminé, Infernus, tu ne donneras jamais plus d'ordres… que cela soit comme grand prêtre ou dragon ! L'heure est venue pour ma race de diriger son propre destin !

— Stupide insecte ingrat ! hurla le dragon à la manière du grand prêtre dans toute l'arène. C'est moi qui ai guidé votre race jusqu'à cette gloire nouvelle ! Je vous ai façonnés en guerriers émérites ! Je vous ai réduits en esclavage maintes et maintes fois afin de me débarrasser des faibles et de mettre en lumière l'entêtement, la fierté et la force que tu affiches aujourd'hui ! Et je n'exige qu'une seule chose : ton allégeance ! Nous allons dominer Krynn !

— Tu veux dire que *tu* vas dominer le monde… et nous te servirons de subalternes.

Kaz leva sa hache de guerre.

— Ta race n'était rien avant ma venue et disparaîtra sans moi !

Le dragon essaya de mordre Kaz une nouvelle fois, mais il était bien trop faible pour y parvenir.

— Nous nous passerons de toi.

Infernus se mit soudain à bondir afin d'écraser Kaz sous son poids.

— Je suis votre maître ! beugla le monstre rouge. Je suis votre destin !

Kaz ne relâcha pas sa prise. Le Visage de l'Honneur s'enfonça profondément dans le cou du dragon rouge. Kaz leva à nouveau son arme, sachant qu'il ne parviendrait peut-être pas à lui porter cette nouvelle attaque.

— Paladine, guide ma main !

Kaz faillit tomber, mais il parvint à rester accroché au dragon.

Et le minotaure leva à nouveau sa hache magique.

Et la hache se transforma une nouvelle fois. Son manche s'allongea et ses deux lames s'élargirent pour prendre une taille quasi minotaure. Kaz n'eut toutefois aucun mal à la manier et il put la guider aisément vers sa cible, comme si le Visage de l'Honneur possédait sa propre volonté, se dirigeant vers la partie vitale du cou du dragon.

Les deux lames polies s'enfoncèrent dans le cou d'Infernus… et continuèrent leur progression. La hache s'enfonça complètement, tranchant le cou de la créature. Infernus beugla et son corps entier se convulsa. Kaz finit par lâcher sa hache et le dragon. Il glissa sur le dragon et se raccrocha à une des cordes encore présentes le long de son corps. Il fut ballotté, mais la corde ralentit sa chute.

Le dragon rouge s'arrêta de trembler.

Toujours accroché à la corde, Kaz attendit encore un peu car le dragon se convulsa une nouvelle fois pendant quelques secondes. Puis le minotaure regrimpa sur le dragon.

Il aperçut tout d'abord sa hache ; elle avait repris sa taille normale et reposait sur les épaules du dragon. Puis il vit que la tête du dragon avait été tranchée net au niveau de son cou.

Bien trop épuisé pour se réjouir de la mort du dragon rouge, Kaz se traîna jusqu'à sa hache et la ramassa. Ses traits las se reflétèrent dans la surface polie de l'arme.

— Si seulement j'avais su que tu pouvais faire de telles choses, marmonna-t-il. Cela aurait été plus rapide.

Kaz entendit autour de lui le tonnerre gronder ; réflexion faite, ce n'était pas le tonnerre, mais le martèlement de plusieurs centaines de pieds minotaures.

Des applaudissements et des hourras vinrent s'ajouter au martèlement de leurs pieds. Kaz entendit une voix familière crier son nom. D'autres se joignirent à cette voix et un chœur résonna dans l'arène, et certainement dans tout Nethosak, criant son nom.

Des gardes apparurent. Ils se dirigèrent vers Kaz et le dragon, mais les spectateurs commencèrent à envahir l'arène, séparant Kaz des gardes. Kaz s'apprêtait à de nouveaux affrontements, mais il se rendit vite compte que les nouveaux venus n'avaient pas l'intention de l'attaquer. Ils formèrent un cercle autour du guerrier et du cadavre du dragon, leurs armes dégainées en direction des gardes.

Kaz reconnut parmi eux des membres du clan Orilg.

— Kaz ! cria un minotaure.

L'individu se dirigea vers lui en courant et escalada le dragon comme s'il faisait ça chaque jour. La foule continuait d'applaudir et de pousser des hourras.

— Hecar ? Qu'est-ce que tout ça veut dire ?

— Il faut remercier Helati et Brogan pour ça.

Kaz reconnut toutefois qu'il n'était pas entouré que des seuls membres du clan Orilg, d'autres clans ayant rejoint le cercle autour de lui.

— Helati a eu une petite discussion avec Dastrun et le clan… mais je t'expliquerai ça plus tard. Car je ne suis pas sûr de tout bien comprendre moi-même. Elle a su que tu devais mourir aujourd'hui dans l'arène et elle a rappelé au clan la signification de l'honneur minotaure. Et il a finalement accepté de venir à ton aide. On était censés charger dans l'arène juste avant ton combat… mais personne ne s'était attendu à une telle entrée ! Tu devras m'expliquer tout ça aussi. Fliara et les autres sont…

— Je les ai vus, dit Kaz.

Fliara, Delbin et son frère Toron, qu'il n'avait pas vu depuis des années, se trouvaient devant l'une des entrées de l'arène.

— Je crois que le peuple veut que tu deviennes leur nouvel empereur.

— Polik va probablement ne pas aimer ça.

— J'en doute. Il était sur la plate-forme, savourant sa victoire, lorsque tu es tombé avec les deux dragons. Je n'avais jamais vu un combat aussi pathétique. Presque tout le monde avait compris que le combat était truqué… une vraie parodie pour tout dire. C'était davantage un massacre qu'un combat.

Kaz regarda la plate-forme en plissant les yeux. Il aperçut la plate-forme impériale, du moins ce qu'il en restait. Elle avait été écrasée et réduite en éclats, le cadavre de l'empereur se trouvant dans les décombres.

— Tu vois donc que nos frères n'ont pas le moindre scrupule à te couronner empereur. Ils viennent de te voir combattre et tuer un dragon qui prétendait diriger nos vies et notre destin… Comme si nous pouvions accepter d'obéir à une telle créature !

Kaz examina la foule. Hecar ne se trompait probablement pas en lui avouant que la foule désirait le couronner. Il ressentit également ce désir parmi les membres du Cercle. A l'exception d'un ou deux de leurs membres, et de quelques prêtres, tout le monde louait le tueur de dragon.

Kaz réalisa qu'il avait oublié l'autre dragon dans l'excitation, la courageuse jeune dragon d'argent que Kaz considérait plus comme l'individu responsable de la mort d'Infernus.

Abandonnant Hecar, il bondit par-dessus le cadavre du dragon et se dirigea vers la jeune femme.

Ty se trouvait toujours contre le mur, immobile. Kaz traversa le cercle qui l'entourait et s'agenouilla finalement à côté d'elle. Ty respirait. Remerciant Paladine, Kaz la prit dans ses bras. Ty ouvrit finalement les yeux.

— Kaz ?

— Du calme, Ty. Tout va bien. Infernus est mort.

— Ai-je bien agi ?

— Tu as fait des merveilles au vu de la situation. Je suis fier de toi. Tes parents auraient également été fiers de toi.

Ty sourit et referma les yeux.

— L'équilibre est quasiment restauré. Nous sommes nombreux à te remercier, Kaz.

Se retournant, Kaz découvrit l'homme en gris derrière lui, son bâton à la main.

— Je croyais l'avoir cassé, lui déclara le minotaure en lui indiquant le bâton. Et pourquoi l'équilibre n'est-il que *quasiment* restauré ? Infernus est mort. Il n'y a plus aucun danger. Lorsque tout ceci sera terminé, le peuple comprendra qu'une nouvelle campagne mènerait la nation à la ruine.

— La campagne n'a plus aucun sens maintenant qu'Infernus est mort. Et les minotaures échoueront effectivement s'ils la lancent. Votre heure n'est pas encore venue… et je ne sais pas si elle viendra un jour. (Le mage regarda son bâton.) Quant à ceci, il est bien plus solide qu'il en a l'air.

— Et concernant l'équilibre alors ? Que sous-entendiez-vous ?

— Le dragon rouge est mort, mais le jeune dragon d'argent est encore présente. Si elle reste trop longtemps ici, un des vils serviteurs de la Reine des Ténèbres se réveillera. Et il existe des dragons encore plus mauvais qu'Infernus. Si deux dragons venaient à rester trop longtemps sur Krynn, le pacte passé à la fin de la guerre serait nul. Il a déjà commencé à s'étioler au cours de ces huit dernières années. Et moi, j'étais alors vraiment trop occupé pour m'en rendre compte. Si Tiberia ne quitte pas Krynn, Takhisis sera autorisée à lancer une nouvelle conquête.

— Que puis-je faire alors ?

— Deux choix s'offrent à toi, Kaz. Je peux la conduire là où elle doit être. Mais je ne peux le faire que si elle le désire vraiment.

— Et l'autre choix ?

— Elle doit mourir, minotaure. Et tu devras la tuer puisque moi, je ne peux pas le faire. Elle doit mourir afin que l'équilibre soit vraiment restauré et pour éviter la mort de milliers d'individus dans le conflit qui naîtrait par sa présence ici.

— Je ne la tuerai pas ! Vous êtes fou, mage !

— Alors elle doit partir. Elle doit venir avec moi.

— Mais pour faire quoi ? Et où se trouve cet endroit ? Elle ne connaît assurément pas le lieu où vous voulez la conduire ! Elle ne connaît que ce monde.

Kaz trouvait injuste que Ty doive abandonner tout ce qu'elle connaissait à cause d'un pacte conclu entre les dieux. Kaz serait heureux de l'accueillir dans son hameau. Même s'ils se connaissaient depuis peu, elle s'était révélée un compagnon honorable et courageux.

— Kaz ?

Ty ouvrit les yeux, ayant visiblement entendu leur discussion.

— Ty, je…

— Kaz, je vais le suivre.

— Ecoute-moi ! Les dieux ont peut-être conclu un pacte, mais…

Ty se détacha de lui, titubant encore, puis regarda le minotaure et l'homme en gris.

— Je sais que je n'ai pas vraiment le choix, Kaz. Je dois partir. Je ne veux pas déclencher une autre guerre. Ça serait atroce. Le seul fait d'avoir affronté Infernus m'a montré l'horreur de la guerre.

— Tu le penses vraiment ?

Kaz trouvait la situation injuste, mais la femelle semblait déterminée.

— Oui. Si je reste plus longtemps, un autre dragon se réveillera. Et je ne peux pas l'autoriser. Trop de personnes pourraient se faire blesser ou mourir, y compris peut-être toi et Delbin.

— Le choix est donc fait, déclara l'homme en gris. Tiberia, je le regrette également. Tu mérites de mener l'existence que tu désires. Je peux au moins te réconforter en t'annonçant que tu vas rejoindre ton père et tes frères et sœurs.

— C'est vrai ? demanda Ty en se réjouissant.

— Je te le promets. Et vous allez tous dormir d'un sommeil paisible.

— C'est loin ? Je ne pense pas pouvoir voler très longtemps.

— Tu n'auras pas besoin de voler. (L'homme en gris leva son bâton et une brèche apparut derrière lui, un trou lumineux.) Nous allons marcher. Ce n'est pas très loin. (Il tendit sa main vers la jeune fille.) Si tu es prête, nous ferions mieux de partir maintenant.

Ty se tourna vers Kaz.

— Tu… tu pourras dire adieu à Delbin pour moi ?

J'aurais aimé avoir plus de temps, mais... je ne veux pas voir d'autre dragon comme Infernus.

— Je le ferai.

Elle bondit en avant et serra le minotaure dans ses bras. Kaz se raidit, puis la serra peu à peu lui aussi.

— Je ne t'oublierai pas, Kaz ! Merci pour tout.

— Tu es une combattante honorable, Tiberia, et une gentille jeune fille... comme aurait pu le dire mon père.

— Je suis désolée pour Ganth, Kaz. Si j'avais pu alors...

— Ne dis pas ça. Infernus est le seul responsable. Ganth t'aurait remerciée. Tu l'as non seulement vengé lui et ma mère, mais également tous les minotaures qui sont morts pour accomplir le destin qu'Infernus et la Reine des Ténèbres avaient façonné pour nous.

— Tiberia, il est temps, déclara l'homme en gris. Je sens déjà les premiers signes d'un réveil.

Le jeune dragon rejoignit le mage. Ty se retourna et sourit à Kaz.

— Que Paladine te protège, Ty, lui dit le minotaure.

— Merci, Kaz... je penserai à toi.

— Moi aussi.

— Je te remercie moi aussi, Kaz, ajouta le mage. Et je m'excuse pour ce que j'ai dû faire. Sache que ton père... et ta mère... te protègent.

— Je comprends... merci, mage.

Sur ces dernières paroles, la jeune fille et le mage pénétrèrent dans la brèche, Ty agitant une dernière fois sa main avant de disparaître.

Kaz se sentit floué. Le dragon avait à peine eu le temps de récupérer et de profiter de quelques instants de tranquillité avec ses nouveaux amis. Il avait à peine découvert le monde. Mais elle le verrait peut-être un jour, bien après la disparition de Kaz.

— Kaz ! cria Delbin. Kaz ! Ty va bien ? Je croyais l'avoir aperçue, mais...

— Respire, Delbin ! dit Hecar.

Kaz se tourna vers ses amis et sa famille : Hecar, Delbin, Toron et Fliara. Ils étaient accompagnés par des minotaures appartenant au clan Orilg et à d'autres clans. Il vit également des membres du Cercle Suprême et quelques prêtres, un souci à ses yeux.

— Je te raconterai tout ça plus tard, Delbin, je te le promets.

Les huit membres du Cercle étaient présents, les broches accrochées à leurs capes témoignant de leur position. Ils ne s'intéressèrent pas aux amis de Kaz en arrivant.

— Bonjour, Kaziganthi de-Orilg ! lui dit un guerrier au visage balafré, un bandeau sur l'œil.

Il se prénommait Athus – Kaz se rappelait de lui du temps de la guerre car ce minotaure n'avait jamais vraiment plié devant les ordres du grand prêtre.

— Bonjour, Athus. Vous êtes venu m'arrêter en personne cette fois-ci ?

— Sa Sainteté… commença un prêtre.

— Voilà votre grand prêtre, déclara Athus en désignant le cadavre du dragon rouge. Nous avons tous entendu sa voix. Et nous l'avons tous reconnu malgré son apparence différente. N'ai-je pas raison, Kaziganthi ?

— C'est effectivement la vérité.

— Mensonges ! cria le prêtre. Lorsque le grand prêtre va revenir…

— Vous devriez plutôt réfléchir à nommer un nouveau grand prêtre, et ne pas perdre votre temps à protester. Jopfer, sous son apparence humaine, est mort. Une place est donc à pourvoir, vous ne croyez pas ?

Le prêtre se tut. Kaz regarda avec amusement les prêtres se lancer des regards. Il avait devant lui certains des plus hauts serviteurs du dragon rouge. Et chacun d'eux pouvait revendiquer le titre de grand prêtre. Un grand nombre de duels serait arrêté avant la fin de la semaine.

Athus semblait également se réjouir de la soudaine prise de conscience des prêtres. Il se décida finalement à répondre à la question de Kaz.

— Non, Kaziganthi, nous ne sommes pas là pour t'arrêter. C'est même le contraire. Car je pense que la plupart d'entre nous sommes même plutôt heureux de te voir.

C'était précisément ce que Kaz craignait ; il attendit la suite.

— L'empereur Polik est mort. Vraiment mort. Son challengeur ayant trouvé la mort avant lui, sa place est maintenant vacante, créant un grand vide. Je pense que nous en avons suffisamment vu et entendu aujourd'hui pour savoir qui incarne le mieux ce que nous recherchons chez un empereur. L'honneur, le courage, la détermination face à l'adversité et bien sûr la ruse et la force nécessaires au combat.

— Ecoute le peuple, Kaziganthi, déclara un autre membre du Cercle au museau plat, une de ses cornes de travers. Ils n'ont pas cessé de crier ton nom. Ils te veulent pour empereur, Kaziganthi ! *Nous* te voulons pour empereur !

Athus hocha la tête.

— Nous te saluons, Empereur Kaziganthi, tueur de dragon et champion du peuple !

Les membres du clan Orilg se réjouirent, notamment le frère et la sœur de Kaz. Hecar semblait toutefois moins enthousiaste. Il était fier du compagnon de sa sœur, mais il connaissait mieux Kaz que les autres. Et il était très certainement le seul à savoir vraiment ce que Kaz pensait de la position d'empereur.

Kaz se tourna vers le Cercle et les prêtres. Il ressentait de la fierté face à leur choix. C'était la plus grande marque d'approbation que son peuple pouvait lui décerner.

— Je préfère tout d'abord que vous m'appeliez Kaz, leur dit-il en se redressant, son corps meurtri réclamant le sommeil. Et je préfère refuser votre offre. Je ne suis pas le genre d'empereur qu'il vous faut et je ne le serai jamais, je le sais. Vous allez devoir en trouver un qui vous conviendra mieux que moi.

Sur ces paroles, Kaz s'éloigna des minotaures stupéfaits pour rejoindre sa famille et ses amis, puis il se dirigea vers une des sorties de l'arène.

CHAPITRE XIX
L'AVENIR

Kaz ne put s'empêcher d'admirer Nethosak, le navire le transportant lui et les autre prenant la direction du sud. Son peuple avait véritablement accompli de nombreuses choses en l'espace de quelques années ; s'ils parvenaient maintenant à renoncer à leur désir de conquête et à s'intéresser à leur propre bien-être, il pensait qu'ils s'accompliraient bien davantage. La nation minotaure était assurément destinée à accomplir de grandes choses. Et la gloire ne s'obtenait pas uniquement à travers les conquêtes militaires.

Il espérait que le Cercle Suprême et les autres minotaures suivraient une partie de ses conseils, mais seul l'avenir le confirmerait.

— Je n'arrive pas à croire qu'ils t'aient accordé autant de choses si on considère la façon dont tu as rejeté leur offre, lui dit Hecar qui se tenait à ses côtés. Ce navire, l'arrêt de la campagne, le bûcher funéraire de ton père… un moment vraiment touchant.

Kaz acquiesça. Lui, Fliara et Toron et les siens avaient représenté les enfants de Ganth et de Kyri au cours de la cérémonie, leurs autres enfants étant bien trop éloignés pour être présents. Le bûcher funéraire avait rivalisé avec ceux des grands empereurs du passé. Dastrun, au grand plaisir de Kaz, avait été contraint de faire un discours louant le vieux marin. Il avait accompli un acte remarquable, espérant peut-être conserver sa place de patriarche malgré la mort de ses deux protecteurs.

D'autres bûchers avaient également été dressés : un pour Scurn et la bravoure dont il avait fait preuve, et un autre pour le défunt empereur. Le corps d'Infernus, notamment en raison de sa taille et de sa résistance naturelle au feu, avait nécessité beaucoup d'efforts et d'huiles inflammables diverses pour disparaître dans les flammes.

— Tu crois que j'aurais dû accepter ?

— Non. Comme les autres, j'ai été fier qu'ils te le demandent, mais cela ne te correspondait pas. Tu aspires à des choses différentes. Tu ne désires pas conquérir le monde. De plus, Helati nous aurait tués tous les deux si tu avais accepté.

— En effet, lui répondit Kaz en gloussant. Concernant la conquête de Krynn, je pense que le Cercle Suprême et le nouvel empereur y réfléchiront à deux fois avant de s'embarquer dans une telle folie. L'homme en gris a même déclaré qu'ils échoueraient s'ils continuaient leur campagne militaire.

— J'aimerais rencontrer cet homme en gris… pour lui dire ce que je pense de tout ça. Je lui en veux encore pour la façon dont il nous a tous utilisés. Et puis non, je ne lui dirais rien, je lui ferais tâter de mes poings.

Maintenant que la situation s'était apaisée, Kaz pensait mieux comprendre le mage. Ses yeux exprimaient constamment une certaine tristesse, ainsi qu'une réelle frustration.

Il pensa ensuite à Ty. La plupart des minotaures avaient accepté son explication – le dragon d'argent avait disparu une fois sa tâche accomplie – mais Hecar et Delbin avaient voulu en savoir plus. Il lui avait fallu quelque temps pour tout expliquer au kender qui s'était finalement retrouvé à chercher son journal pour y noter le récit fabuleux… et il avait sorti de sa besace un ou deux objets appartenant à Athus.

— Oublie donc le mage. Il a fait ce qu'il devait faire. (Il fit une courte pause.) Tu crois qu'ils m'ont vraiment écouté ?

Kaz avait dû faire un discours afin d'expliquer à la populace pourquoi il n'acceptait pas la couronne. Il leur avait dit qu'il ne ferait pas un bon empereur. Il avait déjà suffisamment de responsabilités dans son hameau. Il leur avait recommandé un ou deux changements immédiats concernant un ou deux membres du Cercle qui évitèrent de trop perdre la face en démissionnant sur-le-champ. Concernant les prêtres, ils auraient besoin de temps pour recouvrer les bonnes grâces du peuple.

A la fin de son discours, après leur avoir révélé la vérité au sujet d'Infernus, Kaz rappela aux minotaures ce qui importait le plus. Ils avaient maintenant leur destinée en main, peut-être pour la première fois dans l'existence de leur nation. S'ils commettaient des erreurs, ils ne pourraient s'en prendre qu'à eux-mêmes.

— N'oubliez pas qu'une vie sans honneur ou vérité n'est rien, avait-il conclu. Si nous sommes les enfants du destin, nous devons agir en conséquence.

— Vous allez rester collés au bastingage pendant tout le voyage ? leur cria Toron.

Le frère de Kaz avait décidé de rejoindre le hameau avec sa famille, sa compagne et ses trois enfants. Ils se trouvaient dans le ventre du navire en compagnie de Fliara qu'Hecar semblait apprécier.

Il y avait en réalité plus d'une centaine de minotaures à bord du navire, baptisé le *Tueur de dragon* en l'honneur de Kaz, et même une partie de l'équipage allait rejoindre le hameau. La plupart des nouveaux colons appartenaient au clan Orilg, les autres venant de clans divers. Et d'autres minotaures arriveraient dans les prochaines semaines. Kaz avait peut-être refusé le titre d'empereur, mais il ne pourrait faire de même avec le village qui se développait autour de son hameau. Et le village se transformerait bientôt en ville avec la centaine de nouveaux résidents.

Il espérait toutefois que sa ville ne se transforme pas en cité dans les mois à venir.

Il n'y avait aucun nain des ravins à bord du *Tueur de dragon*. Le clan Orilg et le Cercle avaient décidé de reconduire les créatures dans leur « foyer ». Galump avait acquis le titre de chef des esclaves nouvellement libérés, ces derniers ayant déjà pratiquement oublié leur asservissement – l'avantage d'une mémoire limitée.

— Nous regardions Nethosak une dernière fois, répondit finalement Hecar.

— Je vais pouvoir m'en passer facilement ! Il existe de bien meilleures choses à faire que de livrer des guerres incessantes. J'espère que mes enfants auront envie de partir explorer le monde lorsqu'ils seront grands.

Kaz hocha la tête, approuvant ses paroles.

— C'est vrai que l'exploration me plaît plutôt bien. Il y a un autre continent. Nethosak n'est pas la seule à pouvoir appareiller des navires pour l'explorer et le cartographier !

Hecar regarda les deux minotaures de la tête aux pieds.

— Vous allez tout d'abord me faire le plaisir de prendre le temps d'élever vos enfants, ou alors Helati et ta compagne, Toron, se chargeront de vous rappeler à l'ordre. Ta compagne semble porter le « kilt » dans ton couple, Toron.

Toron s'esclaffa de bon cœur.

— Tu as peut-être raison… je vais descendre pour voir si elle n'a besoin de rien. Je vais vous laisser contempler Nethosak.

— Il va me falloir un certain temps pour m'habituer à lui, marmonna Hecar.

— Considère-le comme une version de moi en plus jeune.

— Je ne préfère pas. Tu n'as pas pu lui ressembler.

Kaz rit à son tour. Le regard des deux amis se fixa à nouveau sur le littoral. Kaz savait que les prochains événements historiques de sa nation trouveraient leur source à Mithas et à Kothas, et Nethosak. L'avenir de la nation serait entièrement décidé par les minotaures. Mais Kaz soupçonnait que leur nature première ne changerait pas beaucoup.

Le rêve entourant leur destin se perpétuerait bien évidemment sans Infernus. Kaz avait le sentiment profond que la plupart des membres de son peuple avaient besoin de ce rêve, notamment parce qu'ils se sentaient vraiment différents des autres races pour les accepter entièrement.

— Nous avons été réduits en esclavage, mais nous nous sommes toujours libérés de nos chaînes, commença Kaz. Nous avons été maintes fois repoussés, mais nous sommes toujours revenus au combat avec des forces renouvelées. Nous avons atteint de nouveaux sommets de civilisation lorsque toutes les autres races déclinaient. Nous sommes l'avenir de Krynn, les maîtres désignés du monde. Nous sommes les enfants du destin.

— Tu le crois vraiment ? lui dit Hecar en grognant de dégoût.

Kaz haussa les épaules. Nethosak n'était maintenant plus qu'un point minuscule à l'horizon, presque sans importance.

Kaz plissa les yeux et crut distinguer ce qui restait du toit du temple de Sargas.

— Je ne sais pas, murmura le guerrier. Vraiment pas. Nous allons devoir attendre pour le voir, tu ne crois pas ?

Ils observèrent Nethosak disparaître au loin, leurs esprits soudainement détachés de son avenir. Après tout, Kaz et les autres, y compris Helati et les autres minotaures du hameau, devaient se préoccuper de leur propre avenir… car cela avait assurément plus d'importance.

Achevé d'imprimer sur les presses de

BUSSIÈRE
GROUPE CPI

à Saint-Amand-Montrond (Cher)
en juin 2005

FLEUVE NOIR
12, avenue d'Italie
75627 Paris Cedex 13
Tél. : 01-44-16-05-00

— N° d'imp. : 51673. —
Dépôt légal : juillet 2005.

Imprimé en France